★★★★★
서점에서 눈에 띄어 구입했다. 정말 재미있었다! 이 작품은 수수께끼와 복선이 많고, 결말
도 예상을 훨씬 뛰어넘기 때문에 순수하게 미스터리 작품으로 즐기기에 좋은 책이다. 두
번이나 다시 읽었다. 섬세한 연출과 플롯이 천재적이다. 이야기의 템포도 좋고, 다음 전개
가 궁금해서 금방 읽게 되니 꼭 한 번 읽어보기를 강력 추천한다!

★★★★★
이것이 데뷔작이라니 믿을 수 없다! 다음 작품이 벌써 기대된다!

★★★★★
작품을 읽어나가면서 점점 더 그 세계에 빠져들게 되었다. 마지막까지 계속 감정이 고조
된 채로 읽을 수 있었다. 미스터리적인 요소도 물론 재미있었지만, 인생이란 무엇인가에
대해 내 안의 마음에 질문을 던지는 계기가 되었다. 이 작품을 만나게 되어 다행이다.

★★★★★
크리스마스이브의 유원지. 오랜만에 딸과의 데이트를 즐기려던 전직 형사는 대관람차 납
치 사건에 휘말리게 된다. 롤러코스터를 타는 듯한 스릴 넘치는 전개에 영혼을 떨면서 마
지막 페이지까지 단숨에 읽게 되는 미스터리이다. 읽는 맛이 좋아 크리스마스 시즌에 추
천하고 싶은 책이다.

★★★★★
등장인물들을 모두 믿을 수 없어서 마지막까지 누가 옳고 누가 거짓말을 하고 있는지 전
혀 예측할 수 없어 흥미진진했다. 그리고 진실을 알게 된 순간에는 소름이!!! 마치 대작 영
화를 보고 난 후의 느낌과도 같은 독서였다.

★★★★★
오랜만에 책 읽기에 빠져들어 결국 하루 만에 완독했다. 이것이 작가의 데뷔작이라고 해서 충격받았다. 이야기가 지루할 틈 없이 빠르게 전개되기 때문에 빨리 다음 이야기를 읽고 싶은 충동에 휩싸인다. 초반부터 여러 가지 복선이 깔려 있지만, 마지막에 하나하나 풀어가는 모습이 멋지다. 꼭 영화로 만들어지면 좋겠다.

★★★★★
크리스마스이브에 대관람차가 탈취당하는 독특한 설정을 배경으로 인간의 선과 악, 그리고 사회문제를 심도 있게 파고든다. 시종일관 고조되는 긴장감과 함께 깊은 통찰력이 담긴 이 작품은 서스펜스 미스터리 소설로서의 매력과 휴먼드라마로서의 깊이를 겸비하고 있다.

★★★★★
처음엔 이야기의 역동성에 빠져들었고, 중반부터는 사건의 수수께끼를 풀어가는 재미에 빠져들었다. 자기 전에 잠깐 읽으려고 했는데, 너무 재미있어서 밤을 새워 다 읽었다. 이 작품이 데뷔작이라는 게 너무 놀랍다.

★★★★★
신인답지 않은 가독성과 속도감 있는 문체, 그리고 치밀한 구성에 감탄이 절로 나왔다. 이야기가 진행될수록 결코 단순하지 않은 얽히고설킨 실타래가 하나하나 풀려나간다. 또한 등장인물들의 심정을 리얼하게 그려내고 있어 스릴 넘치게 마지막까지 즐길 수 있는 작품이다.

★★★★★
전개와 구성이 대단하다. 사건의 긴박감과 등장인물들의 조급함, 분노, 불안 등의 감정이 고스란히 전해진다. 범인을 눈치챘다고 생각하면서도 '아니, 아닐 수도 있지 않을까?'라는 식의 전개와 곳곳에 깔린 복선으로 한 번 읽기 시작하면 멈출 수 없는 작품이다.

★★★★★
이야기 전개가 스릴 넘치면서도 감정을 파고드는 요소가 있다. 주인공의 내적 갈등과 성장이 그려져 매우 흥미로웠다. 또 작품의 세계관과 캐릭터 설정도 매력적이다. 마지막까지 긴장을 늦출 수 없는 훌륭한 작품이었다.

이브의 대관람차

SAIAI NARU SEISO

by TOSHIO Yuya

이브의 대관람차

再愛なる聖槍

유우야 토시오 지음
김진환 옮김

오픈하우스

목차

등장인물

—

나카야마 히데오 仲山秀夫

뛰어난 통찰력과 추리력을 겸비한 전직 형사. 출세에 흥미가 없고 인간관계에
서툰 편이다. 아내와 이혼한 뒤 현재는 경비원 아르바이트를 하며 생활하고 있다.

—

나카야마 유이코 仲山惟子

나카야마 히데오의 전처. 이혼 후에도 결혼 전의 성으로 돌아가지 않고
나카야마라는 성을 계속 쓰고 있다. 아홉 살 난 딸 린을 키우며
경리 사무직으로 일한다.

—

나카야마 린 仲山凛

히데오와 유이코 사이에서 태어난 외동딸. 초등학교 3학년이다.
부모가 이혼할 당시 네 살이었고, 그 이후로 한 번도 만나지 못했지만
아버지에 대해 또렷이 기억하고 있다.

—

카이자키 케이이치 貝崎啓一

경시청 수사1과 형사. 출세욕이 강하고 나르시시스트 같은 면모도 있지만
자기 나름의 정의감을 갖고 있다. 나카야마와는 경찰학교 동기이며 함께
근무한 적이 있다.

—

카나모리 쇼헤이 金森正平

경시청 정보분석관. 카이자키의 부하로 형사치고는 몸집이 작은 편이다.
경박한 성격을 드러낼 때가 있어서 카이자키에게 자주 혼나곤 한다.

—

—

타키구치 미카 滝口美香

대관람차 드림아이의 아르바이트생. 승객의 표를 확인하고 곤돌라로
안내해주는 업무를 맡고 있다. 밝은 성격의 대학생이며 비상시에도
침착하게 대응하는 능력이 있다.

—

미야우치 쇼지 宮内昌二

드림아이의 시스템 운용 총책임자. 드림아이를 설계·개발한 인물로 안전성에 대한
절대적인 자신을 갖고 있다. 두뇌가 명석하고 알고리즘에 정통하다.

—

마츠오 이사미 松尾勇巳

경시청 수사1과 형사로 위장해 유이코에게 접촉한 남자.
나카야마와 카이자키를 감시하고 있다.

—

난쟁이

자신을 '난쟁이'라고 칭하는 드림아이 탈취범. 통신수단을 통제하면서
드림아이의 곤돌라에 타고 있던 나카야마 히데오에게 다양한 지시를 내린다.

—

일러두기

1. 외국 인명과 지명은 외래어표기법을 따르되 일부는 관용적인 표기를 따랐다.

2. 영화·방송·오페라·뮤지컬·연극·대본은「」, 단행본·단편·신문·잡지는『』,
   노래·시·미술 작품은〈〉로 표기했다.

프롤로그

먼 옛날, 반역자로 몰린 예수 그리스도는 골고다 언덕에서 십자가형을 당했다. 이 이야기에는 후일담이 존재한다.

공개처형 직후, 한 사형집행인이 십자가에 못 박힌 남자가 죽었는지 확인하기 위해 자신이 들고 있던 창으로 죄인의 옆구리를 찔렀다. 그때 예수 그리스도의 피가 사형집행인의 눈에 들어갔는데 그 즉시 백내장을 앓고 있던 그의 병이 낫고 시력이 회복되었다고 한다. 그 창은 '성창聖槍'이라 불리며 신의 피가 묻은 성유물로 크게 신성시되었다.

기적 같은 이야기다. 하지만 십자가에 못 박힌 남자가 그 자리에서 되살아난 것은 아니다.

10시 30분, 크리스마스이브

늘 약속 시간 30분 전에 도착하는 것이 나카야마 히데오의 유일한 특기인지도 모른다.

나카야마는 드림랜드 정문 옆 벤치에 앉아 손목에 찬 새 시계를 반대쪽 손으로 감싸 쥐었다. 현재 시각은 오전 10시 30분. 약속 시간은 11시였다. 오래 기다려야 할 거란 생각에 자연스레 다리가 덜덜 떨리기 시작했다.

"이제 겨울이군."

찬바람을 맞으며 그는 혼잣말을 했다. 기다리는 건 나카야마에게 그리 힘든 일이 아니었다. 약속 시간에 늦는 것에 비하면 훨씬 낫다. 늦는 것이 얼마나 무서운 일인지, 나카야마는 잘 알고 있었다. 무슨 일이든 한발 먼저 행동해야 한다고 생각하면서 문득 이렇게 중얼거렸다.

"겨울에는 노란색이 잘 어울리지……."

색깔에 대해 말했지만, 지금 그의 시야에 노란 것은 전혀 보이지 않았다.

정문 근처는 가족과 커플, 학생들로 붐볐다. 다들 즐겁게 떠드느라 볼품없는 40대 남자에겐 눈길조차 주지 않았다. 덥수룩하던 수염은 깎고 나왔지만, 평소의 그가 겉모습에 신경 쓰지 않는다는 건 누가 봐도 알 수 있었다.

나카야마의 이마에서 축축한 땀이 번들거렸다. 남들 눈에는 초조해하는 것처럼 보일 것이다. 애초에 나카야마는 심하게 걱정이 많은 성격이다. 그도 그럴 것이, 오늘 저녁은 크리스마스이브였고 꿈의 나라 드림랜드는 당연히 많은 인파로 붐비고 있었다. 이렇게나 사람이 많은데 놀이공원을 제대로 즐길 수 있을까? 그가 걱정하는 바는 바로 그 점이었다.

도쿄 연안에 있는 드림랜드는 놀이공원 중에서는 상당히 오래된 곳이다. 아름다운 야경으로 유명하지만 해풍이 강하고 설비 자체는 낡은 편이다. 면적은 도쿄돔의 약 두 배로 놀이공원치고는 다소 작은 규모다.

각 놀이기구는 녹슨 부분이 도드라져서 노후화된 것이 한눈에 보일 정도다. 놀이기구와 캐릭터 쇼의 수준도 그다지 높진 않다. 흔해 빠진 회전목마와 회전 커피잔, 그리고 대단할 게 없는 롤러코스터 정도가 전부였다.

하지만 사계절마다 아름답게 피는 꽃들과 겨울의 크리스마스 장식을 강점으로 내세우고, 우수한 직원들이 노력해준 덕분에 아직도 운영은 유지되고 있었다. 놀이공원의 로고는 원 안에 화살표 마크가 있는 디자인으로 유명하다. 시계와 비슷해 보이지만 드림랜드 측은 이 로고를 시계라고 설명하지 않는다.

언제 망해도 이상할 게 없는 이 놀이공원을 운영하는 곳은 부동산 업계의 대기업인 '제국부동산'이다. 전국에 빌딩을 몇 채나 보유할 정도로 경영에 여유가 있다 보니 적자 연속인 놀이공원을 폐업하지 않은 것이다.

그리고 만반의 준비 끝에 내놓은 놀이기구가 최신 시스템을 갖춘 대관람차 '드림아이'였다.

나카야마는 주머니 안에서 티켓을 꺼냈다. '나카야마 히데오, 나카야마

린'이라는 두 사람의 이름이 적힌 티켓이었다. 나카야마는 벤치 옆에 놓아 둔 인형의 배를 쓰다듬었다.

"곰 인형이면 되려나?"

무심코 그런 말이 흘러나왔다. 린은 초등학교 3학년이다. 아홉 살 소녀가 무엇을 좋아하는지, 한집에 살지도 않는 나카야마는 알 길이 없었다. 여러모로 알아보긴 했지만 유행을 타는 선물은 실패할지도 모른다는 생각에 가장 무난한 인형을 고른 것이다.

선물을 보고 좋아하려나? 5년 전보다 많이 컸겠지? 나카야마는 긴장과 불안을 떨쳐내려는 듯이 재킷의 옷깃을 매만졌다.

그때 휴대전화 벨 소리가 울렸다. 나카야마는 전화를 받는 동시에 손목시계를 들여다보았다.

"네, 여보세요."

"나카야마, 나야."

냉담한 목소리가 들려왔다.

"전철이 지연돼서 5분 늦을 것 같아. 미안해."

5년 전에 헤어진 아내 유이코의 연락이었다.

"그래, 알았어. 지금 정문 옆 벤치에 있어. 조심해서 와."

나카야마가 그렇게 말하자 대답도 없이 통화가 뚝 끊겼다.

지나칠 만큼 무뚝뚝한 목소리라고 나카야마는 생각했다. 애정이 완전히 식어버린 이혼 부부는 증오를 초월해서 무관심에 이른다고 하던데, 그래서 그런 걸까? 업무 연락처럼 잡담 한마디 없는 대화였다.

나카야마는 작게 한숨을 내쉬었다.

그의 숨은 공기를 하얗게 물들이다 사라져갔다. 눈은 내리지 않지만 꽤 쌀쌀한 크리스마스이브였다.

유이코가 약속 시간에 늦는 건 어제오늘 일이 아니다. 연애하던 대학 시절에도 그랬으니까.

나카야마는 정말로 예뻤던 그 시절의 유이코를 떠올렸다. 아무리 지각 하고 억지를 부려도 웬만한 일은 아무렇지 않게 넘길 수 있었다. 이유는 단순했다. 예뻐서였다. 그러나 유감스럽게도 지금은 다르다.

대학 시절의 아름다운 퀸카는 이제 쌀쌀맞은 어른이 되어버렸다. 그러 나 나카야마도 헤어진 아내에게 연애 감정을 품고 있진 않았다. 두 사람의 딸이 인연의 끈을 이어주고 있을 뿐이다.

"5분 지각이라……."

애초에 오늘은 12월 24일이었다. 거리는 평소보다 훨씬 북적였다. 전철 이 지연될 것 정도는 예상할 수 있었을 텐데, 나이를 먹고도 여전히 계획 없이 움직이는 유이코 때문에 나카야마는 조금 짜증이 났다.

시곗바늘을 내려다보니 약속 시간에서 이미 3분이 지나 있었다. 나카 야마는 주변을 크게 한 번 둘러보았다. 정문도 이만큼 붐비는데 시끌벅적 한 놀이공원 안은 어느 정도일까? 상상만 해도 진이 다 빠지는 기분이었 다. 그러나 린의 얼굴을 보면 그런 것쯤은 아무렇지 않을 거라 생각하며 나카야마는 주머니에서 종이 한 장을 꺼내 허벅지 위로 펼쳤다. 한 시간 단위로 짜놓은 오늘의 계획표였다.

아내와 딸이 11시 5분에 도착한다고 적혀 있는 건, 유이코가 5분 정도 늦을 거라는 걸 이미 예상했기 때문이다. 그는 역시 병적으로 예민한 남자 였다. 다만 그런 이유 하나 때문에 유이코와 이혼한 것은 아니었다.

"아빠!"

그때 앳된 소녀의 목소리가 울려 퍼졌다. 나카야마는 반사적으로 돌아봤지만 모르는 얼굴이었다.

애초에 그는 딸의 얼굴을 한 번에 알아볼 수 있을 거란 자신이 없었다. 유이코와 헤어질 때 린은 고작 네 살이었다. 게다가 유이코가 아이의 사진을 보내준 적도 없다.

"아빠……라."

린은 자신을 뭐라고 부를까? 아빠? 아버지?

그런 생각을 하는 나카야마의 심장이 빠르게 뛰었다.

"우리 왔어, 나카야마."

상상하던 딸아이의 밝은 목소리와 상반되는 냉담한 목소리가 그를 불렀다. 당연히 유이코였다. 그녀는 처음 만났을 때부터 나카야마를 이름이 아닌 성으로 불렀다.

유이코는 베이지색 트렌치코트에 단발머리, 옅게 화장한 얼굴로 담담한 표정을 짓고 있었다. 그 옆에는 그녀의 손을 잡고 걸어오는 여자아이가 있었다. 틀림없이 린이다. 산뜻한 노란색 코트로 멋을 낸 모습이었다. 얼굴은 유이코와 묘하게 닮은 단정한 생김새지만 눈매가 자신을 조금 닮은 것 같아서 나카야마는 미소를 지었다.

"어, 오랜만이네. 전철이 많이 붐볐지?"

인사말이 의외로 매끄럽게 나왔다. 연락은 정기적으로 해왔어도 거북하지 않을 수 없는 전처와의 재회치고는 제법 자연스러운 편이었다.

"응, 오랜만이야. 처음엔 무슨 바람이 불어서 당신이 딸을 보고 싶어 하나 했어."

"나도 아빠야. 보고 싶다고 할 권리는 있잖아."

"그래, 그렇긴 하지. 하지만 당신이 아빠로서 한 일이 있어? 양육비만 보낸다고 다가 아냐. 그러면 지갑이랑 다를 게 뭐야?"

"그래, 나도 알아. 미안하게 생각해."

나카야마는 고개를 숙였다.

"됐어. 어쨌든 오늘 하루 동안 린을 잘 부탁해. 드림아이 탑승권이 당첨 돼서 당신한테 예약해달라고 한 거니까."

"물론이야. 자 여기, 나하고 린 이름으로 분명히 예약해뒀어."

"우리 딸 좋겠네. 요새 가장 인기 있는 놀이기구잖니?"

유이코는 린을 향해 웃어 보이고는 얼굴을 들었다.

"저녁 8시에 데리러 올 테니까 여기서 봐. 그리고…… 그때 중요한 할 말이 있어. 당신에게 꼭 해야 하는 말이야."

그렇게 말하는 유이코는 지금까지와 달리 어딘가 괴로워하는 표정이었 다. 대체 무슨 일일까? 나카야마는 다양한 가능성을 상상하면서도 지금은 고개를 끄덕일 수밖에 없었다.

"그래, 알았어. 못 본 사이에 많이 컸구나, 린."

소녀는 자기 이름을 부르자 유이코 뒤로 숨으며 땅을 쳐다보았다. 엄마 는 딸에 대해 냉정히 설명했다.

"당신하고 못 보고 지낸 시간이 길었잖아. 쑥스러워서 그런 거고 금방 익숙해질 거야."

"그렇겠지. 어쨌든 건강하게 지낸 것 같아 다행이야."

"그리고 이거. 필요한 물건들을 넣어놨어."

유이코는 그렇게 말하며 어린이용 백팩을 나카야마에게 건넸다.

"어, 그래. 의외로 무겁네. 뭐가 든 거야? 자고 가는 것도 아닌데, 당신은 항상 짐을 너무 많이 챙긴다니까."

나카야마는 못 미덥다는 듯이 말하며 하늘색의 무거운 백팩을 받아들었다.

"평소에 린이 쓰는 물건들이야. 저녁때까지 있으려면 이것저것 필요할 거 아냐? 곤란할 때 열어봐."

"알았어. 당신은 어떡하려고?"

"일단 집에 가 있을게."

"그래."

"그럼 린, 오늘 아빠 말씀 잘 들어. 저녁 8시에 여기서 보자."

유이코는 그렇게 다짐을 받고 고개를 끄덕이며 등을 돌리더니, "나카야마"라고 한 번 더 이름을 불렀다.

"왜? 깜빡한 거라도 있어?"

"……조심해서 다녀와."

"어, 그래."

대체 이 인사의 의미는 뭘까? 물론 딸아이의 안전은 최대한 신경 쓸 생각이었지만, 나카야마는 유이코가 뭔가 전하고 싶어 한다는 걸 느꼈다. 그게 저녁에 이야기한다는 '중요한 할 말'인가 싶어 고개를 갸웃거리며 대답했다.

유이코는 린과 나카야마를 다시 돌아보지도 않고 주머니에서 메모를 꺼내며 빠른 걸음으로 사라져갔다.

"어…… 린, 정말 오랜만이다. 잘 지냈니?"

나카야마는 어색한 미소를 지으며 밝은 목소리로 딸에게 말을 건넸다.

린은 입을 비죽 내민 채 아무 말도 없었다. 나카야마는 그런 딸의 얼굴을 보고, 벤치 옆에 놓아두었던 곰 인형을 집어 들었다.

"린, 조금 이르긴 하지만 아빠가 주는 크리스마스 선물이란다."

"뭐야, 이건. 맘에 안 들어."

노란 코트 소녀가 작은 목소리로 중얼거렸다.

"곰 아저씨란다. 너랑 만나고 싶었다, 어흥–."

"맘에 안 든다니까. 어흥은 호랑이잖아. 그리고 그건 어린애들이나 갖고 노는 거야. 린은 이제 3학년인걸."

"너무 그러지 마. 아빠가 신경 써서 준비해왔잖니?"

일단 나카야마는 유이코가 건네준 하늘색 백팩을 살짝 열고 곰 인형을 집어넣었다. 내용물이 꽤 많이 담긴 탓에 곰 인형을 넣자 바로 불룩해졌다. 이걸 린에게 메게 할 수는 없을 것 같아 직접 들고 가기로 했다.

린은 처음 만난 순간부터 계속 심기가 불편했다.

"오늘은 그 옷을 입었네?"

그렇게 말하며 린은 고개를 옆으로 홱 돌려버렸다.

"이 옷이 마음에 안 드니? 확실히 멋진 옷은 아닐 수도 있겠네……."

나카야마는 쩔쩔매면서도 딸의 손을 잡았다.

"린, 이미 예정 시간보다 많이 늦었거든? 서두르자. 꿈의 나라 드림랜드를 마음껏 즐기러 가야지!"

"어어……."

린은 내키지 않아 하면서도 나카야마가 이끄는 대로 따라갔다.

두 사람은 창구에서 티켓을 교환하고 얼굴 사진을 찍은 뒤에 커다란 정문을 통과했다. 거기부터는 현실에서 벗어난 꿈의 세계였다. 개성 넘치지만 정형화된 미소의 강아지와 고양이 캐릭터 인형 탈을 뒤집어쓴 직원들, 낡긴 했지만 익숙한 놀이기구들이 시선을 사로잡았다. 나카야마는 마치 소년 시절로 돌아간 것처럼 가슴이 설렜다. 아니, 무엇보다도 딸과 함께 시간을 보낸다는 게 기쁜 것이리라.

드림랜드 정문 기준으로 정면에는 커다란 분수가 있었고, 그 주변을 쭉 따라가듯이 노란 수선화가 피어 있었다. 그 안쪽에는 '사랑의 대지'라 불리는 장소가 있고 랜드마크인 드림아이가 압도적인 위용을 뽐내고 있었다.

"굉장하네. 생각보다 훨씬 넓은데? 게다가 외국에서 온 관광객도 있어."

"그럼, 꿈의 나라 드림랜드인걸."

"린도 잘 아나 보네?"

"응!"

"하지만 이 아빠도 밤을 새워가며 많이 공부해왔단다. 자, 여길 봐봐. 일단 이대로 직진해서 '꽃의 제단'으로 갔다가 '보물의 동굴'이 있는 지하로 내려가면 거기서 '사랑의 대지'로 빠져나올 수 있어. 그리고 대관람차 드림아이를 타고 나면, 그때쯤 딱 12시가……."

나카야마는 계획이 가장 중요하다는 듯이 미리 조사해온 종이를 크게 펼쳐놓고 정신없이 이야기를 늘어놓았다. 계획에 관한 이야기가 나오면 주변을 신경 쓰지 못하는 게 나카야마의 큰 결점이었다. 문득 몰입에서 깨어나자 린의 대답은커녕 기척도 느껴지지 않았다. 황급히 주변을 넓게 둘러보았지만 딸의 모습은 어디에도 보이지 않았다.

"린! 린!"

몇 번 딸의 이름을 부른 뒤 나카야마의 얼굴에서 핏기가 싹 사라졌다.

몸의 방향을 여기저기로 돌리며 큰 소리로 딸을 불렀다.

"린!"

그는 잠깐 방심해버린 자신을 원망하면서 린, 린, 하고 몇 번이고 소리쳤다.

"무슨 일이세요?"

그에게 말을 걸어온 것은 드림랜드의 직원이었다. 헌팅캡을 쓴 몸집이 큰 여자로 표정이 참 밝았다. 이런 때에 뭘 실실거리나 싶어서 나카야마는 조금 짜증이 났지만 상황을 침착하게 설명했다.

"내 딸이 없어졌어요. 초등학교 3학년 여자아이입니다. 노란색 코트를 입었고, 어, 목도리는……."

"미아가 발생했다는 거죠? 알겠습니다. 바로 담당 직원에게 전달해드릴게요."

"담당? 그럴 시간이 없어요! 내 딸이 없어졌다고요!"

나카야마는 그렇게 말하며 달려갔다. 마치 예전의 트라우마가 되살아난 것처럼 몸이 심하게 떨렸다. 그런 와중에도 그는 인파를 헤집어가며 달렸다.

12월의 도쿄는 기온이 급격히 떨어졌지만, 그는 두꺼운 남색 재킷을 나부끼며 이마엔 땀방울이 맺힌 채로 뛰어다녔다. 신발 끈이 풀릴락말락 해도 신경 쓰지 않았다. 그때 안내방송이 들려왔다. 드림랜드 원내에 전자음이 울려 퍼졌다.

"도쿄에서 오신 나카야마 히데오 님, 도쿄에서 오신 나카야마 히데오 님, 따님이 기다리고 있습니다. 드림아이 정면에 있는 탑승 게이트로 와주세요."

미아 안내방송에 퍼뜩 정신을 차린 나카야마는 드림아이의 탑승 게이트 쪽으로 방향을 바꾸었다.

빠르게 달려가자 안내방송에서 알려준 장소에 노란 코트를 입은 딸의 모습이 보였다. 나카야마는 숨을 헐떡이며 외쳤다.

"린! 어딜 갔었던 거야!"

나카야마는 호흡을 가다듬으며 린의 뺨을 어루만졌다.

"아빠는 정말 심장이 멈추는 줄 알았어. 혼자 가버리면 어떡하니⋯⋯."

"미안해요. 하지만⋯⋯."

린이 무언가 말하려고 했다.

"진정하세요, 아버님. 따님은 풍선을 받으러 갔다나 봐요."

그때 미아 담당 직원이 옆에서 끼어들었다. 돌아보니 린의 손에 분명 노란 풍선이 쥐어져 있었다. 공중에 떠 있는 풍선이 하늘로 날아가지 않도록 끈을 손가락에 감아두고 있었다.

"그랬군요. 감사합니다. 수고가 많으셨네요. 자, 린도 감사합니다, 하고 인사해야지?"

두 사람은 깊이 고개를 숙인 다음 손을 잡고 걸어가기 시작했다. 린은 걸어가면서도 토라진 표정이었다. 나카야마는 숨을 고르며 입을 열었다.

"내 말 잘 들어, 린. 아빠는 절대 화가 난 게 아냐. 하지만 어떻게 걱정을 안 하겠니? 여긴 넓은 데다 사람도 많아. 세상엔 좋은 사람만 있는 게 아니란다. 정말로 위험할 뻔했어. 엄마도 이럴 땐 조심하라고 했을 텐데, 왜 멋대로 혼자 가버린 거니?"

린은 볼을 잔뜩 부풀린 채 풍선 끈을 잡아당겼다. 노란 타원형이 공중에서 흔들렸다.

"린, 왜 그랬는지 아빠한테 말해줄래?"

나카야마는 걸음을 멈추고 쪼그려 앉아 린의 얼굴을 가만히 들여다보았다. 린은 주먹을 힘껏 쥐며 목소리를 높였다.

"그야 아빠가 계속 계획 얘기만 하니까 그렇지! 아까 나랑 만났을 때부터 그 종이랑 손목시계만 보고 있었잖아! 나는 쳐다보지도 않고, 내 얘기도 안 듣고!"

그 순간, 나카야마는 헉 하고 숨을 삼켰다. 그와 똑같은 말을 유이코에게 자주 들었던 것을 떠올렸기 때문이다. 어린 딸아이가 자기 엄마와 똑같은 기분을 느꼈다고 생각하니 마음이 괴로웠다.

"그래, 그랬구나⋯⋯. 아빠가 미안해. 린 말이 맞아. 아빠가 널 외롭게 했어."

나카야마는 손목시계를 풀어 일정을 적은 종이와 함께 주머니에 집어넣었다.

"자, 봐, 이제 없지?"

린도 힘껏 고개를 끄덕였다. 울음을 꾹 참는 딸아이의 머리를 쓰다듬으며 나카야마는 다정한 표정을 지었다.

"린, 저길 봐봐. 저게 바로 드림아이란다."

"우와아아, 진짜 크다! 지금 탈 수 있어? 줄 선 사람들이 엄청 많은데."

두 사람은 드림아이 앞에 서 있었다.

"짠! 아빠가 인터넷에서 표를 예약해둬서 바로 탈 수 있어. 엄마가 탑승권에 당첨돼서 아빠가 예약한 거란다."

"으응-."

고개를 끄덕이면서도 린의 시선은 드림아이에서 멀어졌다.

"린, 아빠를 소외시키지 말라구."

"소외가 뭐야? 있잖아, 린은 저기 있는 회전목마 타고 싶어!"

"린, 그러면 계획에서 벗어나니까 안 돼. 이건 패스트패스라는 거고 시간이 정해져 있어. 회전목마는 나중에도 탈 수 있단다."

"뭐야, 또 계획 얘기야?"

린은 그렇게 말하며 토라진 표정을 지었다. 나카야마는 쩔쩔매면서도 열심히 딸을 달랠 수밖에 없었다. 드림아이는 가장 인기 많은 놀이기구인 데다 회전율도 좋지 않았다. 표를 예약해두지 않았다면 몇 시간 동안 줄을 서도 못 타고 돌아갈 수도 있다. 지금 당장 입구 쪽으로 가지 않으면 예약 시간이 지나버릴 것이다.

어떻게든 계획대로 움직이고 싶어 하는 나카야마의 성격은 나름 유명했다. 전처인 유이코는 아예 질려버렸을 정도고, 옛 동기들과 후배, 상사에 이르기까지 그의 성격을 모르는 사람은 없었다.

11시 30분, 드림아이 탑승

간신히 린을 설득한 나카야마는 패스트패스 우선 이용객 쪽에 줄을 섰다.

오전 11시대 입장 그룹이었다. 두 사람 앞에는 커플과 학생들의 모습이 보였다. 나카야마와 린의 뒤에는 점잖아 보이는 노인이 서 있었고, 그 뒤쪽으로 부부로 보이는 두 사람이 줄을 섰다.

드림랜드의 상징이라 할 수 있는 대관람차 드림아이.

그 웅장하고 장엄한 모습은 과연 랜드마크라는 칭호가 아깝지 않았다. 드림아이의 중심에는 드림랜드의 상징인 화살 마크가 있었다. 직접 타지는 못해도 구경이라도 하기 위해 많은 사람이 모여들었고, 그들은 망원 렌즈가 달린 카메라나 스마트폰으로 열심히 사진을 찍어댔다. 크리스마스이브다운 행복한 분위기로 가득한 광경이었다.

다들 대관람차에서 내려다볼 절경을 기대하며 즐겁게 줄을 서 있었다. 아무래도 지금은 추첨으로 탑승권을 얻은 승객이 먼저 입장하는 시간대인 듯했다. 여직원이 표를 확인하며 각 인원이 탈 곤돌라를 배정하고 있었다.

드림아이는 곤돌라의 숫자를 최소화한 대관람차였다. 한 시간에 한 바퀴 도는 동안 탑승할 수 있는 인원은 열두 팀뿐이다. 다시 말해 5분마다

한 팀만 탑승하는 셈이다. 각 곤돌라에서 최고의 전망을 즐길 수 있도록 배려한 고급스러운 구조였지만, 승객의 회전율이 낮아서 항상 긴 행렬의 끝이 보이지 않을 정도였다.

그러나 나카야마가 귀중한 표를 미리 구해둔 덕분에 입장 순서는 빠르게 돌아왔다.

"이제 조금만 더 기다리면 되겠어."

줄이 짧아질수록 나카야마의 기분은 고양되었다. 그러나 아홉 살 초등학생에게는 그렇지 않은 것 같았다. 린이 줄을 서는 게 싫증 난 얼굴이었기에 나카야마는 황급히 옆에 있던 자판기에서 주스 하나를 뽑았다.

"오렌지 주스 좀 마셔볼래? 이걸 다 마시면 우리 차례일 거야."

"어…… 난 다른 맛이 좋은데, 왜 아빠 맘대로 정해?"

"미, 미안."

급한 마음에 가장 무난한 맛을 고른 것이었는데 딸아이의 취향에는 맞지 않은 모양이었다. 나카야마가 페트병의 뚜껑을 열어 건넸지만 린은 고개를 홱 돌려버렸다.

"역시 린은 회전목마가 좋아. 그리고 다 함께 춤추는 쇼도 있대. 그것도 보고 싶어."

"당연히 그건 이따가 보러 갈 거란다. 그러니까 이걸……."

"안 마실 거야!"

"앗!"

린이 주스병을 손으로 치는 바람에 나카야마의 몸이 살짝 기우뚱하면서 뒤에 서 있던 노인과 부딪쳤다. 그 충격으로 린에게 건네려던 주스가 노인의 손목에 쏟아졌다.

"죄, 죄송합니다……!"

나카야마가 노인에게 재빨리 사과했다. 노인은 나카야마의 구겨진 재킷과 달리 깔끔하게 다려진 정장을 입고 있었다. 나카야마는 초조해하면서 주머니에서 손수건을 꺼냈다. 반듯하게 접힌 손수건을 펼치고 몸을 숙여 노인의 젖은 옷과 손목시계를 닦았다.

"아…… 죄, 죄송해요……."

린이 작게 울먹이는 목소리로 말했다. 그걸 본 노신사는 빙긋 웃었다.

"괜찮단다. 어린데 이렇게 사과할 줄도 알고, 예의가 바르구나."

"좋게 말씀해주셔서 감사하지만…… 이렇게 특별한 날에 정말 죄송합니다……."

나카야마는 주스를 닦아내며 계속 사과했다. 자세히 보니 노인의 손목시계 바늘이 멈춰 있었다. 어쩌면 방금 주스를 쏟은 탓일지도 몰랐기에 나카야마는 더욱 초조해졌다. 이제 곧 탑승 차례가 돌아올 시간이다.

나카야마는 왜 이렇게 계획대로 안 흘러가느냐는 불평을 간신히 억눌렀다. 그에게 스케줄이 어긋나는 것만큼 고통스러운 일도 없었다.

마침 그때 드림아이 담당 여직원이 다가왔다.

"고객님, 지금 바쁘신 건 알지만……."

"아, 잠시만……."

노인은 나카야마에게서 몇 걸음 떨어지더니 젊은 여직원에게 귓속말을 했다. 그녀는 눈을 깜빡이고 나서 노인에게 작은 목소리로 무언가를 확인했다.

무슨 대화인지 들리지 않아서 나카야마는 불안해졌지만, 담당 여직원은 금세 미소를 지었다.

"고객님, 많이 당황하셨겠네요. 아직 조금 시간이 있으니까 저 뒤에 계신 분들 먼저 안내해드려도 될까요? 순서가 바뀌긴 해도 탑승을 못 하게 되는 건 아니거든요."

가슴에 '타키구치 미카'라는 이름표를 단 여직원은 나카야마와 노인에게 번갈아 시선을 보냈다.

"물론 괜찮습니다."

"그렇게 해주시죠."

이걸로 시간을 벌었다는 생각에 나카야마는 가슴을 쓸어내렸다. 담당직원은 나카야마와 노인 뒤에 줄을 섰던 중년 부부를 대관람차로 안내하러 갔다.

"저기, 세탁비하고 시계 수리비를 드려야 할 것 같은데요……."

"아니, 아니, 괜찮아요. 나한테도 손주가 있거든요. 애들 키우다 보면 다 그런 거죠."

"그래도……."

"시계도 어차피 많이 낡은 거라-. 요즘 세상에 방수도 안 되는 물건이니, 슬슬 바꿀 때도 됐어요."

"할아버지, 왜 혼자 왔어요?"

갑자기 린이 그런 말을 꺼내자 나카야마는 또 당황하고 말았다.

"린! 실례되는 말을 하면 안 되잖니."

"하지만 오늘은 크리스마스잖아."

"그래, 맞는 말이야. 실은 먼저 죽은 아내가 드림아이를 타고 싶어 했는데, 오늘, 운 좋게 예약이 된 거란다."

"그러셨군요……. 정말 죄송하게 됐습니다."

"린도 탑승권에 당첨됐어요! 그래서 아빠가 예약해줬어요!"

"잘됐구나. 이거 참, 이렇게 예약된 우리 모두 운이 좋군요."

점잖은 노인은 나카야마에게 고개를 살짝 숙이더니 빙긋 웃으며 주머니에서 사탕 봉지를 꺼냈다.

"이건 네가 착한 아이라서 주는 거란다. 할아버지가 주는 크리스마스 선물이야. 하지만 내일이 올 때까지는 절대 먹으면 안 돼. 크리스마스이브가 지나고, 아침이 되면 먹으렴."

"응, 알았어요. 고마워요. 할아버지는 좋은 분이네요."

린은 사탕을 받아 주머니에 넣었다.

"정말 감사합니다."

나카야마는 살짝 고개를 숙이는 동시에 미소로 바뀐 린의 머리를 쓰다듬었다. 상황이 무사히 정리되자 기분이 조금 진정된 것 같았다.

"고객님, 이제 다음 곤돌라로 안내해드릴 수 있는데요······."

어느새 돌아온 타키구치 미카라는 이름의 여직원이 누가 먼저 탈 거냐고 넌지시 묻고 있었다.

"먼저 타시죠."

"아닙니다."

서로에게 양보하려 드는 나카야마와 노인을 보며 타키구치가 끼어들었다.

"실은 다음다음 차례의 곤돌라가 '실버 곤돌라'라고 해서, 60세 이상 고객님들 한정으로 두 바퀴를 돌 수 있는 특전이 있거든요. 고객님께선 예약 시에 나이를 기재하셨고 여기에 해당되는 연세이시니 이용 가능하세요. 어떻게 하시겠어요?"

"아, 그런가요? 그렇다면 저희가 다음 걸 먼저 타는 게 낫겠네요."

"그렇게 하시죠. 꼬마 아가씨는 다른 놀이기구도 타고 싶을 테니 빨리 타고 가는 게 낫겠지?"

"웅! 다음은 회전목마를 탈 거예요!"

미소와 함께 부드럽게 말을 건넨 노인은 지팡이를 짚으며 길을 비켜주었다. 나카야마와 린은 타키구치의 안내를 받으며 탑승장으로 향했다.

"자, 이제 다음 차례는 우리야. 분명 멋진 풍경일 텐데, 기대되지? 설레지 않니?"

곤돌라가 내려오면서 조용히 속도를 줄이다가 문이 열렸다. 타고 있던 손님이 내리자 타키구치가 앞의 차단선을 열어주며 두 사람이 탑승하는 것을 지켜보았다. 곤돌라의 문은 자동으로 닫혔다. 전자동 개폐식이라 수동으로는 열 수 없는 구조 같았다.

"잘 다녀오세요. 멋진 하늘 여행 되시기를."

접객 태도가 정중했지만 요즘 젊은이들 같은 면모도 있는 여자였다. 아마 대학생일 거라고 나카야마는 생각했다. 린과 마주 보고 앉자 곤돌라가 천천히 움직이기 시작했다.

"우와, 생각보다 빨리 움직이네."

"어, 그러네."

"아빠, 혹시 무서워서 그래?"

"무섭지 않아."

나카야마가 식은땀을 닦으며 말하자 린이 깔깔 웃었다. 오늘 만난 이후로 린이 이렇게 웃는 건 처음이었다. 그게 기쁘긴 했지만 나카야마의 땀은 멎지 않았다. 그러는 동안에도 곤돌라는 빠르게 고도를 높여갔고 사람들의 모습이 점점 콩알처럼 작아졌다.

"린, 위험하니까 앉아 있어."

린은 곤돌라 창밖을 향해 연신 손을 흔들었다. 여기선 보이지 않지만 아까 사탕을 준 노인을 향한 인사일 거라고 나카야마는 생각했다. 그러다가 린이 캬하하, 하고 웃으며 점프해서 곤돌라가 흔들렸기에 나카야마는 더욱 긴장했다. 사실 나카야마는 어릴 때부터 고소공포증을 갖고 있었다. 딸 앞에서 멋지게 보이고 싶은 마음에 괜찮을 거라는 자기 최면을 걸고 왔지만, 전혀 나아지지 않은 것 같았다.

"저기 봐봐. 다들 저렇게 작아졌어."

"어, 그러네. 그런데 린은 하나도 안 무섭나 보구나. 대단하다. 여기 생각보다 높은데."

"응, 린은 괜찮아. 강하니까."

린은 창밖 풍경에 정신이 팔려서 열심히 관찰하듯 아래를 내려다보고 있었다. 나카야마는 시선을 조심스레 밑으로 향했다가 온몸에 소름이 돋았다. 그러다 주머니에 넣어둔 시계를 잠깐 꺼내 시각을 확인했다. 오전 11시 52분이었다. 원래 예정대로라면 정오에 맞춰 정상에 도착하는 곤돌라를 탔어야 했다. 그러나 순서를 양보한 탓에 그보다 30도 정도 더 기울어진 위치에서 '그것'을 보게 되었다.

"린, 이제 8분 뒤면 12시야."

"흐음~ 점심시간이야?"

"빵과 차는 미리 사뒀어. 주스는 아까 쏟아버렸으니까……."

"괜찮아. 그거 먹지 뭐."

드림랜드는 오래된 놀이공원이라 도시락 지참이 가능했다. 나카야마가 가방에서 음식을 꺼냈다.

"린, 저쪽을 봐봐. 시계탑이 있지? 12시가 되면 저기서 인형들이 나와서 움직이는데, 그걸 정상 근처에서 볼 수 있단다. 드림아이는 저 시계탑이 잘 보이도록 설계되었대."

"인형극이야?"

"맞아. 굉장하지? 드림랜드의 탄생 설화래. 난쟁이가 공주님을 좋아하게 되는 이야기야."

"공주님이 나와? 진짜 재밌겠다!"

딸아이가 점점 밝게 이야기하자 나카야마의 가슴이 뜨거워졌다. 이혼 전에 유이코와는 사소한 일로 늘 다퉜기 때문에 부녀 관계도 결코 친밀하진 못했다. 헤어진 뒤로 쭉 만나지 못했지만, 딸과 함께하는 시간이 정말 소중하다는 걸 새삼 실감하며 혼자 고개를 끄덕거렸다.

바로 그때, 곤돌라가 크게 휘청이듯 흔들렸다.

"까앗!"

"린!"

밖을 보며 앉아 있던 린이 의자에서 넘어지며 곤돌라 바닥으로 쓰러졌다. 나카야마는 다급히 다가가서 린을 일으켜 세웠다. 곤돌라는 좌우로 흔들리고 있었다. 규칙적으로 흔들린다기보다는 이리저리 불안하게 휘청거리는 것에 가까웠다.

"린, 괜찮아? 다친 데는 없어?"

"으응…… 엄청 흔들리네."

나카야마는 조용히 주위를 둘러보다가 작게 중얼거렸다.

"이제 멈췄어."

느닷없이 드림아이가 완전히 정지했다. 나카야마는 무슨 이벤트 같은 게 아닐까 잠시 생각했지만, 그럴 가능성은 없었다. 인터넷으로 예약할 때 드림아이에 관한 정보를 철저히 조사해두었으므로 확실했다. 지금은 명백히 예정에서 벗어난 상황이라는 생각에 나카야마는 불안해졌다.

"아빠, 어떻게 된 거야? 왜 멈췄어?"

린이 의아하다는 듯이 창밖을 내다보았다.

"음, 아빠도 잘 모르겠어. 하지만 괜찮으니까 걱정하지 않아도 된단다."

나카야마는 그렇게 말하며 주위를 살피기 시작했다. 곤돌라는 다다미 네 장 정도의 넓이_{약 6.6제곱미터}였고 위쪽에 보닛, 입구에는 긴급연락용 전화기와 방송용 스피커, 그리고 아래쪽에도 보닛이 하나 있었다.

나카야마는 그것들을 꼼꼼히 확인한 다음 창밖을 살폈다. 몸이 긴급상황임을 감지하면서 고소공포증은 깨끗이 사라졌는지, 마치 다른 사람 같은 분위기를 풍겼다. 나카야마는 위험을 감지한 순간부터 자연스레 이런 표정이 되는 듯했다.

그러나 나카야마가 탄 곤돌라에서는 대각선 밑으로 멀리 떨어진 곤돌라의 내부밖에 보이지 않았다. 각도 때문에 바로 앞뒤의 곤돌라는 확인할 수 없었고, 나카야마는 그 외의 곤돌라 쪽으로 눈을 돌렸다. 그곳에서는 역시나 승객들이 당황하며 창밖을 내다보고 있었다. 그 모습을 확인한 나카야마는 다시 딸아이에게 시선을 향했다. 린도 똑같이 혼란스러워하는 것을 보고 일단 되도록 바깥을 보지 말라고 말해두었다.

현재 드림아이 외의 놀이기구는 전부 정상적으로 가동되는 것 같았다. 회전목마가 돌아가는 것을 본 나카야마는 낮게 신음했다. 아무래도 문제가 발생한 것은 드림아이뿐인 것 같았다.

나카야마는 사고가 아닌 사건일지도 모른다고 내심 생각했지만, 딸 앞
에서는 억지로 미소를 지어 보였다. 그리고 주머니에 넣어두었던 손목시
계를 다시 차며 시각을 기억해두기 시작했다.

11시 55분, 드림아이 정지

"드림아이 관제실, 여기는 드림아이 운영국 담당자 타키구치 미카입니다. 예기치 못한 문제가 발생해서 운행이 완전히 정지된 상태예요. 관리 시스템이 전혀 응답하지 않습니다."

드림아이의 승객 안내 담당인 타키구치 미카는 대관람차가 완전히 정지한 것을 확인하자마자 시스템 관리실에 긴급연락을 했다.

그러자 즉시 한 남자의 대답이 돌아왔다. 지금까지 드림아이에서 오류가 발생한 적은 없었으므로 타키구치가 이 남자와 대화하는 건 이번이 처음이었다.

"여기는 시스템 관제실의 미야우치 쇼지입니다. 그쪽은 아르바이트생인가요? 아…… 정말 곤란하게 됐네요. 이런 일이 발생할 리가 없는데……. 아, 방금 드림아이의 운행 정지를 눈으로도 확인했습니다. 긴급상황 발생 시의 지침을 따라 신속하게 긴급 안내방송을 해주세요. 최대한 빨리 원인을 찾아낼 테니까, 그쪽 일은 알아서 잘해주길 바랄게요."

"네, 알겠습니다."

타키구치 미카는 그렇게 대답하고 통신을 끊었다.

밑에서 올려다보면 멈춰버린 드림아이가 거대한 조각상처럼 우뚝 서 있었다. 아직 대학생인 타키구치는 이곳에선 아르바이트생에 불과했다. 그녀는 처음 겪는 상황에 긴장하면서 크게 심호흡을 했다. 입장객 대부분은 아직 드림아이의 이상을 눈치채지 못했다. 그러나 누구 한 명이라도 발견하는 순간, 큰 혼란으로 이어질 것이 분명했다. 시스템이 복구되지 않으면 대혼란이 벌어질 것이다.

"시스템 관제실에서 안내방송을 하라고 지시했으니까, 제가 할게요."

운영국 멤버들에게 말하자 다들 고개를 끄덕이며 타키구치에게 맡겼다. 드림아이를 담당하는 직원들의 나이는 제각각이지만 다들 아르바이트생이며 정직원은 아니었다. 평소에도 안내방송을 담당하는 타키구치가 마이크 스위치를 누르는 것은 자연스러운 흐름이었다.

애초에 곤돌라 내부로 연락하는 방법은 두 가지가 있었다.

첫 번째는 스피커를 통해 열두 대의 곤돌라에 일제히 안내방송을 내보내는 것이고, 두 번째는 수화기를 통한 개별 통화였다.

이번에는 스피커를 사용해 승객 모두에게 안내방송을 했다.

"승객 여러분, 드림아이는 현재 예기치 못한 상황으로 잠시 정지했습니다. 이것은 안전에 최선을 다하기 위한 조치이므로 크게 걱정하실 필요는 없습니다. 복구작업은 이미 시작되었습니다. 승객 여러분께 큰 불편과 염려를 끼쳐드리게 되어 진심으로 송구스럽지만, 잠시만 참고 기다려주시길 부탁드립니다."

맑은 목소리에서 초조함이나 긴장은 거의 묻어나지 않았다. 드림랜드의 직원은 아르바이트생이라도 높은 수준의 연수 과정을 거쳐야만 한다.

"이 목소리, 아까 그 언니다!"

"그래, 긴급 안내방송이야. 조금만 기다리면 다시 움직일 거란다."

나카야마는 딸을 안심시키기 위해 머리를 쓰다듬었다. 그때, 띠리리링하고 상황에 어울리지 않는 유쾌한 음악이 흘러나왔다. 나카야마가 손목시계를 들여다보자 마침 정오였다. 시계탑의 인형들이 움직일 시간이다.

"린, 저길 잘 봐. 저게 아까 아빠가 말한 인형극이야."

린의 불안한 시선이 지상을 향했다. 바로 그때 시계탑에서 인형들이 걸어 나와 움직이기 시작했다. 나카야마는 인형극이 진행되는 동안 그곳에서 보이는 다른 곤돌라들을 살폈다. 인형이 움직이는 광경을 보고 다들 화기애애한 분위기를 되찾은 모습이었다. 나카야마가 아주 잠시나마 어깨의 힘을 풀었을 때, 다시 한번 안내방송을 알리는 신호음이 울렸다. 모든 곤돌라 안에 일제히 방송이 흘러나왔다.

"여어, 안녕들 하신가."

나카야마는 위화감을 느꼈다. 방금 타키구치라는 여직원이 문제 발생을 안내하던 스피커에서 이렇게 익살스러운 목소리가 흘러나온다는 게 이상했다. 게다가 음성변조를 사용한 듯한 기묘한 목소리였다.

"만나서 반갑군. 내 이름은 난쟁이일세. 방금 상영된 인형극에 등장한 키 작고 못생긴 난쟁이."

"지금 난쟁이가 말하는 거야?"

린이 고개를 갸웃거렸지만 곤돌라 안의 목소리는 스피커 너머로 닿을 수 없는 구조였다.

"방금 정오가 지났어. 이제부터, 당신들은 시곗바늘이 되어줘야겠어."

나카야마를 포함해 곤돌라에 탄 사람들은 입을 멍하니 벌린 채 귀를 기울였다.

"거기서 보이는 경치는 꽤 훌륭하겠지? 시계탑의 희극도 잘 보였을 테고 말이야. 다들 재미있게 즐기셨나? ⋯⋯하지만 진짜 희극은 지금부터야. 이제 곧 드림아이의 통신을 차단하겠네. 뭐, 다시 말해 휴대전화를 사용할 수 없게 된다는 뜻이지."

자신을 난쟁이라고 소개한 인물이 선심 쓴다는 듯이 말을 이었다.

"평소 가족들에게 못했던 말이 있다면 이 틈에 빨리 끝마치는 게 좋을 거야."

차갑게 울리는 목소리였다. 컴퓨터나 기계로 만들어진 인공적인 소리 같아서 성별은커녕 나이도 파악하기 힘들었다. 말투가 남자 같다는 점을 토대로 나카야마는 머릿속으로 분석을 시작했다.

주변을 둘러보자 다른 곤돌라에서도 이 이상한 목소리가 흘러나오고 있다는 걸 사람들의 반응을 통해 알 수 있었다.

"오늘 밤은 크리스마스이브, 무슨 일이 벌어져도 사람들은 행복에 넘치며 꿈을 이야기하는 날이지. 그건 당신들도 마찬가지일 거야. ⋯⋯자, 그럼 시작하지."

갑자기 즐거운 음악이 흘러나오나 싶더니, 다음 순간 위쪽에서 곤돌라의 고정 장치가 흔들리는 소리가 났다. 여기보다 위에 있는 곤돌라는 하나뿐이다. 나카야마는 그곳에 자신과 순서를 바꾼 중년 부부가 탔던 것을 기억해냈다.

"설마⋯⋯ 안 돼! 그만둬!"

나카야마는 스피커를 향해 소리쳤다.

다음 순간, 머리 위의 곤돌라가 하늘에서 떨어지는 기세로 땅으로 추락했다. 나카야마는 그것이 옆을 스쳐 지나가는 순간을 똑똑히 목격했다. 마치 슬로모션처럼 느껴지는 광경이었지만, 곤돌라 내부는 보이지 않았다. 충격음과 폭풍이 주변을 휩쓸었고, 나카야마가 탄 곤돌라도 충격으로 크게 흔들렸다.

꺄아악, 하는 많은 사람의 비명이 울려 퍼지며 지상은 혼란에 빠졌다. 스피커에서 흘러나오던 목소리는 거기서 끊기더니 더는 아무 말도 하지 않았다.

자세를 바짝 낮춘 나카야마는 린의 귀를 막아주면서 남색 재킷의 안주머니에서 휴대전화를 꺼냈다. 유이코의 번호로 걸었지만, 신호음만 허무하게 몇 번 울리다가 부재중 음성으로 넘어갔다.

"꼭 이렇게 중요할 때만 안 받는다니까……."

"아빠, 어떻게 된 거야? 너무 무서워……."

린의 눈에서 굵은 눈물방울이 흘러내리기 시작했다.

"린, 괜찮아. 별일 아니야. 무서워할 필요 없단다."

나카야마는 딸을 진정시킬 만한 물건이 없나 싶어서 유이코가 준 하늘색 백팩을 열어보았다. 가장 위쪽에 귀마개가 들어 있었다. 방한용품이긴 해도 마침 잘됐다 싶어 린의 귀에 씌워주었다.

"이제 좀 조용해졌지? 다음은 이거."

아까는 거부하던 곰 인형을 꺼내서 건네주자 린은 그걸 꼭 끌어안았다. 그다음엔 바깥이 보이지 않도록 린을 곤돌라 바닥에 앉히고 빵과 차를 건네주며 진정시켰다.

"잠시만 앉아 있어."

나카야마는 휴우, 하고 깊게 심호흡을 함으로써 침착함을 되찾았다.

다시 한번 지상을 내려다보자 아까 머리 위에서 분리되어 추락한 곤돌라가 사랑의 대지 위에서 불타고 있었다. 모양이 둥그스름하다 보니 낙하의 충격으로 드림아이에서 조금 먼 곳까지 굴러간 모양이었다. 거센 불길을 보면 안에 타고 있던 사람들은 무사하지 못할 것 같았다. 불길에서 벗어나더라도, 곤돌라의 문은 전자동식이라 사람의 손으로 열 수 없었다. 자신 역시 똑같은 곤돌라에 타고 있다는 걸 문득 깨달은 나카야마는 소름이 돋았다. 게다가 지금 낮은 곳에서 멈춘 곤돌라라면 몰라도, 나카야마가 탄 곤돌라의 높이라면 땅에 충돌하자마자 즉사할 것이다.

나카야마는 긴장하면서 구비된 전화기에 손을 뻗었다. 조금 전 난쟁이는 휴대전화의 전파를 차단하겠다고 선언했다. 그러나 이 전화라면 방해할 수 없을 거라는 판단에서였다.

신호음이 울렸지만, 다른 곤돌라에 탄 사람들도 똑같이 통화를 시도하고 있어서인지 좀처럼 연결되지 않았다. 어쩌면 현장이 혼란스러운 탓에 직원들이 자리를 비웠는지도 모른다. 나카야마는 간절히 기도하듯 수화기를 쥔 손에 힘을 주었다.

"네, 여기는 드림아이 운영국입니다."

당황이 묻어나는 목소리였다. 나카야마는 그게 누구의 목소리인지 기억해냈다.

"당신, 아까 그 담당 직원이죠? 이름이 타키구치라고 했던가요? 명찰을 본 게 기억납니다. 어쨌든 무사해서 다행이군요. 대체 지금 무슨 일이 벌어진 겁니까?"

"어, 네, 아니, 그게……."

타키구치는 혼란에 빠져 말이 제대로 나오지 않았다. 곤돌라가 지상에 추락하고 큰 폭발까지 일어났으니, 나카야마의 질문에 제대로 대답하지 못하는 것도 무리는 아니었다.

"운영국 쪽은 무사합니까?"

"아, 네, 곤돌라가…… 떨어졌지만, 저기, 직원들은…….."

"타키구치 씨, 심정은 이해하지만 진정하셔야 합니다. 제 이름은 나카
야마 히데오입니다. 딸과 둘이서 곤돌라 안에 있어요. 추락하지 않은 곤돌
라의 승객들은 전부 무사한 것 같습니다. 그러니까 진정하고 내 말을 들어
주십시오."

최대한 차분하게 이야기하는 나카야마 덕분에 타키구치의 흥분도 어느
정도는 가라앉은 것 같았다.

"어, 그러니까, 여기는 드림아이 바로 밑에 있는 운영국 사무실이고 시
스템 관제실에서 지시를 받아 움직이고 있어요. 승객들의 피난을 유도하
라는 지시가 내려와서, 저를 제외한 직원들은 지금 입장 대기열의 손님들
을 피난시키고 있어요."

"그렇군요. 그럼 당신은 연락 담당입니까?"

"네. 시스템 관제실의 미야우치 씨라는 분의 지시로 여기서 연락 대기
를 맡고 있어요."

"그곳에는 뭔가 이상한 점이 없나요? 계기가 망가졌다거나 제어가 불
가능하다거나…….."

"어…….."

나카야마가 현재 상황을 정확히 알아맞히자 타키구치는 동요한 나머지
말을 잇지 못했다.

"역시 드림아이는 지금 제어가 불가능한 상황이군요?"

그 사실을 인정해버리면 혼란이 가중될지도 모른다는 생각에 타키구치

는 대답을 머뭇거렸다. 그러자 나카야마가 말을 이었다.

"그쪽 사정은 알겠습니다. 그럼 지금부터 내가 하는 말을 잘 들으세요. 이건 대관람차를 이용한 계획 살인입니다."

"네……?"

살인이라는 단어를 듣자 타키구치의 목소리가 상기되었다.

"범인의 목적은 알 수 없지만 드림아이는 사실상 탈취된 겁니다. 다시 말해 사상 초유의 대관람차 납치인 셈이죠."

"어어, 저기, 잠시만요. 곤돌라가 분명 추락하긴 했지만, 그건 사고 아닌 가요? 고객님들께는 정말 죄송하지만 시스템의 결함일 가능성이……."

"그렇지 않습니다."

나카야마는 타키구치의 말을 끊으며 말했다.

"지상에는 들리지 않았을지도 모르지만, 우리는 범인으로 보이는 사람의 목소리를 들었습니다. 안내방송이 흘러나왔죠."

"안내방송이요? 하지만 제가 했던 안내방송은 아까 했던 게 마지막일 텐데요."

"안내방송을 그 사무실에서만 할 수 있는 건 아닐 텐데요?"

"어, 맞아요. 시스템 관제실 같은 곳에서도 가능하고, 긴급용 보조 운영국 사무실도 있긴 하니까요……."

"그럴 겁니다. 아까 당신 이외의 누군가가 안내방송을 했습니다. 곤돌라 안의 승객들이 전부 들었으니까 증언해줄 사람은 많아요. 그러니까 지금은 내가 하는 말을 잘 들어요. 우리가 의지할 수 있는 사람은 당신뿐입니다."

"잠시만요. 그렇게 말씀하셔도…… 이제 뭐가 뭔지 잘 모르겠어요. 전 그냥 아르바이트생이고 아직 대학생인걸요."

"네, 많이 당황스럽겠죠. 하지만 지금 이건 현실에서 벌어지고 있는 실제 사건입니다. 이쪽이 필사적이라는 건 아실 테죠? 우리는 120미터 상공에서 매달린 상자 안에 갇혀 있어요. 지금 상황에선 제가 갇힌 곤돌라도 언제 떨어질지 모릅니다. 그런 공포 속에 있다고요."

"……저기, 어쨌든 거기서 조금만 더 기다려주세요. 제가 아까 안내방송으로 말씀드린 것처럼……."

"아니, 뻔합니다. 드림아이의 시스템 복구 가능성은 아직 희박할 테죠."

"아, 네…… 사실은 그렇습니다……."

"그러니까 지상의 정보가 꼭 필요합니다."

그러자 침착함을 되찾으려는 듯이 타키구치가 크게 심호흡을 했다.

"그러면 나카야마 씨, 저는 뭘 하면 될까요?"

"고맙습니다. 나도 드림아이가 정지한 원인을 모른다는 건 알아요. 일단은 지상의 상황을 알려줄 수 있을까요?"

"음, 그러니까, 아까 지상에 추락한 건 5번 곤돌라예요. 소방대가 와준다고 했으니까, 곤돌라의 불을 끄는 건 아마 그쪽에 맡기게 될 것 같아요."

"우리 옆에 있던 곤돌라였죠. 부부가 타고 있던……."

"……그 승객분들은 아마도……. 하지만 드림랜드의 운영팀이 경찰, 소방대, 구급대에 연락했다고 하니까 뒤처리는 그쪽에 맡기게 되겠죠."

"그렇군요. 그렇게 되면 당신은 현장에서 쫓겨날 테죠. 경찰은 차단선을 치고 현장보존에 힘쓸 거고요. 그 전에 꼭 해둘 말이 있습니다. 이건 경찰에게 이야기하지 마세요."

나카야마는 그렇게 말을 이어나가며 창밖으로 시선을 보냈다.

먼 도로 쪽에서 경찰차와 소방차가 사이렌을 울리며 달려오는 것이 보였다.

"자세히 알고 계시네요. 나카야마 씨는 경찰 관계자이신가요?"

"엄밀히 말하면 아닙니다. 그런 것보다 지금 알고 싶은 건, 드림아이의 시스템입니다. 긴급상황에서의 매뉴얼이 있을 것 같은데, 혹시 알고 있나요?"

"네. 연수를 받을 때 읽어봤고 실습해본 적도 있어요. 드림아이에서 사고가 발생한 경우의 대응과 지침 순서 같은 게 적혀 있었죠."

"아, 알겠네요. 범인은 틀림없이 그 매뉴얼을 읽어봤을 거고 드림아이의 구조를 정확히 파악하고 있을 겁니다. 내부 직원이면서 기계에 정통할 가능성이 높겠죠. 이 시스템의 책임자가 누군지 혹시 알고 있습니까?"

"으음, 드림아이는 이 놀이공원의 최신 시설이자 주력 놀이기구라서 단독으로 운용을 전담하는 부서가 있어요. 거기서 설계부터 운용까지 전부 총괄하는 사람이 시스템 운용부의 미야우치 씨라는 남자예요."

"이야기해본 적이 있습니까?"

"아까 전화로 두 번 지시를 받았어요. 조금 느슨해 보이는 사람이었는데요."

"그렇군요. 그렇다면 말을 붙이기가 어렵진 않겠군요. 그래서 말인데, 이건 개인적인 부탁이지만 그 미야우치라는 남자에게 직접 접촉해줄 수 있을까요?"

"어, 그 사람이 범인인가요?"

"아니, 특별히 의심해서 그러는 건 아닙니다. 다만 지금은 정보가 너무 부족해요. 범인은 아마 지금 우리의 통화 내용도 듣고 있을지 모릅니다.

그러니 그걸 역이용해서, 범인의 감정을 동요시킬 수도 있겠죠. 아무쪼록 거기서 최대한 많은 걸 알아봐 주세요. 저는 딸을 꼭 살리고 싶습니다."

"하지만…… 조사는 경찰에 맡기는 게 좋지 않을까요?"

"그렇긴 하지만 우선 드림아이가 납치됐다는 사실을 경찰에게 알릴 사람은 당신밖에 없어요. 드림아이에서 스마트폰 같은 건 사용 못 할 거라고 범인이 말했으니까요. 이제 곧 전파가 일제히 차단될 겁니다. 이제부터는 지금처럼 곤돌라 내의 개별 전화를 이용하거나, 안내방송용 스피커를 통해 연락할 수밖에 없겠죠."

"아, 알겠습니다……. 일단 제가 할 수 있는 일은 해볼게요."

'너무 혼란스러워서 잘할 수 있을지는 모르겠지만요'라고 타키구치는 수화기 너머에서 중얼거렸다.

"네, 혼란스러운 건 나도 마찬가집니다."

나카야마는 그녀의 말에 동의했다. 그리고 마지막으로 한마디를 남겼다.

"이거 한 가지만 기억하세요. ……경찰은 절대 믿으면 안 됩니다. 진실이란 건 남들이 가르쳐주는 게 아닙니다. 자기 머리로 생각하지 않으면 절대 찾아낼 수 없어요."

12시 30분, 경찰 도착

시곗바늘이 12시 반을 가리킬 무렵, 첫 경찰 차량이 드림랜드 정문에 도착했다.

정문에 '접근 금지'라고 적힌 테이프가 둘러쳐지자 드림랜드 밖으로 나갈 수 없게 된 입장객들은 큰 혼란에 빠졌다. 그런 가운데 뒤따라 도착한 경찰차 문이 열렸다.

차에서 내린 사람은 경시청 소속 정보분석관 카나모리 쇼헤이였다. 그는 경찰치고는 몸집이 작고 등이 구부정했다. 입장객들은 그의 패기 없는 얼굴을 보며 이런 경찰관을 믿어도 되냐며 불안해했다.

그 뒤로 도착한 것은 경찰차가 아닌 새까만 색상의 도요타 크라운이었다. 반짝거리는 광택의 승용차에서 몸집이 큰 사내 한 명이 내렸다. 그는 남색 더블 슈트 위로 검은색 코트를 걸치고 있었다. 빳빳하게 다려진 줄무늬 셔츠가 졸부 같은 분위기를 풍겼다. 경시청 수사1과의 형사인 카이자키 케이이치였다.

카나모리는 즉시 카이자키에게 고개를 숙였다.

"오시느라 수고하셨습니다, 카이자키 형사님."

"일단 입장객들부터 좀 진정시켜봐. 이런 상태로 무슨 수사를 하겠나?"

카이자키는 카나모리의 인사를 받아주지도 않고 경찰 전체에 지시를 내렸다.

"그리고 서둘러서 각 언론사에 보도 통제를 걸어둬. 또 드림랜드 전체의 지도를 준비하고 드림아이의 개요 및 설계를 잘 아는 사람을 데려와!"

그러자 많은 경찰관이 긴박한 분위기를 풍기며 '넷!' 하고 경례했다. 카이자키는 안주머니에서 경찰 수첩을 꺼내더니 하얀 입김을 뱉으며 말을 이었다.

"소개가 늦었는데, 난 경시청 수사1과 카이자키다. 조난城南경찰서 제군들, 수고가 많다. 난 독신이지만 제군들에겐 가족이 있을 거다. 사고인지 사건인지 아직은 알 수 없지만 빨리 해결하고 집으로 돌아가자고. 오늘은 크리스마스이브 아닌가."

다소 명령조의 말투긴 해도 관할 경찰에 대한 배려가 느껴졌기에 현장의 경찰관들은 더욱 의욕적으로 움직이기 시작했다.

"일단은 피해 상황의 파악과 사태 수습이 먼저다. 내가 출동했다는 건 상층부에서 사고가 아닌 사건일 가능성을 염두에 두고 있다는 말이겠지. 정식으로 사건화되고 수사본부가 세워질 때까지, 현시점부터 내가 수사 지휘를 맡게 되었다. 일단은 현장 상황부터 보고하도록."

이것이 현장의 의욕을 끌어올리는 카이자키 나름의 동기부여법인 것 같았다. 카이자키는 주위를 둘러보고는 수사관이 들고 있던 쌍안경을 빼앗았다.

"지상에서 쌍안경을 사용하면 곤돌라 안에 사람이 있다는 건 확인이 가능합니다."

경찰관이 그렇게 보고했다.

"그런 것 같군. 하지만 얼굴까지는 제대로 안 보이는데. 신원 확인은 별도로 진행해야겠어."

"네, 그래야겠죠."

카나모리가 카이자키에게 잘 보이려는 듯이 그의 의견에 동의했다.

"하지만 아래쪽에 멈춰 있는 곤돌라는 지상에서 멀지 않군. 아마 사다리차로 구조할 수도 있을 거야. 혹시 모르니 헬기가 필요할지도 모른다고 본청에 연락해둬. 언제든 날아올 수 있게 준비하라고 해."

"알겠습니다. 그런데 카이자키 형사님, 왜 우리 수사1과를 출동시킨 걸까요? 이건 단순한 사고가 아닌 겁니까?"

"카나모리, 네가 나한테 질문할 수 있는 위치냐?"

"……주의하겠습니다."

카나모리는 그렇게 말하며 두 걸음 뒤로 물러섰다. 그와 엇갈리듯이 조난경찰서의 경찰관이 한 걸음 앞으로 나왔다.

"지시를 내려주십시오."

"음, 지금 즉시 거점을 만들도록."

"야외에 말입니까?"

"일단은 그래야겠지. 입장객에게 방해받지 않을 만한 장소에 텐트를 치고, 야외용 전원과 수사용 PC도 필요해. 되도록 드림아이와 가까울수록 좋겠지."

"그게…… 드림랜드 측에선 현재 발생한 화재와 다른 곤돌라가 또 추락할 가능성이 있다는 이유로 되도록 드림아이에 접근하지 말아 달라고 요청했습니다."

"뭐가 어째? 그러면 사다리차나 헬기로 어떻게 구조를 하라는 거야!"

"네. 하지만 2차 재해가 발생할 경우, 그 비난은 경찰이 뒤집어쓰게 되니까요……."

조난경찰서 경찰관의 말에 카이자키는 심각한 얼굴로 고개를 끄덕이더니 일단 거점부터 만들라고 지시를 내렸다.

20분 정도가 경과했을 때, 카이자키는 드림아이가 보이는 위치에서 보고를 받고 있었다.

"그러면 우선 이 대관람차 사고의 개요를 설명하겠습니다. 이곳 드림랜드에서 오전 11시 55분 사랑의 대지 내의 드림아이가 갑자기 정지, 정오 무렵에 곤돌라 하나가 지상으로 추락했습니다. 땅에 충돌한 곤돌라는 꽤 먼 곳까지 굴러갔기 때문에 드림아이에 접근하지 않고도 소화 작업과 수색을 할 수 있었습니다."

"탑승객은?"

"사망했습니다. 드림아이의 담당자에 따르면 추락한 곤돌라는 고령자에게 특전을 주는 '실버 곤돌라'라고 합니다."

"요즘 최고의 화제성을 자랑하는 드림아이에서 낙하 사고가 발생했다는 게 알려지면 사회적 파장이 엄청날 거야. 그것도 하필 크리스마스이브에……."

"뭔가 부자연스럽군요."

카나모리가 조심스레 꺼낸 의견에 카이자키도 동의했다.

"확실히 부자연스러워. 그건 그렇고, 거기에 탔던 승객의 신원은 파악됐나?"

"사체의 손상이 심해 얼굴을 확인하진 못했습니다. 다만 곤돌라 내부에서 타다 남은 지갑을 발견했습니다. 아무래도 상당한 내열 소재로 만들어진 것 같은데……. 아무튼 지갑 안에 면허증이 있었습니다. 사망자 중 한 명은 도쿄에 거주 중인 72세 남성, 후지사와 타이시 씨로 추정됩니다. 지금은 현장 보존에 주력하고 있지만, 차후 시신을 부검해서 DNA 확인 예정입니다."

"후지사와 타이시?"

카이자키가 눈썹을 살짝 찡그리며 이름을 되물었다. 수사관은 그가 제대로 못 들었나 싶어서 다시 한번 이야기했다.

"네. 72세의 후지사와 타이시 씨입니다."

"……그렇군. 가족들에겐 연락했나?"

"아니요. 아직 연락이 닿지 않는 상태입니다. 일단 수사관을 자택 쪽으로 보내긴 했습니다."

"그건 그렇고, 요즘 노인들은 기운도 좋군. 크리스마스이브에 인기 절정인 대관람차를 타러 오다니 말이야……."

"추억이라도 있는 게 아닐까요?"

"뭐, 죽은 사람은 죽은 거고. 이미 지나간 일이야. 다른 건 없나?"

"특기할 만한 정보는 아니지만 드림아이 근처 '꽃의 제단'이라 불리는 화단에서 놀이공원 캐릭터의 인형 탈이 벗겨져 있는 걸 발견했습니다."

"그야 이런 혼란 상황인데, 안에 있던 사람은 당연히 도망쳐버렸겠지. 아이들의 꿈을 깨뜨리지 않도록 인형 탈을 몰래 벗고 나서 말이야. 그쪽은 조사해봐야 시간 낭비야. 그런데 추락한 실버 곤돌라에는 반드시 고령자만 탈 수 있는 건가? 곤돌라에 무슨 특징이라도 있나?"

"아니요. 실버 곤돌라라고 해서 사양 자체가 다른 것 같진 않습니다. 기준에 맞는 고령자가 있으면 탈 수 있지만, 만약 없다면 그냥 일반 승객을 태우는 모양입니다. 고령자가 실버 곤돌라에 탑승한 경우는 두 바퀴 동안 탈 수 있다는 특전이 있고요."

"그래, 그래. 아이들이 뛰노는 꿈의 나라를 고령화 사회의 사업 모델과 결합시킨 좋은 예로군. 자, 현시점에서 사망자는 두 명. 지금으로서는 사고 라고 판단할 수밖에 없군. 다른 정보가 또 있나?"

"그게 말입니다, 카이자키 형사님. 현장으로 향했던 경찰관이 방금 급하게 돌아왔는데, 드림아이 승객 안내를 담당하는 직원이 이상한 소리를 했답니다. 타키구치 미카라는 대학생이라고 합니다."

"타키구치 미카."

카이자키는 그 이름을 자기 입으로 중얼거려보았다.

"드림아이 운영국 사람인가 보군. 그래, 뭐라고 했다던가?"

주머니에 손을 집어넣고 턱을 쭉 들어 올리는 카이자키 앞에서 보고자인 카나모리는 등을 더욱 구부정하게 움츠렸다.

"그 직원은 이번 일이 계획 살인이라고 말했답니다."

"호오…… 그럴만한 근거가 있어서 하는 말이겠지?"

카이자키가 노려보자 카나모리의 몸이 움찔했다.

"그건 아닙니다. 어디까지나 일반인의 의견이니까요. 드림아이의 곤돌라에 탄 승객 한 명과 연락이 닿았다는데, 그 사람 말에 따르면 범인이 이미 스피커를 통해 자기 존재를 드러냈고, 고의적으로 곤돌라를 추락시킨 거라고 합니다."

"그게 무슨 소리야? 혼란스러워서 아무 말이나 하는 건 아니고?"

"네, 신빙성은 떨어집니다. 다만 그 직원은 마지막에 이 일련의 사건이 대관람차 납치라는 말을 꺼냈습니다."

"대관람차 납치? 처음 듣는 소리군."

"네, 그렇습니다. 그런데 이걸 납치할 만한 목적이 대체 뭐가 있는지 저희로서도 이해하기 힘듭니다. 애초에 대관람차라는 건 고도의 기술력이 필요하긴 해도, 결국 테마파크에 있는 놀이기구에 불과하니까요."

싸구려 파이프 의자에 앉은 카이자키는 흐음, 하고 중얼거리며 테이블 위에 올린 다리를 바꿔 꼬았다.

"뉴스에서 잠깐 본 얘기이긴 한데, 이 드림아이 건설에는 정부도 크게 관여했다지? 해외 관광객을 끌어들여 경제 효과를 향상하고 건축 공정 전체를 메이드 인 재팬으로 진행해서 세계에 일본의 기술력을 과시한다면서 말이야. 지금은 일본 랜드마크 중 하나로 거론될 만큼 많은 주목을 받는다는데, 그렇게나 엄청난 자금이 어떻게 모여든 건지 참 신기하지 않나?"

"그렇다면 일본의 기술력에 결함이 있다는 걸 알리기 위한 사이버 테러라는 겁니까? 해외 세력의 계획적인 공격인지도 모른다는 거군요?"

"하나의 가능성일 뿐이야. 지금은 뭐든 컴퓨터로 제어할 수 있는 시대니까, 그렇게 엄청난 규모로 일을 벌일 수도 있다는 뜻이지. 뭐, 만약 사고가 아닌 사건이라면 그렇다는 말이지만."

카이자키는 안주머니에서 담배를 꺼냈지만, 찬바람이 불어오는 탓에 스테인리스 라이터는 좀처럼 불이 켜지지 않았다. 두툼한 손으로 바람을 막으며 몇 번이고 라이터를 튕겨야 했다.

"잘 들어, 카나모리. 이곳 드림랜드는 입장 시 얼굴 인증 시스템을 도입했어. 이곳에 들어온 모든 입장객이 얼굴 사진을 촬영했을 테니, 그 데이터를 전부 확인해. 사망한 노인의 신원도 면허증 사진과 대조해보면 분명해지겠지."

"모든 입장객을 말입니까……?"

카나모리가 딱딱하게 굳은 얼굴로 중얼거렸다.

"오늘은 크리스마스이브입니다. 드림랜드에는 아침부터 입장 제한이 걸릴 만큼 많은 입장객이 몰려들어서, 현재 놀이공원 안은 혼잡하기 이를 데 없습니다. 아마 총 입장객 수가 2만 명은 될 텐데……. 이렇게 되면 다들 오늘 밤 퇴근하긴 힘들겠군요."

"그래서 뭐? 아까 내가 했던 말은 그냥 관례적 표현이었다고. 하라면 해."

카이자키가 카나모리에게 지시를 내렸다.

"아까 대관람차 납치 어쩌고 했던 직원을 포함해서 드림아이의 모든 관련자 목록을 뽑아와. 시스템에 정통한 전문 기술자, 그리고 드림랜드에 근무하는 아르바이트생, 정직원, 그 외에 놀이공원 밖에서 서성이는 수상한 인물이나 부자연스러운 신고 내용 등 최대한 많은 정보를 긁어모으라고."

"네."

"그 사람들 중에 범인이 있다고 생각하면서 움직이도록. 적어도 크리스마스 당일에는 퇴근하고 싶다면 남녀노소 상관없이 철저히 조사해!"

"알겠습니다."

"그, 타키구치 미카라는 직원은 지금 어딨지? 대관람차 납치라고 증언한 여자 말이야."

"아, 사정 청취를 위해 직원용 식당에서 대기 중입니다. 카이자키 형사님이 직접 이야기를 들어보시겠어요?"

"그러지."

"그러면 제가 안내하겠습니다."

카나모리는 카이자키에게 지시받은 사항을 다른 경찰관들에게 분담시킨 후, 둘이서 놀이공원 내의 직원 식당으로 향했다.

12시 40분, 드림랜드 내 직원 식당

드림랜드 내의 사랑의 대지에서 오른쪽으로 벗어나 보물의 동굴을 통과하면 벽돌로 지어진 벽이 나온다. 그 벽 옆으로 들어가면 직원 식당이 있다. 드림랜드의 세계관을 반영해서 지어진 건물이지만, 내부는 지극히 평범한 식당 풍경이었다.

"엄청난 사태가 되어버렸네요. 그쪽도 혼란스럽죠?"

드림아이의 시스템 관리책임자인 미야우치가 종이컵에 담긴 차를 건네주며 말했다. 그걸 받아든 사람은 안내 담당 직원인 타키구치 미카였다. 통통한 몸매에 머리카락이 이리저리 뻗쳐 있는 미야우치를 보고 타키구치는 그가 칠칠치 못한 사람이라는 인상을 받았다. 드림아이의 정밀함에 비해 이 시스템 담당자는 군데군데 나사가 빠진 듯한 느낌이었다.

"그렇죠……. 뭐가 뭔지 모르겠어요. 이런 일이 현실에서 벌어지다니……."

"저도 그래요. 드림아이가 멋대로 정지한 것만도 놀라운데, 이런 큰 사고라니……. 곤돌라가 떨어졌을 때 주변에 사람이 없었던 게 기적이었죠. 120미터 위에서 수백 킬로의 물체가 떨어진 거니까요. 하마터면 대참사가 벌어질 뻔했어요."

"지금도 충분히 대참사잖아요……."

"그, 그야…… 하지만 사망자는 아직 두 명이니까요."

"두 명이긴 해도 사람이 죽었잖아요! 실버 곤돌라가 떨어져서…… 미야우치 씨네 부서도 곤란해진 것 아닌가요?"

"네, 그렇긴 해요. 하지만 사고가 발생하자마자 경찰이 우르르 몰려와서 우리는 시스템 운용부에서 완전히 쫓겨났어요. 그러니 할 수 있는 일이 뭐가 있겠어요?"

"그런가요?"

"직원용 아이디랑 비밀번호도 몰수해서 로그인도 못 하게 할 만큼 철저하던데요. 아마도 절 의심하는 거겠죠."

"음, 그건……."

"뭐, 제가 의심받을 입장이긴 하죠. 사고든, 사건이든 간에요. 어쩌겠어요? 제가 책임자인걸."

미야우치는 어깨를 으쓱거렸다. 그 동작과 함께 뻗친 머리가 순간 흔들렸다.

"지금 여기 모인 건 사고와 관련되었을지도 모르는 직원들뿐이에요. 경찰이 사정 청취를 한다며 모아놓은 거죠. 우리는 새장에 갇힌 새처럼 드림랜드에서 빠져나갈 수 없어요."

"앗, 정말이네요. 역시 나카야마 씨의 말대로예요."

타키구치 미카는 주변을 둘러보며 불쑥 중얼거렸다.

"나카야마 씨요?"

"아, 경찰 쪽 사람이 그랬거든요."

"흐음, 수사관이 말이죠."

"저기……."

타키구치는 한 모금 마신 차를 내려놓고 미야우치에게 귓속말을 했다. 여대생의 갑작스러운 접근에 미야우치는 살짝 얼굴을 붉혔다.

"미야우치 씨가 쫓겨나기 전에, 시스템에 어떤 이상이 있었나요?"

"어…… 원래는 말하면 안 되는 건데, 이런 상황이니까……."

시스템 운용부의 업무는 기밀 사항이 많다느니, 타키구치 씨는 다른 부서의 아르바이트생이니 하는 서두를 늘어놓으면서도 미야우치는 결국 아는 대로 털어놓았다.

"실은 사고의 전조라고 할 만한 게 없었거든요. 드림아이는 아무 문제 없이 잘 운행되고 있었어요. 다만 정오가 되기 직전에 영상에 살짝 노이즈가 끼긴 했어요. 아주 잠깐이었지만."

"영상이라면, 방범 카메라 말인가요?"

"아니, 그거 말고요. 우리만 볼 수 있는 운행 제어 시스템 화면이 있어요."

"어, 그럼 혹시 해킹당한 게 아닐까요?"

타키구치의 목소리가 커지면서 주변이 잠시 술렁거렸다. 깜짝 놀란 그녀는 얼굴을 숙였다.

"뭐, 당연히 저도 그렇게 생각했죠. 우리 보안 시스템이 꽤 뛰어나긴 하지만 과신하는 건 아니거든요. 애초에 뚫리지 않는 보안 시스템은 없으니까요. 그래서 즉시 로그를 확인했는데 외부에서 침입한 흔적은 없었어요."

"그런가요? 저는 그쪽 분야는 전혀 모르지만, 그 흔적이란 게 반드시 나타나는 거예요? 발각되지 않는 경우도……."

"아니, 로그는 반드시 남아요. 딱 한 가지 방법을 제외하면요."

"그게 뭔데요……?"

"해킹할 때 관리자 시스템에 접속하는 건 보통 험난한 작업이 아니거든요. 그런데 로그가 남기까지는 최소 1초가 걸려요. 그 1초 이내에 침입할 수만 있다면야 흔적을 남기지 않을 수 있겠죠."

"음…… 단 1초 만에 중추적인 운행 시스템에 접근하는 건 불가능하잖아요."

"그렇죠. 그런 천재적인 해커가 있다면 한번 만나보고 싶네요. 그래서 불가능하다는 거예요. 그런데 이상한 점이라곤 화면의 그 노이즈뿐이었는데도, 잠시 후부터 시스템이 전혀 반응하지 않았어요. 드림아이가 우리를 관리자로 인식하지 않게 된 거죠. 다시 말해서, 드림아이를 누군가에게 조종당하고 있는 거예요. 그것도 완벽하게요. 따라서 그 인물은 지금 이 세상에서 유일하게 드림아이를 마음대로 움직일 수 있다는 얘기예요."

"그럴 수가…… 그렇다면 그 안에 계신 분들은……?"

타키구치는 한 손으로 입을 가렸다.

"뭐, 하지만 지금부터가 중요한 이야기예요. 그 범인이라는 인간이 만약 있다면 말이죠. 시스템을 장악했다 쳐도 할 수 있는 일은 결국 두 가지뿐이에요. 드림아이를 움직이는 것과 멈추는 것."

미야우치는 팔짱을 고쳐 끼고 한숨을 쉬며 중얼거렸다.

"이런 상황에서 대체 뭘 하고 싶은 건지……."

타키구치는 미야우치의 말뜻을 이해하고 되물었다.

"네? 그러면 곤돌라를 어떻게 떨어뜨린 거죠?"

"그걸 내가 어떻게 알겠어요? 냉정히 생각해봐요. 대관람차 운행 시스템을 장악해도 곤돌라를 떨어뜨리는 일 같은 건 불가능해요. 열차의 연결을 해제하는 것과는 차원이 다른 문제니까요. 드림아이는 그 수명이 다할 때까지 곤돌라 교환 없이 운행한다는 전제로 설계되었어요. 그래서 애초에 쉽게 분리할 수 없게 만들어졌죠. 드림아이를 건설할 때 작업원이 직접 곤돌라를 수작업으로 연결한 아날로그 구조거든요."

"어…… 드림아이는 완벽한 컴퓨터 제어 방식이라고 들었는데요……."

"그건 운행에 한정된 이야기겠죠. 드림아이의 시스템은 외부로부터 완전히 독립된 형태라 전원도 독자적으로 갖춰져 있어요. 그래서 드림아이의 시스템을 장악당하면 전원을 차단해서 멈추는 것도 불가능해요. 완벽한 제어 방식인 탓에 관리자 권한을 뺏기는 순간부터 아무것도 못 하게 돼버리는 거죠."

"그러면 이건 예상 밖의 사태인 거군요?"

"이런 일을 대체 누가 예측할 수 있겠어요? 저걸 건설하는 데만 꼬박 5년이 걸렸어요. 계획 자체는 그 이전부터 시작되었고요. 건축 전에도 수천 번에 걸친 안전 실험과 온갖 사태에 대한 시뮬레이션을 거듭했어요. 하지만 이런 결과는 단 한 번도 나오지 않았으니까요……. 이제부터 어떻게 될는지……."

"그렇군요. 그렇겠죠……."

타키구치는 고개를 깊이 끄덕거렸다. 미야우치는 차를 살짝 홀짝이더니 다시 말을 꺼냈다.

"그럼 슬슬 가르쳐줄래요?"

"네?"

"당신이 나와 이야기를 하러 온 이유요. 당신이 굳이 먼저 와서 나한테 말을 걸었잖아요."

그 말을 들은 타키구치는 대답이 궁해졌다.

"나하고 타키구치 씨는 나이 차도 많이 나고 이곳에서의 입지도 전혀 다르잖아요. 직원들이 워낙 많기도 하고, 우리가 이야기를 나눈 건 아까 드림아이가 멈췄을 때가 처음이었죠? 그런 사이에 갑자기 말을 붙인다는 게 아무래도 부자연스럽잖아요. 뭐, 그쪽이 예뻐서 나쁜 기분은 아니었지만요."

"혹시 아까 말한 나카야마라는 사람과 관련이 있나요?"라고 덧붙이자 타키구치는 크게 당황하고 말았다.

"저기, 그게……."

"이봐요. 나도 이번 사고가 어떻게 된 건지 알고 싶어요. 나에게 드림아이는 가족이나 다름없다고요. 그런데 그 가족이 누군가에 의해 훼손당하고, 사람들의 목숨을 빼앗는 살인 도구가 될 줄은 꿈에도 몰랐어요. 난 드림아이의 책임자일 뿐 아니라 애착까지 느끼고 있다고요."

"네, 알겠어요. 아무한테나 하면 안 되는 이야기지만, 미야우치 씨도 이 것저것 알려주셨으니까 저도 말할게요. 예상하신 대로 그 사람의 지시로 여기 온 거예요."

"그게 나카야마라는 사람이군요. 경찰 쪽 수사관인가요?"

"아니요. 드림아이 승객이에요."

"승객이라니……. 설마 지금 저기에 타고 있다는 말인가요?"

"네, 맞아요. 추락 사고 뒤에 저를 제외한 직원들은 미야우치 씨의 지시대로 대기열의 승객들을 피난시키고 있었어요. 그래서 저만 밑에 있는 운영국에 남아서 안내방송과 연락을 담당하고 있었죠. 그때 곤돌라 안에서 나카야마 씨가 저한테 전화를 걸어 와서 통화하게 된 거예요."

"그 사람이 저에 대해 어떻게 아는 거죠?"

"미야우치 씨의 이름까지 알았던 건 아니에요. 나카야마 씨는 드림아이
의 시스템 담당자와 이야기해달라고 했어요. 현재로선 정보가 너무 부족
하다면서요. 그리고…… 이건 뜻밖의 사고가 아니라 계획적인 살인이고,
범인이 존재한다고 했어요."

"뭐라고요? 그게 정말입니까?"

미야우치가 큰 소리로 외치자 타키구치는 입가에 집게손가락을 갖다
댔다. 이번에는 미야우치가 황급히 목소리를 낮췄다.

"실은 이미 범인이 접촉해왔다고 해요. 곤돌라 내부의 안내방송용 스피
커를 통해서요. 그 사람은 이번 일이 틀림없이 사건이라고 단언했어요."

"도저히 믿기지 않네요……."

미야우치의 미간에 깊은 주름이 잡혔다. 많은 의혹을 품고 있는 표정이
었지만 타키구치는 이야기를 이어나갔다.

"그 사람이 드림아이에 탑승하기 전에 잠깐 대화해봤는데, 아이도 데
리고 있었고 나쁜 사람으로 보이진 않았으니까 일단 믿기로 한 거예요.
하지만 역시 냉정하게 생각해보면 조금 이상하죠? 대관람차를 납치한다
니…… 반드시 그래야 할 이유도 없고, 말도 안 되잖아요."

"네, 그 사람도 혼란스러웠겠죠. 망상 같은 걸 이야기한 게 아닐까요?"

"아, 하지만 마지막에……."

"뭐죠?"

"그 사람은 경찰을 믿지 말라고 했어요."

"상식적으로 생각해보면 경찰 말고 누굴 믿겠어요?"

미야우치는 어이가 없다는 표정으로 팔짱을 끼며 싸구려 의자 등받이에 몸을 기댔다. 타키구치도 고개를 힘있게 끄덕거렸다.

"맞아요. 제가 아까는 냉정하질 못해서……."

"뭐, 아무튼 대관람차 납치 같은 엉뚱한 증언은 경찰도 진지하게 받아들이지 않겠죠."

"그, 그렇겠죠? 아까 운영국에 찾아왔던 경찰분께는 일단 그런 일이 있었다고 말하긴 했어요."

"아, 내가 시스템 관제실에서 쫓겨난 것처럼 그쪽도 운영국 사무실에서 쫓겨나서 여기로 온 거군요?"

"네, 맞아요. 저 말고도 드림아이 직원들은 전원 여기에 있으라던데요."

타키구치는 고개를 끄덕거리며 말을 이었다.

"그런데 운영국 사무실은 그때 이미 먹통이 되어 있었어요."

"먹통이요?"

미야우치가 되묻자 타키구치는 진지한 얼굴로 고개를 끄덕였다.

"정전인 것 같았어요. 모든 기계가 작동하지 않아서, 직원이든 경찰이든 거기 있어 봐야 의미가 없으니까 피난한 거죠. 소방대원이 곤돌라가 또 추락할 가능성이 있으니까 위험하다고 해서……. 운영국이 정전됐다면 드림아이 자체가 위험할 수도 있다던데요."

"이상하네요. 드림아이의 전원실은 지하에 있을 텐데……."

"지하요?"

"아까도 말했지만 드림아이의 전원은 독자적으로 구축되어 있거든요. 그래서 여기 직원 식당이 멀쩡해도 드림아이만 정전됐을 수도 있긴 한데……. 아, 그러면 중앙 전원실이 아니라 운영국 사무실로 연결되는 송

전망 쪽에 문제가 생긴 건가? 곤돌라가 추락할 때 충격을 받았을 수도 있고……. 내가 시스템 관제실에서 쫓겨나기 전엔 드림아이 본체로 전력이 공급되고 있었거든요."

"아, 그런가 보네요."

"네. 그러니까 누군가에게 시스템을 탈취당해서 제어하지 못하는 것뿐인 거죠."

"정전은 우연이라는 건가요?"

"우연이라기보다, 추락의 영향으로 문제가 생긴 게 아닐까 추측하는 정도죠. 그런데 보조 운영국은요? 지금 사용할 수 있지 않나요?"

"그런 것 같아요. 경찰 쪽 사람들은 그쪽으로 들어갔거든요. 하지만 정전이 아니라도 역시 드림아이는 제어할 수 없는 것 같던데요."

"완벽히 장악당했군요……."

미야우치는 한숨을 쉬었다. 타키구치는 목을 움츠리며 미야우치에게 질문했다.

"전 이제부터 어떻게 해야 할까요? 승객분들을 돕고 싶은데……."

"어떻게 해야 하는지는 경찰에게 물어볼 수밖에 없지 않겠어요? 어차피 곧 경찰들이 당신 이야기를 들으러 올 텐데요."

"네? 어째서요?"

"그야 당신이 아까 경찰한테 '이건 대관람차 납치고 범인이 있다'라고 했다면서요? 당연히 사정 청취가 있겠죠. 만약 근거도 없는 정보를 SNS에 퍼뜨리기라도 하면 수사에 방해가 될 테니까요. 범인의 목소리를 들었다는 것도 나카야마라는 사람의 개인적인 주장이라면 경찰도 반신반의하겠죠."

"그렇겠죠? 다른 승객분들 이야기도 듣고 싶었는데, 그 직후에 정전이 일어나면서 드림아이 내부 전화가 먹통이 되어버렸거든요."

"뭐 그건 보조 운영국에서 경찰이 연락해보면 알지 않겠어요? 우리가 할 수 있는 건 이제 없어요. 경찰에게 맡길 수밖에요."

"그렇겠죠……. 아, 그래도 미야우치 씨와 이야기하길 잘했네요. 계속 너무 불안했는데, 조금은 진정이 됐어요."

"그럼 다행이고요. 나도 조금은 머릿속이 정리되네요."

"정말 감사해요. 저기…… 마지막으로 잠시만…… 만약 혹시라도 범인이 있다면, 미야우치 씨는 짚이는 사람이 없으세요? 예를 들면 시스템 운용부 안에 수상한 사람이 있다든가……."

"범인이요? 이 추락 사고에? 아니, 타키구치 씨, 평소에 탐정 소설 같은 걸 자주 읽는 편인가요?"

"그런 게 아니라, 혹시 승객분들을 구할 방법이 없나 해서요……."

"시스템부에 수상한 사람 같은 건 없고, 애초에 불가능한 일이라니까요. 우리가 아니라 폐업 직전인 놀이공원의 구식 대관람차라도 안 된다고요. 컴퓨터를 장악해서 곤돌라를 떨어뜨린다니, 인위적으로 그러는 게 가능할 리 없어요."

"확실해요?"

"100퍼센트요. 게다가 드림아이는 최신형이고 구조는 완벽해요. 연결부가 단단히 고정되어 있고, 애초에 곤돌라를 교체할 수 있는 구조가 아니라는 건 아까 이야기했죠? 게다가 열 감지 시스템도 채용해서 항상 기계부품의 노후화를 확인하고 있어요. 파리 한 마리만 기어들어 가도 이상을 감지하는데…… 사실 이게, 너무 민감하게 감지해서 조금 성가실 정도거든요. 게다가 곤돌라 본체도 통상적인 3중 문보다도 강도를 높여 티타늄을 사용한 4중으로 되어 있어요. 전부 국산품이고요. 일본 기술이 총집결된 대관람차의 최고봉, 기술자들에겐 그야말로 로망의 상징이죠."

"그러면 대체 어떻게 해야 곤돌라가 떨어지는 거죠?"

"저야 모르죠. 추락 자체가 말도 안 되는 이야기니까. ……설령 시스템을 탈취당했다고 해도 말이에요."

미야우치는 그렇게 말하며 머리를 감싸 쥐었고, 타키구치도 깊은 한숨을 내쉬었다.

타키구치와 미야우치가 머물렀던 직원 식당은 황폐함이 느껴지는 공간이었다. 커다란 난로 몇 대가 설치되어 있고 긴 테이블과 파이프 의자가 난잡하게 배치되었으며 식당 간판 아래에는 '오늘의 메뉴'가 적혀 있었다. 화려하게 빛나는 무대의 뒤편은, 이곳이 같은 꿈의 나라 안이라는 게 믿기지 않을 만큼 삭막했다.

그런 식당 문이 요란한 소리를 내며 열렸다. 더블 슈트를 화려하게 차려입은 남자가 거만한 몸짓으로 들어오더니 두 남녀가 마주 보고 앉은 자리까지 거침없이 다가왔다. 그럴 수 있었던 이유는, 함께 들어온 등이 구부정한 경찰관이 정확히 타키구치를 가리켰기 때문이다. 그는 카이자키에게 뭔가 지시를 받고 황급히 직원 식당 밖으로 나가버렸다.

"당신이 타키구치 미카 씨군요. 저는 경시청 수사1과의 카이자키라고 합니다. 죄송하지만 잠시 이야기를 듣고 싶은데요."

"아, 네."

남자가 안주머니에서 경찰 수첩을 꺼내는 것을 보며 타키구치는 황급히 자리에서 일어났다.

"실례지만 당신은……."

카이자키는 미야우치 쪽을 돌아보았다.

"아, 저는 시스템 운용부의 미야우치 쇼지입니다. 드림아이의 운행 업무를 담당하고 있어요."

"그러셨군요. 저희도 아직 주요 직원들을 전부 파악하진 못해서 말이죠. 미야우치 씨의 이야기도 나중에 듣도록 하겠습니다. 그때까지 여기서 대기해주시죠."

"대기라고요? 그럼 뭐라도 좀 먹고 있어야겠네요. 하지만 최대한 빨리 드림아이 관제실로 돌려보내 주셔야 합니다. 본사에서 계속 성화거든요. 그런데 지금은 아무것도 조사할 수 있는 권한이 없다 보니 곤란하던 참입니다."

미야우치는 그 말만을 남긴 채 몸을 일으켜 카이자키에게 자리를 양보했다. 타키구치의 맞은편에 앉은 경찰관은 정중한 말투와 달리 고압적인 태도로 팔짱을 꼈다.

"자, 그럼 시작해보죠, 타키구치 미카 씨. 이런 사태가 발생해서 많이 혼란스러우실 테지만, 저희 역시 똑같은 심정입니다. 형사 생활을 오랫동안 해왔어도 대관람차 납치 같은 이야기는 처음 들으니까요."

"네, 그러시겠죠."

타키구치는 한숨을 쉬는 것과 거의 동시에 잔뜩 굳어 있던 어깨에서 살짝 힘을 뺐다.

"왜 대관람차 납치라는 엄청난 말을 한 겁니까? 이건 단순한 장난으로 넘길 수 없는 수사 방해라고요."

카이자키가 위압적인 말투로 다그치자 타키구치는 말문이 막혔다.

"그건……."

"타키구치 씨는 대학생이라고 했죠? 그것도 여성으로서는 드물게 공학부에 재적 중인 걸 보면 참 우수한 학생 같습니다. 하지만 아직 이번 사태의 중대함을 이해하지 못한 모양이군요. 이건 게임이나 드라마가 아니라, 현실에서 벌어지고 있는 실제 상황입니다."

"저도 알아요, 그건…… 안다고요……."

타키구치의 말이 빨라지며 같은 대답을 반복하고 있었다.

"안다고요? 그런 것 같진 않은데요. 절대로 안전하다던 드림아이가 작동을 멈추고 곤돌라가 갑자기 추락하면서 지상은 예상치 못한 혼란에 빠졌습니다. 그런 상황에서 대관람차 납치라는 말을 자신 있게 꺼내는 건 정상적이지 않죠. 사태를 더욱 혼란케 할 가능성이 크니까요. 그런데 당신 동료들의 말로는 당신이 긴급 안내방송을 해내는 모습이 무척 침착했다고 하더군요. 대체 어떻게 그럴 수 있었던 겁니까?"

카이자키는 다리를 꼬며 타키구치에게 질문했다.

"잠시만요. 제가 대체 뭘 했다는 건데요? 설마 저를 의심하시는 거예요?"

"가능성이 전혀 없지는 않으니까요."

카이자키는 담담히 대답했다.

"그게 무슨……! 침착해 보였던 건 연수 때 몇 번이나 훈련을 받았기 때문이겠죠. 긴급상황의 대처 방법이나 지침은 철저히 외우고 있고요. 저도 이젠 뭐가 뭔지 모르겠네요. 제가 왜 아르바이트하는 곳을 엉망으로 만들려고 하겠어요?"

"저도 훈련을 많이 받아봐서 잘 압니다, 타키구치 씨. 아무리 많이 연습한다 해도 실전에서 훈련과 똑같은 능력을 발휘하는 사람은 흔치 않죠. 당신은 별다른 이상이 발생할 리 없는 드림아이에서 일하면서도 꽤 열심히 훈련을 받은 것 같군요. ……혹시 드림아이에 결함이 있었던 거 아닙니까? 직원인 당신은 그 결함을 발견했지만 아무에게도 알리지 않은 거고요."

"결함이요? 아니에요, 그런 건. 만약 결함이 있었다 해도 전 몰랐어요. 아니, 제가 그걸 무슨 수로 아냐고요!"

"과연 그럴까요? 명문대 공학부에 입학한 엘리트께서."

"지금 뭐 하시는 거예요?"

"당신은 결함을 알아챘으면서도 보고하지 않았다는 게 두려워져서 대관람차 납치라는 말을 꺼냈겠죠. 아닙니까?"

"……말도 안 돼요. 대관람차 납치란 말은 제가 먼저 꺼낸 게 아니에요. 곤돌라에 탑승한 사람과 연락이 닿았을 때 들은 얘기라고요."

"호오-, 그 이야기를 자세히 해보시겠어요? 뭐, 지금은 일각을 다투는 상황이니 간단하게라도 좋습니다. 그 승객과 만난 적이 있습니까?"

"있어요. 곤돌라에 타기 전에 한 번뿐이지만요."

거기서 카이자키는 서류 봉투에서 하얀 종이를 꺼내 테이블 위에 놓았다.

"이건 제 근무표잖아요?"

"맞습니다. 이 표를 보면 오늘은 한 시간의 휴식 시간 외에는 온종일 드림아이 입구에서 일한다고 되어 있네요. 이런 근무 체계라면 하루에 수백 명을 안내하는 날도 있지 않나요? 참 힘든 직업이군요. 이번 일이 일단락되면 회사를 노동기준법 위반으로 신고하시는 게 어떻습니까?"

"굳이 그럴 필요는…… 나름대로 보람 있는 일이니까요."

"그런데 그렇게 많은 승객 중에서 그 사람을 잘도 기억하시는군요. 아주 잠깐 마주친 사이일 텐데요. 혹시 예전부터 알던 사람입니까?"

"아뇨, 그때 처음 만난 거예요."

"그렇다면 더 이해가 안 가는군요. 왜 딱 한 번 만난 사람의 말을 믿어 버린 건지. 그 탓에 지금 당신에 대한 의혹이 커지고 있다는 걸 아십니까?"

"그건, 그 사람이 인상에 남았으니까요. 무척 훈훈한 분위기의 부녀였어요."

타키구치는 조금 밝은 말투로 대답했다.

"부녀였군요?"

"네, 맞아요. 아버지 쪽과 얘기해본 느낌으론 믿을 만한 사람 같았어요. 단지 그것뿐이에요."

"어떤 대화를 나누었죠?"

"제가 말을 걸기 전에, 그분이 뒤에 계신 손님에게 주스를 쏟은 상황이었어요. 다행히 옷에 주스가 묻은 손님이 괜찮다고 하셔서 크리스마스다운 훈훈한 광경이라고 생각했죠. 그때 그분들의 곤돌라 탑승 순서가 돌아왔는데, 마침 실버 곤돌라가 내려올 참이라, 신청할 때 고령자로 등록하신 분은 거기에 탈 수 있다고 말씀드렸고……."

"그럼 추락한 곤돌라에 원래 탔어야 했던 건 그 부녀였겠군요."

"그런 셈이죠……."

타키구치가 살짝 고개를 숙이며 말했다.

"그러면 그 부녀의 특징을 알려주시죠. 이름, 직업, 헤어스타일, 키, 옷의 색상까지. 기억나는 거라면 뭐든 좋습니다."

"으음……."

타키구치는 잠시 머뭇거리다 입을 열었다.

"일단 아버지 쪽 이름은 나카야마 히데오 씨였어요. 머리는 짧았고요. 턱과 입가에 수염을 면도한 자국이 보였어요. 키는 그렇게 크지 않았고, 저와 비교해서 생각해보면 170센티 초반이었던 것 같아요. 청바지에 갈색 재킷을 걸치고, 손에는 하늘색 백팩을 들고 있었을 거예요. 따님 쪽은 노란 코트를 입고 손에 풍선 하나를 들고 있었죠."

"……나카야마 씨군요. 네, 잘 알겠습니다. 나카야마 씨가 곤돌라 추락 직후에 긴급 전화로 그런 이야기를 한 거군요."

"네. 운영국 사무실로 전화가 왔어요. 그때는 제가 마침 사무실에서 대기 중이었고요."

"나카야마 씨는 어떤 상태였죠?"

"으음, 무척 침착했어요. 저보다 몇 배는 무서울 텐데도 혼란스러워하는 제게 진정하라는 말을 해줄 만큼. ……그때 분명히 말씀하셨어요."

"뭐라고요?"

"이건 대관람차를 이용한 계획 살인이고, 사상 초유의 대관람차 납치라고요."

"흐음…… 그 남자는 왜 그렇게 확신했을까요? 그 이유를 말하던가요?"

"범인이 먼저 연락을 해왔대요. 드림아이의 곤돌라가 추락하기 전에요. 드림아이의 모든 곤돌라에 안내방송이 들렸으니까 모든 승객이 증언할 수 있다고 했죠."

"쉽게 말해 스피커가 범인에게 장악당했다는 주장이군요. 특별한 증거는 없고요."

카이자키는 자리에서 일어나 출구 쪽으로 향했다. 타키구치는 다급히 등 뒤에서 말을 꺼냈다.

"저기, 저는 이제부터 어떻게 하면 좋을까요?"

"나중에 또 이야기를 들으러 오겠습니다, 타키구치 씨. 아까 여기 있던 미야우치 씨와 함께 여기서 대기해주십시오. 이제 곧 포위망이 쳐지고 드림랜드는 바깥세상과 격리될 겁니다."

"격리라니요······?"

놀란 타키구치를 남겨둔 채 카이자키는 식당 밖으로 나갔다.

"카이자키 형사님! 조금 곤란한 일이 생겼습니다."

카이자키가 직원 식당에서 나오자마자 정보분석관 카나모리가 다가왔다.

"뭔데 그래?"

"드림아이를 제어하는 시스템을 장악하라고 하셨죠? 그래서 시스템 관제실과 드림아이 밑에 있는 운영국 사무실로 사람을 보냈는데, 그중 한 곳이 먹통입니다."

"간결히 말하라고. 둘 중 어느 쪽인데?"

"운영국 사무실 쪽입니다. 아무래도 곤돌라가 땅에 추락할 때의 충격으로 송전선에 이상이 생긴 거겠죠. 정전이 돼버려서 아무것도 작동하지 않습니다. 그리고 소방대에서 연쇄 폭발의 가능성이 있다며 경찰들도 드림아이 주변에서 피난하도록 지시······는 아니고 요청이 있었는데요······."

"이봐, 설마 소방대는 철수한 건가? 드림아이 아래쪽의 곤돌라에 탄 승객은 구출할 수 있었을 거 아냐?"

"아니요. 그게…… 곤돌라의 문이 자동제어식이라, 드림아이의 시스템을 제어하지 못하는 한 문도 열리지 않습니다. 중장비를 동원해서 억지로 부수면 또 모를까……. 물론 그러면 안 되겠지만요. 괜히 무리하게 작업하다가 곤돌라가 떨어질지도 모르니까요……."

"문이 열리지 않는 것도 정전 때문인가?"

"아니요. 드림아이 본체에는 전력이 공급되고 있습니다. 그래서 시스템이 원래대로 복구되면 곤돌라 문을 열 수 있을 겁니다. 먹통이 된 건 드림아이 밑의 운영국 사무실뿐이고, 어차피 아무것도 활용할 수 없다면 위험하니까 피난하는 게 낫다는 게 소방대 쪽의 의견인 거죠."

"이런 멍청한! 안전만 따지면서 무슨 수사를 하라는 거야!"

카이자키가 언성을 높이자 카나모리는 쩔쩔매며 대답했다.

"하지만 그런 위험한 현장에서 할 수 있을 만한 작업은 아니니까요. 일단 운영국의 보조 사무실이 있다고 해서 그쪽으로 사람을 보냈습니다. 거기는 시스템 전원이 들어온다네요."

"그래서? 곤돌라 문은 열릴 것 같나? 긴급상황 때 문을 개폐할 수 있는 독자 전원 정도는 갖춰져 있을 거 아냐?"

"그게…… 드림아이 운행 시스템은 현재 정상입니다. 그래서 문을 비상 개폐할 수 있는 권한을 얻을 수 없는 거고요."

"시스템을 복구할 수밖에 없는 건가? 얼마나 걸릴 것 같나? 차도는 보이고?"

질문을 받은 카나모리는 목을 움츠리며 구부정한 등을 더욱 구부렸다.

그의 몸짓만 봐도 현재 아무것도 예측할 수 없다는 걸 알 수 있었다. 카이자키는 혀를 차며 카나모리를 다그쳤다.

"그 보조 사무실이란 곳은 실내일 거 아냐. 수사본부가 찬바람 맞는 곳에 있으면 의욕도 안 생기겠지. 본부로 세워둔 텐트에서 모든 기재를 거기로 옮겨. 서두르라고!"

카나모리가 경례를 하고 가버린 직후, 카이자키의 휴대전화로 연락이 왔다. 추락한 곤돌라에서 발견된 신분증의 주소를 보고 후지사와의 자택으로 향한 수사관들이 집 안에 아무도 없다는 사실을 보고해왔다. 카이자키는 놀이공원 안을 걸으며 중얼거렸다.

"사망자는 후지사와……인가. 나머지 한 명은 그의 아내일 테고. ……그리고 살아남은 건 나카야마로군. 이건 운명일 테지. 모든 게 5년 전 일과 이어져 있어."

카이자키는 세찬 바람 속에서 혼잣말을 남긴 채 수사본부로 가는 발걸음을 서둘렀다.

12시 55분, 드림아이 곤돌라 내부

현재 시각은 12시 55분. 나카야마는 조용히 무언가를 기다리고 있었다.

"분명 또 연락이 오겠지······."

문제는 한정된 대화 내에서 상대에 대한 정보를 얼마나 끄집어낼 수 있느냐였다. 나카야마는 주머니에서 꺼낸 하얀 종이 뒤에 메모를 적기 시작했다. 그런 모습을 본 린이 귀마개를 벗고 입을 열었다.

"아빠, 뭐해?"

"어, 린, 이제 괜찮니? 빵은 다 먹었고?"

"응, 다 먹었어. 아빠는 안 먹어?"

"다음 통화가 끝나면 먹을게."

"흐음, 알았어."

린이 아홉 살이긴 해도 심상치 않은 일이 벌어지고 있다는 것 정도는 눈치챘으리라. 나카야마는 딸에게 사과했다.

"이렇게 돼서 정말 미안해. 린이 말한 대로 처음부터 회전목마를 타러 갔으면 좋았을 텐데."

"아니야, 아빠. 괜찮아."

린은 입을 비죽 내밀면서도 고개를 가로저었다.

"여기에서 내리면 바로 타러 가자. 이제 계획표는 없어."

그렇게 말하자 린은 "응!" 하고 쾌활하게 대답했다.

"아빠, 그런데 언제 내려갈 수 있어? 그 언니랑 얘기했으니까 괜찮은 거지? 응?"

린이 불안해하는 목소리로 묻자 나카야마는 잠시 머뭇거렸다. 대충 둘러댈 수도 있었지만 눈앞에 닥친 상황을 모면하기 위한 거짓말은 이제 그만둬야 한다고 생각한 것이다. 귀마개를 하고는 있었지만 린에게 난쟁이의 목소리가 어느 정도는 들렸을 것이다. 게다가 앞으로 또 곤돌라가 추락하지 않는다는 보장도 없었다.

지금 그들이 탄 곤돌라 역시 추락할 가능성이 있었다. 나카야마는 딸이 그런 사실을 계속 모르는 채로 상황이 끝나기를 진심으로 바랐다.

"잘 들어, 린. 아빠도 아직은 모르겠어. 그 언니가 이걸 움직이고 있는 게 아니거든."

"그러면 누가 움직이는데?"

"이 놀이공원의…… 높은 사람이지. 그래서 당장은 움직일 수 없단다."

사실 드림아이의 제어 권한은 난쟁이라고 자칭한 인물에게 빼앗긴 상태다. 지금까지 기다려도 움직이지 않는 걸 보면 경찰이 탈취당한 시스템을 되찾지 못한 게 틀림없었다. 그래서 일단은 범인에 대해 알아내는 게 무엇보다 중요했다.

나카야마는 자기 이름과 증언이 경찰에게 전달됐을 거라고 확신했다.

경찰은 아무리 사소한 정보라도 수집하려 드는 조직이다. 드림아이에서 직접 승객을 상대하던 타키구치 미카의 이야기를 안 들어볼 리가 없다.

그렇지만 경찰이 지금 당장 범인 찾기에 나서지 않으리라는 것도 나카야마는 예상하고 있었다. 경찰이 현재 가진 정보만으로는 사고로 판단할 수밖에 없을 것이다.

"……안 되는군."

나카야마가 스마트폰을 조작하며 중얼거렸다. 난쟁이가 말한 대로 정말 전파가 잡히지 않게 된 것이다. 지금은 시각을 확인하거나 오프라인으로 실행되는 앱을 사용하는 것 말고는 아무것도 할 수 없었다. 그리고 이건 다른 곤돌라의 승객 역시 마찬가지일 것이다. 곤돌라 안의 누구도 범인의 존재를 경찰에게 알릴 방법이 없는 셈이다.

곤돌라 안에 설치된 드림아이 운영국과의 직통 회선은 한 번 사용한 이후 통화가 불가능해진 상태였다. 린이 너무 따분해하는 게 보여서 스마트폰을 빌려주고 싶었지만, 배터리가 떨어지면 안 되므로 그럴 수도 없었다. 나카야마는 스마트폰으로 게임을 하지 않지만 인터넷 연결 없이도 실행 가능한 간단한 게임 정도는 기본적으로 설치되어 있었다. 그 밖에 계산기와 시계 등의 앱도 사용할 수 있다. 나카야마는 오늘 새 손목시계를 차고왔지만, 요즘 시대에 시계는 장신구에 가깝다.

그렇긴 해도 만약 스마트폰 배터리가 다 떨어질 경우, 나카야마가 시각을 확인할 수단이라곤 손목시계와 곤돌라 안에서 보이는 시계탑뿐이다. 디지털 기기가 만능화되는 것이 꼭 좋은 일만은 아니라는 걸 나카야마는 실감했다.

"빨리 내리고 싶어. 린은 이제 지겨워, 여기."

불만스럽게 말하는 딸을 나카야마가 다독였다.

"조금만 더 참자. 착하지? 곰 인형이랑 풍선으로 놀고 있을래?"

"그러지 뭐……."

린은 나카야마가 선물한 곰 인형의 손에 풍선 끈을 묶어놓았다. 그러고는 공중에 뜬 노란 풍선을 건드리며 놀기 시작했다.

"그런데 린, 엄마하고는 잘 지내는 거니? 지금은 연락이 안 되지만 분명 걱정할 텐데."

"응. 엄마는 늘 나한테 따뜻해서 좋아. 아까도 나중에 선물 준다고 했는걸."

"크리스마스 선물인가 보구나."

"맞아!"

"산타는……."

"나도 알아. 산타는 말이지……."

"없다고?"

"아니야. 산타는 있어. 친구가 말해줬거든."

"그랬구나."

나카야마는 작게 중얼거렸다. 딸아이의 환상을 지켜줘야 한다는 걸 뒤늦게 깨달았지만, 린은 이미 그 비밀을 알고 있는 것 같았다. 그때, 린은 장난기 넘치는 미소로 나카야마에게 귓속말을 해주었다. 그 표정이 옛날의 유이코와 많이 닮았기에 나카야마는 잠시 감상에 잠겼다.

"산타는 엄마랑 아빠래. 아빠는 곰 인형을 줬잖아. 엄마는 무슨 선물을 줄까?"

"어, 글쎄……."

나카야마는 린에게 다시 귀마개를 씌워주었다. 이제 곧 1시니까 범인이 접촉해 올 거라고 예상한 것이다.

'타키구치는 시스템 관리자와 제대로 이야기를 해봤으려나?'

시스템 관리자라면 시스템을 탈취당했다는 이야기를 외부인에게 함부로 누설하지 않을 것이다. 그러나 드림아이가 멈춘 현장에 직접 있던 타키구치라면 이야기를 이끌어낼 수 있을 거라는 게 나카야마의 판단이었다. 다만 범인이 있다는 이야기는 타키구치 본인도 완전히 믿는 눈치가 아니었기에 분명 지금쯤 꽤 혼란스러워할 것 같았다. 경찰을 믿지 말라는 말은 해두었지만, 그렇다면 어떻게 행동해야 좋을지 그녀가 어찌 알겠는가. 가능하다면 경찰 쪽에도 협력자가 있으면 좋겠다고 나카야마는 생각했다.

"하지만 현실적으론 힘들겠지……."

그렇게 중얼거렸을 때 마침 신호음이 울렸다. 곤돌라의 스피커가 아니라 벽에 고정된 전화기에서 울리는 소리였다. 아까는 먹통이었으므로 의아하게 생각하면서도 나카야마는 수화기를 들었다. 그러자 아까와 똑같은 합성된 음성이 흘러나왔다.

"여어, 안녕하신가."

"……난쟁이."

나카야마는 드림아이가 운행뿐 아니라 통화 시스템까지 장악당했다는 것을 깨달았다.

"희극의 개막식은 볼만하던가? 너무 놀랐다면 미안하군."

"어떻게 그런 짓을 할 수 있지? 네가 무슨 짓을 했는지 아는 거냐?"

나카야마가 혼잣말처럼 중얼거렸다. 상대방이 이야기를 진지하게 듣지 않으리란 건 알지만, 나카야마는 자기 생각을 정리할 필요가 있었다.

"난쟁이, 넌 대체 누구지?"

"자네로 정했네."

"내 말 듣고 있나?"

나카야마는 전혀 맞물리지 않는 대화에 조금 짜증이 났다.

"넌 대체 왜 이런 짓을 하는 거냐?"

"앞으로의 교섭 상대는 자네로 정했네, 나카야마 히데오 씨. 함께하는 건 고작 몇 시간일 테지만 즐겁게 해보세나."

나카야마의 눈썹이 꿈틀거렸다.

"내가 왜 교섭 상대지?"

"이건 운명이 도출해낸 해답일세."

"운명? 열두 대의 곤돌라에는 각각 사람이 타고 있었어. 왜 하나를 떨어뜨리고 지금은 나를 선택하는 거지?"

"운명이네. 아까 추락한 곤돌라에는 원래 자네가 탔어야 했지. 안 그런가?"

"이봐…… 그걸 어떻게 아는 거냐?"

그건 드림아이에 타기 직전에 벌어진 일이었다. 나카야마가 주스를 노인에게 쏟아서 당황하는 사이, 중년 부부가 먼저 타도록 양보한 것이다. 그리고 그들이 타고 있던 곤돌라가 추락했다. 그 사실을 알고 있다는 건, 그 자리에 있었거나 감시 카메라 같은 걸로 현장을 쭉 지켜보았다는 의미였다. 아니면 타키구치의 증언을 들은 경찰 관계자일 수도 있다. 어쨌든 범인의 대상을 크게 좁혀주는 중요한 힌트였기에 나카야마는 조용히 주먹을 꽉 쥐었다.

"자네는 탑승하기 직전에 부부에게 순서를 양보했지. 다시 말해, 원래는 자네들이 죽었어야 했네. 하지만 운명이 자네를 선택했지. 그래서 나도 자네를 고른 걸세."

"방금 한 이야기로 네 정체를 좁힐 수 있어. 경찰 관계자인가? 아니면……."

"어리석은 질문이군. 당연히 들었으니까 아는 걸세. 자네를 안내했던 귀여운 대학생에게 말이야. 그 아이는 참 괜찮은 아이였지."

과거형으로 말하는 걸 듣고 나카야마는 소름이 돋았다. 타키구치가 죽었을지도 모른다는 생각이 든 것이다.

"너 이 자식, 그 직원에게 무슨 짓을 한 거냐?"

강한 말투로 추궁했지만 난쟁이는 조금도 동요하지 않았다.

"글쎄. 지금 중요한 건 그 아이가 아니라 자네들의 긴박한 상황이 아니던가? 아직은 괜찮을지도 모르지만 곧 축적된 피로와 공복, 스트레스가 자네들의 정신을 좀먹기 시작할 걸세. 이런 꿈의 나라에서 빨리 현실로 돌아오고 싶지 않나?"

"당연히 돌아가고 싶다. 돌려보내 주는 거겠지?"

"그건, 앞으로 벌어질 일들을 즐기다 보면 차차 알게 될 걸세."

"시간이 오래 걸릴 거라는 말투로군. ……첫 번째 연락이 정오였고, 그로부터 약 한 시간 만에 다음 연락. 열두 대의 곤돌라 중에서 남은 건 열한 대……."

"호오, 이해한 건가?"

"쉽게 말해 열한 시간이 남은 거겠지. 크리스마스이브가 끝나는 자정이 제한 시간일 테고."

"거기까지 짐작했다면 더 할 말은 없네. 나머진 상상에 맡기도록 하지."

"네 목적이 뭔진 모르겠지만 승객을 풀어주지 않겠나?"

나카야마는 단도직입적으로 제안했다.

"인질이라면 나 혼자로 충분할 텐데. 여기는 내가 남을 테니까, 딸아이만이라도…….."

"딸이 몇 살이지?"

"아홉 살이다."

"한창 귀여울 때군."

"그래. 내 목숨보다 소중하지."

"그런 것치고는……. 아닐세."

난쟁이는 무언가를 말하려다가 갑자기 입을 다물었다. 침묵의 시간이 아까웠던 나카야마는 말을 이어나갔다.

"이봐, 대관람차 납치 같은 일이 잘될 리가 없어. 지상에선 네 정체를 알아내기 위해 움직이기 시작했을 거다. 반드시 붙잡히겠지."

"동의하네. 하지만 내가 그걸 모를 거라 생각하나? 애초에 잘된다는 게 무슨 기준이지? 자네라면 어떤 걸 성공으로 칠 건가?"

"……."

나카야마는 이 질문에 대답할 수 없었다. 솔직히 이 정도로 세간의 주목을 받는 사건을 벌인 걸 보면 돈이 목적일 리는 없다. 돈이 필요하다면 다른 좋은 방법이 얼마든지 있으니까. 현시점에서 나카야마는 난쟁이가 무슨 일을 하려는 건지 전혀 예측할 수 없었다.

"나카야마 씨. 자네는 지금 자기가 처한 상황을 제대로 이해하지 못한 것 같군. 맨 처음에 말했을 텐데. 가족들에게 표현 못했던 말을 해두라고. 그건 그 누구도 이 꿈의 나라 드림랜드에서 살아서 돌아갈 수 없다는 뜻이네. 나머지 곤돌라도 곧 전부 추락할 걸세. 성탄 전야의 밤하늘엔 곤돌라가 사라진 커다란 원반만 남게 되겠지."

"전부 죽는다고? 그렇다면 나보고 뭘 교섭하라는 거냐?"

나카야마가 스피커를 향해 물었다.

"그래. 바로 그게 올바른 질문이지. 잘 듣게. 드림아이에서 나오는 전파는 전부 차단되고 있네. 곤돌라 내부의 전화기도 사용할 수 없게 해놨지. 하지만 자네가 탄 곤돌라의 긴급 전화회선만 특별히 개통시켜 두겠네."

그 말을 들은 나카야마는 입을 다문 채 생각에 잠겼다. 그렇다면 다른 곤돌라의 승객들이 경찰에게 증언할 방법이 사라진다. 나카야마 혼자 난쟁이의 존재를 증명해야 하는 셈이다.

그렇게 생각하자 자연스레 쓸쓸한 표정이 나왔다. 나카야마의 경력으로는 사람들의 신뢰를 얻기가 힘들기 때문이다. 경찰이 자기 증언을 믿어줄지 걱정되기 시작했을 때, 나카야마의 귀에 난쟁이의 말이 날카롭게 박혔다.

"신고하게."

"뭐라고?"

"자네의 실명을 밝히고 경찰에 신고하게나. 그러면 이 사건의 지휘를 맡은 형사와 통화할 수 있겠지. 경시청 수사1과 카이자키 케이이치와."

"……!"

나카야마는 크게 놀라고 있었다. 설마 여기서 카이자키의 이름이 나올 줄은 상상도 못한 것이다. 나카야마는 카이자키와 아는 사이였다. 아니, 그냥 아는 정도가 아니라 서로에 대해 속속들이 아는 관계였다. 지난 5년 동안은 왕래가 없었다지만 아직 인연이 끊어진 사이는 아니었다.

이자는 자신과 카이자키의 관계를 알고 있는 것일까? 나카야마는 의혹을 떨칠 수 없었다.

만약 둘의 관계를 모른다 해도 나카야마와 카이자키가 대화하는 걸 듣다 보면 자연스레 알게 될 것이다. 그러니 굳이 숨기는 건 의미가 없다고 나카야마는 판단했다. 지금까지의 경위를 보면 이 곤돌라 안에서 하는 이야기는 전부 난쟁이의 귀에 들어간다고 봐야 할 것이었다. 그래서 나카야마는 오히려 과감하게 나가보기로 했다.

"카이자키는 내 동기였다."

"동기? 그렇다면 자네는 경찰 관계자였군. ……뭐, 아까 그 아이와 대화할 때 그런 분위기가 나긴 했지. 그래, 이것도 역시 운명이었나……."

나카야마는 마음속으로 그 말을 강하게 부정했다. 이 정도로 우연이 겹칠 수는 없다.

대관람차 납치는 치밀한 계획하에 실행되었으리라는 게 나카야마의 생각이었다. 즉, 나카야마가 여기에 와 있는 건 운명이 아니라 범인의 계획일 가능성이 높았다. 그래서 그는 오늘 자신이 여기에 온 이유를 떠올렸다.

드림아이 탑승권이 당첨됐다고 유이코에게서 연락이 왔다. 다만 당첨권을 넘겨받아 직접 예약한 건 나카야마였다. 크리스마스이브 날짜로 당첨되었다는 메일을 받았던 것이다.

추첨으로 뽑힌 거라 날짜 지정은 불가능했지만, 나카야마는 그걸 이상하게 여기진 않았다. 크리스마스이브라는 극성수기에 당첨된 것도 운이 좋았다고 생각했을 뿐이다. 그건 다른 승객들 역시 마찬가지였으리라.

만약 나카야마처럼 당첨된 사람들이 오늘 기쁜 마음으로 여기 모였다면, 열두 대의 곤돌라에 탑승한 사람들은 하나의 공통점을 갖고 있을 거라고 나카야마는 추측했다.

누군가에게 원한을 샀고, 곤돌라가 추락함으로써 그 원한이 해소되는 것이다. 따라서 난쟁이가 그들 모두를 죽이려 한다고 가정하면 앞뒤가 맞는다.

어려운 상황이라고 생각하며 나카야마는 마음속으로 혀를 찼다. 원한 범죄의 범인은 붙잡히는 걸 두려워하지 않는 경우가 많다. 그 무엇보다 복수를 우선시하는 성격이라면, 최악의 경우 모든 곤돌라를 지금 당장 떨어뜨릴 수도 있다. 상대를 지나치게 자극하면 안 되는 힘든 교섭이 될 것이기에 나카야마의 표정이 자연스레 심각해졌다.

"나와 이야기한 내용을 포함해서, 모든 사실을 경찰에게 남김없이 알리게. 자네는 나와 경찰을 이어주기 위한 교섭 담당자일세."

"……이게 무슨, 게임인 줄 아는 거냐?"

지금 당장 곤돌라를 떨어뜨리지 않는 이유가 있을 거라고 나카야마는 추측했다. 운명이란 단어에도 숨겨진 의미가 있으리라.

나카야마는 지금부터 그 답을 알아내야만 하는 것이다. 난쟁이는 질문에 대답하는 대신 요구를 이어나갔다.

"다음에도 내 쪽에서 연락하겠네. 자네가 이야기한 대로, 제한 시간은 크리스마스 당일로 날짜가 넘어가는 약 열한 시간 뒤네. 그리고 자네들의 움직임과 대화는 전부 내가 감시하고 있다네. 예기치 못한 수상한 움직임이 보이는 순간, 경고 없이 제재를 가할 테니 그런 줄 알게나."

"제재라니, 설마……."

"맞네. 무작위로 곤돌라를 떨어뜨리는 거지. 다른 승객들을 살리는 것도 죽이는 것도 자네에게 달린 셈이네."

"그런 행동에 대체 무슨 의미가 있지?"

"자, 시작하게나."

그 말을 마지막으로 통신이 끊어졌다.

"이봐!"

나카야마가 외쳤지만 대답은 돌아오지 않았다. 단념하고 수화기를 내려놓을 수밖에 없었다.

왜 하필 나지? 왜 내가 그 부부를 대신해서 살아남았지? 범인의 목적은 뭘까?

그런 질문들이 머릿속에서 계속 맴돌았다.

다만 지금의 대화를 통해 나카야마는 범인의 모습을 조금이나마 그려 볼 수 있었다. 핵심 단서는 타키구치 미카를 '그 아이'라고 부른 점이었다. 목소리를 합성하고 작위적인 말투를 사용하지만, 대학생을 '그 아이'라고 부른 걸 보면 그녀보다 나이가 많다는 뜻이었다.

"……신고할 수밖에 없겠군."

꾸물대다가 곤돌라를 추락시킬 수는 없다는 듯이, 나카야마는 한 번 내려놓았던 긴급 전화로 손을 뻗어 신중하게 수화기를 집어 들었다. 난쟁이에게 장악당한 상태이긴 해도 이 전화가 외부와 이어진 유일한 연락 수단이었다. 경찰에 신고하려면 이 전화기를 통할 수밖에 없었다.

몇 번의 신호음이 울린 뒤에 한 남자의 목소리가 전화를 받았다.

"네, 여보세요. 승객분이십니까?"

"네, 맞습니다. 지금 곤돌라에 타고 있어요. 당신은 그 담당 여직원이 아니군요. 그렇다면 경찰 쪽 사람입니까?"

상대가 조금 허둥대는 눈치였기에 나카야마는 지극히 침착한 말투로 이야기하기 시작했다.

"아, 맞습니다. 저는 경시청의 정보분석관인 카나모리라고 합니다. 현재 이번 사고를 조사 중인 수사관 중 한 명입니다. 혹시 모를 승객의 연락을 기다리고 있었습니다."

"아까 일시적으로 통화가 안 되던데, 그쪽도……?"

"아, 그건 드림아이 밑의 운영국 사무실이 정전돼서 그렇습니다. 지금은 보조 운영국으로 이동했고요."

"정전이요? 시스템을 탈취당해서가 아니라요?"

"시스템을 탈취당한 걸 어떻게 알고 계시죠? 아, 그렇다면 선생님이 바로 대관람차 납치를 주장한 나카야마 씨겠군요."

나카야마는 맞는다고 대답하며 고개를 끄덕였다. 남자의 말투를 보니 자신을 다소 미심쩍게 생각하는 눈치였다.

"그런데 경시청은 이 일이 사고라고 생각하는 겁니까? 이건 명백한 살인사건입니다. 타키구치라는 여직원도 그렇게 증언했을 텐데요. 설마 묵살한 겁니까?"

"묵살이라니, 당치도 않습니다. 그 진술은 분명히 접수했고, 경찰은 현 단계에서 사고와 사건의 가능성을 모두 염두에 두고 수사하고 있습니다. 상황을 정확히 판단할 만한 정보가 너무 적다 보니 저희도 갈피를 못 잡고 있어요."

"판단할 만한 정보? 지금 그런 느긋한 소리가 나옵니까? 이쪽은 일각을 다투는 상황입니다. 여기 갇힌 사람들의 불안감은 당신들이 상상할 수도 없을 정도라고요."

"저기, 선생님. 일단 진정하시죠."

나카야마가 점점 흥분해가는 반면에 카나모리는 점점 침착해지면서 냉정한 태도를 되찾고 있었다.

"뭐, 알겠습니다. 카나모리 씨라고 했죠? 어쨌든 외부 사람과 이야기할 수 있어 다행이네요."

나카야마는 그렇게 말하며 머릿속으로 빠르게 계산했다. 카이자키와 대화하기 전에 다른 사람과 접촉할 수 있게 된 건 좋은 소식일지도 모른다. 나카야마로서는 카이자키에게 털어놓을 수 없는 이야기도 많다 보니 타키구치뿐 아니라 이 카나모리라는 남자도 포섭할 필요가 있었다.

"내 이름은 나카야마 히데오입니다. 지금 딸과 둘이서 곤돌라 안에 있어요. 거의 꼭대기에 있는 곤돌라입니다. 우리에게 주어진 시간이 별로 많지 않으니까, 대략적인 현재 상황을 알리고 싶습니다. 당신들이 그렇게 원하던 정보니까, 이 통화를 기록해주시죠."

"네, 알겠습니다. 말씀해주세요."

"일단 우리가 드림아이에 탑승한 시각은 오전 11시 반쯤, 그리고 약 30분 뒤에 꼭대기 근처까지 올라왔습니다. 그리고 11시 55분, 드림아이의 운행이 정지되었고 직후에 타키구치 씨의 긴급 안내방송이 흘러나왔죠. 그 상태로 잠시 있자 정오에 열리는 시계탑의 인형극이 시작되었습니다. 인형극이 진행된 시간은 약 5분이었고요. 인형극이 끝나고 2분 뒤, 한 번 더 곤돌라 전체에 안내방송이 흘러나왔습니다."

"네…… 안내방송이 한 번 더 나왔군요."

"그게 바로 자신을 난쟁이라 밝힌 범인의 첫 연락이었습니다. 그리고 곤돌라가 추락했죠."

"저기, 잠시만요. 선생님은 어떻게 그렇게 정확한 시간을 기억하고 계신 겁니까? 보통은 그러기 힘들 텐데요."

"아아, 경시청에선 여전히 대충대충 생각하는 게 상식인가 보군요. 이건 내 성격 때문입니다. 평소에도 계속 시계를 확인하고 모든 일에 계획을 세우는 게 버릇이거든요. 처음 가는 장소가 있으면 반드시 사전 조사를 해 두고, 약속 시간 30분 전에 도착하지 않으면 불안해서 죽을 것 같죠. 이런 예민한 성격 탓에 늘 부딪혔던 아내와는 이혼했고, 이젠 딸에게도 미움받기 일보 직전입니다. 이게 제가 자세한 시간을 기억하는 이유인데, 뭐 불만 있습니까?"

"아, 아닙니다. 제가 죄송하네요."

카나모리가 수화기 너머로 고개를 숙였다.

"아니…… 나도 흥분해서…… 미안합니다."

"저기, 말씀하시는 걸 보면 선생님은 경시청에 대해 잘 아시는 것 같군요?"

"네. 전직 수사관입니다."

"아, 그러시구나! 잘됐네요. 정말 다행입니다. 저희 상사가 워낙 무서운 사람이라, 정확한 정보가 꼭 필요한 상황이었거든요."

카나모리가 갑자기 친근하게 들러붙자 나카야마는 당황했다. 아마 그 무서운 상사는 카이자키를 가리키는 것이리라. 아무래도 카나모리는 상사에 대한 감정이 별로 좋지 않은 눈치였다. 그 점을 파고들 수 있지 않을까 생각하며 나카야마는 말을 이어나갔다.

"아, 미안합니다. 그쪽 같은 성격은 처음이라 조금 당황했네요. 여러 사정이 있어서 지금은 일반 시민일 뿐이고, 경시청이란 조직을 신뢰하진 않아도 개인 단위로 보면 우수한 인재가 모여 있다는 걸 잘 압니다. 거기 속한 정보분석관님도 당연히 우수할 거라 믿어요. 당신의 도움이 꼭 필요합니다."

"아뇨, 아뇨. 그렇지 않습니다. 시민을 위해 일하는 건 경찰의 당연한 임무니까요. 그러니까, 으음…….

"본론으로 돌아가죠. 방금도 그랬지만, 그 난쟁이라는 사람에게서 연락이 왔습니다. 목소리를 기계 같은 것으로 변조한 탓에 성별과 나이는 알수 없어요. 그리고 그자가 이렇게 말했습니다. '자네들은 이제부터 시곗바늘이 되어줘야겠어'라고요."

"시곗바늘이요?"

"무슨 뜻인지는 나도 모릅니다."

"그렇겠죠…….

"그리고 단언할 수는 없지만, 그 난쟁이는 드림아이를 자유자재로 조종할 수 있는 것 같습니다. 왜냐하면 우리에게 희극이 시작된다고 예고한 직후에 곤돌라를 떨어뜨렸거든요. 이런 시간적 일치가 우연일 리가 없지 않습니까?"

카나모리는 메모를 적으며 고개를 끄덕거렸다.

"그리고 두 번째 연락이 방금 왔습니다. 난쟁이는 제게 경찰에게 신고하라는 요구를 했어요. 자신과의 대화 내용을 포함한 모든 정보를 공개하라고 지시했고, 저를 교섭 담당으로 선택하겠다는 말도 했습니다."

"두 번째 연락……이군요. 그런데 왜 선생님이 교섭 담당인 거죠?"

"아무래도 추락한 곤돌라에는 원래 제가 탔어야 했던 것 같습니다. 타키구치 씨에게 물어보면 자세한 사정을 알 수 있을 테지만, 방금 사망한 분들에게 우리가 순서를 양보한 겁니다. 그러니 제가 살아남은 건 운명이라고 하더군요."

"아, 그 이야기는 저도 들었습니다."

"그리고 난쟁이는 경찰의 내부 사정도 알고 있었습니다. 그쪽의 수사 책임자에 대한 정보와 진척 상황까지 파악하고 있었어요. 어찌 됐든 이 드림아이의 건축 구조에 대해 상당히 정통한 사람인 건 틀림없습니다."

"그 내부 사정이란 게, 구체적으로 어떤 거였습니까?"

"경찰을 진두지휘하는 사람이 경시청 수사1과의 카이자키 케이이치라고 했습니다."

"앗, 범인이 그런 사실까지 알고 있는 겁니까?"

"네. 그러니 내부 정보가 누설됐을 가능성이 있겠죠."

말투든 태도든 영 가볍게 느껴지는 남자라고 나카야마는 생각했다. 정보분석관은 기밀 정보를 다루는 직위인 만큼 원래 비밀 엄수에 철저해야 한다. 카이자키는 우수한 부하를 선호할 텐데, 왜 하필 이런 젊은이를 밑에 데리고 있는 건지 나카야마는 의문스러웠다.

하지만 가볍게 행동하는 사람이라면 그의 부탁을 들어줄지도 모른다고 생각하며 다시 대화에 집중했다.

"그럼 저도 질문해도 될까요?"

"물론입니다. 뭐든 물어보세요."

"일단 다른 승객들의 상황을 알고 싶은데요. 당신이 있는 위치에서 다른 곤돌라 내부가 보이나요? 그 곤돌라에서는 시야가 넓게 보일 테니까, 보이는 한도 내에서 사람들의 모습과 특징, 그리고 무엇보다 안부를 알려주셨으면 합니다."

"네, 확실히 대략적으로는 보입니다."

나카야마는 드림아이의 커다란 창문을 통해 다른 곤돌라를 둘러보았다. 드림아이에 연결된 곤돌라는 총 열두 대이며 크기와 디자인은 전부 동일했다. 그중 하나가 추락하면서 지금은 열한 대가 남았다. 즉, 총 열한 개의 그룹이 이곳에 갇혀 있는 셈이다.

"여기서 보이는 승객들은 커플이 네 쌍, 20세 전후의 여성 2인과 남학생 3인, 직장인으로 보이는 여성이 2인, 가족으로 보이는 4인으로 전부 무사합니다. 그리고 각도 탓에 내부가 보이지 않는 곤돌라도 있습니다. 그중 하나에는 내가 드림아이에 탑승하기 전에 만났던 고령의 남자가 혼자 타고 있을 겁니다."

"알겠습니다. 다들 상태는 어떤가요?"

"감금당한 지 이제 곧 두 시간이 되니까요. 정신적으로 지쳐 있는 게 보입니다."

"정말로 감사합니다. 정확히 전달받았습니다. 나카야마 씨도 많이 불안하실 테지만, 부디 조금만 버텨주십시오. 따님도 저희가 반드시 구출해드리겠습니다."

나카야마는 카나모리의 말이 끝나기를 기다렸다가 잠시 심호흡을 했다.

"그런데 카나모리 씨, 별도로 부탁드릴 일이 있는데, 들어주실 수 있겠습니까?"

"저한테요? 개인적인 부탁입니까?"

"네, 개인적으로 드리는 부탁입니다. 카나모리 씨는 정보분석관이니까 나중에 여길 벗어나 경시청으로 돌아갈 일이 있으시겠죠?"

"분석관이 하는 일은 잘 아시겠네요. 네, 일단 한 번은 돌아가봐야 할 겁니다."

"그때 경찰 내부 데이터베이스에 접속해서 제가 말씀드리는 단어와 연관된 정보를 조사해주기 바랍니다. 과거에 발생한 어떤 사건이나 사고든 상관없습니다. 아무리 사소한 거라도 좋으니 찾아봐주세요."

"알겠습니다. 무슨 단어죠?"

"시곗바늘, 희극, 원반. 이 세 가지입니다."

"그게 범인과 연관이 있는 건가요?"

"아마 그럴 겁니다. 대화할 때 조금 의미심장하게 느껴졌던 단어니까 최대한 빨리 조사해주세요. 그리고 이 일에 관해선 누구에게도 말하면 안 됩니다."

"오오, 탐정 소설을 보는 것 같네요!"

카나모리는 즐겁게 말했다. 나카야마는 아까부터 그의 성격이 경찰치고는 특이하다고 생각하고 있었다. 과연 그는 일반 시민의 부탁을 들어주겠다고 했다.

"알겠습니다. 카이자키 형사님이 알면 또 쓸데없는 거 조사한다고 혼날 테니까 비밀로 할게요. 저도 범인 체포를 돕고 싶으니까요. 전직 수사관의 감을 믿어도 되겠죠?"

"네, 잘 부탁합니다."

나카야마는 긴장을 들키지 않기 위해 침을 꿀꺽 삼켰다. 그때 카나모리가 문득 생각났다는 듯이 화제를 바꾸었다.

"그런데 나카야마 씨, 곤돌라에 함께 타고 있는 따님은 몇 살인가요?"

"아, 네. 아홉 살입니다."

"그렇다면 초등학교 3학년이겠네요. 얼마나 불안할까요? 그렇게 답답한 장소에서는 배도 빨리 고파질 텐데."

"그렇겠죠."

"보호자라는 건 참 힘들 것 같아요. 특히 이럴 때는요."

카나모리는 수화기를 쥐며 감탄했다는 듯이 말했다.

"당신은 아이가 없나 보군요?"

"네, 아직 독신입니다."

"그렇군요. ……전 아이가 생기면 자연스럽게 부모가 되는 줄 알았는데, 아무래도 아닌 것 같습니다. 부모가 되고 나서 배우는 게 훨씬 많거든요. 지금도 그렇습니다. 울면서 짜증 내지도 않고 저를 배려해주고 있어요. 부모가 상상하는 것보다 아이는 훨씬 빨리 크나 봅니다."

"네……. 저는 아직 잘 모르겠지만 그럴 수도 있겠네요."

"하지만 결국 애는 애지요. 이제 곧 불안한 마음을 억누를 수 없게 돼서 울음을 터뜨릴지도 모릅니다."

"그런데 나카야마 씨는 엄청 침착하시네요. 다른 사람의 감정을 잘 읽어낸다는 느낌이 들어요. 경찰로 일할 때 꽤 유능하셨을 것 같은데요?"

나카야마가 이 말에 어떻게 대답할지 고민하기 시작했을 때, 둘의 대화에 다른 목소리가 끼어들었다.

"당연한 걸 묻는군. 보면 모르나?"

나카야마는 그 고압적인 목소리를 잘 알고 있었다. '너냐.' 그는 속으로 중얼거리며 한숨을 쉬었다.

"카나모리, 내가 대신 받겠다."

그렇게 말하며 수화기를 빼앗은 건 카이자키였다. 나카야마는 눈썹을 살짝 치켜올렸다.

"대관람차 납치 같은 이상한 소리를 떠드는 인간이 있다고 해서 말이야. 나카야마, 5년 만이군. 그동안 어떻게 지냈나?"

그런 인사말에도 나카야마는 우호적인 대답을 꺼내기 힘들었다. 카이자키와 나카야마의 사이는 5년 전에 이미 틀어진 상태였다.

"이제 수사 책임자라니, 많이 출세했군그래, 카이자키. 높은 자리에서 꿀 빠는 생활은 즐거우신가?"

"이봐, 또 무슨 문제를 일으키려고 그래?"

카이자키도 나카야마의 말에 동요하지 않았다. 동기였던 두 사람은 서로를 성가시게 여기고 있었다. 한때는 호적수라고 부를 수도 있는 관계였지만, 그것도 이제는 옛날 일이다.

"5년 만인데 또 크리스마스이브군. 5년 전의 그 사건처럼 말이야. 네가 외면한 그 아이의 억울함을 생각하면 지금도 가슴이 찢어질 것 같다고. 난 그 비참한 광경이 잊히지 않아."

"그래서 지금도 내 뒤를 캐고 다니는 거냐?"

"……내가 너 따위를 신경 쓸 만큼 한가한 줄 알아? 난 수사1과 소속이라고!"

"그래. 그렇다면 다행이고."

"흥, 붙임성 없는 건 여전하군. 오랜만에 술이라도 한잔하고 싶지만, 그럴 여유는 없을 것 같군. 할 말이 많을 텐데, 어디 한번 해보라고."

"잘 들어, 카이자키. 이건 사고가 아닌 예고형 살인사건이야."

"넌 그렇게 생각하는 모양이군."

"사실이야. 자신을 '난쟁이'라고 밝힌 정체불명의 범인이 이미 두 번이나 연락해왔어. 한 번은 정오 무렵에 곤돌라가 떨어질 때였고, 또 한 번은 방금이었다. 이 계획은 아마 정오에 시작되었을 거고, 제한 시간까지 열한 시간이 남았어. 해결해야 할 문제가 많지만, 시간이 없다. 한 시간에 한 대씩 곤돌라를 지상에 떨어뜨릴 작정인지도 모른다고. 이게 단순한 협박일 리가 없어."

"쉽게 말해 크리스마스이브에 세간의 주목을 받기 위해 드림아이를 탈취해서 예고형 살인사건을 벌였다는 거군? 인질은 그 승객이고? 그게 사실이라면 세상에 무언가를 고발하고 싶어 하는 인간일 테지."

카이자키가 중얼거리자 나카야마도 그 말에는 동의했다.

"맞아. 그래서 말인데 카이자키, 뭔가 짚이는 게 없나?"

"그게 무슨 뜻이지?"

"난쟁이는 직접 네 이름을 지목하면서 접촉하라고 지시했어. 그러니 네 주변 사람인지도 모르지. 한번 잘 생각해보라고."

"말도 안 되는 소리! 나에게 원한이 있는 인간이라면 나와 가까운 사람을 노렸겠지. 뭐하러 이런 번거로운 짓을 하겠어?"

카이자키는 어이가 없다는 듯이 말했다. 나카야마의 지적을 전혀 엉뚱한 소리로 여긴 것이다. 하지만 나카야마는 물러서지 않았다.

"아, 너와 관련된 사람이, 있군."

"그게 누구지?"

"바로 나야. 범인은 내 존재가 운명이라고 하더군. 그래서 교섭 담당으로 골랐다고 했어. 방금 떨어진 곤돌라에는 원래 내가 타야 했거든. 그래서 이 곤돌라의 전화회선만 개통시켰고, 휴대전화의 전파는 아직도 차단되어 있어. 그렇게 한 이유는 내가 경찰에 신고하게 만들기 위해서고."

"그 난쟁이라는 인간이 신고하길 원한다는 건데, 특별히 그럴 만한 이유가 있는 건가?"

"그건 나도 모르지."

"애초에 군이 신고를 안 하더라도 경찰은 출동한다고. 지금 네 말은 앞뒤가 안 맞아."

"하지만 범인은 네가 수사 책임자라는 걸 알고 있었어. 최신 기술의 대관람차를 장악하고 전화회선도 차단하면서 곤돌라까지 떨어뜨렸다고. 사건의 열쇠를 쥔 사람은 바로 너야, 카이자키."

그러자 카이자키가 훗, 하고 웃었다.

"이런, 이런. 그 대단하신 나카야마 히데오가 이렇게 저자세로 나올 줄이야. 예전의 패기는 다 어디로 갔지?"

"……나한테 언제 패기가 있었다고 그래?"

"아니었던가? 그건 그렇고 여전히 쓸데없는 걱정을 하는군. 지금 우리 수사관들이 최선을 다해 운행 시스템을 복구하고 있어. 거기서 조금만 더 얌전히 기다리라고."

그렇게 말하며 웃는 카이자키에게 나카야마는 자신의 고통을 호소했다.

"카이자키, 이걸 다시 움직이게 하는 건 더 이상 중요한 문제가 아냐. 작동과 정지는 시스템을 장악하기만 하면 원격조종으로도 가능할 테니까. 문제는 곤돌라를 어떤 방법으로 추락시켰는지 우리가 전혀 모르고 있다는 거야. 바로 그 점 때문에 우리가 난쟁이에게 크게 뒤처져 있는 거고. 반대로 말하면, 곤돌라의 낙하 방법만 막아낸다면 우리도 즉시 상황을 만회할 수 있다는 거지. 범인은 지금 엽기적인 인물인 척 연기하고 있지만 유쾌범_{사회나 특정 사람을 공포에 빠뜨리고 그 모습을 지켜보며 즐거워하는 행위}과는 거리가 멀어. 뭔가 큰 목적이 있을 거야."

"……흥, 민간인이 멋대로 추리하지 말라고."

나카야마는 그의 말을 무시하며 주장을 이어나갔다.

"풀어야 할 숙제는 세 가지야. 곤돌라 안에 갇힌 승객을 구출하는 것, 드림아이를 탈환하는 것, 그리고 난쟁이의 정체를 밝히는 것. 이건 우리가 서로 협력하지 않으면 해결할 수 없어."

"협력 따윈 필요 없어, 나카야마. 이건 우리 경찰의 임무야. 넌 내 지시에 따르기만 하면 돼."

"지금은 서로 으르렁거릴 때가 아니라고!"

나카야마는 미간을 찡그리며 언성을 높였다. 조금 흥분한 탓인지 무릎이 떨렸기에 꾹 참으며 주먹을 말아쥐었다.

"한 번 더 말하지. 나카야마, 넌 아무것도 하지 마."

카이자키가 거듭 강조했다.

"수사는 우리 경찰에게 맡기고, 거기서 바깥 풍경이나 구경하고 있으면 돼."

"아무것도 안 하고 있는 건 너잖아, 카이자키. 또 다른 곤돌라가 눈앞에서 추락하고 사망자가 나올 때까지, 넌 계속 움직이지 않을 생각이겠지. 그러니까 아직도 사건인지 사고인지나 따지고 있고, 연쇄살인이라는 보고도 하지 않은 채 수수방관할 뿐인 거야. 5년 전의 그 사건 때처럼 말이지. 난 지금 네게 진실을 맡긴 거다."

그 말에 카이자키는 분노를 드러냈다.

"나한테 지시하지 마, 나카야마! 도대체 왜 지금 바깥세상으로 모습을 드러낸 거냐?"

"말리든 것뿐이야. 너야말로 왜 지금 여기가 바깥세상이라고 하는 거지?"

"내가 서 있는 곳이 바로 세상의 중심이니까. 안 그래?"

"······너랑 술 한잔할 날은 영원히 오지 않을 것 같군, 카이자키. 난 딸을 지키겠어. 무슨 뜻인지 알겠나?"

나카야마가 그렇게 말하자 카이자키가 먼저 전화를 끊었다. 그걸 확인한 나카야마는 한숨을 크게 토해내며 수화기를 내려놓았다.

"카이자키······ 네가 난쟁이일 거라고 생각하진 않아. 하지만······."

나카야마가 보기엔 아무리 생각해도 카이자키는 이미 사건에 말려들고 있는 형국이었다. 지금 이곳에 동기인 나카야마가 있다는 사실이 우연일 리 없지 않은가.

아직 나카야마는 범인의 의도를 알아내지 못했다. 어느 점과 어느 점이 서로 이어져 있는지를 추측하기엔 현재까지 알아낸 정보로는 턱없이 부족했다.

쾅, 하는 소리를 내며 카이자키가 수화기를 내려놓았다.

코와 입으로 거친 숨을 몰아쉬는 카이자키를 카나모리가 조금 겁먹은 표정으로 보고 있었다.

"카이자키 형사님, 그 나카야마라는 분과 아는 사이······이신 거죠?"

카나모리가 질문하는 순간, 운영국 사무실의 천장이 살짝 흔들렸다. 헬리콥터 소리가 들렸다.

"드디어 냄새를 맡고 왔나 보군. 기자들이야."

"보도 규제는 일단 걸어두었는데 말이죠."

"흥, 기자 놈들이야 어떻게든 알아내서 찾아오니까."

"모회사의 뇌물 공여 의혹도 있으니까 말이죠. 드림랜드의 사고 소식이면 충분히 특종감입니다. 매스컴이 신나게 떠들어대겠죠."

카나모리가 남의 일처럼 어깨를 으쓱거리며 말했다. 카이자키는 그를 힐끗 보더니 혼잣말처럼 떠들기 시작했다.

"곤돌라가 추락한 뒤로 시간이 꽤 지났어. 이 정도 규모의 사고치고는 꽤 잘 버틴 편이지. 이제부터 크리스마스이브의 안방 TV는 이 소식으로 떠들썩해지겠군."

카이자키는 그렇게 말하며 스마트폰으로 인터넷을 검색했다. 드림랜드를 운영하는 모회사 '제국부동산'에 관해서였다.

카나모리가 옆에서 화면을 들여다보았다.

"우와, 오후부터 제국부동산 주가가 대폭락했네요. 이런 그래프는 처음 봅니다. 투자자들 사이에선 이미 정보가 돌고 있었던 모양이에요."

"투자자만큼 기민하게 움직이는 사람들도 없지. 애초에 건설업이란 건 안전에 대한 신뢰도가 생명이나 다름없어. 이 그래프에는 수많은 소비자의 강한 분노가 그대로 반영됐다고 할 수 있겠지. 그뿐만 아니라 국산품의 우수함을 강조하느라 정부에서도 건설에 막대한 비용을 투자했어. 설령 이 사건이 무사히 해결되더라도, 수십 년 동안 일본의 명성에 큰 영향을 끼치게 될 거야. 그 그림자는 아마 우리 손자 세대까지 드리워질 테지……. 만약 범인이 존재한다면, 바로 그 점을 노렸을 수도 있겠군."

카이자키가 중얼거렸다. 드림랜드 상공에서 제자리비행을 하는 헬리콥터 소리가 한 대 더 늘어난 것 같았다.

카이자키가 경시청의 상관에게 보고 전화를 하기 위해 운영국 밖으로 나가자 카나모리는 사무실에 혼자 남게 되었다. 다른 수사관들은 아직 놀이공원 내 각지에 흩어져 있었기에 이곳을 수사본부로 꾸리는 준비가 늦어지고 있었다.

"음…… 영 수상하단 말이지."

카나모리는 이 사건의 모든 부분이 이상하다고 느꼈다.

카이자키는 사고 쪽으로 몰아가려는 듯하지만, 범인이 존재한다는 나카야마의 증언은 아마 사실일 거라고 카나모리는 생각했다.

그러나 카이자키는 나카야마의 이야기를 진지하게 듣지 않았다. 마치 범인인 난쟁이라는 자를 감싸려는 것처럼 느껴질 정도다. 어찌 됐든 이번 일이 사고가 아닌 전대미문의 대관람차 납치라면 경찰은 위신을 걸고 사건을 해결해야만 한다. 그건 동시에, 사건 해결에 실패할 경우 카이자키가 좌천당한다는 의미이기도 하다.

성가신 상사가 좌천되는 모습을 상상하자 카나모리의 입가에 미소가 번졌다.

"그렇다면 나카야마 씨의 말대로 정보를 수집해두는 게 좋겠군."

만약 카이자키가 좌천되지 않더라도 그의 약점을 잡아둔다면 카나모리에겐 큰 이득일 것이다. 나카야마가 요청한 일을 조사하러 경시청으로 돌아갈 시간은 아마 확보할 수 있을 것이다. 게다가 카나모리에겐 그것 말고도 조사할 것이 또 있었다.

그는 나카야마라는 남자에 대해 아무것도 몰랐다. 이번 일을 잘 풀어나가기 위해선 그가 어떤 인물인지 정확히 알아둘 필요가 있었다. 카이자키와 과거에 인연이 있었고, 범인과도 연관이 있어 보이는 똑똑한 남자. 나카야마는 충분히 이용해볼 만한 존재였다.

"뭐, 어떻게든 되겠지."

카나모리는 그렇게 말하며 굽은 등을 살짝 폈다. 그는 원래 처세술에는 자신이 있었다. 지금까지도 나름대로 약삭빠르게 잘 살아왔다고 자부할 정도다. 앞으로도 잘해나갈 것을 다짐하면서 그는 일단 운영국에서 나왔다. 상사에게 보고를 끝마친 카이자키의 성난 목소리가 들려왔기 때문이다. 바로 또 다음 지시가 내려질 거란 생각에 카나모리는 긴장했다.

"크리스마스이브인데 말이지."

세상이 온통 축제 분위기일 때도 외롭게 남겨지는 사람이 있다. 매년 있다. 카나모리는 그 사실을 잘 알고 있었다.

"저는 지금 사건 현장에 나와 있습니다. 도쿄의 전통 있는 놀이공원, 꿈의 나라 드림랜드. 창업은 1980년, 테마파크 붐이 일어나는 불씨가 되었던 유서 깊은 놀이공원입니다."

곤돌라 추락으로부터 한 시간 이상이 지나자 각 방송국의 기자들이 이번 사고를 앞다퉈서 보도하기 시작했다.

"1990년 이후, 다양한 테마파크가 생겨나면서 드림랜드의 입장객 수는 매년 감소 추세였습니다. 황금시대는 종언을 맞이하고, 바닷바람에 의한 시설의 노후화도 진행되면서 폐업설까지 흘러나오던 테마파크입니다. 그러나 최신 시스템의 대관람차 건설로 다시금 화제를 불러 모으면서, 그해 입장객 수는 전년도의 약 20배에 달했습니다. 이것이 바로 제국부동산의 위신을 걸고 건설된 드림아이입니다!"

기자가 손으로 가리킨 방향을 따라서 카메라가 한 대의 곤돌라가 빠진 놀이기구를 비추었다.

"그러나 이 드림아이에서 충격적인 사망 사고가 발생했습니다! 많은 입장객이 모인 정오 무렵에 곤돌라가 추락! 현재 승객 두 명의 사망이 확인되었습니다."

카이자키의 예상대로 드림아이 추락 사고는 큰 파장을 불러일으켰다.

일본의 랜드마크로 주목받던 국가적인 건설물이었다는 점과 입장 제한이 걸릴 만큼 혼잡한 성탄 전야에 사고가 발생한 점 때문에 더욱 대대적인 보도가 이루어졌다. 세상은 행복한 크리스마스보다는 떠들썩한 뉴스를 더 원했는지도 모른다.

특히 이번 일은 크리스마스이브에 놀이공원에서 발생한 사고 중에서 역사에 기록될 만한 큰 규모였다.

그런 화제의 중심인 드림랜드 안에서는 2만여 명의 입장객들이 오도 가도 못하는 상황이었다. 웅성거리는 그들의 분노는 쉽게 가라앉을 것 같지 않았다. 그중 일부는 차단선 앞에 버티고 선 수사관들과 실랑이를 벌이기도 했다.

"이봐요, 언제쯤 나갈 수 있는 겁니까?"

"적당히 해야죠. 이렇게 추운 날에 바깥에 세워두고 뭐 하자는 겁니까?"

"빨리 집에 가고 싶다고요!"

사람들은 곤돌라가 또 낙하할까 봐 우려하고 있었다. 뿐만 아니라 다른 놀이기구도 위험할 수 있으며 놀이공원 안에 머무는 것도 안전하지 않다는 사실을 본능적으로 느끼고 있었다. 예기치 못한 사고로 사망자까지 나온 지금, 한시라도 빨리 몸을 피하고 싶은 사람들은 놀이공원 안에서 우왕좌왕했다.

그런 긴장감 넘치는 모습이 많은 미디어를 통해 크리스마스이브의 안방으로 생중계되고 있었다.

"또 언제 다음 사고가 벌어질지······."

"경찰은 언제까지 이런 곳에 우릴 가둬놓으려는 거예요?"

회사 일에 지친 사람도, 가족 때문에 힘든 사람도, 고민 많은 현실에서 잠시나마 벗어날 수 있게 해주는 것이 테마파크의 마법이다.

방금까지만 해도 분명 그런 꿈의 나라가 그곳에 있었다. 해외에서도 크게 주목받았기에 그 경제 효과를 기대하는 사람들도 많았다.

그러나 과한 노동의 피로를 미소로 훌륭히 감추던 직원들은 경찰에 불려가서 보이지 않았다. 웃음이 넘치던 화려한 낙원의 모습은 어디에도 없었다. 정문 앞에서 북적이는 입장객들, 텅 빈 놀이기구, 완전히 멈춰버린 회전목마. 싸늘한 바닷바람에 녹이 슬어버린 놀이공원의 추한 모습이 만천하에 드러난 것이다.

카메라에 잡힌 사람들의 얼굴은 심각하거나 사나워 보였다. 아이들은 울어대고, 해일 같은 인파가 정문 앞을 뒤덮었다. 정보분석관 카나모리는 그런 상황을 상사에게 보고하고 있었다.

"카이자키 형사님, 더 이상 정문 쪽의 혼란을 막는 건 힘듭니다. 한계라고요. 지금은 아직 해가 떠 있지만 몇 시간만 지나도 석양이 질 거고, 밤이 되면 외부 온도는 단숨에 영하까지 내려갈 겁니다. 게다가 여기는 바닷가인 데다 날씨 예보에서도 오늘 밤이 가장 추울 거라고 했어요. 2차 재해의 우려도 있고, 이대로 가면 입장객 중에서 부상자가 나오는 것도 시간문제입니다."

"그래, 정말 소란스럽군."

그렇게 되면 경찰에 대한 비난의 목소리가 높아질 거라고 카나모리가 보고했지만, 카이자키는 진지하게 듣지 않았다.

"그건 나도 알지만 조금만 더 기다려봐. 나카야마는 다음 연락이 올 거라고 했어. 우리에게 신고하라는 요구는 완수했으니까, 어떤 식으로든 움직임이 있겠지. 난쟁이라는 인물을 파악하고 싶어도 아직 정보가 없으니까 말이지."

"……알겠습니다. 하지만 이대로 방치하는 건 위험하지 않을까요?"

"아무것도 하지 말라고는 안 했어. 이 틈에 역의 교통망을 정비해두도록 해."

"그 말씀은……?"

카나모리가 고개를 갸웃거리자 카이자키는 말귀를 못 알아듣는다는 듯이 강압적으로 말했다.

"만약 입장객들을 한꺼번에 풀어주면 드림랜드와 가장 가까운 역의 교통기관은 전부 마비된다고. 혼란에 빠진 사람들을 신속히 피난시키려면 사전 준비가 필요해. 대책 없이 놀이공원 밖으로 내보내면 훨씬 많은 부상자를 초래할 테니 말이야."

"으음, 인원은 어떻게 나누시게요? 총 입장객 수가 2만여 명이라고 하던데요."

"지금부터 수사관을 동원해 입장객을 세 개의 구역으로 나눈다."

카이자키는 놀이공원의 전체 지도를 커다란 테이블 위에 펼쳤다.

"첫 번째는 정문 근처로 시계탑이 있는 '꽃의 제단', 두 번째는 크리스마스 전구로 장식된 이곳 '보물의 동굴', 세 번째는 드림아이가 세워진 '사랑의 대지'."

"잠시만요!"

카나모리가 다급히 끼어들었다.

"외람된 말씀이지만, 드림아이가 가까이 있는 사랑의 대지는 아무래도 위험합니다. 언제 곤돌라가 추락할지 모르고, 오히려 범인이 사람들을 노리고 떨어뜨릴지도 모릅니다. 나머지 두 곳으로 나누시죠."

"아니."

카이자키는 고개를 가로저었다.

"이건 가설이긴 하지만, 범인이라고 자칭한 난쟁이의 시야는 한정되어 있어."

"네?"

"바로 드림아이지. 범인, 혹은 범인의 공범은 드림아이에 타고 있다고."

"어……? 어째서 그렇게 되는 거죠?"

"이유는 나중에 설명하지. 만약 그렇다고 가정하면 드림아이에서 놀이공원 안을 둘러볼 수 있을 뿐이지 모든 방범 카메라를 장악한 건 아닐 거야. 그리고 드림아이에는 사각지대가 존재해. 바로 그게 드림아이 뒤쪽에 있는 사랑의 대지야. 따라서 이 장소에 사람들을 모아놔도 범인은 그걸 알 수 없어."

카이자키는 지도의 한 점을 가리켰다.

"드림아이에 탄 범인은 이곳을 노리고 곤돌라를 추락시킬 수 없어. 난쟁이가 만약 그 사실을 알아챈다면 외부의 공범과 연락을 주고받는다는 방증이 돼. 그 부분을 실마리 삼아 범인을 잡을 수도 있을 거야."

카이자키는 얼굴을 찡그리며 중얼거렸다.

"'꽃의 제단'에 있는 시계탑은 곤돌라 안에서도 보이는 위치에 있어. 그러니까 나카야마는……."

"그 사람과 관련이 있는 겁니까?"

"그래. 중요한 건 범인의 시야가 나카야마 히데오와 동일하다는 점이지."

카이자키는 팔짱을 끼며 한숨을 토해냈다.

"그렇다면 설마……?"

"……나는 아직 이 의문을 떨쳐내지 못했어. 나카야마 히데오가 난쟁이일지도 모르는 가능성을 말이지."

카이자키의 말에 카나모리가 눈을 크게 떴다. 구부러졌던 등이 순간적으로 곧게 펴졌다.

"애초에 난쟁이라는 존재가 있다고 주장하는 건 나카야마 한 명이야. 그런 증언은 신빙성이 떨어지지. 난쟁이란 건 그 녀석이 멋대로 창조한 상상의 산물이고, 요구 자체가 허구일 가능성이 있어."

"그렇다면 믿지 않으시는 거군요? 나카야마 히데오의 말을."

"그 녀석은 내 동기였어. 하지만 옛날부터 그 녀석에겐 이해하기 힘든 구석이 많았지."

"이해하기 힘들다고요……?"

"여러 가지 측면에서 말이야. 하지만 나카야마를 믿는 척하면서 자유롭게 움직이도록 둬야 해. 그 녀석의 진의를 알아내기 위해서 말이야. 지금 그 사실을 추궁하면 모든 입장객을 데리고 자폭할지도 몰라. 그것만은 막아야지."

"흐음, 알겠습니다. 카이자키 형사님의 지시라면 그렇게 움직여야죠. 하지만 가르쳐주시지 않겠습니까? 카이자키 형사님과 나카야마 히데오의 관계를요. 아까 언급했던 5년 전의 사건이란 건……."

카나모리가 물으며 다가오자 카이자키는 부하를 매섭게 노려보았다.

이마에는 힘줄이 튀어나와 있었다.

"카나모리, 대체 몇 번을 말해야 알아듣지? 네가 나한테 질문할 수 있을 만큼 대단한 사람이냐?"

"아니요…… 주의하겠습니다. 너무 궁금해서요."

카나모리는 황급히 물러났다. 카이자키도 크게 심호흡을 하더니 다시 한번 입을 열었다.

"그보다도 내가 맨 처음 지시한 입장객 식별 정보는 아직도 준비가 안 된 거야? 곤돌라 안에 갇힌 승객을 포함해서 아르바이트생과 정직원까지, 놀이공원 안의 모든 인간을 꼼꼼히 조사하기 전까진 아무것도 못 한다고."

"현재 모든 인원을 총동원해서 진행 중입니다! 입장객만 2만여 명, 아르바이트와 정직원은 천 명이 넘다 보니 정보량이 어마어마해서요."

"변명은 됐어. 서두르라고 해."

카이자키가 차갑게 말했을 때, 한 수사관이 달려와 보고했다.

"카이자키 형사님, 바쁘신 와중에 실례하겠습니다. 전화가 와서요."

"하필 이럴 때…… 누군데?"

"현재 드림아이에 갇힌 나카야마 씨의 전 부인이랍니다. 조금 전에 나카야마 씨한테서 부재중 전화가 왔는데, 지금 다시 걸어 보니 연결되지 않아 걱정된다면서요. 그래서 수사본부까지 연락해온 것 같은데, 자기 딸은 무사하냐며 무섭게 다그치고 있습니다."

"흥, 그건 틀림없는 나카야마의 전 와이프군. 일반인이 수사본부까지 전화를 걸다니, 역시 우회로를 잘 알고 있어."

굉장하다고 중얼거리는 카나모리에게 카이자키가 지시했다.

"한 번 화나게 만들면 피곤해지니까 빨리 곤돌라 내부로 회선을 연결해줘. 목소리를 들려주는 게 제일 좋은 방법이겠지."

수사관에게서 휴대전화를 받아든 카나모리는 즉시 곤돌라와 통화할 수 있는 운영국으로 향했다. 나가기 직전, 카이자키가 작은 목소리로 '대화를 기록해둬'라는 지시를 내렸다.

"여보세요, 나카야마입니다. 무슨 일이라도 있었습니까?"

곤돌라 안의 전화기가 울리자 나카야마는 수화기를 들고 말했다.

"나카야마 씨, 저는 경시청의 카나모리입니다. 지금 아내분께서…… 아니, 전 부인께서 연락해오셨는데 연결해드릴게요."

"아아, 그런가요. 잘됐네요. 부탁드립니다."

나카야마는 안도하며 대답했다. 카나모리는 손에 든 휴대전화와 수화기를 가까이 대서 서로 대화할 수 있도록 했다. 그러자 초조한 목소리가 수화기를 통해 나카야마의 귀에 닿았다.

"여보세요? 나카야마?"

"그래, 나야. 연락 못 해서 미안해. 린이라면 걱정할 것 없어."

"나카야마! 린은 정말로 무사한 거지? 집에 와 있는데 뉴스가 나오잖아. 정문 앞의 혼잡한 인파 속에 있는 거야? 하지만 거기로 전화를 연결해준다는 게 무슨 말인지 모르겠어."

"아아, 그게 좀 복잡한 사정이 있거든."

"복잡하다고 넘기지 말고 제대로 설명해. 당신 지금 어디야?"

수화기 너머에서 무섭게 쏘아붙이는 목소리가 들리자 나카야마는 쓴웃음을 지었다. 늘 유이코의 이런 부분을 상대하기 힘들었던 게 생각났기 때문이다.

"유이코, 어쨌든 연락이 닿아서 다행이야. 린은 여전히 씩씩해. 정말이야. 엄청난 일에 휘말리긴 했지만 말이야. 목소리를 듣고 싶을 테니까, 지금 바꿔줄게."

나카야마는 그렇게 말한 뒤, 린의 어깨를 두드리고 귀마개를 벗겨주었다.

"엄마?"

린은 밝은 목소리로 말했다.

"그래, 린. 무섭지 않니? 괜찮아? 다친 데는 없고?"

"응, 린은 강하니까 괜찮아."

"아아, 다행이다. 정말로 다행이야. 아빠 말씀 잘 듣고, 춥지 않게 잘 챙겨 입어. 린, 엄마가 늘 네 편이라는 거 잊지 마."

엄마가 안도하는 목소리를 듣고는 린이 알았다고 대답하며 수화기를 나카야마에게 건넸다.

"나카야마, 부탁이야. 꼭 약속해줘. 린을 반드시 나한테 데려와주겠다고."

"물론이야. 지금까지 약속을 잔뜩 어겨왔지만, 이번만큼은 꼭 지키겠어."

나카야마는 강한 말투로 단언했다. 그러자 유이코는 갑자기 불안해하며 말을 이었다.

"당신 설마 지금 드림아이에 타고 있는 건 아니지? 예약한 시간은 이미 지나갔잖아?"

"그래, 이미 내렸으니까 괜찮아. 경치가 꽤 멋지던데……."

"곤돌라가 떨어졌다면서? 사람이 두 명이나 죽었다고 뉴스에 나왔어. 정말이야?"

"그래, 사실이야."

나카야마가 대답하자 유이코는 놀라며 비명 같은 목소리를 냈다.

"말도 안 돼! 어째서 그런 일이 벌어진 거야? 설마 이렇게 될 줄은……"

"유이코, 갑작스러운 상황이라 많이 혼란스러울 테지만 잘 들어. 이제 곧 내 신상 정보가 세상에 공개될 거야. 그러면 평범한 입장객이 아니라는 게 밝혀지면서 이 사건은 단숨에 복잡해지겠지. 아니, 카이자키가 엮인 이 상 이 일은 생각보다 빠르게 진행될 거야."

"저기…… 그게 무슨 말이야? 이 사고가 당신과 상관이 있어?"

"모르겠어. 하지만 경찰은 이제 곧 이 드림랜드와 관련된 모든 사람에 대한 조사를 끝낼 거야. 입장객, 아르바이트생, 정직원에 이르기까지, 그 모든 정보가 사건 해결을 위한 단서가 되겠지. 잘 들어, 유이코. 지금부터 중요한 내용이니까."

"앞으로 또 무슨 일이 벌어질 수도 있다는 거야……?"

"맞아. 내가 의심받겠지."

"뭐? 의심을 받다니…… 이번 사고 때문에?"

유이코가 목소리를 높였다.

"그래. 안타깝지만 반드시 그렇게 될 거야. 그리고 내 연고자인 당신에 게도 경찰이 접촉해올 거고."

"그래서 대체 어떻게 할 건데? 나는 어떻게 하면 돼?"

유이코는 감정을 간신히 억누르며 물었다.

"아무것도 하지 않고 집에 있으면 돼. ……다만, 날 믿어줘. 그게 내 부탁이야. 그리고 경찰이 하는 말은 절대 믿지 마. 그게 말도 안 되는 소리든, 옳은 소리든 간에 절대 귀를 기울이지 말고 내 말만 믿어줘. 과거의 그 일과는 상관없이 말이야."

"과거의 그 일이라니, 설마……."

"더 이상은 얘기하지 마."

나카야마는 낮은 목소리로 제지했다. 카나모리가 이 대화를 듣고 있으므로 결정적인 사실은 말할 수 없었다. 하지만 유이코는 밀어붙이려는 듯이 말을 꺼냈다.

"그 사건은, 그건 당신 책임이 아니잖아. 확실히 오늘과 똑같이 크리스마스이브였고……."

"지금 그건 상관없는 일이야. 하지만 이 사고에는 분명 뭔가가 숨겨져 있어. 어쨌든 날 믿어줘. 린을 구하기 위해서라도."

"……그래, 알았어. 린을 위해서라면……."

유이코는 엄마다운 모습을 되찾으며 조용히 대답했다.

"고마워. 그런데 당신이 알려줘야 할 게 있어. 지금 세간에서 어떤 소식이 보도되고 어떤 소식은 보도되지 않는지를 알아야 해. 사정이 있어서 여기는 전파가 닿지 않아. 그래서 세상 사람들이 이 일을 어떤 시선으로 바라보는지 알 길이 없어."

"그, 그래. 지금 뉴스에서 마침 특집 보도가 나오고 있어. 볼륨을 크게 키워볼게."

잠시 기다리자 다시 유이코의 목소리가 들렸다.

"여보세요? 미안. 리모컨이 어딨는지 모르겠네."

"그래, 그럴 줄 알았어. 그래서 어떤 내용이야?"

"여전히 사람 무안하게 만든다니까. 암튼 대충 설명하자면, 매스컴 쪽도 많이 혼란스러워 하는 것 같아. 뭔가 어수선한 느낌을 지울 수 없어. 그런데 조금 신경 쓰이는 내용도 나오네."

"그래? 어떤 건데?"

"드림랜드는 드림아이가 생기면서 입장객 수가 회복된 걸로 유명한데, 그전에는 계속 적자 경영이 지속되고 있었대. 외국계 테마파크가 늘어나면서 인기가 떨어진 이유도 있지만, 애초에 모회사인 제국부동산의 뇌물 공여 문제가 불거지면서 이미지가 나빠진 측면도 있었다나 봐."

"제국부동산이라면 일본에서도 으뜸가는 부동산 회사잖아. 일본의 권력자와 해외 저명인사들도 고객으로 두고 있고."

그리고 그 회사의 어떤 인물과 나카야마는 인연이 있었다. 5년 전의 그 일은 지금도 기억에 선명히 새겨져 있을 정도다.

그 일을 하필 오늘 떠올리게 됐다는 것에 나카야마는 눈썹을 찡그렸다. 이게 과연 우연일까 하는 묘한 예감이 그의 뇌리를 스쳐 지나갔다.

"하지만 내가 신경 쓰이는 건 그게 아냐. 제국부동산이라면 드림랜드의 모회사잖아? 그런데 이번 사고에 대한 대응이 지나치게 침착하다고 해야 할지, 전혀 당황하지 않는 느낌이 들어."

"당황하지 않는다고? 아아, 제국부동산이 이 사고에 대한 기자회견을 열었나 보군. 거기서 무척 담담한 대응을 보여줬다는 건가?"

"그래 맞아, 정확해. 마치 처음부터 이렇게 될 줄 알았다는 듯이. 너무 부자연스럽지?"

"그래. 그건 확실히 이상하군……"

나카야마는 고개를 끄덕거렸다.

상식적으로 생각하면 대관람차에서 곤돌라가 떨어질 리가 없다. 그런 사고는 어디서도 들어본 적이 없으니까 말이다. 게다가 드림아이는 적자 경영에서 벗어나기 위해 회사의 위신을 걸고 건설한 랜드마크였다. 거기서 사고가 발생하면 회사의 신뢰도는 바닥으로 추락한다. 놀이공원은 틀림없이 폐업으로 몰리고 모회사인 제국부동산도 무사하진 못할 것이다.

아무리 대기업이라지만 적지 않은 타격을 입을 것이다. 상당한 인원 감축과 업무 축소, 정부의 감사까지 받아들여야 한다. 그렇게 되리라는 걸 모르지는 않을 텐데, 왜 당황하지 않는 것일까?

나카야마는 그 의문을 머릿속으로 계속 반추했지만, 현재로서는 관련된 정보가 전혀 없었다.

"내 생각도 그래. 보통 이렇게 갑작스러운 기자회견을 열면 허둥대는 게 당연한데 말이야."

"결국 드림아이에는 건설 초기부터 중대한 결함이 있었는지도 몰라. 어쩌면 구상 단계부터인지도 모르고. 모회사는 그 사실을 은폐한 채 정상적으로 운영했고. ······아니야, 그랬다면 단순한 사고였겠지. 결함 문제면 곤돌라는 자연스럽게 추락했을 거야. 하지만 실제로는 예고가 있고 난 뒤에 지상으로 떨어졌어."

"뭐? 그게 무슨 말이야? 사고가 아니라고?"

유이코는 당황하며 물었다.

"그래. 난 그렇게 확신해. 그것 말고 다른 보도는 없어?"

옆에서 곰 인형을 갖고 놀던 린은 싫증이 났는지 안절부절못하는 것처럼 곤돌라 안을 이리저리 서성이기 시작했다. 곰 인형의 손에 묶여 있던 노란 풍선이 공중에 뜬 채 따라다녔다.

"드림아이에 연결된 다른 곤돌라도 언제 떨어질지 모른다는 말이 나오고 있어. 그리고 다들 사고라고 단정 짓는 것 같아. 하지만 아니라는 거지? 저기, 린하고 당신, 거기에 타고 있는 거 진짜 아니지?"

유이코가 이번엔 냉정한 말투로 묻자 나카야마는 식은땀을 흘리며 침을 꿀꺽 삼켰다.

"그래, 아니야. 우리는 정문 쪽에……."

"응, 맞아."

린이 끼어들며 목소리를 높였다.

"무슨 짓이니……!"

나카야마는 다급히 린의 입을 막았다.

"잠깐, 나카야마. 잘 안 들렸는데, 방금 그건 린……."

"어쨌든 걱정은 하지 마. 또 연락할게."

이쪽이 먼저 연락할 수단이 없는데도 다급해진 나카야마는 그렇게 변명하며 전화를 끊었다. 이마에 땀을 흘리는 나카야마를 린이 의아한 표정으로 올려다보았다.

"왜 거짓말해? 린이랑 아빠는 여기에 타고 있잖아. 거짓말은 나쁜 건데."

린은 그렇게 말하며 끌어안은 곰 인형을 좌우로 흔들었다.

"그래, 린. 아빠가 확실히 거짓말을 하긴 했어. 린하고 여기에 타고 있는데, 아니라고 말하려고 한 거야. 하지만……."

나카야마는 말을 이었다.

"그건 엄마가 걱정할까 봐 그런 거란다. 아빠하고 린이 뉴스에 나오는 드림아이의 곤돌라 안에 있다는 걸 알면 엄마가 집에서 TV를 보다가 걱정돼서 쓰러질지도 모르잖니? 그렇게 되면 린도 슬프잖아."

"엄마가 왜 걱정하는데? 아빠는 린한테 걱정하지 말라고 했잖아."

"그건……."

"이제 곧 내려갈 수 있는 거 아냐?"

나카야마는 딸의 말에 대답할 수 없었다. 린은 뺨을 크게 부풀리면서 불만스럽게 창밖을 보고 있었다.

"미안해, 린. 너무 아빠 혼자서만 통화를 했네. 엄마하고 더 이야기하고 싶었을 텐데. 전화가 또 올지도 모르니까, 지금은 아빠하고 이야기하는 걸로 참아줘."

나카야마가 그렇게 말하자 린은 웃었다.

"응, 알았어. 린은 참을게."

"아, 그렇지. 린, 과자 먹을래? 아빠가 여기에 오다가 편의점에서 동물 비스킷을 사 왔거든. 자, 여기."

나카야마는 주머니를 뒤져 한 입 사이즈의 과자를 꺼내 린에게 내밀었다. 린은 가볍게 고개를 끄덕이며 토끼 모양 비스킷을 살짝 깨물었다. 아직 불안한 표정을 씻어내지 못하는 딸에게 나카야마는 거듭 사과했다.

"정말 미안해, 이런 크리스마스이브가 되어버려서. 지금까지 계속 널 외롭게 만들었으니까, 이번 기회에 만회하고 싶었는데……. 그런데 그렇게 쉽게 생각하면 안 되겠지. 린도 이제 많이 컸으니까."

인생의 실수를 바로잡는 일은 크리스마스이브를 한 번 같이 보내는 것만으로는 부족한 것이다. 게다가 그런 이벤트조차 엉망이 되어버렸기에 나카야마는 탄식했다. 물론 난쟁이도 원망스러웠지만, 지금은 그런 마음을 겉으로 드러내지 않도록 노력했다.

"난 왜 항상 이렇게 일을 망치는지 모르겠어. 한심한 아빠라서 미안해."

"으음, 아닌데."

나카야마의 말에 린은 고개를 가로저었다. 예상치 못한 반응이었기에 나카야마는 눈을 깜빡거렸다.

"아니라니?"

"아빠가 항상 한심했다고 말하면 안 돼. 근데 왜 이제는 안 싸우는 거야? 린은 지금의 아빠는 안 좋아해. 지금의 아빠는 엄마를 지켜주지 않잖아."

"린, 갑자기 그게 무슨 말이야? 엄마를 안 지킨다니, 유이코한테 무슨 일이라도 있는 거야?"

딸의 갑작스러운 감정 변화에 나카야마는 당황했다.

"린은 사진으로만 봤지만 아빠가 그 옷 입었을 때는 진짜 멋졌는걸. 그 때가 좋았어. 집에는 안 들어와도 정의의 히어로였잖아?"

"정의의 히어로라니, 그렇지 않아. 아빠는 그런 사람이 아냐……."

힘없이 부정하자 린은 불만스럽게 입술을 깨물었다.

"아니야! 정의의 히어로인걸!"

"린…… 그 옷이란 건 경찰 제복을 말하는 거구나. 린은 그 옷이 좋았던 거니?"

"응. 린은 아빠가 정의의 히어로인 게 좋아. 왜 이제 안 입어? 아빠, 또 그 옷을 입어줘. 나쁜 사람들 혼내줘."

딸의 그 말을 듣고 나카야마는 입을 꾹 다물었다.

"왜? 아빠는 그 옷이 싫어?"

"그런 게 아니란다. 아빠는 말이지, 그 옷을 안 입는 게 아니야. 도저히 입을 수가 없어. 아빠는 용서받지 못할 일을 했어. 그래서 입을 자격이 없는 거야."

"그게 무슨 말이야?"

"린은 말해줘도 몰라."

나카야마는 그렇게 말하다 퍼뜩 자각한 듯이 "미안, 아빠가 말이 심했어"라고 변명했다. 린은 눈이 그렁그렁해지며 입을 열었다.

"아빤 왜 우리 집에서 없어진 거야? 엄마한테서도, 린한테서도 도망친거지? 우리가 귀찮아진 거지? 린은 다 알아. 이제 어린애가 아닌걸. 이제 아빠는 린하고 엄마를 안 지켜주잖아."

"린, 그게 무슨 소리야. 그럴 리가 없잖니."

"그래도 린은 안 울어. 착한 아이니까. 그 할아버지도 그렇게 말씀하셨잖아."

아버지의 변명은 딸에게 통하지 않았다. 하지만 그래도 린은 나카야마의 등을 툭 두드려주었다. 나카야마의 눈시울이 뜨거워졌다.

아직 초등학생이라고 너무 쉽게 생각했던 것인지도 모른다. 아직 한참 어리다고 생각했던 딸이 그의 가슴에 강한 파문을 남겼다. 돌이켜보면 무엇이든 어중간하게 살아온 인생이었다. 그게 나카야마의 솔직한 심정이었다. 일과 가족으로부터 도망친 패배자. 괴로운 상황을 외면해버린 전직 경찰관. 그런 초라한 자신과 지금 처음으로 제대로 마주한 듯한 기분이 들자 나카야마는 얼굴을 감싸며 고개를 숙였다.

그때 나카야마의 마음속에서 누군가의 목소리가 들려왔다. '싸워줘. 그리고 구해줘'라고. 그렇게 그의 등을 강하게 밀어준 것 같은 기분이 들던 것이다.

나카야마는 스읍, 하고 크게 숨을 들이마시며 입을 열었다.

"알았어, 린."

지금까지 자신은 꽤 소극적인 인생을 살아왔다고 나카야마는 생각했다. 최소한의 해야 할 일만 하면서 살아왔다. 하지만 지금 여기서 딸의 기대를 배신한다면, 영원히 자신을 아버지라 말할 수 없게 되리라.

아버지의 자격을 획득한 나카야마는 진심을 담아 딸에게 감사를 표했다.

"고마워. 덕분에 아빠가 정신을 차렸어. 아빠는 참 운이 좋은 사람이야. 그러니까 도망치지 않고 싸울게."

"……응!"

어느새 린도 눈물을 흘리고 있었다. 둘은 소매로 눈물을 훔치며 마주 웃었다.

그 순간, 곤돌라 안에서 전화기의 호출음이 울려 퍼졌다.

14시 00분, 난쟁이의 요구

"여어, 안녕하신가. 이제 시간은 오후 2시로군."

나카야마는 난쟁이의 신난 목소리를 들으면서 린에게 귀마개를 씌워주었다. 린은 고개를 끄덕이더니 의자에 얌전히 앉았다.

"지시대로 경찰에 신고해준 것 같더군. 그러면 이번엔 곤돌라를 떨어뜨리지 않겠네. 하지만 다음에 실수하면 두 대의 곤돌라가 떨어질걸세. 단한 번의 실수도 용납될 수 없지."

"약속은 지켰다. 이 정도면 된 것 아닌가? 드림아이 승객 전원까지는 바라지 않으니까, 일부라도 풀어주지 않겠나?"

나카야마의 말에 난쟁이가 껄껄 웃었다.

"이보게, 선수 선서를 당당히 끝내고 이제 딸 앞에서 멋진 모습을 보여주고 싶겠지만, 너무 건방진 소리는 하지 말게나. 자기가 지금 어떤 상황인지 아직 파악이 안 된 것 같군. 주위 상황이 어떻게 돌아가는지도 전혀모르고 있고."

"주위 상황이라니, 그게 무슨 말이지?"

"방금 다른 곤돌라 안에 있는 승객들에게 연락을 돌렸네. 휴대전화처럼 외부와 연락할 수 있는 물건은 전부 창문 밖으로 버리라고."

"왜 그런 짓을…… 이미 전파가 차단되어서 전화나 문자도 할 수 없을 텐데."

"물론일세. 하지만 승객들은 좀 더 공포 속에서 허우적거려줘야 하거든. 이건 서커스니까 말이지."

나카야마는 창밖을 내다보며 다른 곤돌라의 상황을 확인했다. 뭐라고 소리치는 남자나 주저앉아버린 여자 등 모든 곤돌라 안이 절망으로 충만했다.

"네가 보고 싶은 게 그런 거였나 보군?"

"굳이 따진다면 보고 싶지 않은 쪽에 가까웠네. 하지만 승객들도 자기들이 피에로라는 사실이 뭘 의미하는지는 알아야 하지 않겠나."

"그렇다면 네 동기는 복수인 거냐? 여기 이 승객들에게 뭘 어쩌자는 거지?"

"어떻게든 할 수 있겠지. 다만 똑똑히 기억해 두게. 내 요구를 받아들이지 않으면 곤돌라를 또 떨어뜨릴걸세. 이 땅에 썩은 내 나는 폐허가 생겨나는 걸 막는 최선의 방법은 내 지시에 순순히 따르는 것이네."

"그래, 알았다. 시키는 대로 하지. 더 이상의 희생자를 내고 싶진 않아."

"그것도 결국 자네에게 달린 거지. 난 처음부터 요구가 한 가지일 거라고 말한 적은 없다네."

"네가 연락해올 때마다 요구가 한 가지씩 늘어나겠지. 그렇다면 네 요구는 최대 열두 개까지겠군. 열두 시간 동안 열두 대의 곤돌라를 떨어뜨리려는 걸 테니."

"정답일세."

"넌 아무래도 '12'라는 숫자에 집착하는 모양인데, 무슨 의미가 있는지 정도는 알려줘도 되지 않나?"

"……자, 그럼 다음 요구를 말하지. 그 위치에서 아래를 내려다보게나."

난쟁이는 나카야마의 질문을 무시하며 말을 이어나갔다. 드림아이의 높이에서 내려다보자 마침 정문 쪽에 몰려 있던 수많은 입장객이 조용히 이동하고 있다는 걸 알 수 있었다.

"지금 뭘 하는 거지? 피난인가?"

그렇게 중얼거리자 난쟁이가 끼어들었다.

"피난이 아닐세. 피난을 위한 준비운동이지. 2만여 명의 사람들을 일제히 풀어주면 반드시 부상자가 나올걸세. 그래서 그 인원을 세 개의 구역으로 나누는 단계인 거지. 사람들을 분산시킨 뒤에 구역별로 밖으로 피난시킨다는 게 경찰의 작전일세."

"경찰의 피난 작전…… 그걸 어떻게 아는 건가? 넌 대체 누구지?"

"생각이 짧은 어리석은 경찰들에게 알려주도록 하게. 그놈들의 수사 정보는 뻔히 들여다보인다고 말일세. 뭐, 자네가 아무리 호소해본들 경찰은 아무것도 달라지지 않겠지만."

그 말을 듣자 나카야마는 또 다른 의문이 생겼다. 나카야마는 이 범인이 경찰에 대한 원한을 품고 있을 거라고 생각했다. 카이자키를 직접 지명한 것도 그 때문일 거라고 말이다.

만약 경찰이 뉘우치길 바라는 거라면, 과거에 누명 사건과 연루된 사람인지도 몰랐다.

경찰을 원망하는 사람은 세상에 얼마든지 있다. 따라서 나카야마가 아는 사람이 범인일 가능성은 객관적으로 봤을 때 매우 낮았다. 그러나 만약 나카야마가 이 대관람차 납치에 말려든 것이 우연이 아니라면 범인의 범위를 단숨에 좁힐 수 있었다.

난쟁이는 그 점을 우려해서인지 나카야마의 몇 가지 질문을 의도적으로 무시하고 있었다.

"그래서, 내가 뭘 해주길 바라는 거지?"

나카야마가 침착하게 물었다.

"다시 한번 말하지만, 현재 이곳 드림랜드에는 2만여 명의 인파가 운집해 있네. 즐거운 시간은 끝나버리고 불안과 공포에 혼란스러워하고 있지. 하지만 어차피 그자들에겐 자네가 느끼는 위험 따윈 강 건너 불구경일 뿐일세. 다들 빨리 집에 돌아가고 싶은 마음뿐이지. 경찰 역시 그런 그들을 통제하는 데 애를 먹고 있다네. 그리고 이제 곧 카이자키 케이이치는 입장객들을 풀어줄 테지."

"그래. 지금쯤 열심히 피난 경로를 확보하고 있겠지. 하지만 이제 입장객들은 보내줘도 되는 것 아닌가? 네가 말했듯이 그 사람들은 이 일과 상관없잖아."

"상관이 없기 때문에 중요한 거라네. 그들이야말로 꼭 필요한 요소라 할 수 있지. 쉽게 비유하자면, 자네들은 서커스단이라 할 수 있네. 그리고 입장객들은 놀라운 쇼를 보고 환호하는 관객들이고."

"아까도 서커스라는 말을 했었지. 대체 무슨 뜻이 있는 거지?"

"다음 요구라는 뜻이지. 입장객들의 귀가 조치를 막게. 한 명도 밖으로 내보내면 안 되네. 관객들은 자리에 얌전히 앉아 있어야 하니까 말일세."

"아무리 그래도 그건 불가능해. 경찰이 이 정도 인원을 계속 붙잡아둘 수는 없어."

"부탁하는 줄 아나 본데, 이건 난쟁이가 내리는 절대적인 명령이네. 실패한다면 또 하나의 곤돌라가 무작위로 떨어지고 관객들은 열광하겠지. 복잡할 거 없지 않나?"

"제정신이냐? 네가 누군진 모르겠지만 이제 이런 짓은 그만둬!"

"자, 시작하게."

"기다려!"

나카야마가 제지했지만 통신은 허무하게 끊어졌다. 나카야마는 수화기를 다급히 내려놓았다가 바로 긴급 전화를 걸었다. 다행히 전화는 바로 연결되었다. 지금 드림아이의 운영국 사무실은 수사본부로 쓰이는 것 같았다.

"누구지? 나카야마냐?"

"그래, 카이자키. 긴급 사태야. 난쟁이에게서 세 번째 연락이 왔어. 다음 요구는 이거야. 놀이공원 안에 있는 입장객을 한 명도 밖으로 내보내지 말 것."

"뭐? 2만 명이 넘는 사람들을 이대로 여기 잡아두라는 거야?"

"경찰은 입장객을 세 개의 구역으로 나눠서 피난시키려고 한다지. 그 작전을 헛수고로 만드는 건 미안하지만, 중단할 수밖에 없어. 이미 의도를 전부 들켰으니까."

"범인이 어떻게 우리 계획을 알고 있는 거지? 피난시키는 것뿐이라면 몰라도, 세 구역으로 나눈다는 작전은 우리 말고는 절대 알 수 없는 일인데."

"처음에도 말했을 텐데. 난쟁이는 경찰의 수사 상황을 알아낼 수 있는 방법을 갖고 있어. 수사 회의를 감청한 건지, 아니면 뭘 한 건지는 몰라

125

도……. 애초에 네 이름을 거론한 걸 보면 경찰 조직에 대해 자세히 알고 있다는 얘기겠지. 직접 대화해보긴 했지만 난쟁이의 정체는 아직도 알 수 없어. 다만 경찰에게 원한을 품은 녀석일 가능성이 크겠지."

"뭐라는 거야. 그런 놈들이야 차고도 넘칠 텐데."

카이자키는 그렇게 말하고는 잠시 입을 다물어버렸다. 그러자 나카야마가 말을 이었다.

"하지만…… 내게 생각이 있어. 이젠 나도 잠자코 있지만은 않을 거야. 이대로 가면 전부 난쟁이의 의도대로 움직이다가 최악의 사태를 맞이할 테니까."

"호오. 네가 말하는 최악의 사태는 뭐지, 나카야마 히데오?"

"앞으로도 사망자가 늘어나는 거다."

"그렇다면 생각해봐. 입장객을 피난시키지 않으면 머지않아 그 안에서 사망자가 나올 거라고."

"음…… 그래서 하는 말이야. 거기에 드림랜드 전체 지도가 있나? 넌 지금부터 꽃의 제단, 보물의 동굴, 사랑의 대지, 이 세 곳으로 입장객을 이동시키려고 하겠지?"

"왜 그렇게 생각하지?"

"이 넓은 드림랜드 안에서 드림아이의 사각死角에 위치한 건 이 세 곳뿐이니까. 나는 이 아이디어 자체는 꽤 괜찮다고 생각해. 그러니까 모든 인원을 세 개의 구역으로 나누는 대신, 세 번에 걸쳐 별도의 한 장소로 피난시키는 건 어때?"

"이봐, 좀 더 알기 쉽게 설명해봐."

"난쟁이의 요구를 어기지 않으려면 입장객을 밖으로 내보낼 수 없다는 뜻이야. 다만 입장객들이 더 큰 혼란에 빠지는 것만은 막아야겠지. 그러니까 '집으로 돌아갈 수 있겠다'라는 기대는 계속 갖게 만들어야 해."

"그건 알겠는데, 그럴만한 장소가 있나?"

"난 여기에 오기 전에 이 놀이공원에 대해 철저히 조사했어. 몇 번이나 사전 답사를 했고, 직원들밖에 모를 만한 웹사이트까지 찾아보며 대량의 정보를 긁어모았지."

"풉."

수화기 너머로 카이자키의 웃음소리가 들렸다. 비웃는 듯한 뉘앙스였기에 나카야마는 무척 불쾌했지만, 지금은 그런 걸 따질 때가 아니었다.

"편집증적인 성격은 여전하군."

"30분 앞서 행동하는 습관이라고 해줘. ……어쨌든 그 덕분에 난 어떤 정보를 알아냈어."

"흐음, 그게 뭐지?"

"이 드림랜드에는 직원용 통로가 있어."

"그야 당연히 있겠지."

"단순한 뒷문이 아니야. 놀이공원의 안팎으로 이어지는 별도의 비밀 통로가 있어. 거길 통해 놀이공원 밖으로 나갈 수 있지. 퍼레이드 차량이나 작업 운반 차량이 드나드는 곳이고, 지도에도 실려 있지 않아. 직원들만 아는 숨겨진 통로지. 입장객들을 그곳으로 이동시키는 거야."

"나쁘지 않군. 그러면 입장객들은 집에 갈 수 있다는 생각에 진정될 거고, 지붕이 있는 장소니까 최악의 경우 하룻밤을 버틸 수도 있겠어. 하지만 그러다가 난쟁이라는 인간을 화나게 만들면 그냥 넘어가지 않을 텐데."

"그게 난쟁이의 요구를 어기는 건 아니야. 입장객을 밖으로 내보내지 말라고 했지, 한곳에 모아놓으면 안 된다고는 안 했으니까. 드림아이가 보이는 장소에 있어야 한다고도 하지 않았고."

"……맞는 말이군."

카이자키가 납득하며 고개를 끄덕였다.

"그럼 거기로 입장객을 이동시키겠어. 만약 입장객 중에 범인이 있다면 드림아이가 보이지 않는 위치로 가는 걸 꺼리겠지. 수상한 인물을 색출해낼 수도 있겠군."

"경찰들만으로는 이동이 너무 늦어질 테니까 드림아이 직원들도 동원해야 할 거야."

"그렇겠지. 그 과정에서 직원 중에 수상한 사람이 없는지 확인할 수도 있을 거고. 하지만 그 직원용 비밀 통로에 폭탄 같은 위험물이 설치되었을 가능성도 있어."

"미리 확인하면 돼. 그리고 만약 그런 일이 있으면 난쟁이의 정체가 이곳 직원이라는 게 확실해지겠지."

"그렇겠군. 하지만 이 말은 꼭 해야겠어."

"뭐지?"

"내가 널 믿어야 하나?"

카이자키는 싸늘한 목소리로 말을 이었다.

"대충 무슨 생각인지는 알겠지만 신빙성이 부족해. 다음 피해가 발생할 가능성이 있는 이상, 순순히 수긍하기는 어렵군. 이게 너에 대한 내 솔직한 감정이야."

나카야마는 그건 내가 할 말이라고 마음속으로만 중얼거렸다. 상대방을 완전히 신뢰할 수 없는 건 서로 마찬가지였다. 과거에 생겨난 균열은 이미 회복 불가능할 정도로 커진 지 오래다.

하지만 그래도 나카야마는 지금 카이자키의 협력이 반드시 필요했기에 끈질기게 교섭해야만 하는 상황이었다.

"카이자키, 이번 사태에서 모든 사람이 납득할 만한 방법 같은 건 없어. 이 방법을 쓰지 않으면 또 곤돌라가 떨어지고 사람이 죽게 될 거라고. 그게 난쟁이의 명령이니까."

"난쟁이가 요구한 대로 입장객을 내보내지 않는 게 가능하다고 치자. 하지만 언제까지 그래야 하지?"

"명확한 시간은 언급하지 않았으니까 확정된 건 없지만, 아마 날짜가 바뀔 때까지겠지. 즉, 최소 아홉 시간 뒤야."

"아홉 시간이라고……? 도저히 불가능해. 한창 추운 시기인 데다 정부도 이제 가만히 지켜보고만 있진 않을 거야. 지금도 윗놈들은 왜 빨리 해결하지 못하냐면서 성화라고."

"그래, 그러니까 그때까지 사건을 해결하는 수밖에 없어. 그 직원용 통로의 위치는 드림랜드 관계자에게 직접 물어보면 될 테고."

"그렇다면 시스템 담당자인 미야우치나 드림아이의 안내 담당인 타키구치 미카가 좋겠군. 그런 정보는 윗선보다는 말단 직원이 더 잘 알고 있을 테니."

카이자키가 중얼거리자 나카야마는 가볍게 고개를 끄덕거리다가 숨 쉴 틈도 없이 말을 쏟아냈다.

"그 녀석은 우리를 서커스단에 비유했어. 입장객들은 관객이라고 했지. 다시 말해, 그 녀석은 입장객들에게 무언가를 보여주려는 거야. 그게 바로 난쟁이의 목적 중 하나겠지. 무슨 일이 벌어질지는 알 수 없지만, 단순히 추락하는 곤돌라를 보여주려는 건 아닐 거야."

"뭐라고? 그건 이상하지 않아? 시선을 확 잡아끌려면 곤돌라를 떨어뜨리는 것보다 좋은 방법은 없을 텐데."

"아니. 그랬다면 첫 번째 곤돌라를 추락시키기 전에 사람들의 시선을 그곳으로 모아두었겠지. 하지만 난쟁이는 곤돌라의 승객들에게만 나타나서 시계탑에 관해 이야기했어."

"시계탑? 놀이공원 중앙에 있는 그 시계탑 말이야?"

"그래. 그 녀석은 우리…… 그러니까 드림아이의 승객들을 의식하고 있어. 정오에 시작되는 인형극을 우리에게 보여주고 싶었던 거지. 그리고 자신을 거기에 등장하는 난쟁이라고 소개했어. 그 안에 힌트가 있을 거야. 그 시계탑에서 정오에 공연되는 인형극을 조사해주지 않겠나? 팸플릿에는 이 드림랜드가 탄생하게 된 이야기라고 적혀 있었거든."

"흥. 기어오르지 마, 나카야마. 우리는 네 부하가 아냐. 네 음흉한 직감으로 사고를 사건으로 만들지 말라고."

"사건으로 만들지 말라니. 설마 아직도 난쟁이의 존재를 의심하는 거냐? 이게 단순한 사고라는 거야?"

"아직도 그럴 가능성은 충분하지."

"이봐. 난쟁이는 아까 다른 곤돌라의 승객에게 휴대전화를 버리게 했다고 했어. 드림아이 주변을 조사하면 전자기기가 떨어져 있는 걸 발견할 수 있을 거야. 그걸 통해 승객의 신원도 확인할 수 있을……."

"그런 얘기 못 들었어! 이것들이 제대로 보고를 안 하고……."

"지금은 내 말을 들어, 카이자키. 우리에겐 시간이 없어. 시간이 갈수록 승객들은 쇠약해질 거야. 곤돌라 안의 기온도 저녁이 되면 단숨에 떨어질 거고. 120미터 상공은 지상보다 훨씬 추운 극한의 날씨야."

"그렇다고 네 명령으로 경찰 조직이 움직일 거라 생각하나? 그런 조악한 추리 때문에 2만 명이 넘는 사람들을 계속 붙잡아두라고? 존재 자체도 불분명한 직원용 통로로 피신시키라니? 너 같으면 그러겠어?"

"진정해. 난 옛날 일로 너랑 옥신각신할 마음은 없어."

"애초에 경시청 사람들이 널 어떻게 보는 줄 알기나 해? 퇴직하더니 제대로 일도 안 하는 전직 경찰관 주제에……."

"……카이자키, 너희처럼 국가 권력을 등에 업고 정의로운 척 정면승부만 하려고 들면 절대 이길 수 없어. 곤돌라 추락이라는 카드를 손에 쥔 범인은 열한 쌍의 인질을 확보한 상태라고. 그 조건이 바뀌기 전에는 우리가 압도적으로 불리해."

"그러면 어떻게 하라고? 백기를 들고 항복이라도 하라는 거냐?"

"입장객의 안전을 확보하는 게 먼저야. 하지만 그러려면 정체를 알 수 없는 난쟁이의 요구에 응하면서 시간을 벌고, 난쟁이의 목적과 정체를 밝혀내는 게 급선무라고. 요구에 응하기만 하면 곤돌라는 떨어지지 않아. 더 이상 아무도 죽지 않고 끝날 수 있어."

"곤돌라가 떨어지지 않는다는 걸 어떻게 확신하지? 그 난쟁이라는 녀석이 우리를 속일 가능성은 충분해. 오히려 드림아이에 탑승한 인질들과 함께 죽음을 선택할 수도 있고."

카이자키가 의심이 담긴 목소리로 말했다. 나카야마도 이런 식으로 말하면 자신이 범인으로 의심받을 거라는 걸 모르지는 않았다.

지금 시점에서 나카야마는 알려야 할 내용은 전부 전한 뒤였다.

카이자키 역시 내키지 않아 하면서도 모든 정보를 전달받았다. 경찰학교 동기로 오랜 시간을 함께 보낸 덕분에 두 사람은 암호를 섞어서 대화하면서 난쟁이의 의심을 피할 수 있었던 것이다.

"그래, 확실히 그럴 가능성도 부정할 순 없겠지. 하지만 해결책은 분명히 있어. 그리고 그건 내가 반드시 찾아내겠어."

그 말에 카이자키가 냉담하게 대답했다.

"……잘 들어, 나카야마. 입장객을 피난시키는 건 연기해주지. 하지만 범인의 요구가 그걸로 멈춘다는 보장은 없잖아? 그 결과, 네가 타고 있는 곤돌라가 추락한다면…… 나도 장례식에는 가주도록 하지."

카이자키는 그 말만을 남긴 채 전화를 툭 끊어버렸다.

14시 15분, 동기의 정체

카이자키는 초조한 목소리로 수사관들을 집합시켰다. 드림아이에서 승객이 떨어뜨렸다는 스마트폰과 전자기기를 회수하라고 지시하기 위해서였다.

"왜 아무도 몰랐던 거야?"

"죄송합니다. 현장이 워낙 혼란스러워서……. 추락한 곤돌라 주변에서 추가적인 화재가 발생할지도 모르고, 소방대 쪽에서 접근하지 말라는 지시도 받았으니까요. 그리고 지금은 입장객들 통제하는 것만으로도 벅찬 상황입니다."

카이자키는 혀를 차며 다시 다그쳤다.

"어쨌든 찾아와! 그 높이에서 떨어졌으니까 망가졌을 테지만, 분석반에 보내면 승객들의 신원을 확인할 수 있을지도 모른다고. 카나모리는 어딨나?"

카이자키는 정보분석관인 카나모리를 찾았다. 그때 마침 카나모리가 서류 더미를 끌어안은 채 뛰어 들어왔다. 카나모리는 카이자키가 손에 든 메모를 발견하고 눈을 깜빡거렸다.

"어어, 카이자키 형사님, 그게 뭔가요?"

"나카야마가 보낸 암호야. ……그 자식, 감히 나한테 지시를 내리더군. 건방지게 대화 속에 암호를 섞어서 말이야. 다른 사람은 절대 알 수 없도록 하기 위해서였겠지."

"이 메모가 그 암호인가요? 이상한 지시네요."

"동감이다."

미간을 찡그리는 카이자키에게 카나모리는 굽은 등을 잠깐 펴며 경례를 했다.

"카이자키 형사님, 보고드릴 일이 있습니다!"

"뭐지?"

"많이 기다리셨을 텐데, 드림랜드 직원과 입장객들의 신원 확인이 이제야 겨우 완료되었습니다. 그리고 현시점에서 드림랜드 주변에 특별히 수상한 인물은 발견되지 않았고요. 그런데 조금 미심쩍은 부분이 두세 가지 있었습니다."

"그래? 보고해봐."

"일단 첫 번째로, 곤돌라 추락으로 사망하신 후지사와 타이시 씨의 면허증 사진과 드림랜드 입장 시의 얼굴 인증으로 조합된 사진이 일치했습니다. 틀림없는 동일 인물입니다."

"그렇군. 사망한 건 후지사와 타이시가 확실하다는 건가……."

"하지만 나머지 한 명의 신원은 여전히 알 수 없습니다."

"아내가 아니었나?"

"사체의 손상이 심해서 성별조차도 알 수 없지만…… 뭐, 상식적으로 생각해보면 그렇겠죠. 어린아이의 키는 아니었으니까, 고령의 남성과 같이 대관람차를 타러 갈 사람이야 보통…….”

“입장할 때 같이 사진을 찍진 않았고?”

“그게…… 옆에 없었거든요. 혼자 입장한 것 같습니다.”

“이상하긴 하군.”

“하지만 굳이 파고들 필요는 없지 않을까요? 애초에 죽은 사람이 범인일 수는 없으니까요.”

왠지 모르게 들뜬 목소리로 카나모리가 대답했다.

“그래서? 다음 정보는?”

카이자키는 싸늘한 눈초리를 카나모리에게 향했다.

“으음, 두 번째는 이곳 시스템 운용부의 미야우치라는 남자에 관한 겁니다.”

“아, 아까 직원 식당에서 잠깐 얼굴을 마주치긴 했어. 그자가 왜?”

“그 사람, 드림랜드의 직원이 아니었습니다.”

“그게 무슨 소리야?”

“소속이 그렇다는 건데, 그 사람은 드림아이가 건설되기 전부터 참여한 몇 안 되는 기술자였거든요.”

“그렇군. 다시 말해 미야우치는 드림랜드의 모회사인 제국부동산에 소속된 몸이라는 건가? 드림아이 프로젝트가 시작된 건 그쪽이었으니까. 하지만 그게 어쨌다는 거지?”

“저기, 실은 그 기형적인 고용 형태가 신경 쓰여서 미야우치에 관해 조사해봤습니다.”

카이자키는 카나모리가 건넨 서류를 내려다보았다.

“이건 대체…….”

"정말 놀랍죠? 미야우치의 개인 계좌로 매달 무려 99만 엔이나 지급되고 있습니다. 그것도 제국부동산이 금융기관에 감지당하지 않는 아슬아슬한 한도로요! 그리고 지금부터가 더욱 기묘한 부분인데, 미야우치의 개인 통장 잔액은 항상 마이너스입니다."

"어째서지?"

"막대한 빚 때문이죠. 미야우치가 소유한 자동차와 자택에는 이미 압류 딱지가 떡하니 붙어 있었습니다. 늘 돈에 쪼들리면서 어렵게 생활하는 모양이에요. 이유는 아직 모르겠지만, 뭔가 금전적인 문제가 생겼던 것 같습니다."

"흐음. 그 빚을 고용주인 제국부동산이 갚아주고 있다는 게 부자연스럽군. 직원의 개인 회생을 도울 만큼 자선사업에 적극적인 회사 같지는 않은데 말이야."

카이자키는 그렇게 말하고 나서 큰 동작으로 팔짱을 끼며 두 다리를 적당히 벌리고 섰다.

"수상하군."

"구린내가 나긴 하죠."

"좋아. 미야우치의 신병을 확보해둬. 그리고 타키구치 미카에게 한 번 더 이야기를 들어봐야겠어."

"알겠습니다, 카이자키 형사님. 그리고 이제 마지막 세 번째인데요……."

"뭐야, 아직 남았나? 유용한 보고겠지?"

카나모리는 매서운 그의 눈길에 목을 움츠리면서도 입을 열었다.

"아뇨…… 보고는 아니고…… 그 암호에 관한 이야기이기도 한데……. 지금 드림아이에 딸과 함께 타고 있는 나카야마 히데오란 사람은 전직 경찰에 카이자키 형사님의 동기라고 하셨죠?"

"그게 어쨌다는 거지?"

"그렇다면 어째서 수사 협력을 의뢰하지 않는 거죠? 통화할 때도 너무 까칠하셨고요. 전직 경찰관이라면 범인 체포에 협력해줄 수 있잖아요? 지금 생각해보면 뭔가 섬뜩할 만큼 침착하면서 대응도 정확했고……. 그런 극한 상황에서도 범인의 행동을 예측하면서 경찰을 움직이려 하고 있으니까요. ……그래서 신원조회를 해봤더니, 내용 대부분에 접근 제한이 걸려 있어서 상세한 정보는 알아내지 못했습니다."

"그래, 나카야마에 대해 조사해본 거냐."

"경찰 조직이 무언가를 은폐하고 있다고 생각할 수밖에 없던데요. 나카야마 히데오, 이자는 대체 어떤 사람인가요?"

카이자키는 휴우, 하고 깊은 한숨을 내쉬며 담배에 불을 붙였다.

한시가 급한 상황이지만 카나모리에게 이 이야기는 꼭 해둬야 할 것 같다고 판단한 그는 무겁게 입을 열었다.

"내가 나카야마 히데오와 처음 만난 건 지금으로부터 25년 전쯤이었다. 경찰학교 동기였지. 다시 말해 한창 어리고 서툴 때였어. 그 무렵엔 자주 정의에 대해 토론하고, 같이 밥을 먹고, 그보다도 자주 싸움을 했지."

"친한 사이셨군요."

"당시엔 그랬지. 그 뒤로는 따분한 일상이 계속됐어. 평범하게 말이야. 둘이 함께 경찰학교를 졸업하고, 시골에서 파출소 근무를 시작했지. 중범죄 같은 건 좀처럼 발생하지 않는 순박한 시골 마을에서 지역사회에 녹아들어서 주민들의 평화를 지켰어. 노인과 아이들을 챙기고, 취객과 미성년자를 선도하고, 장난전화나 보이스피싱, 분실물 같은 일을 해결했지. 마치 마을의 심부름꾼이나 다름없었어. 뭐, 경범죄가 발생하면 경찰관다운 일도 했지만."

"그렇다면 그때부터 나카야마 씨와 함께 근무하셨던 거군요."

"그랬지. 나에게도 그런 밑바닥 시절이 있었어. 하지만 나카야마에겐 그런 생활이 잘 맞았는지, 무척 만족스러워했어. 나는 숨이 턱턱 막힐 만큼 따분했는데 말이야. 경찰이라면 흉악범 체포나 마약 수사, 부패 정치인 체포 같은 일이 제격 아닌가? 난 그런 화려하고 주목받는 일을 하고 싶었다. 시골 마을의 상담 창구가 되기 위해 경찰이 되고 싶은 녀석이 어딨겠냐고. 누구나 자신만의 정의를 실현하고 싶어 하지."

"그렇다면……."

카나모리는 카이자키의 이야기를 정리하듯이 말을 이었다.

"동기이긴 해도 야망 넘치는 카이자키 형사님과 안정을 선호하는 나카야마 씨는 서로 추구하는 게 달랐다는 거네요."

"맞아. 행정고시 출신인 그 녀석은 승진한 뒤에도 파출소에 남았으니까."

"나카야마 씨가 행정고시 출신이었어요? 그렇다면 경찰 간부가 될 수도 있었을 텐데요."

"그런 출셋길을 자기 발로 차버리다니, 믿기 힘들겠지. 그 무렵부터 우리가 가는 길은 명확히 나뉘기 시작했어. 뭐, 별로 나쁠 건 없었지. 그 녀석은 파출소에서 지역의 안전을 지키고, 난 수사1과에서 흉악 사건으로부터 시민들을 지켰으니까. 양쪽 모두 중요한 임무야. 하지만 속한 세계도, 보이는 풍경도 완전히 다르지. 그래서 더는 그 녀석과 만날 일이 없을 거라 생각했지만…… 그 녀석과는 최악의 형태로 재회하게 되었지."

"그 최악의 재회가 5년 전 일이었고요?"

"그래. 그 사건은 사라진 유류품 때문에 점점 복잡해져 갔어. 분명히 있어야 할 책가방과 노트, 도감, 교과서가······."

"있어야 할 물건이 사라진 거군요. 그 도감이나 손전등을 범인이 가져간 건가요?"

카나모리가 그렇게 이야기를 각색했다. 카이자키는 잠시 입을 다물고 있었다.

"그래서 카이자키 형사님와 나카야마 씨 사이에는 무슨 일이 있었던 겁니까?"

"······이건 너만 알고 있도록 해."

카이자키는 조용히 말을 꺼냈다.

"정확히 5년 전인 크리스마스이브, 오늘처럼 얼어붙을 듯이 추운 겨울날에 어린 여자아이가 희생되었다. 그 범인은 아직 잡히지 않았지. 그리고 난 당시에 근처 파출소에서 근무하던 나카야마 히데오가 수상하다고 생각한다."

"······카이자키 형사님, 그렇다면······?"

표정이 싹 바뀐 카나모리에게, 카이자키가 눈을 맞추며 말했다.

"알아들었겠지, 카나모리? 이건 천재일우의 기회야. 나카야마를 절대 믿지 마라. 그 녀석이 이 사건을 일으켰든 아니든 간에, 오늘의 크리스마스이브야말로 5년 전의 사건을 끝낼 기회인 셈이야."

16시 32분, 나카야마의 제안

날이 저물기 시작하고 있었다. 시각은 16시 30분, 드림랜드의 입장객들은 이제 한계에 달해 있었다. 경찰은 그들을 달래느라 대부분의 노동력을 할애하고 있었기에 수사는 별 진척이 없는 상황이었다.

같은 시각, 나카야마는 자기 손목시계를 들여다보고 있었다. 15시와 16시에는 난쟁이의 연락이 오지 않았다. 그 사실 자체가 어떤 힌트가 될 수 있을지도 모르는 일이었다.

날이 저물고 있었기에 곤돌라 안의 조명이 자동으로 켜졌다. 덕분에 다른 곤돌라의 상황도 바깥에서 확인하기 쉬워졌다. 다들 피로와 초조함으로 서서히 지쳐가는 와중에 의자에 누워버리는 사람도 나오기 시작했다. 소란을 피울 기력조차 없어서인지 오히려 눈에 띄는 이변은 발생하지 않았다.

그들에게도 난쟁이의 지시는 한동안 들려오지 않았다. 그들은 드림아이의 운영국과 연결된 전화기도 사용할 수 없었다. 스마트폰과 전자기기는 전파 방해로 사용할 수 없는 데다가 이미 버리라는 지시를 받았기에 기다리는 것 말고는 아무것도 할 수 없었다.

"린, 이제 슬슬 추워지네."

유일하게 직통전화 사용이 허락된 곤돌라 안에서 유일하게 스마트폰을 소지한 나카야마가 딸에게 말을 건넸다.

"응, 조금."

"지금은 난방이 들어오지만, 전기가 언제까지 공급될지는 알 수 없어. 이제부터 더 추워질 테니까 지금부터 외투를 입고 있는 게 어때?"

"응, 알았어."

나카야마가 다정하게 말했기에 린도 쾌활하게 대답했다. 린은 유이코에게서 받았던 백팩으로 손을 뻗었다.

"이제 정지한 지 네 시간이 지났군. 다들 불안할 텐데……."

나카야마는 그렇게 말하며 주머니에 넣어둔 하얀 종이를 다시 꺼내 펼쳤다. 지금까지 일어난 일을 그곳에 정리하고 있었던 것이다. 드림아이의 정지, 정오부터 시작된 인형극, 난쟁이라고 자칭하는 범인, 곤돌라의 추락, 제국부동산의 대응, 12라는 숫자. 펜으로 메모하고 지우기를 거듭하면서 나카야마는 입을 다문 채 깊은 생각에 잠겨 있었다.

"아빠, 괜찮아?"

그때 린이 걱정스럽게 물었다.

"괜찮아. 고마워, 린은 정말 착한 아이구나. 엄마를 닮았나 보네."

"아빠 뭔가 힘들어 보여. 린이 할 수 있는 일은 없어? 돕고 싶은데."

"착하기도 하지. 하지만 괜찮단다. 아, 여기에 책이 있었지. 이게 뭔지 아니?"

나카야마는 유이코에게 받은 백팩 안에서 책을 꺼냈다.

"우와! 이거, 린이 읽고 싶었던 책인데. 엄마가 사줬나봐."

"오오, 잘됐네. 그럼 이거 잠깐만 읽고 있어. 조금만 더 참으면 될 거야."

나카야마는 그렇게 말하며 린의 머리를 쓰다듬었다. 그때 곤돌라 안의 전화기가 울렸다. 난쟁이의 연락이었다.

"여어, 안녕하신가."

"난쟁이인가."

매번 똑같이 반복되는 인사를 들으며 나카야마는 손목시계를 슬쩍 보았다. 지금은 16시 32분이었다. 난쟁이는 지금까지 한 시간마다 연락해왔기 때문에 이번에는 달라졌다는 점이 마음에 걸렸다. 정확히 30분도 아니었다.

"아빠, 왜 그래?"

린이 목소리를 높이며 물었다.

"아무것도 아냐. 친구한테서 전화가 왔거든."

나카야마는 린에게 귀마개를 씌워주었다.

"어떻게 된 거지? 넌 12라는 숫자에 집착하는 게 아니었나? 한 시간마다 전화가 올 거라고 생각했는데……. 입장객을 피난시키는 계획은 네 요구대로 중지됐다. 네 요구 내용은 경찰에게 정확히 전달했다고."

"흐음, 12라는 숫자는 애초에 자네의 망상이었지. 별 의미는 없네."

"아니. 넌 12에 집착하는 이유가 있어. 아까 기한은 열두 시간이라고 네 입으로 말했으니까. 열두 시간, 즉 정오로부터 반나절이라는 것에 의미가 있을 거다."

"전직 경찰관께선 추리 놀이가 특기인가 보군?"

"놀이라니. 이쪽이 필사적이라는 건 모르지 않을 텐데. ……계속 생각해봤는데, 애초에 입장객을 내보내지 말라는 요구엔 사실 특별한 의미가 없었던 것 아닌가?"

"서커스에는 관객이 필요하다고 하지 않았나?"

"그건 TV 중계로 충분하겠지. 이미 일본 전체가 이곳에 주목하고 있을 텐데."

"확실히 그렇군. 모든 TV 채널에서 열심히 떠들어대니 말일세. 하아……원래 이 정도는 주목받아야 하는 건데 말이지."

"원래?"

"……사람의 죽음은 구경거리로서의 측면도 있지. 그건 예수가 십자가형에 처해진 시대부터 바뀌지 않았네."

"그래서 서커스인 건가? 하지만 내 견해는 달라. 난쟁이, 네 요구는 시간 벌기에 불과해. 그 요구를 반드시 수행해야 하는 게 아니라, 열두 시간이라는 시간 경과를 기다리게 할 구실이 필요한 것 아닌가?"

"호오?"

"만약 그렇다면 나와 좀 더 이야기할 수도 있을 텐데. 네 목적 달성을 도울 수 있을지도 모르잖나?"

"대화는 불가능하네. 이게 시간 끌기인 것 같다면 마음대로 생각하게나. 그 하찮은 망상 때문에 목숨이 땅으로 떨어진다는 사실에 특별한 철학 따윈 없으니까 말일세."

"무슨 목적으로 이러는 거지? 서로 솔직히 이야기해보자고."

나카야마는 다시 한번 난쟁이에게 물었다. 수화기 너머에서 작은 한숨이 들려왔다.

"참 느긋하군. 자기 목숨이 걸려 있는데 살인범 상대로 대화라니. ……내가 하고 싶은 말은 이걸세. 곁에 당연히 존재하는 것처럼 느껴지는 생명, 그 행복을 깊이 음미하게나. 그 아이는 초등학생이겠지? 아버지 없이도 쑥쑥 잘 크고 있군. 아니, 오히려 필요가 없을지도 모르겠군. 이런 어리석은 아버지라면. 그 더러운 손으로 딸을 어루만질 때 무슨 생각을 하나?"

나카야마의 눈썹이 꿈틀거렸다.

"내가 딸과 함께 살지 않는다는 걸 어떻게 알고 있지?"

나카야마는 상대방이 자기 사정을 너무 상세하게 알고 있다는 걸 깨달았다.

"……날 교섭 담당으로 뽑은 건 우연이 아니로군. 운명이라고 말했지만, 사실은 원한이 있는 거냐?"

"그거 재미있군. 자네는 누군가에게 원한을 샀다는 자각이 있는 건가? 자네를 죽여버리고 싶을 만큼 증오하는 사람이 있다는 걸 말일세."

"……."

나카야마는 그 질문에 대답할 수 없었다. 살아가다 보면 누군가에게 원한을 사기도 하는 법이다. 그러나 이런 번거로운 방법으로 딸과 함께 죽음의 위기에 놓일 만큼의 원한이라면, 그건 아마도 살인과 관련된 사건일 것이다. 그리고 나카야마가 관여한 살인 사건은 5년 전의 그 일밖에 없었다.

그렇다고 한다면 범인의 범위는 매우 좁혀진다. 나카야마가 몇몇 가능성에 대해 생각하기 시작했을 때, 난쟁이는 돌연 화제를 바꾸었다.

"자, 상황은 바뀌었네. 아까 딸아이에게 날 친구라고 말하던데? 후후, 사실 기쁘긴 했지만…… 먼저 배신한 건 자네일세."

"배신? 그게 무슨 소리지?"

"시치미 떼지 말게나. 매우 유감스럽군. 이 난쟁이를 속이려 하다니 말이야."

"진정해. 무슨 말을 하는 거야?"

"말했을 텐데, 입장객의 피난을 저지하라고. 그런데 직원용 통로를 사용해 밖으로 내보내려 하고 있더군."

나카야마는 무의식 중에 마른침을 꿀꺽 삼켰다.

"그건…… 안전한 곳으로 이동시킨 것뿐이다. 경찰도 그렇게 말했어. 적어도 지붕이 있는 곳에서 하룻밤을 보내야……."

"이쪽에선 경찰의 움직임도 파악하고 있다고 말했을 텐데. 카이자키는 이미 입장객들에게 귀가시켜주겠다고 말했더군."

"그건 폭동을 막기 위한 방편일 뿐이야! 아직 내보낸 건 아니라고!"

"내게는 마찬가지일세."

"이봐…… 넌 누구지? 잠깐, 잠깐만 기다려봐."

"더는 듣고 싶지 않군. 자네에게 실망했네."

"5분만 기다려줘, 난쟁이. 너에게 할 말이 있다. 분명 네게도 나쁜 이야기는 아닐 거다."

나카야마는 입꼬리에 힘을 주며 필사적으로 호소했다.

"이야기를 들어본 뒤에도 곤돌라를 떨어뜨리고 싶다면 마음대로 해도 돼. 5분 정도야 별것 아니잖아? 원한다면 이 곤돌라를 떨어뜨려도 좋다."

16시 45분, 곤돌라 두 대 추락

미야우치의 신병을 확보한 카이자키는 우선 그를 통해 직원용 통로의 위치를 알아냈다. 나카야마의 지시에 따르는 건 자존심이 상했지만 그런 걸 따질 때가 아니었다.

그 결과, 직원용 통로라는 건 보물의 동굴 바로 근처에 있다는 걸 알아냈다.

그곳으로 들어가려면 전용 카드키가 필요하다고 했기에 미야우치를 데려가서 열게 했다. 다음으로는 식당에 모아두었던 드림랜드 직원들을 풀어주고 피난 안내를 맡겼다. 식사와 화장실 문제로 장내는 대혼란을 겪고 있었다.

그러나 이동이 시작됨으로써 '이제 곧 귀가할 수 있다'라는 생각에 입장객들의 분위기가 조금은 가라앉았다. 폭동 직전이던 상황이 진정되자 현장의 수사관들은 가슴을 쓸어내렸다.

이 작전은 한 시간 넘게 걸렸고, 그사이 카이자키는 미야우치를 수사본부에 구금시켰다. 부하들에게 지시를 내리고 상층부의 질책에 대응하는 사이 어느덧 해가 저물고 있었다. 겨우 한숨 돌릴 무렵에는 시곗바늘이 오후 4시 30분을 가리키고 있었다.

카이자키는 수사본부 의자에 앉아 미야우치에게 말을 건넸다. 타키구치 미카 쪽은 중요 참고인이 아니었기에 신병을 확보하지 않은 상태였다. 카나모리의 보고에 따르면 타키구치는 입장객의 피난 안내를 돕고 있으며, 그 일이 일단락되면 수사본부로 찾아오기로 했다고 한다.

"미야우치 씨, 많이 기다리셨을 텐데 몇 가지 질문을 드리겠습니다."

"아, 네."

미야우치는 카이자키를 향해 가볍게 고개를 숙인 뒤, 어딘가 안절부절못하는 태도로 말했다. 곱슬머리에 뚱뚱한 시스템 담당자의 시선이 불안한 것을 본 카이자키는 그가 무언가를 숨기고 있다는 걸 직감했다.

"저기, 형사님…… 직원용 통로가 있다는 걸 어떻게 알게 되신 거죠?"

"그 질문을 하시는 의도가 뭡니까?"

카이자키는 한쪽 눈썹을 치켜올리며 미야우치의 진의를 물었다.

"그냥 궁금해서요……. 아무리 경찰이라지만 직원용 통로가 있다는 걸 너무 빨리 알아낸 것 같거든요. 거긴 외부에 공개되지 않은 구역이니까요."

"저희가 알아낸 게 아닙니다. 곤돌라에 탑승한 승객한테서 들은 거죠. 이 드림랜드에 비공개 통로가 있다는 걸 우연히 알게 됐다고 하던데요. 퍼레이드 차량이나 화물 운반 등에 사용하거나, 최악의 사태에 대비한 피난 통로인 것 같다면서요."

"아, 거길 아는 사람이 있었던 거군요. 그분은 제국부동산의 직원인가요?"

"아니요. 그렇진 않습니다."

카이자키의 말에 미야우치는 손가락으로 입술을 문질렀다. 아무래도 초조해하는 듯한 동작이었다.

"어, 이상하네요. 애초에 거길 알고 있는 건 제국부동산에서도 한정된 인원뿐인데요. 일반 직원이 그 통로의 존재를 알게 될 기회 자체가 없어요. 만약에, 그래요, 최악의 사태가 발생하면 피난 통로로 사용할 생각이었는데……."

"흠, 퍼레이드 차량이 드나든다거나 하는 목적으로 쓰이진 않았나 보군요?"

"네, 순수한 피난용 통로라서요……."

"그렇군요. 뭐, 인터넷 같은 데서 알아낸 거겠죠."

카이자키의 말에 미야우치는 입을 다물었다. 그의 표정만 봐서는 카이자키의 말을 농담으로 판단한 건지, 아니면 뭔가를 숨긴다고 생각한 건지 알 수가 없었다. 카이자키는 등받이에 편하게 기댄 채 코트 주머니에서 라이터를 꺼냈다.

"그러면 본론으로 들어갑시다. 제가 묻고 싶은 건, 미야우치 씨의 주요 업무에 관해서입니다. 평소의 업무 내용을 간략하게라도 좋으니 말씀해주시죠."

"으음, 드림아이를 운용하는 게 제 역할입니다. 말이 운용이지, 전부 시스템을 통해 일괄 관리되니까 실제로 하는 일은 시스템상에서 그 컴퓨터를 감시하는 일이죠."

"컴퓨터에 문제가 없는지, 그걸 항상 화면에 달라붙어서 보고 계신 거군요?"

"이상을 감지하는 시스템도 있어서 화면만 계속 들여다보고 있는 건 아닙니다. 뭔가 이상한 일이 생기면 오류 경고가 뜨거든요."

"그런데도 이렇게 쉽게 침입이 가능했다고요? 경고가 뜨진 않았나요?"

"저기, 제가 아는 범위 내에서는 분명 경고가 뜨지 않았습니다. 그리고 아직 시스템이 외부 침입을 당했다는 게 명확한 건 아니잖아요?"

"그렇긴 하지만 외부 침입일 가능성이 매우 크겠죠. 당장 드림아이는 누군가에게 장악당한 상태니까요. 뭐, 이런 일이 생겨서 많이 힘드시다는 건 압니다. 설계에 직접 관여했다는 자부심이 있는 곳에서 이런 사고가 벌어진 거니까요."

"네, 정말 그렇습니다. 저는 완벽한 운행 시스템을 만들었다고 생각했으니까요."

"그런데 당신은 정말 냉정하군요. 미간에 주름 하나 잡히지 않으니까요."

카이자키가 빈정거리듯 말하며 입술을 비죽거렸다. 그 뒤에서는 카나모리가 계속 무언가를 기록하고 있었다.

"저…… 형사님, 아까부터 저한테 뭔가 하실 말씀이 있으신 것 같은데요……."

"그게 좀 이상해서 말입니다. 지금 다른 직원들은 다들 혼란에 빠져 있습니다. 평소에 피난 훈련을 받긴 했어도 오늘처럼 상상도 못한 비상사태는 처음일 테니까요. 그러니 허둥대는 게 당연합니다. 그런데 당신은 평정심을 유지하고 있죠. 자기가 설계에 관여한 놀이기구가 누군가의 손에 장악당하고 사람까지 죽었는데, 당신은 지금 여유롭게 차를 마시고 있군요."

"무슨…… 긴장하면 목이 마른 게 당연하잖아요! 저도 이런 일이 벌어져서 정말 혼란스럽다고요! ……하지만 제가 급하게 허둥댄다고 달라지는 건 없잖아요. 지금 우리 담당자들은 전부 쫓겨나고 경찰이 시스템을 감시하고 있으니까요."

"하지만 우리 수사관들은 아직 드림아이를 움직이지 못하고 있죠."

"그럼 제가 복귀하면 되잖아요. 운용부 사무실로 들어가게 해주세요."

"그건 안 되죠. 당신은 중요 참고인입니다."

카이자키의 지적에 미야우치는 목소리를 높였다.

"제가요? 제가 이런 짓을 벌여서 무슨 이득을 본다는 겁니까?"

"맞는 말이군요. 이득 같은 건 없겠죠. 하지만 진짜 목적은 다른 데 있을 겁니다. 당신은 이번 참사에 아무 감흥도 없는 거 아닙니까?"

입을 다물고 만 미야우치를 카이자키가 계속 다그쳤다.

"이 사고로 드림랜드 전체의 신뢰도는 철저히 실추됐습니다. 이 놀이공원은 결국 폐업을 피할 수 없겠죠. 그럴까봐 불안해하는 직원들도 많을 테고요. 하지만 당신은 아니죠. 꽤 침착합니다. 왜냐하면 당신이 소속된 곳은 일본의 거대 기업 제국부동산이니까요. 잠깐 언론과 세상 사람들에게 비난이야 받겠지만, 이렇게 낡은 놀이공원의 사고 따윈 별문제도 안 되겠죠. 고객들도 결코 제국부동산이 망하진 않을 거라 생각할 테니까요."

미야우치는 한 번 심호흡을 하더니 말했다.

"……무슨 말을 하고 싶은 겁니까?"

"미야우치 씨, 당신은 이 비참한 사고가 벌어질 거라는 걸 이미 예측하고 있었던 것 아닙니까?"

"예측이라니…… 왜 그렇게 생각하시죠? 무슨 근거라도 있으십니까?"

"처음에도 말했지만, 이 드림아이를 장악하기 위해선 우수한 방화벽을 상회하는 고도의 해킹 기술이 필요합니다. 적어도 이 놀이공원 내에서는 시스템 운용부의 수장인 당신의 기술을 능가할 사람은 없을 테죠."

"능력만 놓고 보면 의심받을 수밖에 없을지도 모르죠. 어쨌든 전 초기 프로젝트부터 참가한 개발자 중 한 명이니까요. 드림아이의 시스템 구조에도 정통하다고 자부합니다. 하지만 그런 일을 해봐야 정말 득 될 게 없다니까요. 자기가 설계한 시스템을 자기 손으로 탈취하는 게 무슨 의미가 있겠어요?"

"하나의 가설을 세워볼까요? 당신의 목적은 드림랜드를 폐업으로 몰아넣는 건지도 모릅니다. 모회사인 제국부동산에게 언제 적자로 전환될지 모를 이 드림랜드는 이제 혹덩이일 뿐이죠. 한시라도 빨리 떼어내고 싶을 겁니다. 하지만 거액을 투자해 만든 드림아이가 성공도 거뒀겠다, 일부 임원들은 매각을 반대하겠죠. 그래서 인명사고를 일으킨 겁니다."

"말도 안 됩니다!"

미야우치는 강하게 부정했다.

"그런가요? 그렇게 단언하는 근거가 뭔지 궁금하군요."

"상식적으로 생각했을 때, 어떤 회사가 고의로 인명사고를 일으킨답니까?"

"지금 상식적이지 않은 사태가 벌어지고 있으니까 하는 말이죠. ……그럼 다른 이야기를 해볼까요? 미야우치 씨, 당신에게는 거액의 빚이 있지요. 그 액수는 약 2억 엔입니다. 죄송하지만 당신의 계좌를 조사해봤습니다. 그 사람에 대해 알려면 돈의 흐름을 쫓는 게 가장 좋은 방법이니까요."

"앗……."

미야우치는 동요한 듯 말을 잇지 못했다. 카이자키는 그 빈틈을 놓치지 않았다.

"수상하다고 생각하는 게 당연하겠죠?"

"저기…… 분명히 빚이 있긴 합니다만…… 그래도 그건 개인적인 사정이고 이번 사고와 상관이 있는 건……."

"상관이 있는지 없는지는 아직 모르죠. 하지만 대답해주시기 바랍니다. 지금은 일각을 다투는 상황이니까요. 이건 어떻게 해서 지게 된 빚입니까? 대기업의 기술자로 근무하면서 왜 이렇게 곤궁한 생활을 하고 있는지, 말씀해주시겠습니까?"

"저기…… 그건 말 못합니다."

미야우치는 깊은 한숨을 내쉬며 어깨를 축 늘어뜨렸다. 그리고 입을 닫아버렸다.

"잘 들어요. 당신을 의심하는 근거는 이 거액의 빚입니다. 당신의 인간성에 대해 왈가왈부할 생각은 없어요. 그래도 말하지 못하겠습니까?"

"이건 사생활이니까요……. 세상에 어느 누가 빚을 진 이유를 떠벌리고 다니겠습니까?"

"늦든 이르든 우리는 그 사실을 알아낼 수 있습니다. 지금 말하는 게 나을 텐데요."

"혹시 엄청난 이유가 숨겨져 있다고 생각하세요? 전혀 아닙니다. 오해라고요. 국가 권력을 동원해서 조사해보셔도 됩니다. 그래 봐야 실망하는 건 그쪽일 테니까요."

미야우치는 손을 저으며 더 이상 말할 마음이 없다는 제스처를 취했다. 카이자키는 불만스러운 표정을 지으면서도 고개를 끄덕였다.

"알겠습니다. 그렇게까지 말한다면 이 일은 절차대로 처리하도록 하죠."

"이야기는 이제 끝났습니까? 그럼 이제 여기 있을 필요는 없는 거죠? 그쪽도 마찬가지일 테지만, 저도 윗선에 보고를 해야 해서요."

"제국부동산에 말입니까?"

"맞습니다. 당연한 것 아닙니까? 모회사니까요."

미야우치는 그렇게 말하며 수사본부에서 나가버렸다.

미야우치가 나간 뒤, 카이자키는 의자 등받이에 깊숙이 기대며 한숨을 내뱉었다. 코트 주머니에서 라이터를 다시 꺼내 뚜껑을 열었다 닫았다 하는 소리를 들으며 생각에 잠겼다. 그러다 잠시 후, 카이자키는 카나모리를 불렀다.

"카나모리, 난 다시 한번 직원용 통로의 상황을 확인하러 가겠어. 이제 슬슬 입장객을 조금씩이나마 귀가시켜야 할 것 같으니까. 넌 미야우치의 금융 계좌를 조회해서 흐름을 추적해. 하는 김에 제국부동산에도 한번 가 봐. 그놈들의 태도가 아무래도 마음에 걸려. 아마 뭔가를 숨기고 있는 걸 거야."

"네, 알겠습니다. 하지만 증거도 없이 정보를 조회하는 건 매우 힘들 텐데……."

"됐고, 빨리 가봐."

카이자키가 지시를 마친 순간이었다. 수사본부 밖에서 충격음이 들렸다. 카이자키는 나쁜 예감과 함께 시계를 보았다. 시각은 16시 45분이었다. 바깥으로 달려나가자 드림아이 아래쪽에서 검은 연기가 피어오르고 있었다. 불타오르는 금속 잔해는 두 덩이였다. 드림아이에서 두 대의 곤돌라가 추락한 것이다.

"설마…… 이게 어떻게 된 거야?"

그러자 수사관이 달려왔다.

"카이자키 형사님, 큰일입니다! 방금 드림아이의 곤돌라 두 대가 추가로 지상에 추락했습니다. 우려하던 추가 피해입니다. 신원은 확인되지 않았지만 망원경으로 확인했던 범위 내에서 말씀드리자면, 학생으로 보이는 2인 그룹과 여성 3인 그룹, 총 다섯 명의 승객이 즉사한 것 같습니다."

"왜 지금, 이런 타이밍에……?"

카이자키가 중얼거렸다. 당장 나카야마에게 어떻게 된 것인지 확인해야만 했다. 카이자키가 모르는 사이에 밀실에서 무슨 일이 벌어진 게 분명했다.

16시 50분, 유이코의 맨션

도쿄 내의 한적한 주택가에 유이코가 살고 있는 맨션이 있었다. 그곳의 다세대 우편함 중 한 곳에는 수십 통의 하얀 봉투가 꽂힌 채로 방치되어 있었다. 그 모습을 슬쩍 확인한 남자는 경찰 수첩을 꺼내며 인터폰 앞에 섰다. 키는 크지만 마른 몸에 머리숱도 적어서 패기가 없어 보이는 인상이었다.

"누구세요?"

초인종을 누르자 안에서 여자 목소리가 들렸다.

"안녕하세요. 저는 경시청 수사1과의 마츠오라는 사람입니다. 나카야마 유이코 씨 되시죠? 바쁘실 텐데 죄송하지만, 잠깐 시간 좀 내주실 수 있을까요?"

상대는 전직 경찰관의 아내였다. 오히려 경찰에 대한 경계심이 강할지도 모른다고 마츠오는 생각했다. 상대의 반응은 침착했다.

"알겠습니다. 들어오세요."

문이 열리고 거실로 안내받은 마츠오는 의자를 권하는데도 앉지 않고 바로 말을 꺼냈다.

"이미 알고 계실 테지만, 오늘 찾아온 건 현재 드림랜드에서 발생한 사고에 관해 물어볼 것이 있어서입니다."

"네. 나카야마한테 전화로 들었어요. 갑자기 대관람차가 멈추고 곤돌라가 떨어졌다면서요? 제 딸아이는 정말로 무사한 거 맞죠?"

"두 사람은 무사하니까 안심하세요. 하지만 매우 긴박한 상황이 이어지고 있습니다. 자세한 사정에 관한 건 말씀드릴 수 없지만, 몇 가지 질문드릴 게 있습니다."

"네. 저도 여기 있어 봐야 진정이 안 될 것 같아서 현장으로 가보려고 했는데, 나카야마가 오지 말라고 하더군요."

"현장은 지금 매우 혼란스럽고 위험한 상황입니다. 현명하게 판단하셨네요."

"그래서 무슨 질문을 하고 싶으신 건가요?"

"일단 두 사람이 드림랜드에 가게 된 이유를 알려주세요. 왜 이런 걸 묻는 거냐고 생각하실 수도 있지만, 이건 이 사고의 신속한 해결을 위해 꼭 필요한 일이라서요."

마츠오는 그런 서두를 늘어놓고서야 의자에 앉았다. 형사의 시선으로 보면, 차를 내올 여유도 없이 불안해하는 눈앞의 여성이 매우 수상해 보였다.

"……나카야마와는 5년 전에 이혼한 뒤로도 가끔 연락은 주고받는 사이였어요. 하지만 양육비와 친권 문제 같은 사무적인 용건이 대부분이었죠. 나카야마는 딸아이를 한 번도 만나주지 않았어요. ……좀 너무하다고 생각하지 않나요? 그래서 어쩌다 드림아이의 탑승권이 당첨됐을 때 제가 먼저 연락했어요. 린을 데리고 한 번 다녀오라고요. 그랬더니 그 당첨권으로 예약을 해주었죠."

"그렇다면 이 크리스마스이브에 드림랜드로 가기로 결정한 건 나카야마 씨였군요?"

"네, 맞아요. 하지만 그건 나카야마가 의도한 일은 아닐 거예요. 우연히 오늘 날짜의 탑승권이 당첨된 거니까요. 그리고 마침 딸아이가 학교에 가지 않는 날이었고요."

"그렇군요. 겨울 방학이 시작됐죠?"

"네. ……전 기뻤어요. 나카야마가 그동안 딸아이와 만나려 하지 않았으니까요. 당연히 만나고 싶고, 사랑하지 않는 게 아니라는 말은 했어요. 하지만 나카야마는 그걸 행동으로 옮기지 않았죠. 올해 들어서야 뭔가 마음의 결심이 섰던 거겠죠. 오늘 아침, 전 린을 데리고 약속 장소인 드림랜드로 향했어요."

"전남편분과는 현장에서 만나기로 하신 거군요?"

"맞아요. 제가 조금 늦게 갔는데 화를 내진 않았죠. 나카야마는 원래 예민한 성격이라 어딜 가든 반드시 30분 전에 도착하지만요."

"조금 괴짜 같은 면이 있으신 건가요?"

"그래요. 예민한 성격이면 좋은 점도 나쁜 점도 있잖아요. 어쨌든 저는 딸을 맡기고 집으로 돌아왔어요. 그리고 뉴스를 통해 사고가 난 걸 알았고요."

"알겠습니다. 그런데 개인적인 질문을 드리게 되어 송구스럽지만, 이혼의 원인은 뭐였나요?"

"이미 지난 일이니 괜찮아요. 결혼하고 나서 우리 부부는 바로 사이가 나빠졌어요. 이유는 일이 바빠서였죠. 하지만 가장 큰 원인이 된 건, 나카야마의 정신적인 문제였어요."

"정신적인 문제요? 무슨 병이라도 있으셨습니까?"

"그 사건이 있고 나서…… 마치 다른 사람처럼 변한 뒤로는……."

"그 사건이라는 게 뭔가요?"

마츠오는 그렇게 물었지만 사실 그들이 무슨 일을 겪었는지는 이미 알고 있었다. 이건 단지 이야기를 재촉하기 위한 맞장구에 불과했다. 그 사건이야말로 마츠오와 그가 소속된 조직이 계속 추적해온 핵심이었다. 참혹한 사건이 발생하고 말았지만, 오히려 이런 때일수록 오늘 같은 기회를 놓칠 수는 없었다.

"형사님도 알고 계실 텐데요. 5년 전 크리스마스이브에 벌어진…… 그날부터 나카야마는 마음의 병이 생겼고 정신이 피폐해져 갔어요. 그리고 서로 그런 상태를 견디기 힘들어져서 오랜 대화 끝에 이혼하기로 합의했고요. 헤어진 걸 후회하진 않아요. 그러고 보니 나카야마가 먼저 이혼하자는 말을 꺼냈던 게 계기가 되긴 했네요."

그 말이 끝나고 나자 잠시 침묵이 이어졌다. 그리고 마츠오는 눈물이 그렁그렁해진 상대방의 질문을 받았다.

"나카야마와 린은…… 사실 지금 거기에 타고 있는 거네요. 그래서 절 찾아오신 거죠?"

그녀는 확신을 가지고 물었지만 마츠오는 침묵으로 일관했다.

"……괜찮아요, 대답하지 않아도. 나카야마는 제가 걱정할까 봐 거짓말을 한 거겠지만, 전 알 수 있어요. 나카야마와는 학생 시절부터 알고 지낸 사이이고, 짧은 기간이나마 부부로 살았으니까요. 남편의 거짓말을 못 알아채는 아내가 어딨겠어요?"

그렇게까지 말하는데 더 이상 숨길 수는 없었다. 머지않아 알게 될 일이라 생각하며 마츠오는 고개를 끄덕였다.

"네. 전남편분과 따님은 드림아이의 곤돌라에 타고 있습니다. 꼭대기 근처에서 멈춘 채로 다섯 시간이 지난 상황이고요. 상식적으로 생각해보면 불운의 사고겠지만, 이번 일이 누군가의 의도로 발생한 사건이라고 주장한 사람이 있습니다. 그게 바로 전남편분입니다."

"역시 그랬군요. 네, 나카야마도 전화로 그런 이야기를 했어요."

"그랬군요. 솔직히 말씀해주셔서 감사합니다. 그럼 슬슬 본론으로 들어가겠습니다, 유이코 씨. 전남편분의 과거에 관한 일입니다."

"네."

유이코는 고개를 끄덕이며 마른침을 삼켰다.

"나카야마 히데오 씨는 저희의 옛 동료셨죠. 5년 전에 사직하셨지만 경시청에 소속된 경찰관이셨습니다."

"네. 정확하네요."

"유이코 씨와 같이 고향의 지방대를 졸업한 뒤에 경찰학교를 수석으로 졸업, 파출소에 소장으로 부임하셨습니다. 그 뒤로 쭉 형사 생활을 파출소에서 하셨고요. 정말 희귀한 경우죠."

"네. 나카야마는 그런 사람이었어요. 처음 만났을 때부터 정의감이 강했고, 곤란해하는 사람을 보면 그냥 못 지나치는, 선의의 화신 같은 사람이었죠. 그 반면에 출세욕은 없다시피 하고 쓸데없는 고민만 많은 성가신 사람이었는지도 모르고요."

"그러셨군요. 그러면 가정에선 어떠셨나요?"

마츠오는 지금까지의 이야기를 필기구 없이 듣고 있었다. 개인사이기도 하고, 아직 기록을 남길 단계가 아니라는 의미였다. 전남편에 관한 그녀의 이야기를 조용히 경청하고만 있었다.

"나카야마는 좋은 경찰관이었는지도 모르지만, 아빠로서는 낙제점이었어요. 저희는 결혼식도 올리지 않고 신혼여행도 가지 못했죠. 그뿐만 아니라 어디 놀러 가거나 데이트를 한 적조차 없었어요. 린이 태어났을 때, 나카야마는 취객의 뒤치다꺼리를 하고 있었죠. 린이 처음으로 걸음마를 했을 때, 나카야마는 가게 물건을 훔친 초등학생을 잡으러 갔어요. 친척의 관혼상제나 대부분의 행사에도 참여한 적이 없었고요. ……그래도 그 시절엔 그런 그 사람이 빛나 보였죠. 정의감 넘치고 착하고 모든 걸 희생할 줄 아는 모습이 존경스러웠어요. 하지만 부부로 계속 살다 보니 현실적으로 부딪히는 부분이 생겼고 그 때문에 부부 사이는 별로 좋지 못했어요."

"흐음, 가정을 잘 돌보진 못하셨던 거군요. 하지만 그런 우수한 형사가 5년 전에 갑자기 사직서를 냈습니다. 도대체 무슨 일이 있었던 거죠? 5년 전, 마음의 병이 생기게 되었던 그 크리스마스이브에 벌어진 사건 날에요."

"그건 말할 수 없어요. 경찰 쪽에도 사건 기록은 남아 있을 텐데요."

"물론 남아 있죠. 다만 그 기록에 실려 있지 않은 정보를 지금 수집하는 중이거든요. 솔직히 말씀드리면, 나카야마 히데오 씨에 대해 저희는 어떤 의혹을 품고 있습니다."

그 말을 들은 유이코는 깜짝 놀라 손으로 퍼뜩 입을 가렸다. 마츠오는 그녀에게 뭔가 짚이는 부분이 있는 것 같다고 추측했다.

"저희는 이렇게 짐작하고 있습니다. 전남편분이 관련된 5년 전의 사건과 이번 사고는 뭔가 연관이 있을지도 모른다고요."

"그럴 리가 없어요……."

"그렇게 생각하는 몇 가지 이유가 있습니다. 첫 번째는 크리스마스이브라는 일치된 날짜, 두 번째는 드림아이의 건축 기간이기도 한 5년이라는 일치된 숫자, 그리고 전남편분이 교섭 담당으로 뽑혔다고 주장하는 점입니다."

"교섭 담당이요?"

"나카야마 씨는 사고를 일으킨 범인이 존재하며 자신을 교섭 담당으로 선택했다고 말했습니다. 그리고 저희는 앞서 말씀드린 두 가지 요소를 연관 지어 한 가지 결론에 도달했습니다."

"결론이라니요?"

"그건 범인이라는 사람의 목적이 전남편분에 대한 복수라는 것. 혹은……."

"……나카야마 본인이 범인이라는 거군요."

유이코는 깊은 한숨을 쉬었다.

"네, 그렇습니다. 현재 곤돌라 안의 승객들은 스마트폰과 전자기기 등을 밖으로 던져버리라는 지시를 받았거든요. 그걸 저희 경찰이 회수했지만…… 그 안에 나카야마 씨의 물건은 없었습니다. 반대로 말하면, 나카야마 씨만 외부와 연락할 수 있는 기기를 계속 가지고 있는 거죠. 어차피 어디선가 방해 전파가 나오고 있어서 사용은 불가능하지만요."

유이코는 뭐라고 말하려다가 갑자기 입을 다물며 고개를 끄덕거렸다. 나카야마 히데오가 범인일 가능성을 그녀 자신도 인정한 셈이다. 마츠오는 서류를 꺼내 테이블 위에 놓았다.

"유이코 씨는 전남편분이 마음의 병을 앓았다고 하셨죠. 실제로 여기 나온 것처럼 전남편분은 오랜 기간 정신과를 다니셨습니다. 연락을 주고

받을 때, 어땠나요? 지금도 망상이나 환각을 볼 때가 있으십니까? 공상이나 편집증은요? 이번 사고는 나카야마 씨가 본인의 망상에 사로잡혀 동반자살을 기획한 것이 아닐까요?"

"무슨 소릴 하는 거예요! 린이 있는데, 절대 그럴 리 없어요!"

"그럼 말씀해주시죠. 대체 5년 전에 무슨 일이 있었는지를요. 이건 전 남편분의 결백을 증명하기 위해서라도 꼭 필요한 증언입니다."

"……알겠어요. 제가 아는 대로 말씀드릴게요."

5년 전 크리스마스이브 때 벌어진 일을 상세히 기록하기 위해, 마츠오는 안주머니에서 펜을 꺼냈다.

16시 55분, 5년 전의 크리스마스이브

곤돌라 안에서 나카야마는 깊은 한숨을 쉬었다.

어떻게든 난쟁이의 살인을 막기 위해 꺼낸 제안이었다. 그러나 난쟁이는 들으려 하지 않았다. 그 결과, 두 대의 곤돌라가 추가로 추락하여 지상에서 검은 연기를 피워 올리고 있었다.

지상에서의 소리가 들리지 않는 것을 확인하고 나서, 나카야마는 딸의 어깨를 두드렸다. 바닥에 앉은 채 책을 읽던 린은 귀마개를 벗으며 말했다.

"왜 그래, 아빠?"

"린, 깜짝 놀랐지? 미안해."

"어? 무슨 일이 있었어?"

"힘든 일만 겪게 해서 정말 미안해. 그런 귀마개를 쓰고 있어 봐야 다 들렸을 텐데……."

그렇게 말하며 나카야마는 린과 함께 바닥에 앉았다.

"아니, 아무것도 안 들렸는데."

린은 그렇게 말하며 귀마개를 내밀었다. 나카야마는 귀마개를 받아들며 린의 머리를 쓰다듬었다.

"고마워. 아빠를 위해 거짓말을 해준 거니?"

"아니라니까. 이거 굉장해. 정말 아무것도 안 들리는걸. 린은 거짓말 안 해."

"그래, 그래. 그렇다면 다행이고."

다시 한번 귀마개를 씌워주고 나서, 나카야마는 린 옆에서 팔짱을 꼈다. 물론 나카야마는 여기서 포기할 마음은 없었다. 그러나 막다른 곳에 몰린 기분이 드는 것도 사실이었다.

기온이 내려가면서 하얀 입김이 보이고 귀는 빨개지고 있었다. 그건 나카야마뿐만 아니라 린도, 그리고 다른 곤돌라에 탄 승객들도 마찬가지였다. 이미 주변은 충분히 어두웠고 달도 희미하게 보이기 시작했다. 아무래도 오늘 밤은 초승달인 모양이다.

그때 곤돌라 안의 전화기가 울렸고 나카야마는 즉시 수화기를 들었다.

"나카야마다."

"이봐, 대체 어떻게 된 거야? 곤돌라 두 대가 떨어졌다고!"

"카이자키냐."

나카야마가 중얼거렸다. 난쟁이의 연락이 아니었다. 이 사건을 해결하려면 어떻게든 난쟁이를 설득해야 했지만 나카야마가 먼저 접촉할 방법은 없다. 그런 불공평함은 다양한 범죄에서 피해자가 가해자에게 당하는 불공평함과 동일했다. 범죄는 실행하는 쪽이 압도적으로 유리한 법이다.

경찰관이었던 나카야마는 그 사실을 당연히 잘 알고 있었다. 따라서 범죄를 미연에 방지하는 게 중요하다는 점을 명심하면서 일해왔고, 그의 예민한 성격도 한몫하면서 상당한 성과를 낼 수 있었다.

그러나 나카야마는 5년 전, 처참한 살인사건의 전조를 놓치고 말았다. 그 후 '전직 경찰관'이 된 나카야마에게 카이자키의 성난 목소리가 쏟아졌다.

"입장객은 내보내지 않았어! 네가 내보내지만 않으면 괜찮을 거라고 했잖아!"

카이자키의 날 선 비난이 나카야마에게 아프게 박혔다.

"그래, 나도 알아. 하지만 경찰이 입장객들에게 직원용 통로를 통해 피난시키겠다고 알린 것도 사실이지. 난쟁이는 그것도 약속을 어긴 걸로 판단한 것 같아."

"누구 맘대로 그런……!"

"말했을 텐데. 경찰의 정보가 새어나가고 있어. 난쟁이, 혹은 난쟁이의 공범자가 드림랜드 안에 있을 거야. 아직 그쪽으로 수사를 진행시키지 않은 건가?"

"말이 쉽지. 이 안에 있는 사람은 2만 명이 넘는다고!"

"어쨌든 그 녀석에겐 일반적인 교섭이나 작전은 통하지 않아. 우리가 나누는 대화도, 경찰의 수사 상황도 전부 꿰뚫고 있어."

"말도 안 돼. 더는 속지 않겠어."

카이자키는 그렇게 말하며 혀를 찼다.

"카이자키, 빨리 수사관들을 조사해봐. 휴대전화도 몰수하고 신원을 철저히 조사해. 경찰 내부에 난쟁이의 동료가 있어. ……아니면 난쟁이가 경찰 관계자이거나."

"나카야마, 넌 참 느긋하군. 이제 외부인이니까 그럴 만도 하지. 같은 식구를 의심하는 게 절대 좋은 방법이 아니라는 건 네가 가장 잘 안다고 생각했는데 말이야."

"득이니 실이니 하는 걸 따질 때가 아냐. 더 이상 희생자를 늘릴 순 없어. 부탁이니까 내통자를 찾아줘. 그러면 난쟁이에 대한 실마리도 보이기 시작할 거야. 철저히 조사해서 네가 믿는 조직의 결백을 증명하라고!"

나카야마는 경찰 조직을 신뢰하지 않기에 난쟁이와 연관된 인물이 반드시 경찰 내에 있을 거라 생각했다. 그러나 카이자키는 나카야마의 이야기를 일축해버렸다.

"이봐, 애초에 난쟁이라는 게 진짜 있긴 한 거냐?"

"그게 무슨 뜻이지?"

"네 진료 기록을 조사했어. 너도 중요 참고인이니까 말이야. 5년 전부터 넌 정기적으로 정신과에 다니고 있더군. 한 가지 덧붙이자면, 꽤 강력한 정신안정제를 처방받았던데?"

"뭘 하는 거야? 지금은 그런 쓸데없는 짓을 할 상황이 아니라고!"

"그럴 만한 상황이야. 지금부터 네가 복용하는 약의 부작용에 관한 설명문을 읽을 테니까 잘 들어. 먼저 '대량 섭취에 따른 환각 장애 발생'."

'설마……' 나카야마가 중얼거렸다.

"카이자키, 이게 전부 내 망상이라는 거냐? 곤돌라가 떨어지고 사람이 죽은 것도 환각이라고? 이런 일로 실랑이할 때가 아냐. 난쟁이는 실제로 존재한다고!"

"그러면 증명해보든가. 네 정신은 불안정해."

"그래, 증명해주지. 난쟁이는 존재해. 그 녀석이 저지른 짓이라고. 죽어도 난 아냐. 그러니까 너도 증명해봐."

"흥, 좋아. 경찰의 위신을 걸고 조사하겠지만, 너 때문에 하는 일은 아냐. 이 사건을 해결하기 위해서지."

"카이자키, 이제야 사고가 아닌 사건으로 판단해줬군."

'널 움직이느라 얼마나 고생했는지 몰라'라고 나카야마가 중얼거렸다. 그는 카이자키의 재능을 잘 알고 있었다. 방향만 제대로 잡으면 범인을 충분히 체포할 능력이 있는 사내다.

"어쩔 수 없지. 사망자가 추가로 나왔어. 윗선에서도 이제 더 이상 가만히 두고 볼 수 없는 상황이라고 판단한 거야. 최악의 경우, 대기 중인 헬리콥터로 경찰특공대가 강행 작전에 나서는 것도 고려하고 있다."

"딱 윗놈들이 생각할 만한 일이군. 그런 짓을 했다간 순식간에 여러 대의 곤돌라가 추락할 텐데 말이야. 그건 그렇고 직원용 통로 건은 어떻게 됐지?"

"네 말대로 통로는 존재하더군. 드림아이의 시스템 책임자인 미야우치라는 자에게서 장소를 알아냈고 카드키도 입수했어. 통로가 안전하다는 보장은 없지만, 지금 그런 것까지 신경 쓸 여유는 없으니. 드림랜드의 직원들을 동원해서 입장객들을 이미 거기에 모아뒀어. ……밖으로 내보내진 않았는데 말이야."

"난쟁이는 입장객들에게 귀가시켜주겠다고 말한 것 자체가 밖으로 내보낸 것과 마찬가지라고 하더군."

"뭐가 불만인 거야? 집에 보내기 싫은 거라면 내보내지 않은 걸로 충분한 거 아닌가?"

"어쩌면…… 다들 집에 돌아갈 생각만 하느라 곤돌라 추락의 충격이 잊히는 게 불만이었는지도 모르지."

"흐음, 서커스는 관객이 없으면 열릴 수 없다고 말했다지? 하지만 입장객들을 저대로 방치할 수는 없어. 최악의 경우 동사할 우려가 있으니까 말이야."

"그건 맞아. 단순히 숫자로만 따져도 그쪽이 더 중요하지."

설령 드림아이의 모든 곤돌라가 떨어진다 해도 입장객 전원의 숫자와는 비교조차 되지 않는다. 그러니 입장객 쪽에서 희생자가 나온다면 경찰의 입장은 더욱 난처해진다. 카이자키는 그런 상황을 피하고 싶었고, 나카야마 역시 카이자키의 사정을 충분히 이해하고 있었다.

그래서 잠시 침묵이 이어졌다. 카이자키는 일단 대화를 멈춘 채 부하들에게 지시를 내렸다. 수사본부를 총괄하는 카이자키로서는 나카야마만 상대할 수는 없었던 것이다. 잠시 후 나카야마가 다시 말을 꺼냈다.

"카이자키, 아까 말한 미야우치라는 남자, 믿을 만하다고 생각해?"

"확실히 말할 수는 없지만, 우리에게 뭔가를 숨기는 건 분명해."

"뭘 숨기는지 대충 짐작하는 모양이지?"

나카야마는 조용히 물었다.

"이봐, 경찰을 너무 우습게 보는군. ……뭐, 동기의 옛정을 생각해서 말해주지. 그 미야우치라는 남자는 이 드림아이 설계자 중 한 명이야. 지금도 여기서 운용, 설비 관리를 총괄하는 책임자로 그야말로 드림아이의 지배자라 할 수 있지."

"다시 말해 이 드림아이의 운행 시스템에 정통하다는 말이군."

"그래. 당연히 수상하잖아? 그뿐만이 아냐. 드림아이 운행 시스템의 동력을 작동시키려면 미야우치가 가진 카드키가 필요해. 더 미심쩍은 건, 그 녀석에게 거액의 빚이 있더군. 무려 2억 엔이야. 자택에는 압류 딱지가 잔뜩 붙어 있지."

"도박이나 여자 때문인가?"

"의외로 성실한 인간이라 눈에 띄는 수상한 행동은 없어. 빚을 진 이유는 말을 안 하는데, 조사해서 알아내도 상관없을 만큼 대단치 않은 일이라고 하더군. 지금 부하에게 미야우치의 이력을 조사하라고 시킨 참이야. 하지만 내가 가장 이상하게 느끼는 건 미야우치의 빚이 아냐. 그 고용주의 기이한 행동이지."

"고용주?"

"미야우치는 제국부동산에 직접 고용된 몸이야. 또 이번 사고가 일어나기 훨씬 전부터 미야우치의 개인 계좌에는 매달 정해진 액수가 입금되고 있었어. 마치 빚을 대신 갚아주는 것처럼 정기적으로 지급됐지. 그리고 그 돈을 주는 게 바로 제국부동산이고."

"설마! 그런 일이 있었다고?"

나카야마는 놀라며 큰 목소리로 되물었다.

"그래. 미야우치는 고용 관계상으로는 제국부동산에 소속된 기술 부문의 관리 직원이야."

"그렇다면 왜 드림랜드에서 근무하는지도 미심쩍군."

"그러고 보니까 말인데, 나카야마 넌 그 직원용 통로가 있다는 걸 어떻게 알았지? 미야우치 말로는 제국부동산의 특정한 사람들밖에 모르는 곳이라던데. 아까는 인터넷에서 알아냈다고 했지만 거짓말이지? 왜 거짓말을 한 거야? 그리고 직원용 통로는 어떻게 알았고?"

그 질문에 나카야마는 입을 다물었다.

말해야 할까? 아니면 하지 말아야 할까? 나카야마는 하나의 키워드를 쥐고 있었다. 그것을 카이자키 앞에서, 그리고 이 대화를 듣고 있을 난쟁이에게 말해도 될지 망설여졌다. 그러나 사태를 진전시키기 위해서는 여기서 한 걸음 더 내디딜 수밖에 없다고 판단했다.

"카이자키. 이건 너도 아는 이야기지만, 예전에 제국부동산에서 일하는 사람이 사건의 중요 참고인으로 부상한 적이 있었어. 그때 내가 임의로 사정 청취를 맡았지. 그리고 그 남자가 드림랜드의 직원용 통로에 관해 이야기한 적이 있었어."

"……사건이라고?"

카이자키의 목소리가 한순간 떨렸다.

"빙빙 돌려서 얘기하지 마. 형사 생명이 짧았던 네가 제국부동산 같은 거물을 상대한 건 그 사건밖에 없잖아."

"그래, 카이자키. 지금부터 5년 전에 발생한 그 처참한 사건. 그 중요 참고인으로 임의 동행한 인물이 나한테 이야기해준 거야."

카이자키는 크게 한숨을 쉬었다.

"카츠라기……. 원래 불륜 소동으로 세상을 떠들썩하게 만들었던 카츠라기 세이조 말이군. 숨겨진 자식이 몇 명이나 있다는 소문으로 유명했잖아."

"맞아."

나카야마는 고개를 끄덕였다. 그렇게 나쁜 의미로 유명인이었던 사람이 살인사건에 엮이면서 세간의 주목을 다시 받게 된 건, 본인에게는 큰 불운이었다고밖에 할 수 없다. 물론 카츠라기가 결백하다면 그렇다는 말이지만.

"5년 전의 그 사건은 주변에 많은 사람이 있었는데도 사체가 발견되기까지 오랜 시간이 걸렸어. 여하튼 그날은 크리스마스이브였으니까 말이야. 다들 잔뜩 들떠서 주변에서 무슨 일이 일어나든 신경조차 쓰지 않았지. 게다가 범인이 남긴 증거 대부분은 눈에 묻혀 사라졌고 수사는 난항을 겪었어. 그리고 사건 당일 밤, 그 현장 주변에 있던 인간들은 닥치는 대로 조사를 받게 되었지."

"그리고 그중에 우연히 제국부동산의 상무이사가 있었던 거고."

여기서 카이자키는 '우연히'라는 말을 했다. 나카야마는 그 사실을 머릿속 한구석에 기억해 두었다.

"카츠라기는 사건 당일 그 부근을 배회 중이었고, 기괴한 행동이 수상하다는 증언도 있었어. 그래서 범인으로 의심받았지. 배회한 이유를 밝히지 않고 집요하게 묵비권을 행사한 것도 의혹을 증폭시켰고. 그렇게 카츠라기는 끝까지 입을 열지 않은 채, 한 달 뒤 자기 의지로 목숨을 끊었어."

카이자키는 사건의 경위를 정확히 되짚었다. 증거불충분으로 풀려났지만, 지금도 카츠라기 세이조는 세간에서 살인범으로 의심받고 있다. 자살까지 했으니 당연한 일이다.

나카야마는 여기서 지금까지 카이자키에게 밝히지 않았던 정보를 공개했다.

"그래. 카츠라기는 사정 청취 때 그곳에 있었던 이유를 일 때문이었다고 말했어. 드림랜드로 향하는 도중이었다더군. 다만 드림랜드로 가는 길은 사건 현장과 정반대였지. 그런데 왜 거기 있었던 거냐고 추궁했더니, 일부 사람들만 아는 통로가 있다고 말했어. 드림랜드의 안팎을 연결하는 비밀 통로가 있다고."

"그렇다면 넌 그때 직원용 비밀 통로를 알게 된 거냐?"

"맞아. 당시의 난 카츠라기가 진실을 말한 게 맞는지 확신이 없었어. 하지만 이렇게 되고 보니 사실이었던 거로군. 그날 카츠라기는 중요한 업무가 있었다고 말했어. 초등학생을 죽일 만한 동기도, 시간도 없다고 말이지."

"왜 이 이야기를 5년 전에는 숨겼던 거지?"

"말하고 나서 본인이 금방 진술을 철회했거든. 조서에도 남기지 않았어."

"아무리 너라도 거대 기업의 상무이사한테는 편의를 봐줬나 보지?"

"그때 주저했던 건 사실이야. 애초에 사건과 드림랜드의 비밀 통로는 직접적인 관계가 없었으니까. 다만 자살까지 해야 했던 이유가 뭐였는지는 아직도 모르겠어."

"뭐, 그렇게 어려운 문제는 아냐. 회사의 뇌물 공여 문제와 본인의 불륜 소동 때문에 주간지에 딱 좋은 먹잇감이었거든. 거기에 살인 용의까지 더해진다면 죽고 싶어질 수도 있지."

"그건 그렇군. ……하지만 결국 직원용 통로는 실제로 있었어. 카츠라기는 의미 없이 배회하고 있었던 게 아냐. 드림랜드로 들어가는 비밀 통로를 사용했던 거지. 다만 그 존재를 세상에 드러낼 수 없었으니까 자살한 걸 거야. ……결국 오늘의 참극은 5년 전과 이어져 있는 게 아닐까? 난쟁이는 그 사건과 관련된 인물이고, 카이자키 네가 수사 책임자가 되리란 걸 알고 이번 사건을 일으킨 거지."

"호오, 그럼 범인이 나한테 하고 싶은 말이 있다는 건가?"

"왜냐하면 카이자키 너는……."

"네가 그렇게 나온다면 나도 한마디 하지. 나카야마, 넌 방금 카츠라기가 무죄라고 단언한 거나 마찬가지야. 그렇다면 다른 누군가가 범인이란 얘기지. 그리고 넌 카츠라기의 진술을 들은 뒤에 경찰을 그만두고 정신과를 다니면서 약에 절어 살고 있어. 그건 양심의 가책 때문이라고 생각해도 되겠지?"

"……경찰을 그만둔 이유 중 하나가 양심에 찔려서였던 건 맞아. 하지만……."

"뭐, 거기까지만 이야기하는 걸로 하자고. 서로 말이야."

"확실히 지금 할 만한 이야기는 아니군."

카이자키의 말에 나카야마는 씁쓸한 얼굴로 고개를 끄덕였다.

"어찌 됐든 5년 전에 카츠라기가 증언한 내용은 사실이었어. 카츠라기 세이조에겐 알리바이가 있었던 거지. 오늘 밝혀진 비밀 통로는 제국부동산이 숨기려 했던 게 틀림없어. 다시 말해, 그 통로에 대해 알고 있는 미야우치는 무언가 열쇠를 쥐고 있는 셈이야. 조심하라고."

"무얼 숨기는 건지는 미야우치의 과거를 뒤져보면 알게 되겠지. 어쩌다 빚을 졌고, 왜 제국부동산이 돈을 갚아주는 건지도 말이야."

"넌 어떻게 추측하고 있지?"

"글쎄. 하지만 아까 부하인 카나모리를 제국부동산 본사로 보냈어. 그 녀석들의 움직임이 뭔가 묘하니까 말이야."

나카야마는 유이코에게서 들었던 기자회견 이야기를 떠올렸다.

"유이코가 연락해왔을 때도 비슷한 소리를 했어. 제국부동산의 기자회견이 부자연스러워 보였다고 말이지. 마치 이런 일이 벌어질 줄 미리 알았던 것처럼 너무 침착했다더군."

"그래, 그건 나도 이상하게 느꼈어. 아무튼 넌 그 난쟁이의 정체가 뭔지, 신속하게 알아내줘. 이쪽은 윗놈들뿐만 아니라 입장객들까지 달래야만 하

173

는 입장이니까."

"카이자키, 알고 있을 테지만 경찰 쪽의 내부 수사도 진행하지 않으면 다음 희생자가 나올 거야. 부디 잊지 말라고. 이 대화도 이미 난쟁이가 듣고 있을 테니까."

"그렇겠군. ……그놈이 정말 존재한다면 말이지만."

카이자키는 그렇게 중얼거리며 전화를 끊었다.

18시 00분, 카나모리의 수사 결과

갑작스레 발생한 사상 초유의 대관람차 납치. 그 발단이 된 곤돌라 추락으로부터 여섯 시간이 지났다.

이미 날은 저물고 드림랜드 안의 기온은 영하에 가까워지고 있었다. 각 방송국의 뉴스 프로그램은 드림아이 점거 보도로 떠들썩했다. 헬리콥터가 사방에 조명을 흩뿌리며 어두운 하늘을 날아다녔고, 드림랜드 앞에는 입장객의 귀환을 기다리는 가족들이 몰려들었다. 가장 가까운 역까지의 경로는 이미 교통 마비가 벌어지고 있었다.

그러나 사람들은 아무것도 할 수 없다. 그저 따뜻한 방에서 TV 화면을 보며 '큰일이네'라는 한마디만 중얼거리면서 각자의 일상을 살아갈 뿐이다. 어쨌든 오늘은 크리스마스이브였다. 드림랜드가 아무리 혼란에 빠졌어도 그 사실이 달라지진 않는다. 대중들은 연인과 좋은 시간을 보내고, 가족들과 맛있는 것을 먹고, 크리스마스 전구 장식 앞에서 사진을 찍고 있었다. 설령 무슨 일이 벌어지든 간에, 오늘은 사람들이 행복에 넘치며 꿈을 이야기하는 특별한 밤이지 않은가.

경시청으로 돌아온 카나모리는 자기 책상으로 돌아가는 대신 비품 창고의 PC를 켜서 네트워크에 접속했다. 물론 자신의 접속 흔적을 남기지 않기 위해서였다.

"으음, 나카야마 씨가 말한 게 '시곗바늘', '희극', '원반', 이 단어들과 연관된 무언가를 조사해달라는 거였지. 하지만 그 무언가가 뭘까?"

그렇게 중얼거리며 일단 검색을 시작했다. 카나모리는 검색 결과를 보자마자 입을 쩍 벌렸다.

"아, 이거였어? 제국부동산 뇌물 공여 문제였네."

카나모리가 검색한 키워드로 도출된 사건은 한 개뿐이었다. 당시 임원의 부패 혐의와 뇌물 공여 의혹이 불거졌다. 한 시간마다 하나씩, 총 열두 개의 의혹이 밝혀지자 주간지에서는 '희극', '시곗바늘이 돌 때마다', '원반이 전부 채워졌다' 등의 자극적인 문구로 흥미 위주의 보도를 했다.

"범인은 드림아이를 커다란 시계로 여기는 건가. 열두 시간 동안 열두 대의 곤돌라를 떨어뜨리는 건 처음부터 정해진 거였어. 결국 아무도 살아남지 못하겠군."

이어서 '나카야마 히데오'로 검색을 시작했다. 이곳의 데이터베이스에 접속하면 반드시 정보가 나올 것이다. 카나모리는 마른침을 꿀꺽 삼켰다.

"이 정보를 쫓다 보면 카이자키 형사가 말한 의미도 알 수 있겠지."

카나모리는 구부정한 등이 쭉 펴진 듯한 느낌을 받으며 눈을 크게 떴다. 컴컴한 가운데서 모니터 화면만이 음침하게 빛났다.

"5년 전, 하얀 눈이 내리는 성탄전야에 아무도 모르게 한 소녀가 참살당했다. 온몸에 멍이 든 시신은 피투성이에다 대량의 정액이 묻어 있었고, 얼굴은 식별 불가능할 정도였다."

파일에는 '후카 어린이 살해사건'이라고 기재되어 있었다.

"그때는 보도가 많이 됐었지, 이거."

다음 순간, 사체의 사진이 화면에 나타났다. 카나모리는 무심결에 입을 틀어막았다. 뉴스에서는 볼 수 없는 진짜 사체 사진이었다. 눈 위의 소녀는 알몸인 채로 양팔을 쭉 펼치고 다리는 오므리고 있어 마치 십자가에 못 박힌 예수처럼 보이는 모습이었다.

"어떻게 이런 짓을……."

카나모리는 한숨을 쉬며 글을 읽어내려갔다. 이 엽기적이고 잔인한 사건의 현장에서 가장 가까운 파출소에 근무하던 사람이 나카야마 히데오였다. 그리고 범인과 관련된 명확한 정보가 없었기에 경찰은 사건 당시 현장 부근에 있던 사람들을 상대로 대규모의 청취 조사를 벌였다. 그 결과, 중요 참고인이 수사선상에 등장했다.

"그게 바로 제국부동산 상무이사 카츠라기 세이조였다. 사건 당일 밤, 현장 근처를 배회하고 있었다는 목격 정보가 나왔기 때문이다. 그러나 그 뒤에 본인이 자살했고 가택 수색에서 아무것도 발견되지 않으면서 사건은 원점으로 돌아왔다."

카나모리는 문장을 계속 읽어나갔다. 다만 수사 기록이 수정된 흔적이 있다는 게 신경 쓰였다. 정보분석관인 카나모리는 그 흔적을 발견할 수 있었다.

"사정 청취 때 카츠라기가 밝혔던 어떤 말이 수사 기록에서 사라졌어. 누군가가 지워버렸단 얘기군, 이건."

그리고 그 사정 청취의 담당자가 나카야마 히데오였고 수정된 흔적도 5년 전이었다. 조서를 작성한 본인이라면 쉽게 할 수 있는 일이다. 결국 나카야마는 카츠라기가 증언한 무언가를 은폐했을 가능성이 있었다.

"뭐가 뭔지 모르겠네."

카나모리는 어깨를 으쓱거리며 화면을 계속 스크롤했다.

"그래서 결국 '후카 어린이 살해사건'은 미해결인 채로 5년이 경과. 하지만 살인사건엔 시효가 없으니까 말이지. 그리고 일단 나카야마 씨가 이 소녀의 살인사건을 계기로 경찰을 그만둔 건 틀림없어. 하지만 왜지? 사건 해결을 바란다면 경찰에 남는 편이 나았을 텐데. ……아, 그렇지. 경찰에 대한 불신감이 강한 것 같았어. 결국, 경찰 내부를 의심하는 건가?"

카나모리의 이마에서 식은땀 한줄기가 천천히 흘러내렸다. 그는 말없이 화면을 스크롤하며 다음 문장을 읽었다.

"사체의 최초 발견자는 경시청 수사1과 소속, 카이자키 케이이치."

18시 10분, 타키구치 미카의 추궁

카이자키는 바빴다. 곤돌라 추락 사건의 범인을 밝혀내는 것 외에도 곤돌라 안의 승객을 구조하는 일이 최우선이었고, 경시청 고위층의 연락도 빈번히 받았다. 2만 명이 넘는 사람들이 어떻게든 여기서 하룻밤을 보내게 하기 위한 준비도 필요했다. 나카야마의 요구도 한 가지 들어주었다. 카나모리와 다른 부하들도 이미 심부름을 보낸 터라 지금은 혼자 움직일 수밖에 없었다.

그런 1초도 아까운 상황 속에서 직원용 통로로 향하는 카이자키를 불러세우는 사람이 있었다. 드림아이의 탑승 담당인 타키구치 미카였다.

"카이자키 형사님! 여기 계셨네요. 계속 찾았다고요!"

"무슨 일입니까? 뭔가 새로운 정보라도……?"

그런 게 아니라면 대화할 여유가 없다는 듯이, 카이자키는 냉담한 목소리로 그녀를 대했다.

드림아이 주변에 떨어진 스마트폰을 회수한 덕분에 추가로 추락한 곤돌라의 사망자 신원은 거의 확인되었다. 지금은 수사관만으로는 통제가 힘들어졌다는 직원용 통로의 입장객들을 보러 가는 길이었다.

카이자키는 경시청에 대한 추가적인 지원 요청을 아직 망설이고 있었다. 카이자키의 능력으로 해결할 수 없다는 걸 인정하면, 현장 책임자로 그보다 높은 사람이 파견될 것이다. 그것만큼은 피해야 했다. 이 사건을 완벽히 통제하려면 반드시 자신이 현장의 우두머리여야 했다.

나카야마와는 아직 연락해보지 않았지만, 그로부터 약 한 시간 반이 지나도 다음 곤돌라가 떨어지지 않는 걸 보면 범인이 다급하게 사람을 죽이고 싶어 하진 않는 것 같았다. 카이자키는 카나모리가 조사한 정보를 빨리 듣고 싶었지만, 타키구치 미카가 뭔가를 알고 있다면 들어보는 것도 나쁘지 않을 거란 생각이 들었다.

놀이공원은 이미 어둑어둑했고, 가로등 불빛 밑에서 아르바이트생이 표정을 찡그리고 있었다.

"지금 어떤 상황인지 알려주세요. 드림아이의 승객분들은 다들 무사하신 건가요? 입장객분들은 이대로 집에 돌아갈 수 없는 거예요?"

타키구치는 이곳에 오기 전까지 다른 직원들처럼 직원용 통로에 모인 입장객들을 돕고 있었다. 비상식 분배와 화장실 안내, 간이 구호실 제작 등 경찰이 신경 쓰지 못하는 부분은 드림랜드 직원들이 도맡아 하고 있었다.

"걱정할 것 없어요. 그보다 당신에게 묻고 싶은 게 있습니다."

"저한테요?"

타키구치는 잠깐 동요했지만 진지한 표정으로 고개를 끄덕였다.

"제대로 설명해주시면 뭐든 대답할게요. 저한테도 책임은 있으니까요……."

"왜 그렇게 생각하죠?"

"승객분들을 미소로 배웅하면서 드림아이에 태운 사람은 저잖아요."

"뭐, 심정은 이해하지만 당신 책임은 아닙니다. 드림아이의 운행이 정지되리란 걸 처음부터 알았다면 모를까요."

"그럴 리가 없잖아요."

타키구치는 침착한 목소리로 대답했다.

"어쨌든 간에 수사 상황을 알려드릴 순 없어요. 유감입니다."

"저기, 하지만 곤돌라의 승객분들은 아직도 거기 남아계신 거죠? 나카야마 씨와…… 함께 있던 여자아이가 얼마나 불안해할지, 생각하면 할수록 가슴이 찢어질 것 같아요."

타키구치가 침울한 표정으로 말했다. 그러나 카이자키는 그런 감상에 어울려줄 시간이 없었다.

입장객의 피난 작전 실행은 이미 결정된 사항이었다. 윗선에서도 정식으로 결정을 내렸다. 현재는 곤돌라 안의 승객을 헬리콥터로 구출하는 일도 계획되고 있었다. 이미 몇 대가 근처에서 대기 중이며 언제든지 나설 수 있는 상황이었지만 범인을 자극하지 않기 위해 가만히 있는 것뿐이었다.

만약 난쟁이의 요구대로 움직이기만 하면 곤돌라가 떨어지지 않는다는 보장이 있다면, 나카야마도 살아남을 기회는 있었다. 그러나 설령 한 가지 요구를 통과한다 해도 다음에 실패하면 총 두 대의 곤돌라가 추락한다. 즉 모든 요구를 들어준다 해도 마지막에 실패하면 모든 곤돌라가 지상에 떨어지는 것이다.

솔직히 말해 수만 명의 안전과 수십 명의 안전 중 어느 쪽을 우선시할지는 처음부터 정해져 있었다. 나카야마가 탄 곤돌라는 조만간 떨어질 거라는 게 카이자키의 생각이었다. 함께 휘말릴 나카야마의 딸이 불쌍하긴 하지만 말이다.

"어떻게 하면…… 구할 수 있을까요? 경찰이 할 수 있는 일은 없나요?"

"아무래도 난쟁이는 우리의 대화를 듣고 있는 것 같습니다. 나카야마가 그리 말하더군요."

"네?"

"다시 말해서 드림랜드 안의 어딘가에 범인이 있어요. 나카야마는 우리 수사관들을 의심하고 있죠. 이대로 가면 경찰의 체면이 말이 아닌 겁니다, 타키구치 씨."

"체면이란 게 그렇게나 중요한가 보네요."

타키구치는 싸늘한 말투로 카이자키를 완곡하게 비난했다.

카이자키는 그걸 무시하며 주머니에서 담배를 꺼냈다. 해야 할 일은 산더미였지만 이제 와 서두른다고 상황이 호전되진 않는다.

"나카야마 히데오는 전직 형사입니다. 현직 시절에 체포한 빈집털이범이 백 명이 넘고, 청소년 절도, 치한, 속옷 도둑 등등 어떤 경범죄에서도 검거율이 최고였죠."

갑작스레 시작된 이야기에 타키구치는 고개를 갸웃거리면서도 맞장구를 쳤다.

"그건 꽤 대단한 일이잖아요."

"확실히 엄청난 기록이죠. 그뿐만 아니라, 자살이나 교통사고를 미연에 방지한 적도 있습니다. ……이게 무슨 뜻인지 아시겠어요? 그 녀석은 사건이나 사고가 발생하기 전에 반드시 현장에 있었던 겁니다. 파출소에서 근무하는 경찰관이 말이죠. 무척 부자연스러운 일이지만, 세상은 결과가 전부니까요. 고위층은 나카야마를 높이 평가하면서 요직으로 옮길 것을 권유했지만, 나카야마는 거절했습니다. 이것도 부자연스럽죠? 아무튼 무슨 원리인지는 몰라도, 나카야마 히데오는 이제 곧 사건이 발생한다는 걸 알아채는 불길한 후각을 갖고 있어요. 하지만 5년 전, 그렇게나 대단하던 녀석이 자기가 근무하는 파출소 근처에서 발생한 사건을 어째서인지 간과했습니다. 나카야마는 다음 날 찾아와 처참한 사체 앞에서 참회했어요. 게다가 그 녀석은 수사 도중에 경찰을 그만두었죠. 그 살인사건의 범인은 아직도 잡히지 않았습니다."

"그런 일이……. 그 사건은 나카야마 씨의 책임인 건가요?"

"글쎄요. 하지만 난 그 녀석을 지금도 주시하고 있어요. 나카야마는 사건 당일 밤, 사건 현장에 있었습니다. 그런데도 시치미를 떼며 나에게 나머지 수사를 떠넘겼어요. 이번 사건도 마찬가집니다. 그 녀석은 이런 일이 벌어질 줄 알았겠죠. 이 사건은 단순한 우연이 아니에요. 당신도 이미 그 녀석의 손에 놀아나고 있는 거죠."

"그게 무슨 뜻인가요? 전 나카야마 씨한테 정보를 들은 것뿐인데요."

"그럴까요? 이미 당신은 나카야마의 말대로 경찰을 의심하면서 움직이고 있지 않나요? 타키구치 미카 씨."

카이자키의 말에 타키구치는 당황하고 말았다.

"아니에요. 하지만……."

"이해하기 힘든 행동과 독보적인 실적, 그리고 수사 도중에 경찰을 관뒀다는 점까지, 의심할 이유는 충분합니다. 나카야마가 사직하고 나서, 공안경찰은 본격적으로 나카야마를 감시하기 시작했어요."

타키구치에게는 밝힐 수 없지만, 공안경찰이 나카야마를 쫓는 다른 이유도 있다는 걸 카이자키는 알고 있었다. 어떤 정보를 알아내기 위해서였다. 그러나 나카야마는 이미 그걸 눈치채고 있었다. 그가 숨기고 있는 정보를 알아내려는 사람들이 한둘이 아니었다. 공안경찰도 그렇지만 카이자키도, 그리고 그 사건의 유족들도 알고 싶어 하는 정보였다. 그래서 나카야마가 신변의 위험을 느끼고 경찰을 그만뒀을 거라고 카이자키는 생각했다. 또한 가족들이 휘말리지 않게 하려고 이혼했고 사랑하는 딸과도 헤어졌다. 그 결과는…….

거기까지 생각했을 때 카이자키는 흥, 하고 콧방귀를 뀌었다. 가족들을 제대로 지켜내지 못한 한 남자를 비웃기라도 하듯이.

타키구치는 카이자키의 자신만만한 태도를 보며 떨리는 목소리로 물었다.

"그러면 나카야마 씨가 저를 속인 건가요? 아까 했던 대화도 전부 계산된 거고요?"

"뭐, 진실은 조만간 알게 될 겁니다. 이번 사태를 빨리 해결해야만 하니까요. 그러니까 타키구치 씨, 당신의 협력이 필요합니다. 이곳의 중역이나 제국부동산 쪽 사람들은 죽어도 말하지 않을 테지만, 아르바이트생인 당신이라면 얘기해줄 수 있겠죠."

"어…… 무슨 이야기를요?"

"이 꿈의 나라 드림랜드를 둘러싼 묘한 소문에 관해서입니다. 적자 연속이던 놀이공원을 드림아이를 건설해서까지 재건한 이유. 그리고 엄중히 감춰진 직원용 통로의 존재. ……당신이 아까 입장객을 안내했던 직원용 통로는 제국부동산의 비자금 문제와 연관이 있는 게 아닙니까?"

그 말을 듣자마자 타키구치의 눈이 좌우로 흔들렸다. 그리고 '몰라요, 그런 이야기는'이라고 대답했다. 눈에 보일 정도의 동요를 확인한 카이자키는 담뱃불을 조용히 껐다.

18시 20분, 린의 소지품

드림아이의 곤돌라 안에서는 도쿄의 야경이 잘 보인다. 린은 귀마개를 쓴 채 창문에 달라붙어 지상의 별빛 같은 광경을 바라보고 있었다. 이런 상황만 아니라면, 드림아이에서 보는 전망은 역시 멋졌다.

하지만 나카야마로서는 경치를 즐길 여유가 없었다. 다시 흰 종이의 메모를 꺼내 지금까지 발생한 일들을 쭉 적으며 범인에 대해 생각하기 시작했다. 그런데 나카야마의 마음에 한 가지 걸리는 이야기가 있었다.

"린."

이름을 불러도 린은 알아채지 못했다. 어깨를 두드리자 린은 고개를 돌리며 귀마개를 벗었다.

"아빠, 왜 그래?"

"그러고 보니 아까 '엄마를 지켜주지 않았잖아'라고 했지? 그게 무슨 뜻이니?"

"아빠, 몰랐어? 엄마가 말 안 했어? 무서운 아저씨에 대한 거."

"무서운 아저씨?"

"응. 무서운 아저씨가 우리 집에 봉투를 잔뜩 집어넣어. 하얀 봉투야. 우편함이 가득 찼어. 엄마는 괜찮은 척하지만 편지가 오는 게 무서운 것 같아. 그런 짓을 하는 건 위험한 사람들이라고 학교에서 들었어. 린은 집 근처에서 수상한 아저씨를 본 적도 있어. 그 아저씨 혼내줘."

"그럼 유이코가 누군가에게 스토킹을 당하고 있는 거니?"

"응. 그러니까―."

거기서 나카야마는 퍼뜩 생각났다는 듯이 자리에서 일어섰다.

"린, 이 가방은 유이코가 준비해준 게 맞니?"

"응. 린은 거짓말 안 하는걸."

나카야마는 다급한 마음을 억누르며 말을 이었다.

"그 귀마개를 보여줘. 그걸 쓰면 소리가 전혀 안 들린다고 했지?"

"응. 자, 여기."

나카야마는 말없이 귀마개를 썼다. 린의 말대로 소리가 전혀 들리지 않았다. 노이즈캔슬링 기능이 탑재된 특수한 귀마개였다. 귀에 닿는 부분에 바느질 자국이 있는 걸 보면 개조된 물건이 분명했다.

"린, 이건 평소에도 썼던 물건이니?"

"아니, 오늘 처음 봤는데."

디자인은 지극히 평범했고 새하얀 토끼 모피로 만들어진 귀마개였다. 요즘 초등학생 여자아이가 사용해도 이상할 게 없었다.

"잘 생각해봐. 이건 엄마가 준 거니?"

"어…… 갑자기 왜 그래? 무서워, 아빠."

린은 곰 인형을 끌어안은 채 얼굴을 숙였다.

"미안. 하지만 무척 중요한 일이야. 잘 생각해보렴."

린은 고개를 끄덕이더니 기억을 되짚듯 천천히 이야기하기 시작했다.

"으음, 그러니까 그 귀마개, 아니, 그 귀마개가 든 가방은 엄마가 어떤 남자한테서 받았어. 린이 모르는 아저씨가 엄마한테 건네줬어."

"린, 그게 언제였니?"

"오늘, 아빠하고 만나기 조금 전이었어. 엄마는 그 사람하고 만나느라 약속 시간에 지각한 건데."

린의 말이 사실이라면 유이코가 전화로 말한 전철 지연은 거짓말이었던 셈이다. 나카야마의 얼굴이 점점 험악해졌다.

"뭣 때문에 그런 거짓말을……. 유이코, 대체 어쩌자는 거야?"

나카야마는 그렇게 혼잣말처럼 중얼거렸다.

"괜찮아? 아빠, 지금 뭔가 이상해."

"아아, 미안해, 린. 아빠는 괜찮아. 그 아저씨란 사람은 정말 린이 모르는 얼굴이었니?"

"응, 몰라. 하지만 엄마는 아는 것 같았어."

"그렇구나. 그 아저씨에 대해서 기억나는 건 없니? 예를 들면 수염을 길렀다든가, 모자를 썼다든가, 키가 컸다든가, 뚱뚱하다든가. 뭐든 좋아."

"아니, 린은 잠깐 멀리 떨어져 있어서 잘 안 보였어. 그런데 그 아저씨하고 만난 다음에 엄마의 눈이 빨개졌으니까, 아마 엄마는 울었던 것 같아. 그 뒤에 화장실에 가서 화장을 고쳤어. 그러다가 지각한 거야."

"그랬구나……."

"아빠, 린은 그 남자가 하얀 봉투를 넣는 아저씨인 것 같아."

"설마. 그건 아닐 거야."

즉시 부정하는 나카야마를 보며 린이 고개를 갸웃거렸다.

"왜?"

"아, 아니. 보통 스토커랑 직접 만나진 않으니까 그렇지."

나카야마는 마른침을 삼킨 뒤에 눈썹을 찡그렸다.

"왜 울었는지, 이유는 물어봤니?"

"응. 근데 엄마는 운 거 아니니까 괜찮다면서 웃었어."

"그랬구나······."

나카야마는 유이코에게서 받은 하늘색 백팩의 내용물을 전부 꺼냈다. 귀마개 외에 그림책과 페트병, 방한용 외투가 들어 있었다. 그리고 그 밑에서 상상조차 못한 물건이 튀어나왔다. 백팩이 보기보다 무거웠던 이유가 바로 그것 때문이었다.

"이럴 수가······."

나카야마는 눈을 동그랗게 떴다.

하늘색 백팩 바닥에는 회칼 한 자루와 권총 한 정, 그리고 로프가 들어 있었다.

"아, 이거 빵 하고 쏘는 거지? 린도 TV에서 봤어. 그리고 이건 요리할 때 쓰는 거야."

"그러네. 하지만 왜 이런 물건이······."

"아빠는 경찰이니까 갖고 있어도 괜찮잖아? 그래서 엄마가 준 거 아닐까?"

"옛날에는 그랬지. 지금은······."

나카야마는 울고 싶은 심정으로 딸의 머리를 쓰다듬었다. 평범한 여성이 이런 물건을 준비할 수 있을 리가 없다. 유이코는 누군가에게서 이걸 받아 나카야마에게 전해준 것이다. 왜? 무슨 목적으로? 나카야마는 고민하면서 고개를 힘껏 가로저을 수밖에 없었다. 잠시 생각에 잠겼다가 퍼뜩 깨달으며 린의 얼굴을 바라보았다.

"린, 엄마가 크리스마스 선물을 주기로 약속했다고 했지? 그게 언제였니? 이 가방이 선물인 거야?"

"으음, 이 가방은 드림랜드에 들어오기 전에 받았잖아? 하지만 약속한 건 그 뒤에, 이걸 타기 전이었어."

"드림아이에? 린, 그게 언제야? 엄마하고 언제 만났던 거니?"

나카야마가 다그치자 린이 의아하게 올려다보았다.

"왜 그래, 아빠?"

"제대로 가르쳐줘, 린. 중요한 일이야. 아까 드림랜드에 들어오고 나서, 갑자기 아빠 옆에서 사라졌었지? 그때 풍선도 받았잖아. 그때 유이코와 만난 거니?"

유이코는 집에 돌아가겠다고 말했고, 실제로 나카야마에게 전화를 걸어올 때는 집에 있었을 거라고 그는 생각했다. 그러나 집에 가기 전에 사실은 드림랜드에 입장했다는 걸 알게 된 지금 나카야마는 동요할 수밖에 없었다. 린의 이야기는 계속되었다.

"응, 맞아. 진짜 재밌었어. 왜 그런 옷을 입고 있는지 신기했거든."

"그런 옷? 캐릭터 인형 옷이 재밌었던 거니?"

"아니, 그건 엄마였어. 엄마가 안에 있었는걸. 그때 엄마 향수 냄새가 나길래, 돌아봤더니 엄마가 캐릭터 인형 옷을 입고 린한테 이리 오라고 손짓했어. 그래서 린은 아빠한테서 떨어진 거야. 엄마가 얌전히 있으면 선물 준다고 했어."

"뭐라고?"

나카야마는 무심결에 목소리를 높였다. 린은 그 말투에서 비난하는 느낌을 받았는지, 뺨을 잔뜩 부풀렸다.

"린은 말하려고 했어. 그런데 그때 아빠는 린의 이야기를 전혀 안 들었는걸. 그리고 엄마가 둘만의 비밀이라고 했으니까 얘기 안 했어. 린은 모르는 사람 따라가고 그러지 않거든!"

"미안해……. 하지만 확실한 거니? 그건 정말로 유이코였던 거야? 목소리가 비슷하다거나 했던 건 아니고?"

"응. 우리 엄마는 한 사람뿐인걸."

"그래, 맞아. ……그래서, 그때 만나서 뭘 했니? 뭔가 특별한 이야기를 한 거야? 이 가방을 건네준 이유라든가, 캐릭터 인형 옷을 입고 있는 이유라든가, 아빠한테는 말할 수 없는 이야기라든가……."

"아니, 아무것도. 그냥 이걸 줬어."

린은 그렇게 말하며 기쁘게 풍선을 내밀었다.

노란 풍선은 밤이 되어서도 공중에 붕붕 떠 있었다. 밤의 어둠 속에서도 선명히 떠오른 노란색이 왠지 모르게 든든해 보였다.

"풍선이라……."

나카야마는 그때의 상황을 떠올리며 팔짱을 낀 채 신음했다.

오늘 낮에 갑자기 린이 사라지고 이윽고 미아 안내방송이 들릴 때까지는 충분한 시간이 있었다. 나카야마가 안내방송을 따라 드림아이 탑승 게이트에 도착했을 때, 린은 처음 보는 풍선을 들고 있었다. 나카야마가 린을 다시 만나기까지 걸린 시간은 약 15분, 그렇다면 유이코는 린에게 오직 노란 풍선을 건네기 위해 캐릭터 인형 옷을 입고 거짓말을 하면서까지 나타난 셈이다.

아까 유이코가 집에 간다고 했을 때, 그녀가 빠른 걸음으로 사라져갔던 것도 마음에 걸렸다.

나카야마는 소름이 돋았다. 이번 사건에 유이코가 연관됐을 가능성이 생겼기 때문이다. 하지만 어떻게든 냉정함을 되찾으며 유이코에게서 받은 백팩의 내용물에 대해 다시금 생각하기 시작했다.

그림책과 귀마개. 적어도 이 두 가지는 린이 무서워하지 않도록, 그리고 린의 흥미를 끌기 위해 작위적으로 준비된 물건일 것이다.

오늘의 사건은 유이코에게도 예기치 못한 사태여야 했다. 그러나 마치 처음부터 이렇게 될 줄 알았던 것처럼 준비가 갖춰져 있었다. 유이코가 헤어질 때 말했던 '조심해서 다녀와'라는 말은 바로 이런 의미를 담고 있었던 게 아닐까? 나카야마가 혼자 고민에 휩싸여 있자 린이 불쑥 옆으로 다가와 앉았다.

"저기, 아빠. 린이 아까 엄마가 시킨 대로 거짓말을 했어. 미안해요."

"……응?"

"엄마가 그렇게 말하라고 시켜서 한 거였어."

"무슨 말?"

"아빠가 린을 찾고 있을 거고, 돌아가면 왜 사라졌는지 꼭 물어볼 거라고. 그러면 이렇게 대답하라고 했어."

"설마 아빠한테 린이 '계속 계획 얘기만 하니까!'라고 말한 것도 엄마가 시킨 거였니? 맞아?"

"응, 맞아."

린은 변명하듯 말하며 얼굴을 숙였다. 유이코가 왜 자기 딸에게 거짓말을 시킨 건지 나카야마는 알 수 없었다. 답답함과 불안에 휩싸인 나카야마에게 린이 말했다.

"하지만 그때 엄마가 말했어. 그렇게 말하면 아빠는 분명 강해질 거라고. 그 옷을 입던 옛날의 '우리 아빠'로 돌아올 거라고. 린을 지켜줄 거라고. 엄마는 린한테 그렇게 약속했어. 그래서 지금 아빠가 린을 지켜주는 거잖아? 엄마가 한 말은 진짜였어!"

린이 기뻐하며 말했다.

"그건…… 그건 결국……."

나카야마가 다시 마른침을 꿀꺽 삼켰을 때, 마치 정확한 시간을 잰 것처럼 안내방송의 전자음이 울렸다. 린에게 다시 귀마개를 씌운 나카야마의 눈빛이 바뀌었다.

"여어, 안녕하신가. 다음 요구를 전달하겠네."

"난쟁이…… 아직 입장객은 내보내지 않았어. 그런데 곤돌라를 떨어뜨렸군."

"늦든 이르든 마찬가지 아닌가?"

"이 자식, 사람 목숨을 뭐로 생각하는 거냐?"

"그런 말은 듣기 질렸네. 그리고 입장객 같은 건 이제 아무래도 좋아. 맘대로 돌려보내게나. ……자, 다음 요구는 몸값이네. 제한 시간은 두 시간, 8시 20분까지일세. 드림아이의 곤돌라 한 대당 1억 엔을 준비해줘야겠어. 총 8억 엔일세."

"8억 엔? 그런 큰돈은 도저히 준비할 수 없어! 그리고…… 남은 곤돌라는 아홉 개일 텐데. 숫자가 틀렸잖아!"

"틀리지 않았고, 돈을 받아낼 수 있으니까 하는 말일세. 이제 자네도 눈치채지 않았나? 그 녀석들에게 부탁하면 될걸세."

"드림랜드의 운영사인 제국부동산 말이로군. ……하지만 두 시간으로는 불가능해."

"똑같은 말을 반복하게 하지 말게나. 만약 못 해낸다면 돈이 지불되지 않은 만큼의 곤돌라가 추락할걸세."

"무리한 요구는 그만둬. 게다가 돈이 목적이었다면 첫 요구 때 말을 했겠지. 경찰에 신고하게 하고, 수많은 입장객을 억지로 남게 했으면서 상공에 날아다니는 방송사의 헬리콥터나 정문에서 대기 중인 경찰특공대의 철수는 요구하지 않는군. 마치 이 사건을 세상에 알리고 싶어 하는 듯이 말이야. 그러더니 집요하게 붙잡아두던 입장객은 이제 볼일이 없다며 피난을 용인하질 않나. 대체 무슨 생각을 하는 거지?"

"후후후, 걱정하지 말게. 오늘 밤은 크리스마스이브, 무슨 일이 벌어지더라도 사람들은 행복에 넘치며 꿈을 이야기하지. 자, 시작하게나."

거기서 통신이 툭 끊기자 나카야마는 눈을 껌뻑거렸다. 방금 난쟁이가 말한 대사는 어디선가 들어본 기억이 있었다. 아니, '읽었던 기억'이 있었다.

"그건 분명 '후카'라는 아이의……."

만약 방금의 대사를 난쟁이가 생각해낸 거라면, 상대를 특정할 수 있었다. 그러나 말도 안 되는 일이었다. 이런 사건을 일으킬 동기도 없었고 유이코와 엮일 리가 없는 상대였다. 나이도 맞지 않는다. 우연의 일치라고 믿고 싶었다.

나카야마의 이마에 식은땀이 흘렀다. 얼어붙는 듯한 심정으로 그는 통화를 시작했다. 난쟁이에게서 요구가 있었다는 사실을 카이자키에게 전해야만 했던 것이다.

18시 25분, 유이코의 사정

　도쿄의 맨션에서는 경시청 수사1과에서 왔다는 마츠오와 유이코의 대화가 이어지고 있었다.

　"후카 어린이 살해사건……이었죠."

　마츠오가 수첩을 펼치며 되물었다. 유이코는 분위기를 전환하려는 듯이 2인분의 차를 준비하면서 조용히 입을 열었다.

　"네. 지금으로부터 5년 전 크리스마스이브, 후카라는 이름의 초등학교 1학년 여자아이가 살해당한 사건이었죠."

　"미결사건으로 유명하죠. 그 사건과 전남편분 사이에 어떤 관계가 있는지 알려주세요."

　마츠오가 질문을 꺼냈을 때 마침 유이코가 차를 가져와서 의자에 앉았다. 일단 한 모금 마시고 나서 이야기가 시작되었다.

　"나카야마는 자기가 하는 일에 대해 많이 이야기하지 않는 사람이었어요. 하지만 경찰관으로서는 뛰어났던 것 같아요. 보관용 상자 안에 표창장이 잔뜩 들어 있었고, 지역 주민들의 신뢰도 두터웠죠. 빈집털이범을 체포했다는 이야기를 다른 사람들에게 자주 듣곤 했어요. 아내인 제가 모르는

194

일을 주변에선 다들 알았던 거죠. 나카야마의 그런 성격이 조금 서운하게 느껴졌던 것도 사실이에요. 무슨 일이든 저에게 가장 먼저 말해주길 바랐거든요. 제가 아내이고 가족이니까요. 그 시절엔 무척 외로웠던 걸 기억해요. 딸아이가 태어난 뒤로도 그건 바뀌지 않았죠. 하지만 그날만은 달랐어요."

"그게 바로 후카 어린이 살해사건이 발생한 날이었군요."

"네. ……결혼한 뒤로 처음이자 마지막이었어요. 비번이었던 나카야마는 크리스마스이브 저녁을 우리와 함께 보냈어요. 저도 딸아이도 무척 기뻐했죠."

"그래서, 그때 뭔가 특이한 점은 없었나요?"

"글쎄요……. 식사를 하고 돌아가는 길에 나카야마는 누군가를 보고 걸음을 멈췄어요. 제가 나카야마를 불렀더니 아무것도 아니라는 듯 다시 걷기 시작했죠. 그뿐이었어요. 그리고 다음 날, 출근했다 돌아온 나카야마는……."

유이코는 잠시 말하기 괴롭다는 듯이 입을 다물었다.

"……그날의 나카야마는 지독하게 초췌해져 있었고, 온몸은 흠뻑 젖어서……. 그리고 양손에는 핏자국이 보였어요."

"피라고요? 틀림없습니까?"

"네. 어디서 묻은 듯한 핏자국이요. 본인도 자기 피가 아니니까 걱정하지 말라고 했고요."

"다음 날 아침에 나카야마 씨가 출근했다고 하셨죠?"

"네. 그런데, 저기……."

"사체 발견 시각은 자정이었습니다. 다음 날 아침 출근한 나카야마 씨가 시신을 건드렸을 리는 없겠죠."

"그렇겠죠?"

유이코는 안도하는 표정으로 말을 이어나갔다.

"나카야마와 사건의 피해자인 후카라는 아이는 이전부터 아는 사이였던 것 같아요. 그 아이한테 받았다고 기뻐하면서, 팔찌를 보여줬던 적도 있어요. 식물 줄기를 엮어 만든 소박한 팔찌였죠."

"친한 사이였던 건가요? 핏자국에 관해서는 아무 말씀도 안 하셨고요?"

"글쎄요……. 나이도 딸아이와 비슷했겠다, 친한 사이라기보단 조금 관심이 가는 아이였겠죠. 하지만 남편이 했던 이야기를 떠올려보면, 가끔 통학 중일 때 얼굴을 마주치는 정도의 사이였던 것 같아요. 나카야마는 파출소에서 근무했으니까요. 핏자국에 관한 건 그 뒤로도 전혀 말해주지 않았고 저도 묻지 않았어요. 애초에 나카야마도 사건 때문에 굉장히 혼란스러워하고 있었으니까, 내일 물어보자, 다음 달에 물어보자, 범인이 체포되면 물어보자…… 그런 식으로 물어보는 걸 미루는 사이에 시간이 지나면서 부부 사이에 골이 깊어지고 말았어요. 그리고 나카야마는 갑자기 경찰을 그만두었죠."

"나카야마 씨가 그만두신 이유는 알고 계신가요?"

"아니요, 특별한 말은 없었어요. 다만 제 생각엔…… 이제 다 싫어졌던 거겠죠. 그 무렵의 나카야마는 자신감도 잃고 경찰 제복을 입을 자격도 없다며 자신을 책망했어요. 경찰은 그 누구보다도 정의의 히어로가 되어야 한다고 진심으로 믿었던 사람이니까요."

"하지만 그 사건은 나카야마 씨의 책임이 아닐 텐데요. 근무 중에 사건이 벌어졌다면 모를까, 그날은 비번이었잖아요. 사건이 발생할 줄 어떻게 알았겠어요?"

"그건…… 그렇죠."

유이코는 그렇게 말한 다음 마츠오에게 차를 권했다. 마츠오는 감사를 표했지만 차를 입에 대지는 않았다.

"실례지만, 경찰을 그만둔 뒤로 나카야마 씨는 어떤 일을 하고 계신가요?"

"대부분은 실업급여와 저축해둔 돈으로 생활했을 거예요. 하지만 양육비 같은 돈은 정기적으로 입금되었어요. 가끔 경비나 배달 아르바이트도 하고 있다는 말을 들은 적이 있고요."

"그렇군요. 실례지만 유이코 씨는 어떻습니까?"

"저도 지금은 딸을 키우느라 벅차서 파트 타임으로 일하는 정도예요."

"그 파트 타임 근무에서도 꽤 많은 주목을 받고 계실 텐데요?"

먼저 밝히지도 않은 사실을 추궁당하자 유이코는 순간 당황하며 입을 다물었다. 그때부터 마츠오는 수동적인 자세를 버리고 공격적인 태세를 취했다.

"유이코 씨의 경력은 꽤 화려하던데요. 죄송하지만 미리 조사를 좀 했습니다. 일류 대학에 입학해 우수한 성적에다 미스 캠퍼스에도 뽑히셨죠. 대형 방송국 아나운서가 되려는 꿈을 포기한 채 일반인과 결혼했고, 이듬해에 딸을 출산, 그 뒤에는 아마추어 모델로 주부 잡지에도 나오셨고요."

"그런 얘기를 지금 꼭 해야 하나요? 사건과는 아무 상관도 없잖아요."

"집안도 좋으시네요? 순조롭게 취업 준비를 하시다가 왜 모든 걸 내던지고 결혼을 하신 거죠? 지금은 전남편을 나카야마라고 부르면서 꽤 까칠하게 대하시잖아요? 그야말로 파격적인 인생이라 할 수 있겠네요."

"……부모님의 과한 기대가 저한테는 답답했으니까요. 제 진짜 모습을 아는 사람은 아무도 없을 거예요."

"하지만…… 이렇게 말하긴 뭣하지만 나카야마 씨 쪽은 당신과 정반대군요. 나카야마 씨를 출산할 당시 부모님은 대학생 커플이었고, 나카야마 씨는 초등학생 때까지 보호 시설에서 자랐어요. 어느 날 정보를 모아 부모님과 만나려고 시설을 빠져나갔다가 경찰 보호를 받은 적도 있었다고 시설 직원이 말하더군요. 그렇게까지 해서 부모님과 만나고 싶었던 거겠죠."

"저도 들었어요, 그 이야기. 하지만 그게 어떻다는 거죠? 사건하고 무슨 상관인데요?"

유이코는 강한 태도로 되물었다.

"결혼, 그리고 이혼에 뭔가 특별한 이유가 있나 싶어서요. 의심하는 게 제 직업이다 보니 어쩔 수가 없네요. 기분 나쁘셨다면 사과드립니다."

마츠오가 그렇게 말하자 유이코는 무언가를 떠올리듯이 무겁게 입을 열었다.

"경찰들에겐 사생활이라는 개념이 없는 건가요?"

"수사하다 보면 약간의 실수도 나오는 법이죠."

"……나카야마가 용의자라는 얘기네요. 그리고 저는 용의자의 가족이고요."

"아니요, 그렇게까지 말씀드리진 않았을 텐데요."

"좋아요. 언젠간 아시게 될 테니 말씀드리죠."

유이코는 그렇게 말하며 깊은 한숨을 내쉬었다. 마츠오도 입가에 힘을 주며 눈을 크게 뜨고 있었다.

"끌렸기 때문이에요. 그 사람의 정의감에."

그렇게 말하는 유이코의 눈동자에는 젊은 시절을 떠올리듯이 약간의 반짝임이 깃들었다.

"대학교 3학년 여름, 동아리의 술자리가 끝난 뒤에 길거리에서 남자한 테 위험한 일을 당할 뻔한 적이 있었어요. 전 술에 취해 친구와 헤어져 집 으로 돌아오는 길이었죠. 아무도 없는 뒷골목에서 잠깐 방심한 순간, 어떤 남자가 절 덮쳤어요. 손으로 입을 틀어막으면서 단도를 들이밀더군요. 그 때는 정말 죽었다고 생각할 수밖에 없었죠. 그런데 마침 지나가던 청년이 남자를 제압해준 덕분에 위기를 넘겼어요. 그게 나카야마와의 첫 만남이 었죠."

떠올리기만 해도 무서운 기억이었는지 유이코는 몸을 가늘게 떨었다.

"당신을 강간 살인미수 사건에서 구해준 은인이 나카야마 씨였군요."

"맞아요. 직업이나 돈 같은 건 전혀 상관없었어요. 나카야마에게 마음 이 가는 데는 오랜 시간이 걸리지 않았죠. 지금도 그래요. 구해줬다는 고 마움 때문에 결혼한 게 아니었으니까, 조금도 후회하는 마음은 없어요. 전 나카야마를 진심으로 사랑했어요."

"하지만…… 그때 당신을 구한 게 정말 우연이었을까요?"

마츠오의 중얼거림에 유이코는 불쾌한 표정을 지었다.

"그게 무슨 뜻이죠?"

"아무도 없는 뒷골목에서, 당신은 입이 막혀 비명은커녕 작은 소리도 낼 수 없었겠죠. 안 그런가요? 그런 상황에서 우연히 그곳을 지나가다가 구해줬다는 건 너무 작위적이라고 생각할 수도 있는데요."

"아까부터 대체 하고 싶은 말이 뭐죠? 너무 무례하시네요!"

유이코는 흥분한 듯이 외쳤다.

"이렇게 생각해본 적은 없으신가요? 나카야마 씨는 당신이 강간범에게 습격당하리란 걸 미리 알고 있었다고요."

"말이 되는 소릴 하세요. 그런 일이 있을 리가……."

유이코는 말을 하려다 말고 퍼뜩 멈추며 입을 다물었다. 그리고 뭔가 마음에 걸리는 것처럼 관자놀이를 어루만졌다.

"사실은 말이죠, 경찰 조직 내에서도 일부 사람만 알고 있는 어떤 소문이 있거든요."

"그건……."

"짚이는 부분이 있으시다면 먼저 이야기하시죠."

"……마츠오 씨."

유이코는 방금과는 180도 다른 조용한 음성으로 형사에게 말했다.

"실은 이상하게 느껴질 때가 있었어요. 나카야마는 사건이나 사고가 발생하기 직전에 막아내는 것처럼 보였거든요. 게다가 그런 빈도가 너무 잦았고요. 수많은 감사장을 보고 있으면 가끔 무서워질 정도였어요. 어쩌면 나카야마는 미래를 보는 건지도 모른다는 생각 때문에요."

"역시 그랬군요."

마츠오는 수첩에 무언가를 휘갈겨 쓰며 유이코에게 말했다.

"나카야마 씨의 어린 시절을 지켜봤던 시설 직원도 같은 이야기를 했습니다. 다른 아이가 놀이기구에서 떨어지거나 계단에서 넘어지기 전에 미리 알고 있었던 것처럼 행동했다더군요. 조금 섬뜩했다던데요."

"잠시만요. 하지만 그런 일이 있을 수 있나요? 나카야마에게 예지 능력이라도 있다는 거예요?"

"글쎄요. 그건 알 수 없죠. 하지만 저는 그걸 불가사의하게 여기는 조직의 일원입니다. 그 외에 특별히 마음에 걸리는 부분은 없으신가요?"

"네, 지금은요."

"그렇군요. 답변해주셔서 감사합니다."

마츠오의 질문이 끝났다고 생각한 유이코가 고개를 저었다.

"이게, 이 이야기가 오늘 사건과 관계가 있는 건가요? 후카라는 아이와 나카야마의 이야기…… 그리고 저의 이야기가요."

"그걸 지금부터 말씀드리려고 합니다. 실은 오늘 어떤 사실에 관해 질문드릴 게 있어서 찾아온 겁니다. 한 가지 보여드릴 게 있습니다. 이 사람을 알고 계시죠?"

마츠오는 그렇게 말하며 사진 한 장을 테이블 위로 내밀었다. 사진을 내려다본 유이코는 고개를 끄덕였다.

"네, 알아요."

"최근에 만난 적이 있으신가요?"

"아니요."

"그런가요? 그렇다면 언제부터였나요?"

"……무슨 말씀인지 모르겠네요."

무표정해진 유이코에게 마츠오가 여러 장의 인화된 사진을 테이블 위로 펼쳐 보였다.

"이건 이미 조사가 끝난 사항입니다. 당신의 휴대전화로 이 인물과 빈번히 연락을 주고받은 이력도 확인했습니다. 통화 기록도 남아 있으니까요. ……그리고 오늘 드림랜드에서 나카야마 씨를 만나러 가기 전에 이 사람과 만나셨죠?"

추궁하듯 말하자 유이코는 잠깐 눈을 감았다가 고개를 깊이 끄덕였다.

"네."

"그러면 경시청 수사1과의 형사 카이자키 케이이치가 오래전부터 당신과 불륜 관계였다는 사실을 인정하시는 겁니까?"

18시 30분, 몸값의 수수께끼

나카야마는 수화기를 들고 드림아이의 운영국으로 연락했다. 다행히 통화는 금방 연결되었다. 처음엔 다른 경찰관이 받았다가 바로 카이자키를 바꿔주었다.

"카이자키, 나야. 난쟁이의 다음 요구가 나왔어. 신속하게 대응해주길 바란다."

나카야마는 억양을 강조하면서 말했다. 수화기 너머의 카이자키는 조금 피곤한 목소리로 대답했다.

"그래. 다음은 뭐지?"

"몸값이야. 드림아이의 곤돌라 하나당 1억 엔을 지불하라고 요구해왔어. 총 8억 엔을 준비하라고. 제한 시간은 8시 20분이야."

"몸값이라고? 게다가 8억 엔이라니……. 그런데 열두 대의 곤돌라 중에 세 대가 추락했으니까 9억 엔을 요구해야 맞는 것 아냐?"

"이유는 모르겠지만 난쟁이는 8억 엔이라는 숫자가 맞는다고 주장하고 있어."

"네 곤돌라를 숫자에 넣지 않은 건지도 모르겠군. 안 그래?"

"바보 같은 소리 마. 내가 범인이라면 이런 요구는 안 해."

"뭐…… 이제 와 놀랄 것도 없는 요구로군. 하지만 이미 은행은 문을 닫았어. 그런 금액은 금방 준비할 수 없다고."

"그렇긴 하지만 난쟁이는 준비할 수 있다고 확신하더군. 게다가 몸값은 모회사인 제국부동산이 대신 떠맡을 거라고 은연중에 말했지."

카이자키는 납득하며 고개를 끄덕였다.

"타당한 말이군. 그런데 그 금액을 준비하면 승객들의 안전은 확보되는 거냐?"

"그래. 하지만 두 시간도 안 남았어. 그리고 놈의 최종 목적은 다른 데 있어. 어쨌든 돈을 준비해줘."

"자금을 서둘러 마련하라고 재촉해보지. 그래서, 그 난쟁이의 최종 목적은 뭐지?"

"지금은 단정 지어 말할 수 없지만, 그 녀석은 이 광경을 세상에 널리 보여주고 싶어 해. 언론 보도도 자유롭게 놔두고 있고, 자기 존재를 숨기려 하지 않지. 특히 입장객을 관객이라 부른 게 마음에 걸려."

"무언가를 떠들썩하게 알리려 한다는 거로군. 몸값은 단지 상황을 요란하게 만들기 위한 도구일 뿐이고."

"그렇게 단순하리란 보장은 없어. 8억 엔이라는 숫자에는 의미가 있을 거야. 그리고 이건 내 가설이지만, 난쟁이가 말했던 '시곗바늘이 되어줘야겠다'라는 이야기의 뜻은 대강 짐작이 가. 시계라는 건 이 드림아이를 가리키는 거야. 곤돌라는 시계의 숫자판에 해당하지."

"무슨 뜻이야?"

"일단 지금 거기서 드림아이를 봐줘. 여기선 안 보이니까. 드림아이의 심벌마크가 어느 쪽 곤돌라를 가리키고 있는지."

"드림아이의 심벌마크?"

카이자키는 대관람차의 중심부를 바라보았다. 분명 드림랜드의 상징인 화살표 마크가 장식되어 있었다. 그것이 사실 화살표가 아니라 시곗바늘이라는 걸 카이자키는 이해했다. 다만 바늘은 하나뿐이고, 그것은 12시를 가리키고 있는 것처럼 보였다.

"그래. 드림랜드의 마크가 가리키는 건 가장 꼭대기에 있는 곤돌라야. 처음에 떨어진 곤돌라니까 지금은 없지만."

"그 곤돌라에는 원래 내가 타야 했어. 즉, 난 12시의 위치에 있어야 했지. 그게 상징하는 건 정오에 시작되는 인형극이야. 전부 우연이 아니라고."

"그걸 통해 뭘 알 수 있다는 거야?"

"난쟁이가 있는 곳이지."

"뭐라고?"

카이자키는 큰 소리로 되물었다. 수많은 수사관을 투입해도 아직 단서조차 잡지 못한 정보였다. 그걸 곤돌라에 계속 갇혀 있던 나카야마가 안다는 건 이상했다.

"나하고 똑같아. 원판의 숫자가 된 사람들은 시계를 볼 수 없지. 시계는 자기 시간을 알 수 없는 거야."

"드림아이가 시계를 의미한다 치고, 그게 어쨌다는 거지?"

"이 사건은 역시 시계가 중요해. 난쟁이는 원래는 정확히 한 시간마다 연락할 생각이었을 거야. 전자기기의 전파를 차단하고 날 제외한 모든 곤돌라 승객에게 전자기기를 버리게 해도, 수중에 시계가 있다면 시간 확인에 문제가 없었겠지. 물론 범인은 이렇게 되리라는 걸 예상했을 테니 손목시계 같은 걸 갖고 있었을 거고. 하지만 어떤 문제가 생겨서 자기 시계로는 시간을 확인할 수 없게 됐지. 그렇게 되면 공범과 연락을 취할 때 말고는 자기도 시간을 알 수가 없어. 그런 상황에서 유일하게 시간을 확인할 수 있는 장소는 드림랜드 중앙의 시계탑뿐이야. 이 정도면 무슨 뜻인지 알아들었겠지?"

"……그런 의미였던 건가."

나카야마는 아까 카이자키와 대화할 때 '중앙 시계탑의 시각을 늦춰라'라는 지시를 보냈다. 대화 속에 암호를 뒤섞는 방법은 경찰 관계자라면 누구나 알고 있었다. 이걸 눈치채지 못한 난쟁이는 경찰 관계자가 아니라는 결론이 나온다.

"경찰 수사를 따돌리고 있는 난쟁이에게 아무 일도 없었다면 시간을 착각할 리가 없겠지. 하지만 난쟁이의 연락은 중간부터 정확한 시간을 지키지 않고 있어. 다시 말해 난쟁이의 정체는 시계탑의 시계에 의존해야 하는 드림아이 승객 중 한 명이야."

"이봐, 난쟁이가 시계를 갖고 있지 않다는 건 단순한 가설일 뿐이잖아? 애초에 수사 상황이 새어나가고 있는 건 어떻게 해석해야 하지? 네가 트집을 잡았던 의혹은 전부 조사해봤어. 소지품, 문자 송수신, 통화 이력, 자동차의 내비게이션까지 말이야. 하지만 수상한 건 전혀 없더군. 현장에 나온 약 60명의 수사관은 결백해."

"카이자키, 그렇다면 분명해진 거잖아. 현장에 있는 수사관을 조사해서 도청기도 찾아내지 못했다면 답은 자연스레 나오는 거지."

"뭐라고?"

카이자키의 목소리가 한층 낮게 깔렸다. 나카야마는 상관하지 않고 말을 이어나갔다.

"가장 의심받지 않는 존재, 내통자를 조사한 인간이야말로 난쟁이의 공범이야. 내 말이 틀렸나, 카이자키 케이이치?"

"무슨 소릴 하는 거야? 내가 난쟁이의 공범이라고?"

"근거는 있어. 처음부터 난쟁이는 네 이름을 지명했지. 그건 드림랜드 내의 상황을 통제하기 위해서였어."

"이봐, 난 네 지시에 따라 시곗바늘을 조작했다고. 애초에 내가 공범이었다면 내가 난쟁이에게 시간을 가르쳐줄 수도 있었을 거 아냐?"

"범인들도 한마음 한뜻은 아니란 얘기겠지."

나카야마는 내통자가 카이자키 한 명일 거라고는 생각하지 않았다. 그리고 난쟁이와 공범자 사이에 묘한 기류가 흐르고 있다면, 바로 그것이 드림아이에서 탈출할 수 있는 열쇠라고 보았다. 한편 카이자키는 나카야마가 이번 사건과 연관되었다는 점을 끝까지 추궁할 생각이었다.

설령 공범이 다른 사람이더라도 나카야마와 카이자키의 관계는 이미 돌아올 수 없는 강을 건넌 뒤였다. 이 사건이 끝났을 때, 어느 한쪽은 승자가 되고 나머지는 패자가 될 수밖에 없다.

"안 그래, 카이자키?"

나카야마는 냉정하지만 강한 말투로 추궁했다.

"내가 왜 그런 짓을 해야 하지? 난 경시청 소속 형사야. 그리고 넌 이제 형사도 뭣도 아니고. 나카야마, 너무 건방지게 굴지 말라고."

"그렇다면 몸값 8억 엔, 1엔도 부족하지 않게 준비해둬. 진정한 형사라면 일반 시민인 우리가 죽게 내버려 두진 않을 거 아냐? 두 시간 후면 모든 곤돌라가 떨어지게 될 테니까 말이야."

"정말로 두 시간이냐? 아니, 됐어. 제국부동산에는 카나모리를 보냈으니까 그쪽에 얘기해보라고 해야겠군."

"그 전에 한 가지 더. 이것도 중요해. 드림랜드의 입장객이 아니라, 드림아이의 곤돌라에 탑승한 승객 리스트를 조사해봐. 얼굴은 모르더라도 승객들은 다들 우선 탑승권을 갖고 있었어. 이름과 주소, 연락처도 전부 기록되어 있을 거야. 그리고 가장 중요한 건 떨어진 곤돌라의 승객이야."

"사망한 사람들이라면 이미 조사했어."

"신원 말고, 과거 말이야."

나카야마는 카이자키에게 지금까지의 추측한 바를 설명했다.

"애초에 난쟁이에게는 죽이고 싶은 사람이 있지 않았을까? 곤돌라를 무작위로 떨어뜨리는 척하면서 고의로 특정 인물을 살해했을 가능성이 커. 추락한 곤돌라에 타고 있던 승객의 과거를 추적해보면 뭔가 알아낼 수 있을 거야."

"그렇다면 왜 그냥 죽이지 않지? 뭣 때문에 이런 번거로운 짓을 하는 거야?"

"그건 조만간 알게 되겠지. 단순히 번거로운 짓은 아닐 거야. 난쟁이에겐 처음부터 치밀한 계산이 있었을 테니까."

"그건 네가 계획에 참여했기 때문에 하는 소리냐?"

카이자키는 불만스럽게 말을 이었다.

"그러고 보니 예전에도 이랬었지. 5년 전의 크리스마스이브 말이야. 그때도 넌 날 의심했어. 경찰학교 동기한테 의심받다니, 정말 슬펐다고. 안 그래? 나카야마 히데오."

"그런 말이 잘도 나오는군. 그 사건에서 최초 사체 발견자는 너였어. ……그리고 넌 눈[雪]에 대해 너무 모르고 있군."

"눈? 그건 또 무슨 소리야?"

"모르겠다면 지금은 됐어. 하지만 네가 틀린 게 한 가지 더 있다. ……5년 전 그때 널 의심했다고? 그건 오해야, 카이자키. 그 사건이 벌어진 날부터 난 널 계속 의심하고 있다!"

나카야마는 그렇게 선언하며 요란하게 수화기를 내려놓았다. 결별의 시간이 가까워지고 있었다.

18시 35분, 승패의 행방

"그러면 경시청 수사1과의 형사 카이자키 케이이치가 오래전부터 당신과 불륜 관계였다는 사실을 인정하시는 겁니까?"

그 말을 듣고서야 유이코는 깨달았다. 눈앞의 마츠오라는 인물은 아까 경시청 수사1과 소속이라고 자신을 소개했지만, 그건 거짓말이었다. 만약 그랬다면 카이자키에 대해 추궁할 리 없다.

경찰에 관해 조사하는 조직, 그리고 나카야마에 관해서도 조사하는 조직이라면 전직 경찰관의 아내인 유이코에게도 짚이는 구석이 있었다. 하지만 머리숱도 적고 패기 없어 보이는 이 형사가 설마 그런 사람일 줄은 몰랐던 것이다. 역시 사람은 겉모습만 보고 판단해선 안 되는 것이리라.

"……설마 공안경찰 쪽 사람인가요?"

마츠오는 그렇다고 대답하며 고개를 끄덕였다. 공안경찰이란 테러 방지나 첩보 활동 등을 주로 담당하는 조직이라고 유이코는 들은 적이 있다. 가족에게도 자기 정체를 밝힐 수 없을 만큼 중대한 기밀 정보를 다루는 곳이라고 말이다. 그러나 국가 기밀에 접근할 만큼 대단한 조직이 자기 눈앞에 나타날 거라고는 한 번도 생각해본 적이 없었다.

"저는 공안경찰 소속입니다. 그리고 우리는 나카야마 씨가 경찰직을 사임한 순간부터 본격적인 감시를 시작했습니다."

"왜 그런 짓을 한 거죠? 설마 5년 전 사건으로 의심하는 건가요?"

"아니요. 실은 그 전부터입니다. 계기는 그의 독보적인 실적 때문이었죠. 화려한 경력이었지만, 그 정도의 성과를 낼 수 있는 이유를 도저히 알아낼 수 없었습니다. 경찰에서도 내부 조사를 할 때가 있습니다. 나카야마 씨가 사건을 일으킨 범죄 조직에 가담하고 있다거나 사고를 직접 발생시키고 막아냈다는 엉뚱한 보고도 있었기에 조사가 시작되었죠. 그러나 증거는 찾아내지 못했습니다. 신비한 능력을 가진 것 같다는 결론을 내고, 감시를 중지하기로 했습니다. 바로 그때, 5년 전의 그 사건이 발생했죠."

"하지만 나카야마는 범인이 아니에요. 저희와 쭉 같이 있었으니까요."

"네. 하지만 나카야마 씨는 사건이 해결되기도 전에 경찰을 그만두었죠. 그래서 감시를 계속하게 됐습니다. 보다 본격적으로요. 그럴 만한 이유도 있었습니다. 그 미결사건의 수사는 외부의 개입으로 중단되었지만, 우리 공안경찰은 그걸 납득할 수 없었거든요. ……그 뒤로 5년이 지났죠. 지금은 세상의 관심도 식어버렸지만, 저희는 한 건의 연락을 받고 감시를 계속하기로 했습니다."

"연락이요? 대체 그게 무슨 말인가요?"

"……하얀 봉투 아저씨. 따님인 린 양은 그렇게 부른다죠? 당신에겐 말하지 않은 모양이지만, 어느 날 따님이 파출소의 경관에게 이런 이야기를 했답니다. 무서운 아저씨가 편지를 보낸다고요. 저희는 실제로 우편함에 하얀 봉투가 여러 개 꽂혀 있는 것도 확인했습니다. 린 양은 엄마가 울고 있으니까 도와달라고 말했다네요. 파출소 경관은 스토커라고 판단했고,

그 정보가 저희한테까지 올라왔습니다."

"린이 파출소에요?"

"초등학생이라면 경찰은 정의의 편이니까 사람들을 구해줄 거라고 생각하겠죠. 저희도 그런 기대에 꼭 부응하고 싶군요."

"하지만 경찰은 지켜보겠다는 말만 하고 아무것도 안 해주잖아요. 그래서 말하지 않았던 거예요. 나카야마도…… 그래서 제가 린을 지켜야 했어요. 카이자키에게도 도움을 청하고……"

"하지만 카이자키와의 관계는 이혼 전부터 시작되었죠? 유감스럽게도 저희가 나카야마 씨를 감시한 기간은 5년이 넘기 때문에 잘 알고 있습니다."

"……"

유이코는 거기서 입을 다물었다. 지적당한 사실 그대로였다. 카이자키와는 나카야마와 이혼하기 전부터 만나기 시작했다. 뛰어난 경찰인 나카야마가 자랑스럽긴 했지만, 남편으로서 가정을 돌보지 않는다는 것에 대한 불만도 있었다. 나카야마의 동기인 카이자키에게는 이 정도로 시간이 많다는 걸 확인하기 위함이기도 했다.

게다가 어차피 카이자키도 자신에게 진심이 아니라는 건 유이코도 알고 있었다. 나카야마에 대한 작은 복수였다는 의미에서 보면, 유이코와 카이자키는 비슷한 심정으로 만나기 시작했다. 하지만 동시에 경찰을 그만둔 나카야마가 재기하길 바라는 마음 역시 비슷했다. 그래서 이번 일에서도 협력했다. 이번 일을 통해 옛날처럼 믿음직한 사람으로 돌아와 주길 서로 바라면서 말이다.

유이코는 그런 마음을 당연히 마츠오에게 말할 생각은 없었다. 공안경찰이 움직이고 있다면 자신도 처벌받을 수 있었다. 신중히 대응해야겠다는 생각에 일단 침묵한 것이다.

그러자 마츠오는 생각지도 못한 말을 꺼냈다.

"알고 계셨습니까? 나카야마 씨는 당신과 따님을 계속 지키고 있었던 겁니다. 거대한 위협으로부터요."

"네?"

자기도 모르게 목소리를 높이며 유이코가 되물었다.

"당신과 헤어진 이유도 그 때문이었습니다. 헤어지는 것 말고는 지킬 방법이 없다고 판단한 거겠죠. 자신에 대한 의혹으로 감시 대상이 되었다는 걸 알고, 가족들이 말려들지 않도록 이혼한 겁니다. 하지만 외면하고 살 수는 없으니까 가까운 곳에서 지켜보며 당신과 따님을 걱정하고 있었습니다. 이게 무슨 뜻인지 아시겠습니까? 나카야마 씨는 당신과 카이자키의 관계를 오래전부터 알고 있었습니다."

"그럴 수가⋯⋯."

이혼의 진상을 갑작스레 알게 되자 유이코는 말문이 막히고 말았다. 5년 전, 나카야마는 절대 헤어지는 이유를 알려주지 않았던 것이다. 그래서 유이코는 그 말을 곧이곧대로 믿기 힘들었다.

"그렇게 말해도 당신은 모를 거예요. 제 마음도, 나카야마의 본심도요."

"⋯⋯나카야마 유이코 씨. 사실은 이미 알고 계셨던 것 아닙니까? 그래서 당신은 하얀 봉투에 대한 걸 경찰에게 직접 상담하지 않았던 거죠. 조금 전에 들어오면서 우편함을 한 번 봤습니다. 확실히 하얀 봉투가 대량으로 들어 있더군요. 보통 사람들 눈엔 당신에 대한 해코지로 보일 테지요."

"그건 맞아요. 경찰에게 이야기해볼까 고민했지만, 어차피 움직여주지 않을 거라 생각했죠. 설마 린이 그럴 줄이야⋯⋯. 저를 몰래 지켜보고 있었나 보네요."

"아이들은 다 그렇죠. 부모가 눈물을 감추며 웃어도, 부은 눈까진 감출 수 없습니다. 나카야마 씨는 아내와 딸이 행복하다면 그걸로 됐다고 생각했겠죠. 하지만 상대가 나빴어요. 그러니까 수도 없이 나카야마 씨는 충고한 겁니다. 우편함에 들어 있는 편지는 나카야마 씨가 보낸 거예요."

"설마요."

유이코의 손이 입을 덮었다. 하지만 마음 한구석에서는 '역시'라고 중얼거리는 것도 사실이었다.

그럴 가능성을 생각하지 못한 건 아니었다. 편지의 내용은 협박이라기보다 그녀를 걱정하는 문장이었으니까 말이다. 하지만 그걸 믿고 싶지 않은 마음에 눈이 흐려졌다. 작은 복수처럼 카이자키와 관계를 가졌지만, 그걸 나카야마에게 들키진 않을 거라고 생각한 것이다. 나카야마는 가정에 관심 없는 남자였다. 분명 그랬을 텐데, 오늘 유이코가 들은 이야기는 그것을 부정하는 말들뿐이었다.

"나카야마가⋯⋯ 그 편지를요?"

"그 하얀 봉투는 나카야마 씨의 경종이었던 겁니다. 당신을 겁먹게 만들더라도 카이자키와는 헤어지길 바랐던 것 같네요. 도쿄에서 이사 가는 식으로 도망쳐주길 바랐던 게 아닐까요?"

"그러면 직접 말하면 되잖아요! 그런 음침한 짓을 할 게 아니라!"

유이코는 눈물이 그렁그렁해지며 하소연했다.

"그게 그렇게 쉬우면 아무도 고생할 일이 없겠죠. 그건 나카야마 씨 나름의 최선이었을 겁니다. 직접 말하면 된다고 하셨지만, 그런다고 믿으셨

을까요? 나카야마 씨가 설득한다고 귀를 기울이셨을까요? 카이자키가 왜
위험한지, 이유도 애매하고 확실한 증거도 없는 상태에서 설득해 봐야 공
허한 메아리가 될 뿐입니다. 그래서 그런 방법을 찾아냈던 거겠죠."

유이코는 입을 다문 채 어깨를 부르르 떨었다. 반론의 여지가 없었다.

"그리고 드디어 때가 무르익었습니다. 바로 지금, 드림랜드에서 나카야
마 씨는 카이자키와 결판을 내기 위해 싸우고 있어요. 신참 시절부터 경찰
조직의 미래를 염려하고 정의를 추구하던 두 사람의 길이 어째서 크게 어
긋나기 시작했을까요? 그 결정적인 계기가 된 최악의 날이 바로 '후카 어
린이 살해사건'이 발생했던 날이었습니다."

"저기…… 결판을 낸다는 게 대체 무슨 말이죠? 카이자키는 나카야마
가 재기하길 바랐을 텐데요."

"……그건 처음 듣는 소리군요. 당신에게는 그렇게 말한 건가요? 뭐, 그
럴 만도 하죠."

유이코의 가슴속에서 불안이 소용돌이치기 시작했다.

설마 카이자키는 나카야마를 구하려는 게 아니라 없애려는 게 아닐까?
나카야마는 이미 경찰을 그만두고 몰락한 사람이었다. 카이자키는 그런
그를 더 망가뜨리기 위해 유이코를 이용한 것일까?

유이코는 합리적이지 않다고 생각했다. 5년이란 시간이 지났고, 경시청
의 엘리트 형사와 전직 경찰관의 차이는 현저히 벌어졌다. 아무리 생각해
도 카이자키가 사회적으로 더 성공한 사람이었다. 승패를 따진다면 승리
했다고 확신해도 될 정도다. 그럼에도 카이자키가 나카야마를 신경 쓰는
건 패자에 대한 배려라고 유이코는 생각해왔다.

"궁금하지 않으십니까? 그날 왜 나카야마 씨는 혈흔을 묻히고 돌아왔

는지. 후카 어린이 살해사건의 실체는 무엇인지."

"당신은 다 알고 있는 건가요?"

유이코가 작은 목소리로 말했다. 마츠오는 그제야 목소리를 처음처럼 바꾸었다.

"오늘 찾아온 진짜 목적은 이겁니다. 당신이 오늘 드림랜드에서 나카야마 씨와 만나기 전에 카이자키와 왜 만났는지를 물어보기 위해서요. 거기서 무슨 이야기를 나누셨죠?"

"마츠오 씨……."

거기까지 알고 있다면 유이코도 더 이상은 숨길 수 없었다. 게다가 유이코가 아는 사실과 마츠오가 말하는 내용 사이에는 커다란 간극이 있었다. 지금 모든 걸 털어놓는 대신, 모든 진실을 들어봐야겠다고 유이코는 결심했다. 왜냐하면 나카야마와 린이 아직 드림아이에 타고 있기 때문이다.

"전부 말할게요. 다만 그 전에 말씀해주세요. 꼭 알고 싶은 게 있어요. 나카야마가 우리를 지키려 했다는, 그 거대한 위협이란 게 뭐죠?"

"……어떤 이야기입니다. 나카야마 씨는 원래 뛰어난 업적으로 많은 경관의 질투를 받고 있었습니다. 공안경찰이 조사하게 된 계기도 내부의 조사 의뢰였으니까요. 하지만 단순한 질투로 치부할 순 없었습니다. 5년 전의 사건이 나카야마 씨를 정식 감시 대상으로 만들었으니까요. 나카야마 씨는 경찰 조직 전체가 자신을 주목하고 있다는 걸 자각하고 있었습니다. 그래서 어떤 정보를 일부러 은폐했지요. 상부의 묵살로 조사가 끝나버리는 걸 두려워한 겁니다."

"정보를 은폐했다고요……?"

"그게 바로 5년 전 살인사건의 중요 참고인이었던 카츠라기 세이조가 말한 이야기입니다. 그 이야기를, 나카야마 씨는 무슨 이유인지 제대로 보고하지 않고 수사 기록에도 남기지 않았죠. 아니, 정확하게는 한 번 기록했다가 삭제한 흔적이 발견되었습니다."

"저기…… 고작 그것뿐인가요? 그 이야기 때문에 나카야마가 자기 인생을 버리고 가족도 버렸다는 거예요?"

"맞습니다. 저희가 감시하는 진짜 목적은 나카야마 씨가 숨긴 정보를 알아내기 위해서였습니다. 늦든 이르든 어차피 밝혀야 할 테니 지금 말씀드리지만, 나카야마 씨는 아마도 범인과 연결되는 정보를 은폐한 걸 겁니다. 그건 경시청에 묵살당할 것을 두려워했기 때문이라고 저희는 판단하고 있습니다. 다시 말해, 나카야마 씨는 경시청 전체의 적이 된 거죠. 그리고 그 위협으로부터 가족을 지키기 위해 이혼을 결심한 겁니다."

'그게 진실입니다'라는 말로 마츠오는 끝을 맺었다.

"경시청 전체를 적으로 판단할 경우, 다른 조직인 저희 공안경찰의 감시를 받는다는 건 오히려 안심될 정도였겠죠. 그러나 오늘 사건이 벌어졌습니다. 이 사건을 일으킨 게 과연 경찰인지, 아니면 다른 누군가인지를 지금 나카야마 씨는 생각하고 있을 겁니다."

마츠오는 그렇게 말하며 손에 든 수첩을 덮고 유이코에게 말했다.

"저희도 가도록 하죠. 드림랜드로."

크리스마스이브 날 밤. 모든 것은 그 꿈의 나라에서 결론이 난다.

오늘은 일부 사람들에겐 이미 악몽이었다. 그러나 많은 대중에겐 뉴스 화면 속에서 벌어진 일일 뿐이다. 불운하게도 스토리 속 등장인물이 된 일부 사람들만이 아직도 악몽을 꾸고 있었다.

18시 50분, 제국부동산

"무슨 용건이냐고 묻잖소."

제국부동산 본사 빌딩의 고층에서는 제국부동산의 고위 임원 한 명이 경시청의 분석관 카나모리를 상대하고 있었다.

"그러니까…… 현재 드림랜드에서 벌어지고 있는 대관람차 사고에 관한 일입니다. 원인에 대해 짚이는 부분이 없으십니까?"

카나모리가 구부정한 자세로 백발의 노인에게 물었다. 제국부동산의 임원은 이런 애송이에게 할 말 따윈 없다는 듯이 비싼 의자의 등받이에 깊이 몸을 기댔다.

"마치 우리에게 과실이 있다는 듯이 말하는군. 이렇게 무례해도 되는 거요? 주식 시장을 보시오! 시간외거래에서도 주가는 폭락을 거듭하고 있소. 우리는 커다란 손실을 입은 피해자요."

몸집이 큰 노인이 목소리를 높이자 카나모리는 목을 움츠렸다. '음, 역시 아무 증거도 없이 뛰어드는 건 너무 무모했나'라고 작게 중얼거리며 식은땀을 흘렸다. 그때였다. 카나모리의 안주머니에서 분위기에 안 어울리는 경쾌한 음악이 흘러나왔다. 휴대전화의 벨소리였다. 카나모리는 양해를 구하고 일단 복도로 나와 통화 버튼을 눌렀다.

"나다, 카나모리. 지금 어디에 있지?"

"카이자키 형사님, 마침 전화 잘하셨어요. 지금 제국부동산 본사에 와 있는데 어떤 것부터 물어봐야 할지 막막하네요. 일단 미야우치에 관한 과거의 자금 흐름부터 파고들까요?"

"그쪽의 높은 사람하고 만나긴 했나 보지? 그렇다면 마침 잘됐군. 카나모리, 지금부터 내가 말하는 대로 한 다음에 스피커폰으로 바꿔. 내가 직접 얘기하지."

카나모리는 지시대로 행동한 다음 집무실로 되돌아와 휴대전화를 내밀었다. 거기서 카이자키의 목소리가 흘러나왔다.

"안녕하십니까, 저는 거기 있는 카나모리의 상사입니다. 현재 드림랜드에서 벌어지고 있는 대관람차 납치 건으로 부탁드릴 일이 있습니다."

"부탁이라고? 당신들이 뭐라도 되는 줄 아시오? 애초에 그건 사고라고 하지 않았소!"

"아니요. 사실 저희는 범죄 사건으로 보고 있습니다. 아직 보도 규제를 걸어놔서 언론에는 공개되지 않았지만요."

"그렇다면 경찰이 범인을 빨리 못 잡아서 이렇게 된 것 아니오? 이런 어이없는 짓을 하는 게 대체 누구란 말이오! 빨리 붙잡으시오!"

"네. 물론 저희 경찰도 위신을 걸고 범인 체포와 인질 구출, 그리고 사건의 신속한 해결을 위해 전력을 다하고 있습니다."

"결과가 없잖소, 결과가. 애초에 드림랜드의 경비 체계는 어찌 된 거요? 이렇게 허술해서야 주변 국가들에 어떻게 보일지……. 그 무식하게 큰 기구에 얼마가 들어갔는지 아시오? '운행 시스템은 완벽'이라고 하더니만.

그 설계자 놈도 완전히 글러 먹었군!"

"화를 내시는 것도 당연합니다. 그러나 지금은 일각을 다투는 상황입니다. 부디 협력을 부탁드립니다."

카이자키의 말투는 정중했지만 마음속으로는 상당히 화가 났을 거라고 카나모리는 생각했다. 그러나 조마조마하는 카나모리의 마음과는 상관없이 제국부동산 임원은 말을 이었다.

"애초에 사건을 해결하는 건 경찰의 역할이오. 당신은 뺑소니 사고가 발생하면 그 자동차의 제조 공장을 고소할 거요? 당신들의 논리가 딱 그렇군."

"이런 말씀 드리기 죄송하지만, 이번 일로 드림랜드의 신뢰는 땅에 떨어졌습니다. 안전성이 보장되지 않는 조악한 놀이공원으로 보도되고 있죠. 당신들은 그래도 괜찮은 겁니까? 당신들이 운영하는 놀이공원에서 사고가 발생하고 이미 사람도 죽었습니다. 더 이상 아이들이 거기서 웃으며 놀 수는 없게 됐단 말입니다."

"그야 당연한 것 아니오! 이젠 폐업이오. 정말 어쩌다 이런 큰 손해를 보게 됐는지……."

"……뉴스는 보셨나요? 폭발의 충격으로 불길이 솟구치고 연기가 하늘을 가득 메웠습니다. 언론이 몰려들고 뉴스가 전해지는데도 다들 강 건너 불구경만 하고 있어요. 지금 해가 저물고 기온이 떨어지면서 입장객들은 영하의 추위에서 생명의 위기에 떨며 버티고 있습니다. 폐업 이전에 이걸 어떻게든 해결하는 게 그쪽의 마지막 의무 아닙니까?"

"그럼 어쩌라는 거요?"

노인은 안경을 손가락으로 치켜올리며 카이자키에게 물었다.

"인질들의 몸값으로 8억 엔을 신속하게 준비해주십시오. 또한 아무리 늦어도 8시까지 드림랜드로 가져와주시기 바랍니다."

"몸값? 그럴 돈은 없소. 그쪽에서 알아서 해결하시오."

코웃음 치는 임원의 목소리는 카이자키에게도 들렸을 것이다. 카나모리는 벌벌 떨리는 손으로 휴대전화를 들고 있는 것 말고는 할 수 있는 일이 없었다.

카이자키는 상사들과 친해지는 능력 덕분에 출세한 남자였고 경시청 고위층에도 아는 사람이 많았다. 하지만 그렇다고 일본이 자랑하는 대기업을 함부로 다그칠 수는 없었다. 카이자키는 외부적인 이미지를 중요시하는 사람이었으니까.

카나모리는 그렇게 생각했지만 카이자키의 실제 반응은 전혀 달랐다. 전화기 너머에서 성난 목소리가 울려 퍼졌다.

"개소리 집어치워! 이 망할 것들 같으니라고!"

갑작스러운 호통에 임원은 의자에서 넘어지며 입을 쩍 벌렸다. 허억허억 하는 카이자키의 거친 숨소리가 방 안에 조용히 울려 퍼졌다.

"이참에 말해두지. 너희가 할 수 있는 일은 돈을 준비하는 것이다. 고객을 소중히 여길 줄도 모르고 신뢰를 쌓아 올리는 방법도 모르는 주제에 부동산 업계의 대기업이라고? 너희 거만한 늙은이들이야말로 썩어빠진 쓰레기야!"

"그, 그런, 마, 막말을…… 경찰에 정식으로 항의하겠다!"

"지금 추위에 떨고 있는 입장객들은 당신들을 믿고 있단 말이다! 네놈들에게 조금의 양심이라도 남아 있다면, 그리고 드림랜드를 믿고 찾아준 어린이들에게 사과할 마음이 있다면 죽을 각오로 돈을 구해서 그 마음에 보답해!"

"며, 명예훼손이다! 이번 일을 그냥 넘어갈 줄 알고? 네 형사 생명은 이
제 끝났어!"

"맞습니다, 방금 그 말은 취소해주세요, 카이자키 형사님. 말이 너무 심
했다고요……."

카나모리가 아무래도 위험할 것 같다고 생각하며 끼어들었다.

카이자키에게는 아무래도 많은 울분이 쌓여 있는 것 같았다. 확실히 지
금까지는 카이자키에게 마음대로 되는 일이 하나도 없었다. 이 사건을 계
기로 승진은커녕 강등을 당할지도 모른다. 지금부터 최대한 잘 처신해야
하는 상황이라 몸값 때문에 실랑이를 벌일 때가 아니었다.

그러나 그다음에 카나모리가 예상치 못한 말이 카이자키의 입에서 튀
어나왔다.

"마음대로 해. 어떻게 되든 관심 없으니까. 여기서 그 녀석과 만났을 때
부터 목숨 따윈 이미 포기했어. 지금이 바로 그 순간이니까."

"모, 목숨……?"

그 말은 역시 나카야마 히데오와의 인연과 상관이 있는 걸까? 설마 자
신에게까지 불똥이 튈까 봐 걱정하며 카나모리는 굽은 등을 더욱 구부렸
다. 이 자세 때문에 어린 시절부터 많은 놀림을 받았을 정도다. 자주 불리
던 별명까지 있었다.

"어떻게 되든 상관없다 이 말이지? 너, 이름이 뭐냐?"

제국부동산 임원이 전화기 너머로 이름을 물었다.

"카이자키다. 경시청 수사1과의 카이자키 케이이치."

"카이자키. 절대 잊지 않겠다, 그 이름."

"그런 건 마음대로 하고 돈이나 준비해. 범인은 그쪽 사정을 훤히 꿰뚫어 보고 있는 것 같았다. 은행이 문을 닫았다 해도 너희들이라면 8억 엔을 한 시간 반 안에 준비할 수 있을 거다."

"……8억 엔이라."

임원은 그 금액을 떨떠름한 얼굴로 중얼거렸다.

"사장에게 보고해야 해. 그런데 범인은 8억 엔을 어떻게 운반하려는 거지? 드림랜드에서 가장 가까운 역은 이미 포화상태라고 하던데. 정문도 봉쇄되어 있어. 8억 엔이면 상당한 무게인데 몸값을 갖고 도망칠 경로가 확보된 건가? 헬리콥터를 사용해도 어려울 테고."

"직원 전용 통로가 있지."

"그게 뭐지?"

"시치미 떼긴. 드림랜드에는 안팎을 잇는 비밀 통로가 있어. 정문을 통과하지 않고도 보물의 동굴까지 갈 수 있지. 게다가 지금 그곳은 드림랜드에서 나갈 수 없는 입장객들이 모여 있다. 혼란한 틈에 섞여 도망치려는 의도일 테지. 물론 순순히 보내줄 생각은 없지만."

"뭐? 거, 거기에 사람을 들인 거냐?"

"이봐, 이봐. 방금 모른 척을 해놓고 그렇게 물어보면 안 되지. 그래, 원래는 너희 임원들만 아는 정보라고 했었지."

"그, 그건……."

"뭐, 그 이야기는 나중에 하자고. 몸값, 준비할 수 있겠지? 빨리 사장한테 연락해. 이쪽은 드림랜드 수사본부에서 기다리고 있을 테니까. 직원을 보내면 봉쇄된 정문을 통과하게 해주지."

그리고 카이자키는 카나모리에게 집무실에서 나오라고 지시했다. 카나모리가 내밀고 있던 휴대전화를 거두자 제국부동산의 임원은 아직도 혼란스러워하는 눈치였다.

"그럼 몸값 문제는 잘 부탁드리겠습니다. 준비가 되시면 여기로 연락 주세요."

카나모리는 명함 뒤쪽에 전화번호를 갈겨서 준 다음 고개를 숙이고 복도로 나왔다. 발소리를 일부러 크게 내서 돌아간다는 표시를 했다. 그러다 중간에 발을 멈추고 다른 단말기 하나를 꺼냈다. 도청기와 연결된 장치였다. 집무실에 혼자 남은 임원이 황급히 전화를 거는 소리가 들렸다. 잠시 지나자 통화가 시작되었다.

"이렇게 연락하시면 곤란하죠. 전 지금 경찰에게 감시받고 있다고요."

"그런 걸 따질 때가 아냐, 미야우치. 지금 형사가 와서 몸값 8억 엔을 준비하라고 말하고 갔어. 너, 다음은 무슨 일을 꾸미는 거지? 그 기자회견 이후로 쭉 네가 시키는 대로 해왔어. 경찰에겐 네가 말해준 시나리오대로 대응했다고. 정말로 괜찮은 거겠지?"

"8억 엔이라니, 놀랍네요. 그렇지만 그 정도는 준비할 수 있지 않나요?"

"이봐, 설마 네가 이번 사건의 범인은 아니겠지?"

"말도 안 되는 소리 마세요. 제가 범인이면 이렇게 요란한 일을 벌일 것 없이, 몰래 숨겨둔 8억 엔을 가져가지 않겠어요?"

"그건 그렇지만……."

"그렇게 걱정하지 않으셔도 시나리오는 처음부터 정해져 있다니까요. 8억 엔을 갖고 도망칠 수 있을 리가 없죠. 경찰이 범인을 체포하게 하고, 정치인들에게 압력을 넣어서 범인은 자살한 걸로 처리해 달라고 하면 됩니다. 8억 엔은 무사히 돌아올 겁니다. 아, 하지만 제 배당금은 주셔야 해요. 이번 달에도 지불할 돈이 많아서요…….”

“그 이야기는 나중에 하지. 그보다도 왜 경찰이 그 통로를 알고 있지? 누가 발설한 거야?”

“아…… 그건 제가 그랬는데요. 아니, 처음부터 직원용 통로를 들킨 상태라 ID카드를 빼앗기고 길 안내까지 했다니까요.”

“이봐, 무슨 짓을 한 거야! 만약 거기 있는 비밀 방을 들키면 모든 게 드러난다고. 그 카이자키라는 남자는 우리가 드림아이를 건설한 진짜 목적에 가까워지고 있어.”

“어쩌면 범인이 경찰에게 직원용 통로에 대한 걸 밀고했을 수도 있겠네요. 범인은 이쪽 사정을 훤히 알고 있는 것 같으니까요. 그 직원용 통로가 개장 당시부터 제국부동산의 비자금을 숨겨둔 장소라는 것도 알 겁니다. 그래서 경찰이 거길 찾아내게 만든 거죠. 입장객이라는 미끼를 이용해서요.”

“그건 또 무슨 소리야? 돈은 무사한 거냐?”

“안 그렇습니까? 현재 직원용 통로에 숨겨진 비자금의 액수는 정확히 8억 엔입니다. 다시 말해 드림랜드 안에 이미 돈은 마련되어 있죠. 그래서 범인은 금방 준비할 수 있다고 말한 거고요.”

“너, 설마 범인과 한패인 건……. 비싼 돈을 써가며 널 드림랜드에 소속시킨 건, 비자금의 금고지기로 쓰기 위해서였어. 소중한 돈을 가까이서 지키게 하기 위해서라고. 그 대가로 돈은 매달 지급하고 있잖나!”

“저도 압니다. 진정하시죠.”

“대답해, 미야우치. 그게 세상에 드러나면 우린 전부 끝장이야.”

"조금은 절 믿어주세요. 8억 엔을 갖고 어떻게 도망치겠어요? 애초에 범인은 경찰 선에서 처리할 수 있잖아요? 카츠라기 씨도 그랬고요."

"카츠라기는 자살이었다."

"정말로요? 직원용 통로에 관해 말하기 전에 경찰이 죽이게 한 건 아니고요?"

"아니야. 카츠라기는 죽음으로 회사를 지킨 거다. 설마 돈을 수수하러 갈 때 살인사건이 발생해서 경찰서에 조사받으러 가게 될 줄이야. 자기 무죄를 증명하려면 이야기할 수밖에 없었을 텐데, 그래도 직원용 통로에 관한 건 비밀로 남긴 채 죽었어. 훌륭한 친구였지."

"그러고 보니 그 사건은 아직 미결이죠?"

"그래. 덕분에 우리만 피해를 봤지. 그 일만 아니었으면 카츠라기도 죽지 않았을 텐데. 하지만 그렇게 대대적으로 언론에 보도되고 범인 취급을 당했으니 말이야. 눈 위로 새빨간 피가 번져 있는 참혹한 사체였다지? 이름이……."

"후카……라는 아이였죠. 후카 어린이 살해사건."

"아아, 맞아, 맞아. 분명 사체가 양팔을 벌리고 있는 데다가 하필 그날이 크리스마스이브였지. 마치 예수 그리스도가 십자가에 못 박힌 모습을 흉내 낸 것 같다며 더욱 화제가 됐었어."

"그 사건은 정말 카츠라기 씨가 범인이 아닌 거죠?"

"당연하지. 돈을 운반하러 가는 길이었다고. 사람을 죽일 틈이 어디 있겠나."

"하지만 직원용 통로에 대해 함구하느라 알리바이를 주장하지 못했고……. 이번 일은 카츠라기 씨의 유족이 원한을 품고 벌인 일이 아닐까요?"

"이봐, 아니……."

"아, 뭐 짚이시는 거라도?"

"으음…… 카츠라기는 일은 잘했어도 여자라면 사족을 못 썼지. 숨겨진 자식이 몇 명이나 있다고 주간지에 실렸는데, 아무래도 사실인 것 같아. 생활비가 지급되고 있었다더군."

"흠, 만약 범인의 동기가 원한이라면 성가시겠네요. 아, 이런 게 아닐까요? 범인은 제가 만든 드림아이를 엉망진창으로 만들어 드림랜드를 폐업시키고, 일부러 붙잡힌 뒤에 세상에 카츠라기의 무죄를 주장하려는 거죠."

"증거불충분으로 불기소 처분이었는데? 유족이 그렇게까지 하겠어?"

"뭐, 그건 그렇지만요. 그런 게 아니면 8억 엔이라는 정확한 액수가 어디서 새어나간 건지 모르겠네요."

"최근엔 소문이 많이 퍼지긴 했지. 국세청이 우릴 주시하고 있다면 그쪽에서 정보를 흘렸을 가능성도 있어."

"뭐, 이번에도 정치인들에게 뇌물을 잔뜩 줘서 국세청이든 경찰이든 얌전히 만들 수밖에 없겠네요."

"그렇겠지."

"그건 그렇고 몸값인 8억 엔 말인데요. 직원용 통로는 피난해 있는 입장객으로 꽉 차 있어서 도저히 갖고 나올 수 없을 거예요. 외부에서 어떻게든 준비해주시죠. 돈은 설령 많은 인원이 통로에 들어와도 아무도 모를 만한 장소로 미리 이동해뒀으니까 괜찮을 거예요."

"역시 일 처리가 좋군. 그거면 됐어. 사장에게 말해서 돈은 어떻게든 구해보지. 수신인은 너로 해둘 테니 잘 처리하라고."

"알겠습니다. 어차피 시나리오대로일 테니까요."

미야우치가 그렇게 말했을 때 통화는 끊어졌다. 임원이 깊은 한숨을 쉬는 걸 보면 아마 미야우치가 먼저 대화를 끝낸 것이리라.

귀를 쫑긋 기울이고 있던 카나모리도 슬며시 그곳을 벗어나 지하 주차장으로 이동했다. 도청기의 전파 범위에서 벗어났지만, 더 이상 제국부동산에 남아 있어 봐야 별다른 수확은 없을 것 같았다.

"카이자키 형사님, 방금 전 대화, 들으셨나요?"

"그래, 전부 들었다."

전화를 계속 연결해두었던 카이자키에게서 대답이 왔다.

"카이자키 형사님이 스피커폰으로 말하기 전에 도청기를 숨겨두라고 한 건 이것 때문이었군요? 미야우치가 암약하고 있다는 걸 미리 아신 건가요?"

"아니. 굳이 말하자면 감이었지. 설마 그 직원 전용 통로가 소문만 무성하던 비자금 보관 장소였을 줄이야."

"미야우치는 금고지기였고요. 그 뒤에 미야우치의 예전 자금 흐름을 추적해봤는데, 여기서도 카츠라기 세이조의 이름이 나오더군요. 아무래도 미야우치에게 안 좋은 취미를 가르친 건 카츠라기였던 것 같습니다. 그것 때문에 빚이 눈덩이처럼 불어난 건지도 모르죠."

"그렇군. 우수한 기술자를 포섭하려고 밤 문화를 가르친 건가. 만약 미야우치에게 숨겨둔 자식이 있다면 돈이 많이 들긴 하겠군."

"거기까지 추적하진 못했는데, 어떻게 할까요? 아까 대화를 들어봤을 땐 이번 사건과는 상관없어 보였는데요."

"······아직 미야우치가 범인과 한패일 가능성을 부정할 순 없어. 어찌 됐든 난쟁이는 드림아이를 자유자재로 조종하고 있으니까 말이야."

"카츠라기 세이조의 유족이 범인일 가능성을 생각하시는 건가요? 에이, 아닐 겁니다. 누가 그런 인간의 원수를 갚으려고 하겠어요?"

"그건 네 의견일 뿐이고. 애초에 나카야마한테 들은 이야기에서는 카츠라기가 사정 청취 때 직원용 통로의 존재를 일단 말했다가 나중에 취소했다고 했어. 비밀이 새어나갈 것 같다는 두려움에 자살한 건지도 모르지."

"타살일 가능성도 있잖아요? 그러고 보니 신경 쓰이는 일이 한 가지 있어요. 본부의 데이터베이스에서 조사해봤는데, 당시의 수사 기록이 수정되어 있더군요. 수정된 건 일부분입니다. 카츠라기가 남긴 말이 지워진 것 같았어요."

"지워졌다고?"

"네. 당시 사건을 기억하는 경시청 사람한테 물어봤더니, 5년 전의 그 심문 도중에 카츠라기가 단둘이서 이야기하고 싶다며 나카야마 히데오를 불렀고, 다른 수사관 없이 밀실에서 대화했다고 합니다. 다시 말해 무슨 말이 오갔는지는 나카야마밖에 모른다는 거죠. 궁금하지 않으세요?"

카나모리는 진지한 목소리로 카이자키에게 물었다.

"나카야마는 카츠라기에게서 이야기를 듣고 5년 전 사건의 범인이 누구인지를 알아챈 게 아닐까요?"

"카나모리······ 그 일엔 너무 깊이 관여하려 하지 마. 더 들어갔다간 공안경찰하고 부딪히게 될 테니까."

"어, 공안경찰이 관여하고 있나요?"

"아무래도 그런 것 같더군. 공안경찰 상대로는 경시청의 힘도 안 먹혀.

신중히 행동할 필요가 있다고."

"저기, 그럼 가장 급한 건 미야우치를 체포하는 일이겠네요. 만약 제국부동산에서 몸값인 8억 엔이 오지 않더라도, 미야우치를 붙잡아두면 직원용 통로에 숨겨진 돈으로 지불할 수 있으니까요."

"그래, 확실히 그렇군. 너도 이쪽으로 돌아와. 결판을 지어야 하니까."

카이자키는 그렇게 말하며 통화를 끊었다. 지하 주차장에서 차에 올라탄 카나모리는 휴우, 하고 크게 한숨을 쉬었다.

"어떻게 하지?"

엔진에 시동을 걸며 중얼거렸다. 그의 표정은 어딘지 모르게 즐거워 보였다.

"그야 카이자키 형사가 이길 것 같긴 해. 나카야마 히데오는 드림아이안에 갇혀서 언제 죽을지 모르니까. 하지만 카이자키 형사도 이번 사건을제대로 해결하진 못했으니까 강등될 게 분명한데. 하지만 강등만으로는곤란하단 말이지. 내 입장에서 최선은……."

카나모리는 차를 출발시키며 중얼거렸다.

"둘이서 싸우다가 둘 다 죽어버리는 건데 말이야."

19시 30분, 최후의 한 시간

　나카야마는 손목시계를 물끄러미 바라보았다. 몸값의 제한 시간까지
이제 50분도 남지 않았다. 드림아이의 운행이 중지된 후로는 일곱 시간이
지나 있었다. 그때였다. 지상 쪽이 소란스러워지며 무언가가 움직였다. 봉
쇄됐던 정문이 열린 것이다.

　입장객이 차례차례 정문 밖으로 나가고 있었다. 헬리콥터가 하늘에서
그 모습을 쫓고 있었다. 지금쯤 TV 앞은 시끌벅적할 것이다. 시청자들이
다행이라며 가슴을 쓸어내리고 있을 테니까. 곤돌라 안에 아직도 남겨진
그들은 까맣게 잊어버린 채 말이다.

　많은 사람이 털옷으로 몸을 감싼 채 하얀 입김을 내뿜으며 역으로 걸어
가고 있었다. 오늘 낮에 크리스마스이브를 즐기던 미소는 사라지고, 지금
은 다들 추위에 떨고 있다. 하지만 그들이 입장객 전체는 아니었다. 일제
히 내보내면 큰 혼란에 빠지리라는 건 카이자키도 모르지 않을 것이다. 그
래서 입장객 대부분은 아직도 직원용 통로 안에서 순서가 돌아오는 걸 기
다리고 있을 것이다.

　하지만 피난 작전은 아직까진 성공적으로 보였다. 나카야마는 그렇게

생각하며 크게 안도의 한숨을 내쉬었다. 한숨과 함께 아까부터 고민하던 일들까지 동시에 토해내는 기분이었다.

"유이코, 네게 이 가방을 건네준 사람은 대체 누구지?"

드림랜드에 오기 전에 유이코가 만난 인물은 난쟁이나 공범자일 거라고 나카야마는 생각했다. 왜 이런 물건을 전해줬는지는 모르겠지만, 이 정도까지 용의주도한 걸 보면 자신에게 어떤 일을 시키려 한다는 것까지는 알 수 있었다. 아마도 그건 살인일 것이다. 권총이나 칼로 할 수 있는 일이 달리 뭐가 있단 말인가. 게다가 유이코가 순순히 따르게 할 만한 인물일 것이다. 그렇다면 난쟁이 본인일 가능성은 낮았다.

나카야마는 상상 속의 남자에게 이를 갈았다. 아무리 자신에게 원한이 있더라도 딸까지 이런 일에 말려들게 한 건 용서할 수 없었다.

나카야마는 유이코가 가방 안에 무엇이 들었는지는 몰랐을 거라고 믿고 싶었다. 실제로 가방 위쪽에는 책과 외투 등 린에게 필요한 물건밖에 들어 있지 않았으니까 말이다.

그때 린이 나카야마의 옷을 강하게 잡아당겼다.

"아빠, 이제 무서워. 집에 가고 싶어. 회전목마는 안 타도 돼."

"그래…… 이제 한계겠구나, 린. 미안해. 다 아빠 잘못이야."

"아니, 아빠는 잘못 없어. 조금 멋있었는걸. 하지만…… 하지만 엄마가 보고 싶어!"

린은 눈물이 그렁그렁해지며 작게 외쳤다. 나카야마는 린의 머리를 쓰다듬고는 다시 귀마개를 씌워주었다. 적어도 듣기 싫은 소리는 듣지 않을 수 있게 해주고 싶었다.

그 뒤에 나카야마는 손목에 찬 시계를 반대쪽 손으로 꽉 움켜쥐었다.

그건 무언가를 결의하는 몸짓처럼도 보였다. 창밖에 보이는 각각의 곤돌라는 전부 아래쪽의 조명으로 비추어지고 있었다.

"이제 50분 뒤까지 돈을 준비 못 하면 전부 죽는데, 그걸 아는 사람은 나뿐인 건가. 게다가 내 말은 정신질환 때문에 믿을 수 없다고 하고."

그때 곤돌라 안의 전화기가 울렸다. 갑작스러운 일이었기에 나카야마는 숨을 멈추며 수화기를 집어 들었다. 상대는 난쟁이가 아니었다.

"나카야마 씨, 경시청 정보분석관 카나모리 쇼헤이입니다."

"아아, 카나모리 씨군요. 놀랐습니다. 분명 제국부동산에 가 있다고 들었는데요."

"드림랜드로 방금 돌아왔습니다. 그런데 드릴 말씀이 두 가지 있습니다."

"그렇다면 아까 부탁한 일을 조사해줬나 보군요."

시곗바늘, 희극, 원반.

나카야마가 카이자키 몰래 조사를 의뢰한 건 난쟁이와의 대화에서 특징적으로 들린 단어들이었다. 카나모리는 고개를 끄덕였다.

"네. 일단 원반 말인데, 아마 시계를 의미하는 것 같습니다. 시곗바늘은 드림랜드의 심벌마크, 곤돌라는 시계의 숫자를 의미하는 거죠. 근거는 제국부동산의 뇌물 공여 문제가 불거졌을 때, 열두 개의 의혹이 한 시간마다 보도되었다는 사실입니다. 주간지에서 처음 나온 비유인데, 그게 마치 시계처럼 보였다는 거죠."

"다시 말해 이번엔 드림아이가 그 시계가 되었다는 거군요."

"아, 알고 계셨나요? 카이자키 형사님도 그건 이미 아시는 것 같더라고요. 그래서 희극이라는 건 쉽게 말해 드림아이를 지켜보는 입장객이나 우리 경찰이 희극을 보는 거라는 말을 하고 싶은 게 아닐까 합니다. 비극이 아니라 희극인 이유는 잘 모르겠지만요."

"그렇군요. 그게 의외로 중요한 열쇠일 수도 있겠네요."

나카야마가 동의하자 카나모리는 다음 화제로 넘어갔다.

"그리고 이건 카이자키 형사님에겐 말하지 않으셨으면 하는데, 지금 제가 가장 신경 쓰이는 건 나카야마 씨와 카이자키 형사님이 관련됐다는 5년 전의 사건입니다. 조사해보니 카이자키 형사님이 사건의 최초 발견자라고 되어 있더군요. 나카야마 씨는 알고 계셨나요?"

"네. 하지만 지금 그게 중요한 건 아니니까요. 두 번째는 뭡니까?"

"네. 실은 부인이신 유이코 씨에 관한 겁니다."

"이혼했어요. 이젠 전처입니다. 유이코에게 무슨 일이라도 있었습니까?"

"그게, 방금 정보가 들어왔습니다. 아무래도 자택에서 경찰 관계자와 만나신 것 같아요. 우리와 다른 부서에 있는 형사하고요."

"그렇다면 공안경찰 녀석들이겠군요. 유이코에게 뭘 이야기했고 뭘 숨겼을지는 대충 상상이 갑니다. 다만 상대가 마츠오라면 조금 예측하기 힘들군요."

"마츠오요? 공안경찰 이름이 마츠오인가요? 그 사람이 부인을 직접 만난 거군요?"

부인이라고 할 때마다 나카야마는 '전처'라고 일일이 정정했다.

"그러니까……."

"됐습니다. 뭐, 마츠오와는 꽤 오래 알고 지냈습니다. 게다가 진실과 아주 가까운 곳까지 다가가 있죠. 그 녀석을 이대로 놔두었다간, 당신들 경찰 조직이 곤란해집니다. 그 녀석은 거대한 위협이 될 테니까요."

"저기, 하지만 전 그냥 말단 정보관인데요. 조직을 위해 뭘 할 수 있겠어요?"

"카나모리 씨가 뭘 할 필요는 없습니다. 카이자키의 문제죠. 그리고 유이코도 마츠오 때문에 동요하진 않을 겁니다."

만약 동요한다면 하얀 봉투 때문일 것이다. 마츠오는 나카야마를 쭉 감시하고 있었기에 그의 개인 사정까지 훤히 꿰뚫어 보고 있는 거나 마찬가지였다. 따라서 가능하다면 마츠오가 움직여주면 좋겠다고 나카야마는 생각했다. 나카야마가 공안경찰을 아군으로 여기는 건 아니지만, 일반 시민인 유이코를 보호해줄 거란 기대는 할 수 있기 때문이다. 하지만 그것만으로 끝날 리는 없다.

"마츠오는 유이코를 반드시 이곳 드림랜드로 데려오겠죠. 이런 사건이 벌어진 이상, 여기가 결전의 장소가 될 테니까요."

"네? 어째서인가요?"

"그건 유이코와 린이 제 약점이기 때문입니다. 이 사건의 혼란을 틈타 마츠오는 저를 동요시키려 하겠죠. 딸이 위험에 처한 지금, 유이코까지 드림랜드에 데려온다면 전 더는 냉정함을 유지하지 못할 겁니다. 그래서 제가 모든 걸 털어놓길 기대하는 거겠죠. 그 녀석은 제가 아는 정보를 알아내기 위해 절 감시해왔습니다. 공안경찰은 쭉 그랬죠."

"나카야마 씨, 당신은 대체 뭘 알고 있는 거죠? 수사 기록에서 사라진 그 진술인가요? 카츠라기가 죽기 전에 당신에게 했던 진술 맞죠?"

"맞습니다."

나카야마는 긍정했다. 공안경찰은 미결 살인사건의 진상과 경시청의 어두운 부분을 폭로할 작정이었다.

"공안경찰이 계속 추적했던 건 안개 속으로 사라진 진실입니다. 지금으로부터 5년 전, 카츠라기 세이조가 죽기 전에 남긴 진실에 대한 실마리죠. 카츠라기는 분명히 목격했습니다. 그 사건의 진범을요."

잠시 침묵이 이어지다가 카나모리가 숨을 삼키는 소리가 들렸다.

"그 사건의 범인은 아직 잡히지 않았죠? 카츠라기가 자살하자 그가 범인이었을 거라고 보도되었어요. 하지만…… 나카야마 씨는 왜 범인의 이름을 공표하지 않으신 거죠? 카츠라기는 자신을 향한 의심에 괴로워하다 스스로 목숨을 끊었잖아요."

"뭐, 그렇게 생각하는 게 당연하겠죠. 하지만 내가 아는 건 범인의 이름이 아닙니다. 어디까지나 실마리일 뿐이죠."

"그렇다면 그건 경찰이 조사해야 하는 일 아닙니까? 애초에 왜 카츠라기는 나카야마 씨에게만 그걸 말한 거죠?"

"그건…… 그 아이의 이야기를 했기 때문이겠죠. 난 살해당한 후지사와 후카와 알고 지내는 사이였습니다. 그 점을 이용해 카츠라기를 설득했고, 그는 양심의 가책을 느낀 것 같습니다. 딱 한마디, 자기가 아니라고 말했죠. 그때 진범에 대해서도 짧게 증언했습니다."

"굉장히 귀여운 아이였나 보네요-."

카나모리가 감탄한 듯이 중얼거렸다. 나카야마는 분위기와 어긋난 말이라고 생각하면서도 이야기를 계속해나갔다.

"난 카츠라기가 진범을 위해 입을 다문 거라고 판단했습니다. 하지만 수사 기록에서 카츠라기가 남긴 진술을 삭제했죠. 정보를 지켜내려면 그 방법밖에 없었으니까요."

"잘은 모르겠지만, 그러면 나카야마 씨는 진범이 누군지는 아직 모르고 지금까지 혼자서 조사해오셨다는 거군요?"

"누구인지는 대충 예상하고 있습니다."

"아, 죄송해요. 누군지 알겠네요. 의심하고 계셨죠? 카이자키 형사님을."

나카야마는 그렇다고 답하며 고개를 끄덕였다. 카이자키는 사체의 최초 발견자였고, 현장의 유류품은 부자연스럽게 몇 개가 빠진 느낌이었다. 애초에 크리스마스이브 심야의 길거리였다. 카이자키가 평소에 그런 곳을 지날 리 없었다. 하지만 그는 근처에 사는 나카야마를 만나러 왔다는 명목으로 그곳에 왔다.

"5년 전부터 지금까지, 난 경찰로부터 그 진술을 지켜왔습니다. 분명 은폐당할 게 뻔하니까요. 그때의 사건 수사는 언론의 스캔들 보도에 편승해서 카츠라기를 범인으로 단정하는 거나 마찬가지였습니다."

"그땐 정말 장난이 아니었죠."

카나모리가 5년 전을 떠올리듯이 진지하게 중얼거렸다.

"내가 경찰을 그만둔 건 경찰이 카츠라기를 범인으로 단정 짓고 수사를 끝마치려는 움직임을 느꼈기 때문입니다. 그 선두에 서 있던 게 카이자키였고요."

"그렇다면 최초 발견자인 카이자키 형사님이 진범이란 말인가요?"

"아니면 경찰 쪽 사람이라서 카이자키가 비호했던 건지도 모르죠. 카츠라기의 증언만으로는 아직 카이자키라고 단정 짓기 힘드니까요."

"그 증언이 대체 어떤 거였죠? 저도 조사해볼 테니 알려주세요."

"카이자키의 부하에게 말할 수는 없죠."

"하지만 나카야마 씨의 이야기가 사실이라면, 아니, 이미 카이자키 형사님은 좌천당할 게 분명합니다. 이런 큰 사건의 책임은 누군가가 짊어져야만 하니까요. 그 사람은 제 상사지만 저도 어떻게 처신할지 정도는 생각할 줄 압니다."

"네…… 확실히 그렇겠군요. 하지만 지금은 시간이 없습니다. 8억 엔을 준비하는 일에 집중해주세요."

"아, 그랬죠. 하지만 그건 결국 제국부동산에 달린 일입니다. 그럼 전 수사에 복귀할 테니 나중에 또 연락하시죠."

카나모리는 그렇게 말하며 전화를 끊었다. 나카야마는 '나중이 있다면 말이지만'이라고 한숨과 함께 중얼거렸다.

"자기 목숨이 남의 손에 달려 있다는 건 묘한 기분이군."

나카야마는 어쩌면 난쟁이는 그가 그런 기분을 느끼길 바라는 건지도 모른다고 생각했다. 딸의 목숨이 달려 있는데도 자신은 이렇게나 무력했다. 괴로움과 초조함. 힘껏 주먹 쥔 손에는 한겨울인데도 땀이 배어 나왔다.

20시 00분, 난쟁이의 공범

드림랜드의 입장객 해산은 순조롭게 진행되었다.

그 덕분에 쭉 입장객을 상대하던 드림랜드 직원들에게도 여유가 생기기 시작했다. 직원 식당으로 돌아와 휴식을 취하는 사람도 많았다.

"아, 타키구치 씨. 미야우치 씨를 못 보셨습니까?"

조금 초조한 기색의 카이자키가 직원 식당에 있던 타키구치에게 말을 걸었다. 미야우치의 신병을 확보해 직원용 통로의 어딘가에 숨겨져 있다는 8억 엔을 찾아내야만 했다. 제국부동산은 별도로 8억 엔을 준비해 여기로 보내준다고 했지만, 도무지 신뢰할 수 없었다.

무엇보다도 이 비자금을 발견한 게 경찰의 공로라고 언론에 대대적으로 선전하지 않으면, 수사 책임자인 자신의 자리가 위험해질 수 있었다. 그러나 미야우치의 모습이 어디에도 없다는 수사관의 보고를 받았다. 휴대전화로 연락해도 받지 않는다고 했다. 카이자키는 계속 수색하라고 지시한 뒤 본인도 직접 찾아다니는 중이었다.

타키구치는 카이자키를 보고 자리에서 일어났다.

"아뇨. 아까부터 안 보이던데요. 혼란스러운 상황이라 직원들끼리도 누가 어디에 있는지 잘 몰라요. 무슨 일 있으신가요?"

"아니, 중요한 일은 아닙니다. 만약 보게 되면 수사본부로 연락해주세요."

카이자키는 그 말을 남긴 채 직원 식당 밖으로 바쁘게 빠져나갔다.

주변은 이제 완전히 깜깜했다. 하지만 드림랜드의 전구 장식은 평소처럼 빛나고 있었다. 이 놀이공원의 강점이기도 한 크리스마스 불빛 장식이 곳곳을 아름답게 수놓고 있었다. 노란 수선화가 조명을 받고, 시계탑이 반짝이고, 수많은 불빛이 우아하게 춤추고 있었다. 오늘 사람이 죽었다는 사실이 믿기지 않을 만큼 현실감이 느껴지지 않는 광경이었다.

"잘 들어. 미야우치는 이번 대관람차 납치 사건의 중요 참고인이다. 이 드림랜드 안에 반드시 있어. 무슨 일이 있어도 꼭 찾아내!"

카이자키는 수사관들에게 지시를 내렸다. 그리고 혀를 끌끌 차며 머리를 긁적였다.

"시간이 없군. 대체 이 자식은 어딜 간 거야? 우릴 이용하려 들다니. 제국부동산에서 8억 엔을 이 자식한테 보낸다고 했지. 찾아내면 가만 안 두겠어."

그는 아마 직원용 통로에 있을 것이다. 카이자키는 그렇게 짐작하며 그곳으로 향했다. 중간에 지름길로 가기 위해 보물의 동굴을 지날 때였다. 아무도 없는 밤의 놀이기구는 왠지 모를 섬뜩함이 느껴진다. 물론 카이자키가 그런 것에 주눅 들 사람은 아니다.

"시간이 없어."

어쩔 수 없이 달려가려는데 카이자키의 발밑에서 촤악 하고 물이 튀는 듯한 소리가 났다. 무언가를 밟았다는 걸 깨닫는 동시에 형사 생활을 하며 많이 맡아본 냄새가 코를 찔렀다. 카이자키는 휴대전화 불빛으로 바닥을 슬며시 비추었다.

"이건……."

그곳에 있는 것은 시체였다. 지금껏 찾아다니던 미야우치가 땅에 쓰러져 있었다.

알몸으로 양팔을 벌리고 다리를 오므린 모습이 마치 십자가에 못 박힌 예수를 연상시켰다. 얼굴은 훼손되지 않았지만 몸에는 몇 번이고 칼에 찔린 흔적이 보였다.

"설마……."

간신히 목소리를 쥐어 짜낸 순간, 갑자기 전화벨이 울렸다. 카이자키는 심장이 튀어나올 듯 놀라며 화면을 확인했다. 발신자는 그의 동기, 지금 드림아이에 갇혀 있을 나카야마 히데오의 전화였다.

"나카야마다. 카이자키, 넌 지금 어디에 있지?"

"나카야마, 어떻게 전화할 수 있는 거냐!"

드림아이 내부는 방해 전파가 흘러나와서 스마트폰을 사용할 수 없을 터였다. 지금까지도 분명 운영국과만 연락해오지 않았던가. 그런데 이런 타이밍에 전파 차단이 중지되었다는 것일까?

"그건 나도 놀라고 있어. 스마트폰을 보고 있는데 유이코가 아까 보낸 문자가 한꺼번에 도착하더군. 그래서 통화가 가능해진 걸 알고 너에게 연락한 거야. 지금 운영국에는 아무도 없는 것 같았으니까."

"그건 너 자신이 수상한 인간이라고 말하는 거나 다름없어. 알고 있겠지? 하지만 범인이 너 혼자가 아니라는 것도 방금 알았다."

"그게 무슨 뜻이지?"

"……미야우치가 살해당했어. 지금 시체 앞에 있다."

"드림아이의 운용 책임자 말이야? 범인은?"

"모르겠어."

"아직 살릴 수 있어? 구급차는 불렀고?"

카이자키는 그 말을 듣고 몸을 쪼그려 미야우치의 맥박을 짚었다.

"죽은 것 같군. 하지만 피가 아직 따뜻해. 바로 조금 전에 당한 것 같아. 뭐, 넌 죽일 수 없었겠지."

"당연한 소리 마."

"나카야마, 이 시체에는 특징이 있어. 그때와 똑같아."

"똑같다고? 뭐가 말이야? 좀 더 알기 쉽게 설명해봐."

카이자키는 동공을 크게 열며 떨리는 목소리로 말했다.

"바닥에 피가 한가득 퍼져 있고, 양팔을 벌린 채로 수없이 칼에 찔렸어. 이 사체의 모습은 그때와 똑같아. 눈 위에서 십자가에 못 박힌 예수처럼 죽었던 그 아이와 똑같다고."

"……후카라는 아이하고?"

"그래."

카이자키와 나카야마는 잠시 침묵했다.

"나카야마, 네가 설령 난쟁이였다고 해도 이런 살해 방법을 지시하진 않았겠지. 적어도 이 드림랜드 안에 난쟁이의 공범자가 있어."

"미야우치가 누군가와 만나는 걸 본 사람은?"

"그건 알 수 없어. 아마 입막음을 위해 미야우치를 죽인 거겠지. 그렇다면 수상한 건 제국부동산이야. 하지만 이 살해 방법은 5년 전과 동일해. 다시 말해 만약 이게 후카라는 아이를 죽인 범인과 동일 인물이라면……?"

"모방범죄일 가능성은?"

나카야마의 질문에 카이자키는 고개를 저었다.

"수법이 똑같아. 그때 시체를 처음 발견한 사람이 바로 나라고, 착각할 리가 없어. 완전히 동일범의 소행이야. 나카야마, 넌 사진으로밖에 보지 못 했으니까 모르겠지만, 그 시체는 정말 처참했어. 다양한 사체를 봐왔지만 너무 잔혹하게 죽었다고. 아직 초등학생인 여자아이였잖아. 그건 인간이 할 수 있는 일이 아니야."

"카이자키, 일단 진정해. 지금은 난쟁이의 요구에 따르는 게 먼저야. 8 억 엔을 미야우치 없이도 확보할 수 있겠어?"

"미야우치는 돈을 어딘가에 숨겼다고 했어. 하지만 8억 엔이야. 그걸 아무 데나 감추진 못했겠지. 그리고 이 녀석은 제국부동산에 별도로 돈을 준비하라고 시켰어. 미야우치가 바쁘다는 핑계를 대고 우리 수사관이 제 국부동산에서 8억 엔을 전달받을 수밖에 없어."

"제국부동산이 돈을 준비하겠다고 말한 거로군?"

"맞아. 내키지 않아 했지만 준비하라고 윽박질렀지. 어떻게든 될 거야."

카이자키의 말에 나카야마는 의문을 제기했다.

"어차피 드림랜드는 폐업을 면하지 못해. 정말 8억 엔을 준비할 필요가 있는지, 제국부동산에서 고민하지 않겠어? 그 회사는 은폐가 특기라고."

"물론 그렇지만 준비할 수밖에 없을걸. 놈들에게는 비자금으로 뇌물을 먹였다는 약점이 있어. 그게 이 사건과 관련 있다는 걸 언론에 공표하느냐 의 여부는 경찰에 달렸지. 이럴 때 8억 엔을 아까워한다면 회사는 끝장이 야."

"그렇군. 역시 난쟁이는 처음부터 8억 엔이 있다는 사실을 알고 있었겠지. 이건 전부 제국부동산의 부정을 백일하에 드러내기 위한 일이었어."

나카야마는 이해가 간다는 듯이 중얼거렸다. 이제 범인의 범위가 많이 좁혀진 건가 생각하며 카이자키는 이야기를 재촉했다.

"왜 그렇게 생각하지?"

"카이자키, 너도 이제 깨달았을 텐데. 이 사건의 배경에는 제국부동산의 비자금…… 뇌물 공여 사건과 후카 어린이 살해사건이 있어. 이 두 가지는 서로 연결된 일이었다고."

"진심으로 하는 소리야? 쓸데없는 억측으로 사건을 복잡하게 만들지 마."

"이걸 우연으로 생각한다는 게 오히려 이해가 안 되는군. 이제 그만 색안경을 벗고 현실을 보라고, 카이자키. 난쟁이는 이 전부를 계획한 거야. 입장객을 피난시키지 말라고 지시하면 경찰이 직원용 통로에 도달할 거고, 거기에 비자금이 숨겨져 있다는 진실이 밝혀지는 거지. 맨 처음 경찰에 신고하라고 지시한 것도 자기 행위를 세상에 알리기 위해서였어."

"비자금을 세상에 드러내는 건 그렇다고 쳐. 하지만 후카 어린이 살해사건은 무슨 상관이 있다는 거야? 제국부동산의 이사였던 카츠라기가 범인이라서?"

"아니야. ……카이자키, 넌 알고 있을 텐데. 카츠라기가 진범이 아니라는 걸."

"바보 같은 소리 마. 내가 왜……."

"네가 사체의 최초 발견자이기 때문이지. 안 그래? 사체에는 정액이 증거로 남아 있었어. DNA 감정을 통해 카츠라기의 것이 아니라는 건 판명되었지. 범인은 별다른 증거인멸을 시도하지도 않았는데 현장의 유류품만으로는 범인을 추적할 수 없었어. 왜 그랬을까?"

"그래서 최초 발견자인 내가 수상하다는 거냐? 하, 너무 단순한 추리로 군. 난 아냐."

카이자키는 깔보듯이 대답했다.

"이봐, 카이자키. 새삼스레 말할 필요도 없겠지만, 지금이 승부처야. 사실을 잘못 판단하지 말라고. 너나 나나 난쟁이가 아냐. 그건 서로 알고 있을 텐데? 내 추리로는 난쟁이는 드림아이에 타고 있는 사람 중 누군가야. 그리고 난쟁이의 지시로 움직이는 실행범이 따로 있어. 그 녀석이 미야우치를 살해하고, 아마 드림아이를 조종하고 있겠지. 수사선상에 떠오르는 사람이 있지 않나?"

"……설마."

카이자키에겐 그 부분에서 마음에 짚이는 인물이 있었다. 하지만 증거 자체는 아무것도 없다.

"그 둘이 어떻게 이어져 있는 건지는 몰라. 애초에 공범이 한 명이란 보장도 없지. 다만 난쟁이는 유이코에게도 접촉했어. 지금 내가 가진 물건을 보면 그건 확실해."

"뭐라고? 곤돌라 안에 뭐가 있길래 그래?"

"아직 말할 수 없어. 다만 난쟁이가 하려는 일은 어느 정도 알아냈어. 쉽게 말해 나와 널 만나게 하려는 게 목적이었던 거야. 5년 전의 사건 뒤로 서로 연락도 하지 않던 두 수사관을 재회시키는 것 말이지."

"개소리 집어치워!"

카이자키는 크게 소리치고는 바로 전화를 끊었다.

확실히 유이코와 접촉한 사람은 있다. 그건 카이자키가 가장 잘 알고 있었다.

그러나 이런 식이라면 난쟁이는 나카야마의 아군처럼 보였다. 그 사건의 범인인 나카야마를 단죄하려는 의도가 아니었단 말인가? 카이자키는 그 오해를 이용해 나카야마를 정말 정리해버리고 싶었다. 그 사건의 진상은 어둠 속에 영원히 묻혀야만 하는 것이다.

"장난하는 거냐고, 난쟁이……."

아니, 아직 늦지 않았다.

카이자키는 그렇게 각오를 다졌다. 만약 정말로 난쟁이가 드림아이에 타고 있다면 마침 잘된 것이다. 나카야마와 난쟁이를 동시에 처리해버리면 된다. 8억 엔을 준비하지 않으면 곤돌라는 떨어진다. 만약 준비하지 않았는데도 곤돌라가 떨어지지 않으면, 범인은 드림아이의 승객 중 한 명이라는 게 증명되면서 쉽게 체포할 수 있다. 가장 급한 일은 미야우치를 죽인 범인을 드림랜드에서 찾아내는 일일 것이다.

카이자키는 담배를 꺼내며 발밑에서 죽어 있는 미야우치를 내려다보았다.

"시나리오는 처음부터 정해져 있다고 했었지. 그런 것치고는 계획이 크게 엇나간 것 같은데, 미야우치 씨? 이제 와선 확인할 길도 없지만, 당신도 사실은 난쟁이와 접촉한 사람이지? ……하지만 개죽음은 아냐. 안심하고 잠들라고."

카이자키는 담배에 불을 붙이며 통화 버튼을 누르고 수사본부에 지시를 내렸다.

"내가 지정한 인물을 중요 참고인으로 체포해. 이건 최우선 사항이다."

20시 02분, 카나모리의 행동

카나모리는 몇 가지 사실을 카이자키에게 숨기고 있었다.

그중 하나는 제국부동산의 임원에게 주고 온 명함이었다. 원래는 수사본부에 연락이 들어오면 정문을 열고 돈을 실은 자동차를 통과시킬 예정이었다. 그러나 카나모리는 자신의 개인 휴대폰에 연락이 오도록 명함에 자기 번호를 적어두었다.

그리고 자신이 의도한 대로, 제국부동산에서 8억 엔을 준비했다는 연락이 카나모리에게 들어왔다. 그래서 돈의 운반 장소를 자기 멋대로 지정한 것이다.

카나모리는 그것이 당연한 행동이라고 생각했다. 이번 사건에 카나모리 본인의 목숨이 걸려 있을지도 모른다는 걸 고려해서 내린 결론이었다. 따라서 어떻게 움직일지는 매우 신중히 결정해야만 했다. 카이자키도 자신을 영원히 지켜줄 리가 없다는 걸 카나모리는 잘 알고 있었다.

돈이 옮겨 실리는 헬리콥터를 바라보며 카나모리는 중얼거렸다.

"그럼 일단 상황을 정리해봐야겠군. ……일단은 나카야마 히데오부터."

이혼한 아내와의 사이에서 태어난 외동딸과 함께 크리스마스이브를 즐기기 위해 드림랜드에 온 전직 경찰관. 나카야마는 대화하는 게 재밌긴 했지만 엮이면 피곤할 것 같은 남자였다.

그자는 드림아이 안에 딸과 함께 갇혀 난쟁이라는 인물과의 교섭을 전담하고 있다. 난쟁이가 직접 그를 지정했기 때문이라고 한다. 그리고 나머지 교섭 상대는 경시청의 카이자키였다. 두 사람은 한때 절친한 사이였지만 5년 전의 사건 이후로 얼굴조차 마주치지 않았다고 한다.

나카야마는 카이자키가 5년 전 살인사건의 최초 발견자라는 이유로 그가 사건에 개입했을 거라는 의심을 하고 있었다.

"……어디까지 알고 있으려나."

애초에 나카야마는 경시청이 살인사건의 범인을 은폐했다고 생각해 경찰 전체를 경계하고 있었다. 다만 그와 비슷한 입장에서 살인사건의 진상을 추적하는 공안경찰만은 다르게 생각하는 것 같았다. 사건의 범인과 연관된 키워드를 공안경찰에게도 숨기고 있는 걸 보면 그쪽도 완전히 신뢰하는 것 같진 않지만, 적의 적은 아군이라는 논리로 경시청을 견제하는 데 이용하려는 속셈이리라.

"곤란하단 말이지. 이대로 가면-."

지금 확보한 8억 엔을 전달하지 않으면 아마 난쟁이가 곤돌라를 떨어뜨릴 테니 나카야마는 죽는다. 그런다고 딱히 손해 볼 건 없지만, 카이자키가 좌천을 피해갈지도 모른다는 게 문제다. 경찰은 제국부동산에서 뇌물을 받은 정치인들의 압력으로 여러 사건을 은폐할 수 있으니까 말이다.

나카야마 히데오가 죽으면 이 사건과 5년 전의 살인사건은 그의 범행이었다는 결론이 날 것이다. 카이자키의 노림수는 그것이었고, 나카야마도 그 사실을 어렴풋이 깨닫고 있다. 대충 그런 분위기였다.

　카이자키 케이이치는 영 마음에 안 드는 상사였다. 이런 큰 사건의 수사 책임자로 발탁되었으니 이제 큰 실패를 거두어서 빨리 사라져버리기만 바랄 뿐이다. 그리고 난쟁이는 카이자키가 수사 책임자가 될 것을 미리 예측했다고 한다. 이 점을 통해 카이자키와 난쟁이 사이에 어떤 접점이 있음을 추측할 수 있다. 하지만 카이자키가 난쟁이일 리는 없다. 나카야마 히데오를 제거하고 싶다면 귀찮게 대관람차 납치 같은 대형 사건을 일으킬 필요는 없으니까. 난쟁이와 카이자키의 이해관계가 일치한다고 하더라도, 아마 난쟁이가 카이자키에게 지시를 내리는 쪽일 것이다.

　그렇다고 카이자키가 난쟁이가 시키는 대로만 움직일 것 같진 않다. 사실 카이자키는 이 사건을 이용해서 자기 목적을 이루겠다는 기백이 엄청났다. 제국부동산의 임원을 상대할 때는 '여기서 그 녀석과 만났을 때부터 목숨 따윈 이미 포기했어. 지금이 바로 그 순간이니까'라고 말했다. 여기서 '그 녀석'이 나카야마를 가리키는 건지는 아직 알 수 없다.

　경찰 조직의 핵심으로 올라서려 하는 카이자키는 당연히 이런 곳에서 죽거나 좌천당하고 싶진 않을 것이다. 나카야마와 난쟁이를 체포하거나 죽일 수 있다면, 그들에게 모든 죄를 뒤집어씌운다는 것이 카이자키의 속셈이었다.

　그런 의도 자체는 나쁘지 않다. 다만 지금도 눈엣가시인 카이자키가 출세한다면 자신은 더욱 숨 막히는 생활을 하게 될 것이다. 그는 이미 카이자키에게 큰 약점을 잡힌 상태였다. 처리하려면 오늘이 기회였다.

나머지는 미야우치다. 아까 경찰 무선으로 사체가 발견됐다는 정보가 들렸다. 미야우치가 죽었다는 사실은 불안 요소가 될지도 모른다.

별로 관심은 없는 상대지만 살해 방식이 5년 전의 살인사건과 동일하다는 건 조금 무서웠다. 카이자키가 죽일 시간은 없었을 테니 드림랜드 내에는 난쟁이 혹은 공범자가 아직 숨어 있는 셈이다. 미야우치는 드림아이의 시스템 관리자였지만 제국부동산의 비자금을 완벽히 숨기기 위해 드림랜드로 배속된 금고지기이기도 했다. 제국부동산의 임원이었던 카츠라기 세이조에게 안 좋은 버릇을 배운 탓에 지금은 빚에 허우적대고 있었다. 돈이라면 뭐든 할 것 같은 인물이라 위험한 냄새가 났다.

하지만 그렇다면 드림랜드 안에 숨겨진 8억 엔을 들고 도망가지 않았던 게 이상했다. 목적이 돈뿐이라면 굳이 사건 따위를 일으킬 필요는 없을 테니까. 아무튼 난쟁이의 사주를 받고 드림아이를 정지시킨 사람이 미야우치일 가능성도 있었다.

그리고 문제가 되는 게 제국부동산이다.

이 오래된 놀이공원의 모회사이자 뇌물 공여 문제가 불거진 곳이다. 소문은 사실이었고, 제국부동산의 뇌물을 받고 움직이는 정치인이 있다. 경찰에 대한 압력도 넣을 수 있었다. 그 탓에 5년 전의 사건은 범인이 밝혀지지 않은 채 미결로 끝났다. 나카야마 히데오는 그 사실을 알아채고 경찰을 그만두었다. 따라서 경찰뿐만 아니라 제국부동산까지 증오할지도 모른다.

"애초에 그 사람이 왜 그런 곳에 있었는지, 참, 운도 없다니까ㅡ."

카츠라기 세이조는 비자금을 꺼내려 직원용 통로를 이용하려다 살인사건의 목격자가 됐다고 한다. 그리고 나카야마에게 범인에 대한 힌트를 남긴 채 자살했다. 자살한 이유는 알 수 없다. 제국부동산을 지키기 위해서일 수도 있고, 아니면 살인사건의 용의자로 의심받는 게 괴로워서 그랬을 수도 있다.

진상은 어둠 속에 묻혀 있지만, 그대로 묻혀 있어도 된다. 본인도 모르는 사생아를 몇 명이나 가진 카츠라기는 특별히 동정할 만한 인물은 아니었다. 누구에게나 그럴 것이다.

마지막으로, 중요 인물인 난쟁이가 있다.

그가 실제로 존재하는지에 대해 카이자키와 나카야마가 토론을 벌였지만, 실제로는 있을 것이다. 카이자키도 그걸 알면서 정신질환을 앓는 나카야마를 범인으로 몰아가기 위해 다양한 수를 쓰는 것 같았다.

이 난쟁이가 가장 수수께끼에 싸여 있다.

드림아이를 인질로 잡고 경찰을 불러내서 드림랜드의 직원용 통로의 존재를 알아내게 하고, 제국부동산에 8억 엔이라는 몸값을 제시함으로써 비자금 문제를 끌어올렸다. 과연 그 목적은 무엇일까?

외국의 지원을 받아 움직이는 건 아닐 것이다. 하지만 드림아이의 탈취가 그렇게 쉬운 일일 리는 없다. 경찰도 모르는 뭔가 우회적인 방법이 있었는지도 모른다. 물론 미야우치가 죽어버린 지금, 그 방법을 알아내는 건 아주 어렵다.

하지만 난쟁이가 말한 대로 8억 엔을 준비한다면?

그 목적이 제국부동산에 대한 복수라면, 그걸로 대관람차 납치는 끝날지도 모른다. 그렇게 된다면 나카야마는 드림아이에서 내려와 카이자키와 정면 승부를 벌일 것이다. 그 결과가 어떻게 될지 꼭 확인하고 싶었다. 게다가 그렇게 되지 않는다면 난쟁이가 정체를 드러내지 않을지도 모른다. 그 점이 불안 요소였다.

"……뭐, 그래도 지금의 난 경찰관이니까."

카나모리는 그렇게 중얼거리며 허리에 찬 권총에 손을 얹었다. 이게 있다면 사람을 쏠 수 있다. 설령 난쟁이나 다른 누군가가 카나모리를 노린다 해도 대항할 수단은 있다고 생각하며 카나모리는 자신감을 가졌다.

지금의 카나모리에게는 사명이 있었다. 카이자키에게 평생 굽신거리며 살고 싶진 않았고, 5년 전의 사건을 다시 문제 삼는 것도 귀찮았다. 자기들끼리 싸우다 공멸한다면 그게 최선일 테지만, 그렇게 만들려면 현장에 뛰어들어 상황을 직접 제어해야만 한다.

각오를 다지며 헬리콥터에 올라탄 카나모리가 조종사에게 말을 건넸다.

"8억 엔, 다 실었습니다. 출발하시죠."

20시 18분, 몸값의 제한 시간

나카야마는 시계를 바라보았다. 약속 시간까지 이제 2분밖에 안 남았지만 카이자키와는 연락이 닿지 않았다. 나카야마는 자세를 낮춘 채 딸을 힘껏 끌어안았다.

"아빠, 아빠."

"린, 아빠가 같이 있으니까 괜찮아. 너만은…… 너만은 반드시 지켜줄게."

그때 곤돌라의 전화기가 울렸다. 예정 시간보다는 조금 이르지만 누구의 연락인지 짐작하면서 나카야마는 수화기를 들었다.

"여어, 안녕하신가. 돈은 얼마나 준비됐지?"

"이봐, 이제 네 정체는 알고 있어. 죄를 더 이상 늘리지 마."

"왜 그러나, 나카야마 히데오? 시간을 벌려는 겐가? 질문에 대답하게. 카나모리 쇼헤이를 제국부동산에 보내서 임원과 교섭시키지 않았나? 난 모든 이야기를 듣고 있네."

"그럼 알 거 아냐? 돈은……."

그렇게 말하려 했을 때였다. 머리 위에서 헬리콥터 소리가 들렸다. 암흑 속에서 하얀 불빛이 드림아이의 곤돌라를 비추었다.

"저건······."

"우와~ 밝다!"

나카야마는 창문에 달라붙으며 크게 한숨을 쉬었다. 린도 창밖을 보고 있었다. 나카야마는 될 대로 되라고 생각하며 일단 말을 꺼냈다.

"저 헬기에 8억 엔이 실려 있다. 착륙을 허가해줘. 네가 요구한 몸값은 전부 준비됐으니까."

"······좋네. 사랑의 대지에 착륙시키게나."

그때 나카야마의 스마트폰이 울렸다. 모르는 번호였지만, 받자마자 들리는 건 익숙한 목소리였다.

"나카야마 씨, 카나모리입니다! 몸값인 8억 엔은 준비됐어요. 제국부동산에서 마련해줬습니다. 어떻게든 시간에 맞춰서 다행이네요."

"고맙습니다, 카나모리 씨. 정말 잘해줬어요. 다행입니다. 정말로 다행이에요."

"아, 하지만 이건 카이자키 형사님이 지시한 게 아니거든요······. 상사의 뒤통수를 때리게 됐네요."

"그건 미안합니다."

"아뇨, 경찰관이라면 사람의 생명을 우선해야죠!"

지금까지와는 달리 시원시원한 목소리로 카나모리가 대답했다. 나카야마는 안도하며 가슴을 쓸어내렸다. 카이자키와 다투다 통화가 끝났기에 이제 글렀다고 생각했다. 하지만 카나모리가 어떻게든 카이자키를 따돌리고 제국부동산에서 8억 엔을 확보해준 모양이었다.

"어쨌든 난쟁이가 사랑의 대지로 헬기를 내리랍니다."

"알겠습니다."

"살았어⋯⋯."

나카야마는 그렇게 중얼거리며 린의 머리를 쓰다듬었다. 린은 곰 인형을 꼭 끌어안았다.

헬리콥터는 돌풍과 함께 드림아이 정면에 착륙했다. 드림랜드로 가는 길은 혼잡해서 시간에 늦을 것 같다는 제국부동산의 연락이 있었고, 카나모리는 경찰이 수배해둔 헬기가 있던 장소로 돈을 운반시켰다. 헬리콥터 문이 열리더니 카나모리가 내리면서 커다란 자루들을 들어 보였다. 강한 돌풍에 휩싸이며 아름다운 꽃들이 격렬하게 흔들렸다. 나카야마 외에도 곤돌라 안의 승객들은 다들 창문에 달라붙은 채 그 광경을 보고 있었다.

"안에 든 내용물을 사랑의 대지에 있는 CCTV로 보여주라고 하게. 거긴 조명이 있어 밝을 테니."

"카나모리 씨, 나카야마입니다. 들립니까? 돈을 꺼내 사랑의 대지에 있는 카메라로 향해주세요. 돈이 진짜인지 확인시키는 겁니다."

"알겠습니다."

카나모리는 지시한 대로 CCTV에 돈다발을 보여주었다. 그러고는 드림아이 밑에서 곤돌라를 올려다보았다.

그 모습을 확인하고 나서 나카야마는 수화기를 향해 말했다.

"8억 엔을 전부 확인할 필요는 없겠지? 몸값은 전부 현금이야. 이제 승객들을 풀어줘."

다음 순간, 커다란 흔들림이 발생했다. 흔들림은 점점 완만해지더니 멈춰 있던 주변 풍경이 다시 움직이기 시작했다. 곤돌라에 탄 승객들은 손을 맞잡으며 눈물을 흘렸다. 드림아이가 다시 작동한 것이다.

"카나모리 씨, 드림아이의 운행이 재개됐습니다. 이제부터 다른 수사관들과 함께 승객의 피난을 유도해주세요."

"네, 알겠습니다. 뭐, 이걸로 카이자키 형사님이 훼방을 놓진 못하게 됐네요. 다들 구조될 테니까요."

카나모리가 지시를 내리는 동안 나카야마는 난쟁이에게 말을 꺼냈다.

"그래서, 이 돈을 어쩔 작정이지?"

"물론 건네받을걸세. 지금부터 내가 지시하는 대로 카나모리가 움직이게 하게나."

"어떻게 하려는 거냐? 도망칠 순 없을 텐데."

"그건 나도 알고 있다네."

그 대답에 나카야마는 입을 다물었다. 난쟁이가 그가 상상한 대로의 인물이라면 여기서 경찰에게 붙잡히는 걸 두려워하진 않을 것이다. 그의 범행은 크리스마스이브에 일본 전체의 주목을 받으면서 TV와 인터넷을 통해 생중계되었다. 그 와중에 전파를 차단당한 드림아이의 승객들은 자신들을 구경거리 삼아 제멋대로 보도될 내용을 상상할 수밖에 없었다. 아마도 복수라는 그의 목적은 거의 달성되었으리라.

나카야마의 말을 기다리지 않고 난쟁이는 말을 이었다.

"일단 카나모리에게 그 8억 엔을 가지고 드림아이의 곤돌라에 타라고 하게. 자네가 지금 타고 있는 곤돌라에 말일세. 시키는 대로 하면 딸과 다른 승객들도 풀어주지. 자네들은 남아야 하지만 말이야."

"내가 탄 곤돌라에? 뭣 때문에 그런 짓을……."

나카야마가 그렇게 말했을 때였다. 요란한 소리와 함께 또 하나의 곤돌라가 추락했다. 지상에서 폭발음과 진동, 그리고 승객들의 비명이 들렸다.

"아빠!"

"린!"

나카야마는 다급히 딸을 끌어안았다. 지금까지 힘들게 버텼는데 딸을 죽게 놔둘 수는 없다고 생각하며 입술을 깨물었다. 곤돌라 안에서 난쟁이의 성난 목소리가 울려 퍼졌다.

"시키는 대로 하라고 말했을 텐데!"

"무슨 짓을……! 알았다! 알았으니까 진정해!"

"빨리하게. 시간이 없네."

난쟁이의 재촉에 나카야마는 스마트폰을 손에 들었다.

"카나모리 씨, 괜찮습니까? 내 말 들려요?"

"네네, 아직은요. 죽는 줄 알았네요……."

방금과는 180도 다르게 생기 없는 목소리가 들렸다.

"곤돌라가 또 떨어지는 건가요? 너무 위험하잖아요, 이건."

"난쟁이는 카나모리 씨가 그 돈을 가지고 제가 탄 곤돌라에 타기를 요구했습니다. 지금 바로 드림아이의 탑승구로 와주세요. 제가 타고 있는 곤돌라가 지상에 도착하면 딸아이를 여기서 내리게 하고 카나모리 씨가 타셔야 합니다."

"제가요……?"

"위험할 테지만, 그렇게 해주시겠어요?"

"그러면 난쟁이를 체포할 수 있을까요?"

"네. 본인도 도망칠 수 없다는 걸 알고 있는 것 같습니다. 저도 함께 남을 거니까 너무 걱정 마시고요."

"알겠습니다. 저도 경찰관이에요. 한번 해보죠."

추락한 곤돌라의 불을 끄기 위해 소방대원들이 달려왔다. 그와 동시에 드림아이가 천천히 회전을 계속했고, 지상에 도착한 곤돌라에서 승객들이 내렸다. 손수건으로 입을 덮은 그들은 모포를 뒤집어쓴 채 힘겹게 피난하고 있었다.

이제 얼마 남지 않았다. 나카야마는 자신이 탄 곤돌라가 하강하는 것을 느끼며 난쟁이에게 말했다.

"지금 네가 떨어뜨리면서 곤돌라는 여덟 대가 되었군. 결국 몸값인 8억 엔과 일치하게 된 거지. 전부 예정된 일이었나? 지금 여기서 곤돌라를 떨어뜨린 것도 계획의 일부였던 거냐?"

"안심이 되나? 숫자가 맞춰지면 더는 떨어뜨리지 않을 것 같나?"

"아니, 그런 건 아냐. 한 가지 묻고 싶군. 난쟁이, 넌 불법으로 모은 돈을 백일하에 드러내고 싶었던 거지? 제국부동산에 원한이 있어서 그런 거겠지. 그리고 5년 전의 그 살인사건과도 연관이 있고…… 이 두 가지 조건을 만족하는 건 카츠라기 세이조겠지. 내가 카츠라기를 심문했다는 것도 당연히 알고 있을 테고. 카츠라기의 원수를 갚으려는 거냐? 그가 범인이 아니라는 건 나도 알고 있어. 누명이었지. 하지만 그 사건으로 세상에서 범인으로 낙인찍히면서 자살했어. 넌 그 일에 앙심을 품고……."

나카야마의 말은 중간에 가로막혀 끝까지 이어지지 않았다.

"나카야마 히데오, 그렇게 너무 서두르지 말게나. 아직 자네를 죽이진 않을 거야. 지켜보면 알게 될 걸세."

드림아이가 계속 회전하면서 나카야마가 탄 곤돌라도 지상까지 30초 정도면 내려갈 만큼 가까워졌다. 다른 곤돌라의 승객들도 창밖을 내다보고 있었다. 드림아이의 하차장에서는 경찰관과 소방관들이 대기 중이었고, 내린 승객들을 보호하고 불을 끄느라 분주했다.

그 집단 속에 카나모리도 있었다. 돈을 넣은 커다란 자루들을 짐수레에 올린 채 드림아이 바로 밑까지 와 있었다. 근처에서는 검은 연기와 불길이 치솟는 게 보였다.

"이대로 가다간 드림아이의 엔진에 인화돼서 폭발하는 거 아냐? 소화 작업으로 해결하기엔 이미 늦은 것 같은데."

"그런 걱정을 할 때인가? 자네가 가지고 있는 가방을 떠올려보게. 그리고 돈을 실으면 한동안 얌전히 있게나."

"그게 무슨 소리지?"

점점 거칠어지는 난쟁이의 말투와 방금 한 말의 의미를 헤아리며 나카야마는 미간을 찡그렸다. 그의 손에는 유이코에게 받은 하늘색 백팩이 있었다. 린의 물건이 들어 있는 것처럼 꾸며 권총과 흉기를 넣어둔 가방이다.

그걸로 자살이라도 명령하려는 걸까? 아니면 총도류 소지법 위반으로 나카야마를 체포시킨 후 이 사건의 범인으로 몰아가려는 것일까?

경찰 쪽에는 카이자키가 있었다. 수사에 압력을 넣어 나카야마를 범인으로 꾸며내는 것 정도는 가능할지도 모른다. 만약 난쟁이가 카이자키와 한패라면……. 그렇게 생각하자 나카야마의 등골이 오싹해졌다.

마침 그때 창문 아래쪽에서 목소리가 들렸다. 카나모리가 나카야마의 이름을 외치고 있었다.

대화는 해보았지만 직접 만나는 건 처음이었다. 젊은데도 등이 꽤 구부정한 남자였다.

"아빠…… 내릴 수 있어? 이제 아빠랑 나랑 내리는 거지?"

린은 소매를 잡아끌며 눈물이 그렁그렁한 눈으로 올려다보았다. 어느

샌가 귀마개는 벗어둔 채였다.

"린, 잘 들어. 지금부터 아빠하고는 잠시 떨어져 있을 거야. 하지만 괜찮
단다. 자, 저기 보이지? 여기 올 때 봤잖아. 사랑의 대지라는 곳이야. 저 시
계탑에는 경찰 아저씨들이 있어. 엄마가 올 때까지 린과 같이 있어 줄 테
니까, 이젠 괜찮을 거야."

나카야마는 딸의 눈을 마주 보았다. 지금이 승부처였다. 이제부터는 혼
자 싸워나가야 하는 시간이다.

지난 5년 동안, 나카야마는 혼자서 싸우는 게 편하다는 걸 깨달았다. 소
중한 가족들 곁에서는 할 수 없는 일이 많았다. 지금도 그랬다.

하지만 린은 고개를 저었다.

"싫어! 아빠랑 있을래. 같이 집으로 갈래!"

"린, 제발…… 엄마도 금방 올 거야."

"엄마 보고 싶어……."

"그래, 아빠도 보고 싶어."

"아빠, 꼭 돌아온다고 약속할 수 있어? 이제 사라지지 않겠다고 약속할
수 있어?"

"그래, 약속할게."

나카야마는 린이 내민 작은 손가락에 자신의 새끼손가락을 걸었다. 린
을 힘껏 안았을 때, 곤돌라가 덜컹 흔들리며 문이 열렸다. 지상에 도착한
것이다.

"이걸 가져가렴."

나카야마는 백팩은 자신이 가진 채 딸에게 노란 풍선을 들게 했다. 인
형 옷을 입은 유이코에게서 건네받았다는 풍선이다. 그리고 슬며시 린을

밖으로 떠밀었다. 린은 다가온 경찰관의 품에 안겼다.

"잘 보호하겠습니다!"

"고마워요. 잘 부탁합니다."

린을 맡긴 수사관과 엇갈리듯이 한 명의 경찰관이 무거운 자루를 곤돌라에 실었다. 그의 얼굴은 그을음투성이였다.

"돈이 든 자루를 던질 테니 잘 받아주세요!"

"네, 알겠습니다. 시간이 없어요."

그러는 사이에도 곤돌라는 천천히 움직이고 있었다.

나카야마는 곤돌라에 커다란 자루를 실었다. 카나모리가 두 번째 자루를 들고 곤돌라로 뛰어올랐을 때 마침 문이 닫혔다. 드림아이는 계속 움직였다. 나카야마와 카나모리는 숨을 헐떡이며 곤돌라 바닥에 주저앉았다.

"간신히 맞춰서 탔네요⋯⋯!"

"당신이 카나모리 씨군요. 정말 다행입니다. 아슬아슬했어요."

"처음 뵙겠습니다, 나카야마 씨. 이제야 만났네요."

둘은 서로 인사를 나누며 가볍게 악수했다.

지금부터 어떻게 될지는 모르지만 적어도 드림아이가 한 바퀴 돌 동안, 즉 한 시간은 함께 있어야 할 인물이었다.

"카이자키는 뭘 하고 있죠?"

"그게, 연락이 안 됩니다. 이렇게 멋대로 일을 벌였으니까 분명히 혼날 줄 알았는데 말이죠. 다행히 구조 단계라 수사관들도 지시 없이 움직일 수 있습니다."

"그렇군요⋯⋯."

불온한 느낌이 들었다. 나카야마는 카이자키가 경찰의 긍지를 버리고 난쟁이 쪽에 붙을까 봐 걱정되었다.

"난쟁이, 이제부터 어쩌려는 거지?"

하지만 난쟁이의 대답은 없었다.

"어라……? 혹시 연결이 끊어졌나요?"

"아까 돈을 다 실으면 잠깐 얌전히 있으라고는 했어요."

하지만 만약 난쟁이가 곤돌라에 탄 승객이었다면?

지금 곤돌라에 타고 있던 승객들은 하나둘씩 지상에 내리고 있었다. 린이 내렸으니 이제 절반도 채 남지 않은 셈이다.

"잠깐. 지금까지는 난쟁이에게서 연락이 왔습니다. 지금은 연락이 안되고요. 그렇다면……."

"음, 방금 곤돌라에서 내린 사람이 수상하다는 얘긴가요?"

카나모리의 말에 나카야마는 다급히 하차장 쪽을 돌아보았다.

누군가가 보호받으며 걸어가는 모습이 보였다. 하지만 수사관이 내민 모포를 뒤집어쓴 탓에 누구인지는 확인할 수 없었다.

"난쟁이, 대답해라."

"앗. 설마 범인은 내리고 우리만 드림아이에 남겨진 건가요? 불은 끄고 있지만 이제 곧 망가질 텐데요, 이거……."

"네. 다음에 지상으로 내려갔을 때 내릴 수밖에 없겠죠."

"하지만 한 바퀴 돌려면 시간이 걸리잖아요?"

카나모리는 괜히 왔다는 뉘앙스로 중얼거렸다. 나카야마는 미안하다고 사과했다.

"카나모리 씨, 지상으로 연락해주십시오. 드림아이의 승객을 전부 확보하라고요."

"으음, 일단 전원이 병원으로 수용될 테니까요. 도망치면 그 사람이 범인이라는 게 들통나게 되겠네요. 하지만 일단 카이자키 형사님한테 연락은 해줘야겠죠? 우리 말을 들어주려나, 그 사람."

"그래도 해주시죠."

나카야마는 그렇게 재촉했다. 만약 난쟁이가 드림아이에서 내렸다면 그들이 자유롭게 외부와 연락할 수 있는 처음이자 마지막 기회가 바로 지금이었다.

20시 40분, 유이코와 마츠오

라디오에서는 긴박한 상황을 계속해서 전하고 있었다.

"아무래도 대관람차 납치 사건이 새로운 국면을 맞이한 것 같습니다. 상공에서 촬영한 영상을 통해, 드림아이에서 승객들이 내리고 있다는 사실이 확인되었습니다. 약 여덟 시간 반 만에 승객들이 해방되었습니다. 그러나 그 직전에 곤돌라 한 대가 더 추락했다는 정보도 들어왔습니다. 현재 확인된 사망자는 여섯 명 이상이 될 것으로 보입니다."

"볼륨을 조금만 높여주시겠어요?"

조수석의 유이코가 입을 열었다. 마츠오와 둘이서 차를 타고 드림랜드로 향하는 중이었다.

"현장 상황은 아주 긴박한 것 같군요."

"무사한 거겠죠? 이렇게 엄청난 연기가 나고 있는데⋯⋯. 린, 나카야마⋯⋯."

유이코는 울 것 같은 목소리로 가족들의 이름을 작게 불렀다. 진심으로 걱정하는 마음이 담긴 목소리였다.

"지금 우리가 할 수 있는 일은 아무것도 없습니다."

"어쨌든 서둘러주세요."

"유감스럽게도, 보시다시피 드림랜드로 향하는 도로는 엄청나게 정체되고 있어요."

"하지만 당신의 말이 사실이라면 나카야마의 목숨이 위험한 상황이잖아요. 이 사건도 전부 당신이 말한 거대한 위협이라는 것과 관련이 있는 거죠?"

"그건 확실합니다. 이 대관람차 납치 사건은 카츠라기가 남긴 진술을 둘러싼 싸움일 테니까요. 5년 전에 발생한 후카 어린이 살해사건의 중요 참고인이던 카츠라기가 왜 그 장소에 있었는지 심문한 사람이 나카야마 씨였습니다. 그리고 그 알리바이로 진술한 내용이 비자금이 은닉된 직원용 통로였죠. 하지만 정확한 장소를 털어놓기 전에 카츠라기는 자살했고, 진상은 안개 속에 파묻혔습니다. 그래서 직원용 통로의 존재는 오늘까지 드러나지 않았죠. 그걸 위해…… 즉 제국부동산을 지키기 위해 카츠라기는 자살한 걸로 여겨져 왔습니다."

"……그럼 사실은 다른 이유였던 건가요?"

"그걸 아직 모르겠습니다. 애초에 카츠라기가 정말로 그날 드림랜드의 직원용 통로를 사용했다면 범인이 아니겠죠. 진범은 알 수 없고요. 그리고 나카야마 씨는 사정 청취 때 카츠라기에게서 어떤 진술을 들었죠."

"그건, 그렇다면 진범의 이름을 나카야마가 들었다는 거네요?"

"아직…… 모릅니다. 다만 그 진술에서 범인의 이름 자체를 밝히진 않았을 겁니다. 그랬다면 나카야마 씨가 좀 더 빨리 범인을 찾아냈을 테지만, 5년이 지나도 그러지 못했죠. 우리 공안경찰도 마찬가지고요."

마츠오는 거기서 잠시 말을 끊었다.

"하지만 오늘, 범인 쪽에서 나카야마 씨에게 접근해온 겁니다. 아니, 아직 그 범인으로 확정된 건 아니지만요."

"하지만 후카 어린이 살해사건의 범인이 나카야마에게 접촉해온다는 건 이상하지 않나요?"

"확실히 그렇습니다. 하지만 다양한 상황증거가 그 사건을 가리키고 있어요. 나카야마 씨가 그 사건의 범인이 아니고, 이번 사건과도 무관하다면 범인은 나카야마 씨의 주변 인물일지도 모릅니다."

마츠오는 그렇게 말하며 깊은 한숨을 쉬었다. 마츠오에게도 지금이 승부처였다. 사건의 전모를 알아내기 위해서는 나카야마가 꼭 살아남아야만 한다. 그걸 위해 지금 차를 타고 열심히 달려가는 중이다. 마츠오의 휴대폰에는 나카야마 히데오의 전화번호가 들어 있었다. 예전에 딱 한 번 연락했던 적이 있지만, 나카야마가 바로 끊어버리는 바람에 대화는 하지 못했다.

"그러면 처음부터 이 사건은 나카야마에 대한 복수…… 아니면 입을 막기 위해서였던 건가요?"

"그렇게 생각하는 게 자연스럽죠. 애초에 왜 나카야마 씨를 교섭 담당으로 골랐는지부터 의문이니까요. 나카야마 씨가 드림아이에 올라타자마자 사상 초유의 대관람차 납치가 시작됐습니다. 우연치곤 너무 작위적이지 않나요?"

"그, 그렇긴 하네요."

"당신이 전달했던 가방도 영 마음에 걸리네요. 안에는 뭐가 들었죠?"

"몰라요."

유이코는 고개를 가로저었다. 시키는 대로 하면 나카야마가 재기할 거라는 카이자키의 말을 맹목적으로 믿은 것을 지금은 후회하고 있었다. 그런 유이코에게 마츠오는 냉정한 목소리로 말했다.

"하지만 오늘 굳이 그걸 전하라고 한 걸 보면 뭔가 의미가 있겠죠. 카이자키 형사는 범인이거나 혹은 범인과 협력관계에 있다고 봐도 틀림없을 겁니다. 어떻게 생각하세요?"

"네…… . 카이자키는 갑자기 제게 만나자고 문자를 보냈어요. 그리고 오늘, 만나자마자 그 가방을 린이 갖고 있게 하라고 했죠. 모든 게 나카야마가 재기할 수 있게 하기 위한 거고, 5년 전의 사건을 해결하겠다고도 했어요. 그러니까 협력하라고요."

"당신은 실제로 어떤 일을 한 겁니까?"

"카이자키는 제게 가방을 건네고, 린이 위험해졌으니까 나카야마가 재기하게 만들어야 한다고 했어요. 건네받은 종이에 지시가 적혀 있었고요. 전철이 지연됐다고 전화할 것, 배웅한 다음에 캐릭터로 분장해서 풍선을 건넬 것, 그리고 집으로 돌아올 것."

"아마도 그건 카이자키 형사의 독단이 아니라 범인의 지시였겠죠."

마츠오는 슬쩍 자기 추측을 이야기했다. 유이코의 얼굴이 더욱 창백해졌다.

"그럴 수가…… ."

"수상하긴 했어도 믿고 싶으셨겠죠. 나카야마 씨가 재기할 수 있다고 했으니까요."

"맞아요. 그렇게 믿고 싶었죠…… . 하지만 저도 모르게 나카야마에게 이런 말을 했어요. 끝나면 할 이야기가 있다고요. 카이자키에 대한 건 그때 말할 생각이었어요. 제가 이상한 행동을 했다는 건 알아요. 하지만 그 사람이 다시 한번 예전으로 돌아와 주기만 한다면, 뭐든 상관없었던 거예요. 가정을 신경 쓰진 않았지만, 형사일 때의 나카야마는 빛나 보였으니까요. 또 그 제복을 입어주길 바랐어요. 린도 늘 그렇게 이야기했고요…….”

흘러넘치는 눈물이 멈추지 않았다. 유이코는 조수석에서 오열했고, 마츠오는 깊은 한숨을 쉬고 나서 티슈를 건넸다.

밤 9시가 가까워진 지금, 카이자키는 수사본부로 돌아와 있었다. 드림
아이의 작동이 재개된 건 예상하지 못했지만, 이대로 승객을 보호하고 있
으면 나카야마도 곧 붙잡힐 거라는 판단에 돌아온 것이다. 그는 담배를 피
우며 수사관들의 현장 보고를 들었다.

"현재 추락한 곤돌라와 드림아이 교각부의 소화 작업이 진행 중입니다.
아직 2차 재해가 발생하진 않았지만, 드림아이를 지탱하는 기둥이 상당히
위험한 상태라고 전문가가 지적했습니다. 언제 무너져도 이상할 게 없다
면서요."

"그렇군. 피난한 입장객들을 가능한 한 멀리 이동시켜. 나카야마를 비
롯한 드림아이 탑승객은 빨리 경찰병원으로 호송시키고."

"알겠습니다. 하지만 아직 한 명이 내려오지 않은 것 같습니다."

"그래? 카나모리는? 지금 어디에 있지? 제국부동산에서는 돌아왔을 시
간인데."

"앗, 카나모리 씨는 몸값 전달을 담당하셨는데요? 카이자키 형사님의
지시가 아니었습니까?"

카이자키는 혀를 차며 표정이 싸늘하게 굳었다.

"그럼 됐어. 그래서 지금 카나모리는 어딨는데?"

"몸값을 실으려고 곤돌라에 올라탄 상태입니다. 8억 엔을 싣느라 시간이 걸려서 바로 내릴 틈이 없었던 걸까요?"

'바보 아냐?' 카이자키는 무심결에 그렇게 말하려다가 문득 다른 생각이 들었다.

아니, 어쩌면 잘된 건지도 모른다. 이대로 드림아이가 무너져버리면 나카야마뿐만 아니라 카나모리까지 처리할 수 있다. 카나모리는 잔챙이지만, 너무 잔챙이다워서 다루기 어려운 구석도 있었다. 지금까지 충분히 뒤를 봐줬으니 여기서 죽는다면 그게 본인 능력의 한계일 것이다.

"그건 그렇고 참혹한 사체군요. 까맣게 타버렸네요."

감식반이 곤돌라 안에서 회수한 승객의 시신을 보며 중얼거렸다.

"그래, 그렇군. 지문이나 체모가 남아 있진 않겠지만 철저히 조사해봐. CCTV 영상은 어떻게 됐어?"

"네, 곧 준비될 겁니다."

"그리고 드림아이 탑승권은 아직도 대조가 안 끝났나? 왜 이렇게 오래 걸려?"

"죄송합니다. 애초에 신원 확인을 위한 게 아니라서요."

"변명은 됐어. 빨리해."

카이자키는 고압적으로 말했다. 그때 다른 수사관이 수사본부에 들어왔다.

"카이자키 형사님, 저기, 드림아이 승객 중 한 명이 형사님을 꼭 만나고 싶다고 해서요."

"누군데? 나카야마인가?"

카이자키가 고개를 돌리자 수사관 뒤에서 한 여자아이가 걸어 나왔다. 카이자키는 눈썹을 치켜올렸다. 정말 생각지도 못한 인물이었기 때문이다.

"나카야마의 딸이군. 나카야마 히데오는 어떻게 됐지?"

"나, 아저씨 알아. 오늘 우리 엄마 울렸던 아저씨야."

린이 갑자기 손가락으로 그를 가리켰다. 카이자키는 그 말을 무시하며 수사관에게 물었다.

"설명해봐. 왜 딸만 여기에 있지?"

"네, 그게…… 따님만 내리고 나카야마 씨는 몸값 8억 엔과 함께 곤돌라에 남았다고 합니다. 해당 곤돌라는 현재 상승 중입니다."

"뭐라고? 나카야마가 아직 드림아이 안에 있어? 카나모리와 함께인 건가?"

"그런 것 같습니다. 이제 언제 폭발해도 이상하지 않을 상태인데요……."

"폭발……?"

여자아이의 목소리가 수사본부에서 선명히 퍼졌다.

"우리 아빠…… 죽는 거야……?"

"이봐, 저 아이를 데리고 나가. 여긴 어린애가 있을 데가 아니라고!"

카이자키의 지시에 수사관이 린을 달래며 데리고 나갔다. 카이자키는 휴우, 하고 한숨을 쉬었다.

"역시 처음부터 나카야마를 노린 범행이었던 건가. 아니면 이제까지 다 연기였고, 8억 엔을 가로채서 튀려는 건가."

"하지만 그렇다면 거기서 무슨 수로 도망칠까요?"

"그래, 확실히 그렇군. 하지만 나카야마의 정신은 정상이 아냐. 정상이 될 수가 없지. 어쨌든 이 틈에 승객들을 전원 피난시켜."

카이자키에게는 달리 할 일이 있었다. 세세한 지시를 내리고 있을 때가 아니었다. 수사관들에게 자기 판단으로 생각하고 움직이라는 지시를 내리자, 한 수사관이 목을 움츠리며 슬며시 손을 들었다.

"카이자키 형사님, 저기……."

"왜? 또 뭔가?"

"미야우치가 살해당한 시각의 CCTV 영상이 나왔습니다. 사람이 찍혔습니다."

"그렇군!"

카이자키는 다급히 수사관이 가리키는 영상을 들여다보았다. 상당히 어둡지만 낯익은 사람이 찍혀 있었다.

"역시 그랬군……."

카이자키는 작게 중얼거렸다.

그러고 보니 그녀가 공학부였다는 사실이 떠올랐다. 지금 생각해보면 그녀는 처음부터 수상해 보였다. 드림아이가 정지했는데도 냉정하게 안내 방송을 진행했고, 드림랜드에 출입 통제가 걸렸을 때도 침착하게 입장객들을 상대했다. 무엇보다도 굳이 수사본부에 직접 찾아오는 여대생은 지나치게 부자연스럽다.

"아까 수배하라고 했을 텐데! 타키구치 미카는 아직도 못 찾은 거냐? 빨리 체포해!"

"네!"

대답과 함께 수사관들이 움직이기 시작했을 때 또 다른 연락이 들어왔다.

"카이자키 형사님, 드림아이 이용객의 탑승권 개요가 나왔습니다. 추락한 곤돌라에 타고 있던 승객은 예상과 일치했습니다. 승객들은 전부 초대권을 받아 드림아이에 탑승한 겁니다."

"그랬군. 드림아이를 담당한 타키구치 미카가 조작한 건가. 아르바이트생한테 그런 일까지 맡기다니, 정말 경영이 엉망이군."

카이자키는 거칠게 말하며 서류를 건네받았다. 그에게는 익숙한 이름들뿐이었다.

"이건 전부 5년 전 사건 때 임의 동행으로 조사받은 사람들이잖아……? 이걸로 분명해졌군. 난쟁이의 목적은 원한을 푸는 거였어. 몸값 따윈 처음부터 아무래도 상관없었던 거야."

21시 00분, 진범

카나모리가 수사본부로 연락한 뒤 잠시 지나자 다시 곤돌라 안에 안내 방송이 흘러나왔다.

"자, 시간이 됐군. 이젠 존재하지 않지만, 맨 처음 떨어진 곤돌라가 드림 아이의 꼭대기에 위치하는 시간일세."

"난쟁이, 돌아온 거냐."

"기다렸던 것뿐이네. 자네들의 짓궂은 계획은 다 들었어."

나카야마가 다시 말을 건넸다. 이 곤돌라 안에는 난쟁이가 설치해둔 도청 장치가 있을 것이다.

"이제부터 어쩔 셈이지? 네가 바라던 대로 몸값은 준비됐다. 그다음 은?"

"맞아요. 정상에서 돈을 흩뿌리려는 건 아닐 거잖아요? 게다가 이제 드림아이에 타고 있는 건 우리뿐이라고요. 주변에도 아무도 없고요. 카이자키 형사님이 승객을 전부 피난시켰을 테니까요."

나카야마와 카나모리의 말을 듣고, 난쟁이는 마치 옛날이야기를 들려주는 것처럼 조용히 입을 열었다.

"자네들도 알다시피, 이곳 드림랜드는 오래된 놀이공원일세."

난쟁이는 드림랜드의 이면의 역사를 설명하기 시작했다.

"다른 오락 시설에 밀려 적자 경영이 계속되어도, 제국부동산이 드림랜드를 폐업시키지 않은 이유는 하나지. 이곳의 매상 따윈 아무래도 상관없기 때문이네. 여기는 계속 더러운 돈을 숨기는 장소로 이용되었으니까 말이야. 직원용 통로라는 이름의 비밀 창고에서 수많은 거래가 이뤄진 악의 소굴이 바로 이 꿈의 나라의 정체일세. 그걸 언론과 정부에서 눈치챘지만, 검은돈은 계속 유통되어야만 했네. 쌓이고 쌓인 더러운 돈을 계속 유통하기 위해 시작된 계획이 바로 드림아이 프로젝트였던 거지. 드림아이는 오랜 불법 자금이 낳은 악의 화신일세. 하지만 계획 자체는 그럴싸했지. 정부도 이 일에 관여하면서 일은 순조롭게 진행되었네. 그런 와중에 한 가지 사건이 발생했지."

"그게 후카 어린이 살해사건이었던 건가."

"맞네. 그건 우연히 직원용 통로의 출구 근처에서 발생한 처참한 사건이었네. 드림랜드와는 전혀 상관없는 일처럼 보였지만, 한 남자가 수사선상에 오르면서 상황은 단숨에 바뀌었네."

"카츠라기 세이조⋯⋯."

그렇게 중얼거린 건 나카야마가 아닌 카나모리였다. 나카야마의 눈엔 경박하게만 보였던 그가 지금은 어째서인지 무표정한 얼굴을 하고 있었다.

"맞아. 당시의 제국부동산 상무이사, 카츠라기 세이조였네."

안내방송에서 들리는 목소리가 조금 떨리기 시작했다. 나카야마에게는 그것이 분노를 억누르는 음성처럼 느껴졌다.

"카츠라기는 사건 당일 밤, 현장 부근에서 목격되면서 범인으로 지목되었네. 하지만 물적 증거가 없었지. DNA 검사도 일치하지 않았고. 카츠라기는 당연히 사건과 무관함을 주장했지만, 의혹의 눈초리를 피하려면 알리바이를 입증할 수밖에 없었네. 하지만 제국부동산 본사의 CCTV에 카츠라기의 모습은 찍혀 있지 않았지. 그래서 범인으로 몰린 카츠라기는 자신이 직원용 통로에 있었다고 증언했던 거네. 카츠라기는 자기 결백을 증명하기 위해 그 직원용 통로를 공개하려 했지. 하지만 그랬다간 회사가 힘들게 구축해놓은 자금 은닉처가 드러나게 된다는 걸 뒤늦게 깨달은 걸세. 어쩌면 회사에서 협박을 받았는지도 모르겠군. 그리고 카츠라기는 자신에 대한 수사가 진행될 것처럼 보이자 스스로 목숨을 끊었네. 이것이 그 일의 전말이었네."

"그래, 카츠라기는 진실을 알고 있었지. 그날, 누가 후카를 죽였는지."

나카야마는 고개를 끄덕였다. 그는 카츠라기에게서 진범에 대한 진술을 들었다. 그러나 난쟁이는 그것을 부정했다.

"아니, 자네가 아는 건 진실이 아닐세. 진실로 이어지는 실마리에 지나지 않지."

"넌 사건의 진상을 알고 있는 것처럼 말하는군. 내가 진범에 대한 실마리를 아는 유일한 사람이라서 여기로 끌어들인 걸 텐데. 넌 내 존재가 거슬렸겠지. 그리고 제국부동산에도 어떤 원한이 있었어. 그래서 역시나 내가 눈엣가시였던 카이자키와 손을 잡은 것 아닌가? 제국부동산에 대한 복수와 함께 날 죽이기 위해서 말이야."

그것이 나카야마가 추리한 결론이었다.

"그렇지 않나, 난쟁이?"

"……드림랜드 인형극의 내용을 알고 있나?"

그때 난쟁이가 질문을 던졌다.

"그래. 분명 드림랜드 탄생의 이야기라고 했지. 팸플릿에 실려 있던 내용은 기억나는군."

하지만 그 이야기와 이번 사건이 무슨 연관이 있는 것일까? 나카야마는 주의 깊게 귀를 기울였다.

"맞네. 추하고 왜소한 난쟁이는 아름답기 그지없는 공주님에게 반하고 말았지. 신분도 용모도 천지 차이라 이뤄질 리가 없는 사랑이었네. 난쟁이는 포기하지 않고 공주에게 아름다운 꽃을 보냈지만, 공주는 거들떠보지도 않았어. 또 다른 날에는 눈부신 보석을 선물했지만, 공주는 역시 거들떠보지 않았지. 난쟁이는 이제 더 줄 게 없어 마지막으로 남은 사랑을 전했네. 그러자 공주가 그를 돌아봤다는 이야기일세."

카나모리는 이 대화를 묵묵히 듣고 있었다. 표정은 여전히 똑같았다. 나카야마는 그가 인형극의 내용을 모를 거라 생각하며 난쟁이에게 대답했다.

"그래, 나도 읽었어. 그 난쟁이가 공주에게 구애한 세 개의 장소가 바로 꽃의 제단, 보물의 동굴, 사랑의 대지의 유래가 되었다지."

"다시 말해, 포기하지 않으면 꿈은 이루어지네. 그야말로 꿈의 나라 드림랜드의 탄생 설화로 딱 어울리는 이야기지. 하지만 이 이야기, 어디선가 들어본 것 같지 않나?"

"무슨 소리지?"

나카야마는 얼굴을 찡그리며 난쟁이에게 되물었다. 난쟁이의 목소리에는 감정이 담겨 있었지만, 그를 비웃는 것처럼 들리진 않았다.

"자네와 전처인 유이코 말일세. 유이코는 그야말로 공주 같은 용모와 좋은 배경을 겸비했지만, 자네는 그야말로 난쟁이와 같았지. 다시 말해 나와 자네는 아주 많이 닮았네. 자네가 바로 난쟁이지."

"넌 살인자야. 똑같이 취급하지 마라."

"아니, 똑같지 않나? 살아온 모습부터 모든 게 말일세. 아아, 그렇지. 사람을 죽이는 것도 닮지 않았나? 나카야마 히데오."

"바보 같은 소리 마. 난 사람을 죽인 적 없어. 어떻게 그런 잔인한 짓을 할 수 있는 거지? 그런 인간들과 날 똑같이 취급하지 마."

"하지만 못 본 체한 적은 있었지. 기억나는 것 없나?"

거기서 난쟁이가 추궁하자 나카야마는 잠시 입을 다물었다. 그렇게 묻는다면 완벽히 결백한 사람이 어디 있겠냐는 생각도 들었다.

"아직도 모르는 것 같군. 난쟁이가 뭘 위해 드림아이를 납치하고, 언론에 대대적으로 알리고, 입장객의 피난을 방해하고, 몸값을 요구하라고 시켰는지. 모든 건 이 곤돌라에 나카야마 자네와 그 녀석을 단둘이 있게 하기 위해서였네."

"단둘이?"

나카야마는 숨을 몰아쉬었다. 그 녀석이란 바로 지금 이곳에 있는 카나모리일 것이다. 나카야마는 어떻게 된 거냐는 듯이 자기보다 훨씬 젊은 남자를 바라보았다. 카나모리는 표정을 일그러뜨리며 마주 보았다.

"자, 이것이 난쟁이의 마지막 요구일세. 지금으로부터 5년 전, 초등학생 1학년이라는 어린 나이에 비참히 죽어간 여자아이의 원수를 갚게. 결판을 짓게나. 죽여버려!"

"후카의 원수라고?"

난쟁이는 지금까지 나카야마를 미워하는 것처럼 행동했다. 하지만 그가 정말로 증오했던 건 살인사건의 범인이었던 셈이다. 나카야마는 자기도 모르게 몇 번이나 해왔던 질문을 또 한 번 반복했다.

"……넌 대체 누구지?"

"이제 알았겠지, 나카야마. 난쟁이는 5년 전의 사건을 쫓는 자일세. 자네와 똑같지. 그리고 자네보다 먼저 진실에 도달했네. 두 번이나 늦게 행동한 자네는 책임을 져야만 한다네. ……5년 전의 크리스마스이브, 그 처참한 후카 어린이 살해사건을 일으킨 범인은 거기 있는 카나모리 쇼헤이일세."

21시 05분, 공범의 진술

"꼼짝 마. 손들어."

카이자키는 수사관에게서 결과를 전해 듣고 보물의 동굴로 향했다. 미야우치의 살해 현장과 가까운 곳에 숨어 있던 그녀는 도망치지 않겠다고 선언하며 카이자키와의 대화를 요구했다. 총구를 향하자 그녀는 지시에 따라 슬며시 손을 들었다.

"좋아. 양손을 든 채로 천천히 이쪽을 돌아봐. 천천히."

몸을 빙글 돌리며 머리를 쓸어넘기듯 얼굴을 든 것은 아직 젊은 대학생이었다.

"네가 드림아이 납치 사건의 주모자 난쟁이로군, 타키구치 미카."

심호흡을 한 타키구치는 미소를 지으며 말했다.

"주모자? 정말 그렇게 생각하세요, 카이자키 형사님?"

"아니면 공범자겠지."

"그렇겠죠. 저 같은 어린 여자가 할 수 있는 일이 그렇게 많진 않으니까요."

"많지 않다고? 크리스마스이브를 지정해서 드림아이에 나카야마를 포함한 대상자를 모아놓고 기구를 정지시켜 곤돌라를 떨어뜨렸어. 이 정도면 충분히 대단한 능력 같은데."

카이자키는 기막힘과 감탄이 섞인 말투로 타키구치에게 말했다. 그녀는 양손을 든 채 살짝 고개를 갸웃거렸다.

"오해가 있는 것 같은데, 난 드림아이를 정지시키기만 했어요. 드림아이를 정지시킨 것과 곤돌라를 떨어뜨린 건 전혀 다른 방식이에요. 곤돌라를 떨어뜨릴 거라면 단순한 폭파로 연결 부위를 부수기만 하면 되죠. 원격 스위치는 언제든 누를 수 있으니까요."

"그러고 보니 공학부에 다닌다고 했지. 미야우치를 살해한 건 너지?"

카이자키는 태블릿 화면을 타키구치에게 내밀어 CCTV 영상을 보여주었다.

"네, 맞아요. 설마 내 손에 죽을 거라고는 그 사람도 생각하지 못했겠죠. 잠깐만 와달라고 했더니 바로 따라오더라고요."

타키구치는 순순히 인정했다. 양손은 이미 씻어냈는지 핏자국은 보이지 않았다. 그녀의 태도는 미야우치를 칼로 찔러 살해하고, 곤돌라를 떨어뜨려 신원 확인도 할 수 없을 정도로 승객들을 불타 죽게 한 사람 같지 않게 침착했다. 그러나 본인이 그것을 인정하고 있었다.

"모방범인 척 꾸미면서도 얼굴을 훼손하지 않은 건 그 시신이 미야우치라는 걸 바로 알 수 있게 하기 위해서였나."

원래 후카 어린이 살해사건에서는 신원이 한동안 확인되지 않을 만큼 얼굴에도 많은 자상이 남아 있었다. 그러나 미야우치의 시신은 그렇지 않았다. 완벽히 흉내 내지 않은 걸 보면 어떤 목적을 위해 그랬다고 보는 게 맞았다.

"미야우치는 너희들과 공범이 아니었던 거냐?"

"네. 하지만 제국부동산 입장에선 범죄자나 다름없었죠. 그 남자는 엄청난 실력의 해커였거든요. 그래서 어느 날 우연히 발견했던 거죠. 운용시스템의 밑바닥에 비자금 장부가 있다는 걸요. 그리고 그걸 무기로 임원들을 협박했어요. 매달 돈을 착취하는 것만으론 부족해서, 돈을 불리기 위해 드림아이를 고안해낸 거죠. 그걸 건축할 때 정부에서도 돈을 받았고요. 하지만 그자는 결국 선을 넘어서 제국부동산이 직원용 통로에 숨겨둔 8억 엔을 빼돌리려 했어요. 자기 빚을 갚으려고 승객들이 죽든 말든 내버려둔 거죠. 죽어도 싸요."

"정의로운 척하지만 결국 입막음을 위해 죽인 것 아닌가? 그자는 비자금이 숨겨진 위치를 알아내려는 난쟁이에게 이용당했어. 미야우치는 네가 범인인 걸 알고 있었던 건가?"

"아뇨, 몰랐을 거예요. 완전히 방심한 걸 보면요."

"그렇군. 그럼 본론으로 들어가지. 왜 이런 짓을 벌였지? 네가 주범이든 공범이든, 동기를 모르겠군."

"모른다고요?"

타키구치가 고개를 갸웃거렸다.

"당신은 알고 있을 텐데요."

그 말에 카이자키가 혀를 찼다. 총을 타키구치에게 계속 겨눈 채 다른 수사관들에게 물러날 것을 명령했다. 부하들은 당연히 술렁거렸다.

"단둘이 이야기하겠다. 아니면 이자는 입을 열지 않을 테니."

그 말에 따라 다른 경찰관들은 모두 밖으로 나갔고, 어두운 통로에 카이자키와 타키구치만 남게 되었다. 먼저 입을 연 건 타키구치였다.

"카이자키 형사님, 당신은 상상도 못 할 거예요. 우리가 왜 드림아이를 납치했는지를요."

"너희들은 내 약점을 쥐고 유이코에게 무언가를 건네게 했지. 하지만 나카야마를 정리한다는 목적 자체는 나도 찬성이었으니까 말이야."

"맞아요. 그것 때문에 곤란해진 거죠. 계획을 바꿔버렸으니까요."

"진범이 말인가? 그럼 첫 곤돌라에서 죽은 사망자는 속임수였겠군. 완전히 속아 넘어갔어. 이상하다고는 생각했어. 추락한 곤돌라에서 후지사와 타이시의 신분증이 나왔으니까. 하지만 그 곤돌라에서 발견된 시신은 남녀 두 명이었지. 처음엔 후지사와 부부인가 했지만, 나중에 후지사와의 아내가 몇 년 전 사망했다는 걸 알게 됐어. 그럼, 일부러 중년 부부가 탄 곤돌라에 후지사와 타이시의 지갑을 넣어둔 건가?"

카이자키의 지적에 타키구치는 반박하지 않고 고개를 끄덕거렸다.

"그래요. 사실 그 곤돌라에는 나카야마 씨가 타야 했고, 정말 나카야마 씨를 제일 먼저, 제일 높은 곳에서 추락시킬 생각이었어요. 하지만 중간에 계획을 바꾸느라 여러 가지 차질이 생겼죠."

"나카야마를 잘도 속였군."

"그러기 위해 실버 곤돌라를 이용했죠."

카이자키는 드림아이에 분명 그런 제도가 있었다는 걸 떠올렸다. 그걸 이용해 타키구치는 중년 부부가 실제 실버 곤돌라에 먼저 타게 했고, 나카야마를 바로 다음 곤돌라에 타게 하기 위해 다음다음 차례에 오는 곤돌라가 실버 곤돌라라고 거짓말을 했던 것이다.

"넌 실버 곤돌라를 구실 삼아 승객들을 자유롭게 조작했던 거로군."

"맞아요. 실버 곤돌라가 실제로 있긴 하지만 승객들이 겉모양만 보고 일반 곤돌라와 구별할 수는 없어요. 그래서 제가 지정한 곤돌라가 실버 곤돌라라고 하면 그대로 믿어버렸죠."

"넌 처음부터 계획적으로 드림랜드에 잠입한 거로군."

"그렇죠. 이날을 위해 계속 계획을 진행시키고…… 그것 말고는 여기에 온 의미도, 제가 살아 있는 의미도 없다고 생각했으니까요."

"드림아이는 어떻게 탈취한 거지?"

"의외로 단순해요. 다들 최신 컴퓨터 시스템이 어쩌고 하는 어려운 소리를 하고 있지만, 움직이고 멈추는 건 카드키만 있으면 되거든요. 전 그저 직원용 카드키를 복제해서 다른 PC로 접속한 것뿐이에요. 관리자 권한을 한 번 빼앗으면 오히려 완벽한 시스템 덕분에 외부에서는 접근할 수 없게 되죠. 마지막 접속 때는 조금 힘들긴 했지만요."

"그랬군. 우리 경찰이 출동해서 통제하기 시작하니까 직원용 카드키로 시스템에 자유롭게 들어갈 수 없게 된 건가. 그래서, 다시 한번 드림아이를 자유롭게 조종하기 위해 마스터키를 가진 미야우치를 죽이고 키를 빼앗은 거로군. 다른 목적 때문에 죽다니, 그 녀석도 참 운이 없군."

카이자키의 지적에도 타키구치는 말없이 고개만 끄덕일 뿐이었다. 겉으로 드러나는 감정 변화 없이, 성인 남성을 죽이고서도 태연한 얼굴을 하고 있었다.

"네가 정말 죽이고 싶었던 건 처음부터 그 곤돌라에 탑승한 사람들이었겠군. 하지만 왜지?"

"이미 눈치는 채셨겠죠? 드림아이의 승객들은 거기 우연히 모인 게 아니었어요. 그들에겐 공통점이 있었죠."

"그래. 5년 전에 발생한 후카 어린이 살해사건 때 임의 동행으로 조사를 받은 사람들이었지. 그리고 나카야마, 그 녀석도 관련이 있고."

"맞아요. 그 사람들은 사건 당일 밤에 주변에 있었으면서도 후카의 모습을 못 봤다고 주장한 무심한 인간들이에요."

타키구치는 조금 과장된 목소리로 말을 이어나갔다.

"사건의 목격자가 없었다고요? 말도 안 되는 소리예요. 사실은 다들 봤지만 상관하기 싫었던 것뿐이죠. 그날, 그 시간에 초등학생이 혼자 책가방을 메고 돌아다닐 리가 없는데 말이에요. 하지만 다들 관심이 없었죠. 후카가 죽은 건, 크리스마스이브 날에 자기들만의 행복에 들떠 있던 그 사람들 때문이었어요."

"무심한 인간들이라…… 입장객을 관객에 비유한 건 그런 뜻이었나. 서커스단과 관객, 즉 입장객이나 세상 사람들이 곤돌라에 갇힌 이들의 안부 따위 신경도 쓰지 않는다는 걸 보여주기 위해서……. 후카 어린이 살해사건 때는 강 건너 불구경하듯 외면하던 사람들을, 드림아이 납치를 통해 완전히 반대되는 입장에 몰아넣은 거로군. 자기가 무슨 짓을 했는지 깨닫게 하기 위해서 말이야."

"맞아요. 중학생과 고등학생 그룹, 커플과 중년 부부, 그밖에 다양한 사람들이 혼자 걸어다니는 후카를 봤으면서도 그냥 무시했어요. 그 인간들이 죽인 거나 다름없다고요."

그리고 오늘 그녀는 계획한 대로 자신이 죄인으로 단정한 자들을 죽음의 곤돌라에 태운 것이다. 카이자키는 질문을 이어나갔다.

"도대체 어떻게 그들을 승객으로 모은 거지? 우연이라기엔 억지스러운데 말이야."

"아주 쉬웠어요. 무료로 당첨된 걸로 해서 초대권을 보낸 것뿐이죠. 그

초대권으로 신청한 사람들에게 시간이 지정된 탑승권을 보냈어요. 나카야마 씨에게도요. 그랬는데 다들 바보처럼 몰려왔죠. 그 사람들, 5년 전에 건설 중이던 드림아이를 야경으로 봤다는 사실도 까맣게 잊고 말이에요. 후카도 분명 봤겠죠. 그날 밤, 아직 미완성이던 드림아이를."

"동생을 위해 이렇게까지 하는 건가?"

카이자키의 지적에 타키구치는 동공을 크게 뜨고 입을 쩍 벌렸다.

"후카는…… 내 친동생이니까요."

"성이 달라서 늦게 알아차렸다. 사건 뒤에 이사하면서 성을 바꿨던 거군."

그제야 표정이 밋밋하던 타키구치의 가면이 무너지기 시작했다. 그 얼굴에는 조용한 분노가 배어 있었다.

"후카가 죽고 나서, 난 다시 부모님 성으로 바꿨어요. 타키구치로요. 하지만 결국 외조부모님과 함께 사는 건 똑같았죠. 그래서 외조부모님과 내가 함께 계획을 세웠어요. 외할머니는 중간에 돌아가셨고요. 5년 전의 그 최악의 날로부터, 우리는 이날만을 위해 살아왔어요. 무고한 생명이 끔찍한 시체로 변한 크리스마스이브에."

"……하지만 왜 갑자기 마음을 바꾼 거지?"

카이자키의 질문에 타키구치는 입을 다물며 눈을 깜빡거렸다.

"난 범인이 끝까지 밀어붙일 거라 생각했어. 하지만 타키구치 미카, 네가 중간에 휴대폰의 방해 전파를 해제시켰지? 덕분에 나카야마가 내게 연락을 할 수 있게 됐어."

"……."

"왜 마음이 바뀌었는지는 몰라도 드림아이는 지금 위험한 상태야. 더는 희생자를 늘리지 마라. 빨리 나카야마와 카나모리를 풀어줘."

카이자키는 나카야마가 죽길 바라지만, 카나모리가 이런 형태로 순직하는 건 곤란했다. 자신의 평판에도 문제가 생길 수 있고, 희생자는 한 명이라도 적은 편이 나았다. 사실은 8억 엔도 회수하고 싶었지만 그것까진 어려울 거라 생각하고 있었다.

카이자키의 요구에 타키구치는 고개를 저었다.

"드림아이는 이미 내 손을 떠났어요. 늦든 이르든 우리는 꿈의 나라와 운명을 함께할 거고요."

"타키구치, 그게 무슨 뜻이야? 지금 장난칠 때가 아니라고."

그러자 그녀는 살짝 웃었다. 그것은 대학생이라는 나이에 어울리는 미소처럼 보였다.

"카이자키 형사님, 그거 아세요? 드림아이의 아이는 눈目을 뜻하는 게 아니라 애정을 뜻하는 아이あい(愛)라는 걸요. 전 사랑을 지키기 위해 싸웠어요. ……하지만 이제 조금 지쳤어요. 그때 후카가 죽지 않았다면 지금 난 평범한 대학생이었을 테죠."

"그래, 우수한 졸업생이 됐을 테지."

"애초에 저는 공학부 같은 곳에 들어가고 싶지 않았거든요. 하지만 드림아이를 조종하려면 적임자는 저밖에 없었어요. 그래서 계속 재미도 없는 공부를 계속하면서 후카의 복수를 하고 싶었어요. 복수하지 않으면 난 사람도 아니라고 생각했으니까요."

"사실은 하고 싶지 않은 일을 해왔다는 걸 깨달은 건가?"

"……어쩔 수 없잖아요. 후카가 죽었을 때 난 중학생이었고 부모님은 이미 돌아가셔서 외조부모님을 의지할 수밖에 없었어요. 복수 계획에 참

여할 수밖에 없었다고요. 지금까지는 하고 싶어서 하는 일이라고 생각해
왔지만……."

타키구치는 두 손을 내려다보았다. 피는 씻어냈지만, 그것은 사람을 죽
인 손이었다.

"자기 손으로 미야우치를 죽이면서 정신을 차린 건가. 그렇다면 곤돌라
를 떨어뜨리는 스위치를 누른 건 누구지?"

타키구치는 카이자키의 말을 가로막으며 얼굴을 들었다.

"서두르는 게 좋을 거예요, 카이자키 형사님. 나카야마 히데오에게는
아직 역할이 남아 있어요. 결판을 짓는 역할이요. 그 남자는 5년 전에 진실
로부터 도망쳤어요. 그래서 우린 이 무대를 준비했죠."

"그냥 처음부터 나카야마를 죽이지 그랬나."

그랬다면 카이자키는 최소한의 수고만 해도 됐을 것이다. 그러나 누구
의 입장에서 보든 오늘의 계획은 크게 뒤틀린 것이 되고 말았다. 물론 그
건 난쟁이에게도 마찬가지다.

"이제 시간이 없어요. 드림랜드의 마지막 인형극의 막이 올랐어요. 그
막은 두 번 다시 내릴 수 없어요."

"서둘러야 할 건 너야, 타키구치. 드림아이를 멈추고 나카야마 히데오
와 카나모리 쇼헤이를 즉시 풀어줘. 곧 드림아이가 폭발해서 불이 날 위험
이 있어. 우리도 여길 벗어나지 않으면 위험해."

카이자키는 권총을 타키구치에게 겨누며 움직일 것을 재촉했다. 그러
나 그녀는 가만히 휴우, 하고 한숨만 내쉴 뿐이었다.

"이번 충고는 들어야 할 거예요. 전 이 계획을 포기했어요. 그래서 다음
살인을 막고 싶어요. 하지만 아직 난쟁이는 포기하지 않았죠. 드림아이는

멈추지 않을 거예요. 그리고 나카야마 히데오는 저 밀실 안에서 카나모리 쇼헤이를 반드시 살해하게 되겠죠. 왜냐하면 그걸 갖고 있을 테니까요. 당신이 전해줬잖아요. 그 하늘색 가방."

"……뭐라고?"

카이자키는 즉시 수갑을 꺼내 타키구치를 체포했다. 그녀의 손에서는 아직도 피 냄새가 났다.

21시 10분, 최후의 시간

마츠오는 교통 정체에 휘말린 차 안에서 전화를 끊고 조수석에 앉은 유이코에게 말을 건넸다.

"일단 안심하세요. 따님은 무사히 구출됐다고 합니다. 지금 현장의 수사관한테서 연락을 받았어요."

"린이요? 정말인가요? 정말인 거죠? 아아, 다행이에요……. 린은 지금 어디에 있죠?"

마츠오는 몸을 자신 쪽으로 쭉 내민 유이코에게 담담히 대답했다.

"수사관이 보호하고 있습니다. 서둘러 드림랜드에서 벗어날 예정이라네요."

"서둘러서……? 그게 무슨 뜻이죠?"

"이미 드림아이는 언제 붕괴해도 이상하지 않습니다. 입장객은 드림랜드에서 피난을 마쳤다고 합니다. 지금은 일부 인원들만 남아 있어요. 이 사건의 수사관들…… 그리고 카이자키 케이이치 씨와 나카야마 씨, 카나모리 분석관, 그리고 범인도 아직 남아 있는 걸로 추측됩니다."

"나카야마요? 린과 함께 있는 게 아닌가요?"

"그게…… 나카야마 씨는 아직 드림아이 곤돌라 안에 있답니다."

유이코는 마츠오의 말을 듣고 경악했다.

"아…… 어째서 린과 함께 내리지 않은 거죠?"

"그건 모릅니다. 하지만 몸값을 운반해 간 카나모리라는 분석관도 곤돌라에 탑승했다는 보고가 있었습니다. 아마 범인 측의 지시였겠죠."

"네? 지금 드림랜드가 위험하다고 하셨잖아요. 마츠오 씨, 나카야마를 구해주세요! 부탁이에요. 제발 부탁드릴게요!"

필사적으로 고개를 숙이자 마츠오는 난감한 표정을 지었다. 아무리 부탁한다 해도 이렇게 길이 막힌 상황에서는 할 수 있는 일이 없었다.

"물론 제가 할 수 있는 일은 할 겁니다. 나카야마 씨는 경찰이 보호해야 할 일반 시민이기도 하니까요. ……하지만 지금은 일단 따님과 합류하기로 하죠. 제국부동산 본사가 피난소로 개방되었다고 합니다."

"네, 알겠어요……."

마츠오는 핸들을 꺾으며 차의 방향을 바꾸었다. 꽉 막힌 길을 억지로 빠져나온 차는 제국부동산 본사로 향했다. 밤이 깊어지며 예쁜 초승달이 겨울 하늘에 얼굴을 내밀었다.

드림아이의 곤돌라 안에서는 나카야마와 난쟁이가 대화를 나누고 있었다.

"난쟁이, 그게 무슨 소리지? 누가 범인이라고?"

신경이 잔뜩 곤두선 두 사람의 대화가 이어졌다.

"5년 전 그날, 자넨 후카를 구하지 않았지. 나카야마 히데오, 떠올려보게. 그 참혹한 시신의 모습을. 그 어린 여자아이의 몸이 멍투성이가 되고,

칼에 수없이 난자당해 눈 위에 눕혀져 있었지."

"그만해……."

나카야마의 손이 떨렸다. 잊어선 안 된다고 생각하면서도, 그 생생한 시체의 기억이 떠오르자 견딜 수 없는 고통이 가슴을 옥죄었다.

"또 도망치려는 겐가? 경찰을 그만두고, 가족을 버리고, 후카의 억울함을 가슴에 새긴 채 살아왔다면, 한 번 정도는 생각해봤겠지. 만약 범인을 찾아내면 죽여버리고 싶다고. 갈가리 찢어 죽이고 싶다고 말일세."

그 말에 나카야마는 어떻게든 떨림을 억눌렀다. 그리고 손목을 강하게 쥐며 이 자리에 없는 난쟁이에게 자신의 결심을 전했다.

"만약 그렇게 되더라도 난 사람을 죽이지 않겠어. 여기는 법치국가고, 무엇보다 후카는 그런 걸 원하지 않아."

"그렇게 말할 줄 알았네. ……하지만 그렇게나 증오하던 범인이 눈앞에 있다면 어떻게 하겠나? 밀실에 화재까지 발생하고 누가 죽어도 이상하지 않네. 이런 상황이라면 어떤가?"

살인 교사다. 나카야마는 그렇게 생각하며 시선을 카나모리 쪽으로 향했다.

이 젊은이가? 경시청의 정보분석관치고는 조금 경박한 성격이라는 생각은 들었다. 하지만 카이자키를 따돌리면서까지 목숨의 위험을 무릅쓰고 몸값을 전해주지 않았던가.

나카야마는 카나모리의 눈을 바라보았다. 그가 정말 후카를 죽일 수 있었을까?

"나카야마 씨, 농담이시죠? 제가 그런 짓을 할 리가 없잖아요. 모함입니다."

"······카나모리 씨, 당신은 5년 전 크리스마스이브에 어디에 있었습니까?"

"네? 그 무렵에 전 아직 학생이었죠. 후카라는 아이는 전혀 모릅니다. 설마 이런 인간의 말을 믿는다고요? 상대는 이번 사건을 일으킨 범인이고, 오늘만 해도 몇 명이나 살해한 미친 범죄자입니다. 곤돌라를 추락시켜 사람을 죽인 냉혈한 살인마라고요."

카나모리는 부자연스러울 만큼 말을 술술 늘어놓았다.

"전 상사의 뒤통수를 치면서까지 여기로 왔다고요, 나카야마 씨! 당신을 돕기 위해 이런 위험한 곤돌라에까지 올라탔어요! 그 사건의 범인은 카이자키 형사 아닌가요? 그래서 저는······."

그때 난쟁이의 목소리가 끼어들었다.

"나카야마, 자네는 범인의 단서를 카츠라기 세이조에게서 들었을 걸세. 그게 뭐였지?"

나카야마는 흠칫하며 손으로 입을 틀어막았다.

"초승달······ 카츠라기는 분명 그렇게 말했어."

어째서 초승달일까? 나카야마는 그걸 계속 생각해왔었다.

초승달이 이름을 의미하지 않는다는 건 조사를 통해 밝혀냈다. 그게 아니라면 초승달 모양의 반점이 있다거나 별명일 수도 있고, 다양한 가능성을 생각해볼 수 있었다. 카츠라기 주변에서 초승달과 관련된 정보를 찾아봤지만 아직 단서는 잡지 못했다. 카이자키 주변에서도 마찬가지였다.

"나카야마, 그날 카츠라기는 그곳에서 보고 말았던 걸세. 절대 보아서는 안 됐을 진실을 말이지. 그리고 카츠라기는 그 인간을 지키기 위해 거짓말을 했던 걸세. 직원용 통로에 숨겨둔 돈 따윈 그 녀석에겐 아무래도 상관없었지. 녀석은 진범을 감싸기 위해 자신이 용의자로 남은 채 자살한 거라네."

난쟁이의 말이 나카야마의 고막을 흔들었다.

"하지만…… 왜 그렇게까지 해서 보호할 필요가 있지? 가족이라면 모를까……."

나카야마의 중얼거림에 카나모리의 눈이 움찔거렸다.

그제야 문득 깨달았다. 새우처럼 굽은 그의 등이 마치 초승달처럼 보인다는 것을.

"그렇다면……!"

"맞네. 카나모리는 카츠라기 세이조가 유흥업소 여자와 만든 자식일세. 어릴 때부터 돈만 보내주고 신경조차 쓰지 않던 아들을 그자는 비호한 걸세. 자네가 카츠라기에게서 들었던 건 누군가를 봤다는 증언이었겠지? 카츠라기는 달빛에 비친 그림자를 봤던 걸세. 그건 마치 초승달 같은 모양이었던 거지."

"카이자키……가 아니라……."

나카야마는 얼굴을 들어 자신처럼 곤돌라 안에 앉아 있는 카나모리를 보며 중얼거렸다.

"초승달이란 건 네 등을 가리킨 말이었군. 카츠라기는 네 구부정한 새우등을 본 거였어. 그리고 네가 자기 아들이란 걸 알게 되었겠지. 그래, 카나모리…… 카나모리 쇼헤이. 네가 죽인 거냐? 그날, 후카를 죽인 거냐? 대답해."

나카야마가 떨리는 목소리로 말하자, 카나모리는 휴우, 하고 크게 한숨을 쉬었다. 그는 가벼운 말투로 말했다.

"나카야마 씨, 그렇게 화를 낼 일은 아니잖아요~. 수수께끼가 풀려서 다행이네요~."

"너…… 지금 무슨 소리를!"

"확실히 예상 못한 일이었어요. 그날 카츠라기 그 인간을 만났던 건요."

"인정하는 거로군."

하지만 카나모리는 나카야마의 확인을 무시하며 말을 이었다.

"믿어지세요? 자식을 낳아놓고 한 번도 만나러 안 왔어요. 생활비도 학비도 최소한으로만 보냈고요. 그래서 딱 한 번 원망하는 편지를 보냈었죠. 이대로 가면 나도 미쳐버려서 묻지마 살인 같은 걸 할지도 모른다고요. 그랬더니 당황하면서 돈을 보내더라고요."

"넌 카츠라기를 원망했던 거냐? 그래서 범행을 저질렀고?"

"원망하긴 했죠. 하지만 그 아이를 죽인 건 아버지에 대한 복수는 아니었어요. 그냥 그러고 싶었거든요~."

"카나모리……."

난쟁이의 전자 음성이 말문이 막힌 듯 중얼거렸다. 나카야마도 큰 충격에 아무 말도 하지 못했다.

"참 좋더라고요~ 그 아이. 후카는 너무 좋았어요. 살결도 부드럽고 싱긋이 웃는데…… 정말 작고 귀여웠죠~."

"이 자식!"

나카야마는 주먹을 쥐고 카나모리의 얼굴을 때렸다. 카나모리는 바닥에 쓰러지면서도 계속 웃으며 떠들어댔다. 곤돌라가 그 기세로 불안정하게 흔들렸다. 드림아이는 이제 한계에 가까워진 것이리라.

"하하, 아무리 때려도 후카는 계속 울더라고요. 그래서 찌르고, 찌르고,

몇 번이고 찔렀죠. 피를 잔뜩 흘려서 얼마나 예쁘던지~."

"닥쳐!"

나카야마는 격분하며 계속해서 주먹을 날렸다. 충혈된 눈에서 동공이 크게 열렸다. 허억허억, 하고 숨이 차올랐다.

"나카야마 씨, 이제 와 당신이 뭘 할 수 있는데요? 5년 전, 비극을 못 본 체한 당신이요. 그날 당신이 파출소에 있었다면 후카는 안 죽었을 텐데 말이죠. 검거율 1위? 하하, 웃기지도 않아요. 결국 살인사건을 미연에 방지할 순 없는 거거든요. 오늘도 그렇고요."

"이 괴물 새끼가!"

나카야마는 피 묻은 주먹을 꽉 쥐며 외쳤다.

"어떻게 그런 짓을 할 수가 있지? 어째서 그렇게 잔인한 짓을 할 수 있는 거야!"

"……빨리 죽이게."

난쟁이가 못 견디겠다는 듯이 말했다.

"자네 손으로 그 녀석을 죽이게 해주겠네. 5년 전의 매듭을 직접 짓게 해주려고 계획을 바꾼걸세."

"아아, 이러면 곤란한데~. 그래도 뭐 오케이할게요. 여기서 나카야마 씨한테 죽으면 전 단순한 피해자가 되니까요."

카나모리는 그렇게 말하며 권총을 손에 쥐었다. 나카야마는 한 걸음 뒤로 물러났다.

"쏘려는 거냐?"

그 말을 듣고 난쟁이가 재빨리 말했다.

"나카야마 히데오, 가방 안에 뭐가 들어 있었는지 생각하게. 뭐든 준비해뒀네. 회칼, 권총, 독, 로프까지……."

"이봐…… 그러라고 이걸 준비한 거였나?"

나카야마는 그렇게 말하며 린이 받았던 하늘색 백팩에서 권총을 꺼냈다. 5년 만에 잡아보는 감촉이 손에 잘 익지 않았다. 떨리는 손가락을 방아쇠에 얹자 카나모리는 놀라며 몇 걸음 뒤로 물러났다.

"난쟁이…… 넌 그래서 유이코에게 안에 뭐가 들었는지 말하지 않고 이걸 전달시킨 거로군. 내가 대가를 치르게 하기 위해서."

"맞네. 처음엔 자네가 탄 곤돌라를 떨어뜨릴 작정이었지. 하지만 망설여지기도 했다네. 애초에 두 가지 종류의 계획이 있었지. 곤돌라를 전부 떨어뜨려 다 죽여버리는 것. 아니면…… 자네가 카나모리의 정체를 알아낼 때까지 기다리는 것."

난쟁이는 신음하듯 말을 이었다.

"둘 중 어느 쪽을 택하든 몸값은 8억 엔이었네. 그건 제국부동산이 경찰에 압력을 넣어 카츠라기의 죽음을 포함한 수사를 중단시킨 이유이자, 직원용 통로에 숨겨둔 비자금 액수였기 때문이지. 그 돈이 후카의 목숨보다 무거웠네. 그 더러운 돈을 지키기 위해 사람들은 입을 다물어버렸지. 그러니 자네가 증명하게. 경찰은 정의의 히어로라고 했지. 안 그런가? 자네의 정의를 시험해보게."

난쟁이는 빠르게 말을 쏟아냈다. 나카야마는 분명 그날 파출소에 없었다. 자신의 가족과 함께 시간을 보내고 있었다. 그러나 못 본 척했다고 말하는 이유는 그것만이 아니다.

"……이건 내가 저지른 죄에 대한 비난인 건가."

"증오스럽지 않나, 나카야마 히데오? 증오라는 말로는 부족할 만큼 증오스럽겠지. 로프로 목을 졸라도, 회칼로 찔러 죽여도, 권총을 쏴도, 독을 먹여도, 죽을 때까지 때려도 후카는 살아 돌아오지 않네. 그런 건 알고 있다네. 하지만 자네는 용서할 수 있나? 어떤가?"

"그래, 네 말이 맞아. 지난 5년간, 계속 두 가지 생각을 하며 살아왔어. 하나는 범인이 어떤 녀석인지, 그리고 두 번째는 만약 찾아내면 어떻게 죽여야 할지……."

나카야마는 카나모리에게 총구를 똑바로 겨누었다.

"나카야마 씨~ 그만두지 않으실래요?"

카나모리는 실실 웃어댔다. 아무래도 총격전으로 이길 자신은 없는 것 같았다.

"확실히, 어, 아까는 나카야마 씨 손에 죽고 싶다고 말했지만, 잘 생각해보니 아니었네요. 범인은 카이자키 형사인 걸로 하면 되죠. 왜냐하면 카이자키 형사는……."

"닥쳐."

나카야마는 카나모리를 향해 총을 조준했다. 그런 동작을 알아챈 것처럼 난쟁이가 말을 꺼냈다.

"그렇네, 나카야마. 앞으로 후카 같은 희생자가 생기지 않게 하기 위해서라도, 그 녀석은 죽여야만 하네. 괴물을 세상에 방치해두면 다음 피해자가 나올 걸세. 카나모리는 자네 딸에게도 관심을 보이지 않았던가?"

나카야마의 이마는 땀으로 흥건했다. 분명 카나모리가 대화 도중 부자연스럽게 린에 대해 질문했던 기억이 났다.

"그러고 보니 넌 린에 대해 자세히 물어봤었지."

"아니, 그거야, 좋을 것 같아서였죠~."

카나모리는 실실거리며 대답했다. 딸의 모습이 그 처참한 시체와 겹쳐지자 나카야마는 고개를 세게 저었다. 숨을 크게 몰아쉬고 몸을 흔들며 카나모리에게 한 걸음 다가갔다. 이미 냉정함은 온데간데없었다.

"빨리하게. 곤돌라가 지상에 도착하면 수사관들이 들이닥칠걸세."

"아니, 그만두자니까요. 어째서 이런 곳에서 죽어야만 하는 건데요?"

"죄를 용서받을 마음이 있기는 한 거냐, 너한테는?"

"도대체 제가 뭘 잘못했다는 거죠~? 애초에 눈 내리는 크리스마스이 브에 어린아이를 혼자 외출시킨 가족들의 잘못 아닌가요? 저기요, 난쟁이 씨! 그 부분은 반성하고 계시나요? 그 아이의 가족이잖아요, 당신!"

그 질문에 대답은 돌아오지 않았다.

"그러니까 어쩔 수 없었다고요~. 제가 죽이지 않았어도 후카라는 아이 는 분명 얼어 죽었을 거라고요."

"……죽여버리겠어! 죽여주마! 죽여주마!"

나카야마는 몇 번이나 소리쳤다. 그러나 아직 방아쇠를 당기진 못했다.

"……그래, 빨리하게, 나카야마. 자네가 꼭 해야만 하는 일이네. 정의는 어느 쪽에 있지? 답은 뻔하지 않나?"

"그러니까, 정의 같은 게 어딨냐고요! 애초에 나카야마 씨는 경찰도 안 믿으시잖아요오~?"

말끝을 늘어뜨리는 카나모리의 목소리와 격분한 나카야마의 목소리, 거기에 난쟁이의 목소리까지 겹쳐졌다.

"죽여버리겠다, 카나모리이이!"

"이제 시간이 없네! 어서 죽이게!"

"아아아앗!"

나카야마가 크게 포효했다. 총구를 카나모리의 이마에 겨눈 채 손가락에 힘을 주었다. 카나모리가 히이익, 하는 비명과 함께 총을 떨어뜨렸다. 나카야마의 뇌리에 5년 전의 광경이 되살아났다.

무너지기 일보 직전인 드림아이가 또 한 바퀴를 돌면서 나카야마가 탄 곤돌라는 탑승장으로 돌아오고 있었다. 그곳을 향해 카이자키와 수사관들이 우르르 몰려들었다.

다음 순간 탕, 하는 폭발음이 곤돌라 안에 울려 퍼졌다.

21시 30분, 범인과의 대면

드림아이에 도착한 카이자키는 다급히 문을 열었다.

그곳에는 총을 든 나카야마와 겁을 먹고 몸을 웅크린 카나모리의 모습이 있었다. 카이자키는 허리에서 총을 뽑으며 나카야마를 겨누었다.

"나카야마, 진정하고 총을 이리 넘겨……. 대체 무슨 일이 있었지?"

흥분한 나카야마는 카이자키 쪽을 돌아보지도 않고 카나모리에게 총을 계속 겨눈 채였다.

"이봐, 내 말 안 들려? 나카야마, 총을 버리라고!"

카이자키가 시선을 돌리자 나카야마가 발포한 탄환의 흔적이 곤돌라 천장에 남아 있는 게 보였다. 나카야마는 거친 숨을 몰아쉬고 있었다. 그리고 카나모리의 얼굴에는 얻어맞은 흔적이 보였다.

"위험해! 일단 나와!"

카이자키는 자기 총을 집어넣고 양손으로 각각 나카야마와 카나모리를 잡아끌어 곤돌라 밖으로 나오게 했다. 드디어 승객 모두가 내린 드림아이는 빈 곤돌라를 실은 채 여전히 계속 움직이고 있었다. 드림아이의 하차장 바닥에 주저앉은 카나모리에게 나카야마는 또다시 총구를 들이밀었다.

"우왓~ 카이자키 형사님! 살려주세요! 나카야마 씨가 갑자기 이성을 잃으셨어요. 환각을 보고 정신 착란을 일으킨 것 같아요. 갖고 온 소지품 안에 권총이 들어 있다니, 역시 난쟁이 같은 건 없었어요. 이 사람이 범인 이라고요!"

카나모리가 삿대질을 하자 카이자키 뒤에 대기하던 수사관들이 움직이려 했다. 카이자키는 그들을 손으로 제지했다.

"손을 들어야 할 건 너야, 카나모리 쇼헤이."

다시 총을 겨냥한 카이자키의 총구는 카나모리를 향하고 있었다. 나카야마는 조용히 움직여 카이자키의 뒤로 걸어갔다.

"어, 뭐죠, 이건? 카이자키 형사님, 지금 어쩌자는 거예요?"

"미안하지만 나카야마와 손을 잡기로 했다. 널 현행범으로 체포한다."

"손을 잡아요? 그게 무슨 소리예요? 난쟁이의 존재는 나카야마 히데오가 날조한 거라고 분석한 게 카이자키 형사님이었잖아요. 드림아이 납치는 자작극이라면서요?"

"확실히 그렇게 말했지. 하지만 진심으로 한 소리는 아니었다. 네가 몸값을 준비하러 간 사이, 난쟁이는 지상에서 체포했어. 타키구치 미카를 말이지."

"네? 그럴 리가요. 저하고 나카야마 씨는 방금까지도 난쟁이의 목소리를 들었는…… 앗."

"그렇다면 나카야마의 자작극은 아니란 거군."

"저기, 그게……. 하지만 어째서죠? 나카야마 씨를 함정에 빠뜨리자고 하셨잖아요. 나카야마 씨도 카이자키 형사님이 범인이라고 하셨고……."

"그랬지."

카이자키의 뒤에서 나카야마가 중얼거렸다.

"난 카이자키를 의심했다. 카이자키는 날 의심했고. 그런 상황은 카나모리 네게 아주 유리했겠지. 우리가 서로 싸우다 공멸하는 걸 노렸을 테니."

"정말 유감이다, 카나모리. 그렇게나 네 뒤치다꺼리를 해줬는데 이렇게 뒤통수를 치다니. 어쩔 수 없이 나카야마와는 일시 휴전하고 손을 잡기로 했어. 암호로 대화할 수 있었으니까 말이지. 카나모리 쇼헤이, 네가 5년 전 크리스마스이브, 후지사와 후카를 죽였군."

"그게 무슨 소리세요?"

카나모리는 당황하며 카이자키 주변의 수사관들을 힐끗힐끗 바라보았다. 이렇게 많은 사람 앞에서 들키면 위험하다는 듯한 표정이었다.

"범인은 너일 수밖에 없어."

카이자키가 휴우, 하고 천천히 숨을 토해내며 호흡을 가다듬었다.

"갑자기 무슨 말씀을 하시는 거예요, 카이자키 형사님? 그렇게까지 말할 정도면 증거는 있으시겠죠?"

"그래. 불과 몇 시간 전, 네가 입장객을 전부 조사했다고 서류를 가져왔을 때였어. 난 나카야마와의 관계를 네게 이야기했지. 그리고 5년 전에 벌어진 후카 어린이 살해사건에 대해서도. 그때 넌 사라진 유류품 중에 손전등이 있다고 말했어. 그걸 어떻게 알았지?"

"그게 대체 무슨 문제가 있다는 거죠? 그렇게 깜깜한 시간에 손전등 없이 다닌다는 건 이상하잖아요. 게다가 계절도 겨울이었어요. 날이 저물면 순식간에 바깥은 어두워지죠. 그런 건 어린애도 다 안다고요."

"아니. 후카는 손전등 같은 건 갖고 있지 않았어. 필요 없었기 때문이지."

카이자키는 그렇게 말하며 자신의 동기에게 시선을 향했다. 나카야마는 입술을 깨물며 그 이야기를 듣고 있었다.

"왜냐하면 밤이 되기 전에 집에 돌아갈 생각이었으니까. 정오에 책가방을 메고 집을 나와 평소처럼 파출소로 향했지만, 후카에겐 예상치 못한 상황이 벌어졌어. 항상 그곳에 있던 나카야마가 그날에만 없었던 거지. 비번이라 가족들과 시간을 보내고 있었으니까. 그 뒤로 후카의 행방은 홀연히 사라졌다가 그날 자정이 되어서야 처참한 시신으로 발견되었지. 정확히 열두 시간 뒤에 말이야. 무슨 뜻인지 알겠나?"

카이자키의 설명에 카나모리는 끼어들지 않았다. 아니, 끼어들지 못했다고도 할 수 있다. 그는 이렇게 많은 사람 앞에서 폭로당한 뒤의 후폭풍에 대해 생각하며 초조해하고 있었다.

"다시 말해 드림아이를 정지시킨 시간과 일치하지. 정오에 드림아이는 완전히 운행을 정지했고, 난쟁이의 요구가 시작됐어. 곤돌라의 대수인 열두 대에 맞춰서였지. 후카가 사라진 시간 역시 정오부터 자정까지의 열두 시간, 바로 이게 12라는 숫자의 의미였다. 난쟁이는 그 시간을 연출하기 위해 오늘 이 시간을 고른 거야."

"그, 그게 무슨 상관이 있는 건데요?"

"잘 들어. 후카가 거리에서 목격된 건 오후였어. 집을 나온 게 정오, 파출소 근처에서의 목격 증언은 오후 2시였지. 만약 후카가 누군가를 만나 그 뒤에 살해당했다고 한다면 오후 2시 이후였을 거야. 하지만 네가 손전등에 대해 말한 걸 보면 날이 저문 시간대라고 봐야겠지."

카이자키의 말에 카나모리는 구부정한 자세 그대로 손가락을 깨물기 시작했다.

"카이자키 형사님, 저를 버리시는 건가요……? 이제 와서? 저는……."

"무슨 소리지?"

나카야마가 묻자 카이자키가 방아쇠에 손가락을 걸었다.

"총 맞고 싶지 않으면 닥쳐!"

"카이자키, 네가 쏘려는 거냐? 그만둬."

나카야마가 카이자키를 제지하며 한 걸음 앞으로 나섰다.

"살고 싶다면 동기를 말해. 후카를 죽인 이유를."

"아까 말했잖아요. 좋아 보여서 죽였어요. 아아, 실제로도 좋았고요."

카나모리는 휴우, 하고 한숨을 쉬었다.

"하지만 말이죠, 처음부터 죽일 생각은 없었어요. 귀여운 아이에게 친절하게 대해줄 생각이었다고요."

"……그게 무슨 뜻이지?"

숨죽인 목소리로 묻는 나카야마에게 카나모리는 어깨를 으쓱해 보였다. 죄책감 따위 전혀 없다는 듯이 당당하면서도 가벼운 동작이었다.

"그날은 볼일이 있어서 대학에 갔다가 돌아오는 길이었어요. 평소엔 지름길인 뒷골목으로 다니는데, 마침 크리스마스이브였잖아요? 거리 곳곳에 예쁜 크리스마스 전구 장식이 빛나고 있었죠. 그래서 거기에 이끌리듯이 대로 쪽으로 돌아가기로 했어요. 그쪽으로 가보니 야경의 중심에는 건설 중이던 드림아이가 있더군요. 그래서 길을 돌아서 가기로 했던 거예요. 근처의 언덕 위에서 겨울에 아름답게 빛나는 야경을 보고 싶었거든요. 그랬더니, 겨울 하늘 아래서 저처럼 예쁜 야경을 보러 온 여자아이가 있었어요. 그게 바로 후지사와 후카였죠."

"그래서, 어떻게 했지?"

이를 악문 나카야마가 눈을 크게 뜨며 다음 이야기를 재촉했다.

"조금 이상해 보여서 말을 걸었어요. 그런 한겨울에 장갑도, 목도리도 하지 않았더라니까요? 온 세상이 크리스마스 분위기인데 가족들도 없이 혼자였어요. 게다가 겨울 방학일 텐데 책가방까지 메고 있었고요. 가출했다는 걸 금방 알았죠. 그래서 '엄마는 어디 계시니?'라고 물었죠. 그랬더니 '엄마 없어'라고 그 아이는 대답했어요."

카이자키와 나카야마는 동시에 고개를 끄덕였다. 다른 수사관들도 이야기에 몰입해 있었다. 거기서 나카야마가 입을 열었다.

"후카의 부모는 양친 모두 돌아가셨지. 외조부모가 두 자매를 거둬서 키우고 있었어."

"그랬죠. 전 아빠도 엄마도 없는 후카가 가엾게 느껴졌어요. 그래서 제 목도리를 후카에게 빌려준 거죠. 춥게 떨고 있었거든요. 그랬더니 보답으로 노란 수선화를 제게 주더라고요. 자기 집 정원에서 키우는 꽃이라면서요."

"수선화……."

나카야마가 조용히 중얼거렸다. 무언가를 떠올린 듯한 말투였다.

"그때 그 아이는 조금 어른스러운 말을 쓰더라고요. '추운 겨울에는 노란색이 잘 어울려'라고요. 아이들 같지 않은 말투잖아요? 도저히 초등학교 1학년으로는 보이지 않았어요. 이런 말을 하는 걸 보면, 이 아이는 고독할 거라고 생각했죠. 지금도 잊히지 않아요. 저도 부모가 없는 거나 마찬가지였으니까요."

"넌 카츠라기에게 많은 돈을 받고 있었을 텐데."

나카야마가 중얼거렸다. 난쟁이는 카나모리가 카츠라기 세이조의 숨겨

둔 자식이라고 했다. 엄마는 유흥업에 종사하던 여성이다. 성은 다를지언
정, 대학까지 갈 수 있었던 건 부모의 지원 덕분일 것이다.

"돈만 주면 아이가 알아서 크나요? 아아, 그렇구나. 나카야마 씨, 당신
도 딸을 그렇게 키우셨죠?"

"아니야!"

"후카처럼 키우고 계신 거 아닌가요?"

카나모리는 입꼬리를 올리며 히죽 웃었다.

"진정해."

카이자키가 나카야마를 진정시키며 말을 받았다.

"그래서? 같은 처지라고 느낀 여자아이를 왜 죽인 거지?"

"그건…… 가엾어서 같이 놀아주려고 했어요. 그런데……."

"뭐지?"

"후카는 거기서 기다리는 사람이 있다고 했어요. 아무도 없는 한겨울의
언덕 위에서 가족과 연인이 즐기는 화려한 불빛 장식을 바라보며, 몸을 부
들부들 떨면서 그렇게 말했다고요."

"대체 누구를……."

나카야마의 질문에 카나모리는 비웃듯 말했다.

"당신이에요, 나카야마 씨. 그 아이는 항상 파출소에 있는 정의의 히어
로를 기다린다고 했어요. 자기가 곤란해하면 반드시 와준다면서 웃었죠."

나카야마는 몸을 부르르 떨었다. 추위 때문은 아니었다. 그의 얼굴이 새
빨개지며 주먹에 힘이 들어갔다.

"그래서 죽인 건가? 자기 호의를 거절당한 것에 멋대로 앙심을 품고 그
렇게 어린 소녀를 죽인 거냐?"

카이자키는 나카야마보다 훨씬 냉정하게 하나하나씩 질문을 던지고 있었다.

"맞아요. 다른 이유가 필요한가요? 어차피 지루한 인생이었으니까 경찰에 체포당해도 상관없다고 생각했어요. 하지만 무슨 일인지, 그런 인적 없는 언덕 위에서 내 아버지가 나타났어요. 믿어지세요? 저는 깜짝 놀라서 도망쳤어요. 얼굴을 마주치기 싫었거든요. 하지만 특별히 절 만나러 왔던 건 아니었던 거죠, 그 노인네는. 뭐, 거기가 숨겨진 통로의 입구였을 뿐이었어요. 그건 오늘 알게 된 사실이지만요."

카나모리는 담담하게 말했다.

"하지만 네 아버지는 널 지키려 했어."

"글쎄요? 그건 추측일 뿐이죠. 전 그렇게 생각 안 해요. 회사 일이 가장 중요한 인간이었어요. 하지만 결국 경찰이 절 찾으러 오진 않았죠. 어째서일까요?"

나카야마의 눈에는, 카나모리가 그때 카이자키에게 눈짓하는 것처럼 보였다.

"닥쳐."

카이자키가 총을 고쳐 겨누었다.

"……뭐, 결국 전 잡히지 않았어요. 그래서 제 인생을 살기로 했죠. 이제 그런 슬픈 사건이 벌어지지 않길 바라며 경찰관이 됐어요. 마음을 고쳐먹은 거죠."

"무슨 소릴 하는 거야? 넌 절대 그럴 수 없어. 죗값도 치르지 않고서 무슨 마음을 고쳐먹는다는 거냐! 내가 절대 용서 못 해!"

"흠, 하지만 잘 생각해보면 보호자의 감독 부주의도 꽤 심각했다는 생각 안 드세요? 한겨울에 초등학생이 사라졌는데도 외조부모와 언니는 찾으려고도 안 했어요. 얼마나 불행한 아이인가요? 처음부터 그렇게 될 운명이었다고요. 나카야마 씨, 한번 생각해보세요. 드림랜드에서 린이 잠시 사라졌던 적이 있다고 했죠? 그때 온몸에 소름이 돋지 않던가요? 엄청난 불안과 두려움에 심장이 터질 것 같았을 거예요. 부모란 건 보통 그런 존재잖아요. 하지만 후카의 보호자는 안 그랬죠."

"닥쳐, 카나모리. 가엾다고 생각했으면서 왜 보호해주지 않았지? 파출소로 데려다주기만 해도 됐었을 텐데."

나카야마는 후회하듯 말하며 이를 갈았다.

"나카야마 씨, 당신이 할 말은 아니잖아요? 당신도 똑같았을 텐데요. 후카를 못 본 척하고 자기 가족을 선택한 주제에, 크리스마스이브에 뻔뻔하게 딸의 손을 잡고 드림랜드에 나타났잖아요. 후카가 그걸 보면 어떻게 생각할까요? 당신은 사건 직후에 경찰을 사직하고 행방을 감췄죠. 그 아이의 억울함으로부터 도망친 거잖아요. 당신은 죄를 비난할 수 있는 입장이 아니에요. 그때, 당신이 파출소에만 있었어도 사건은 안 벌어졌다고요."

"그래, 맞아. 난 그 아이를 구하지 못했어. 그에 대한 후회라면 지금까지 수도 없이 해왔다."

"후회한다고 다 용서받는다면 경찰이 왜 필요하죠?"

나카야마는 이를 악물었고 카나모리는 여전히 웃고 있었다.

"아까 곤돌라에서는 절 못 쐈잖아요. 어차피 당신은 사람을 못 죽여요."

"아니. 못 죽인 게 아니라 안 죽인 거다. 넌 법의 심판을 받아야 해. 죽는 것보다 괴로운 시간이 기다리고 있을 거다."

"카이자키 형사님, 괜찮으시겠어요? 소중한 부하가 체포당해도? 자기

부하 중에서 범죄자가 나와도 괜찮겠냐고요~."

"……범죄자가 나오냐 마냐의 문제가 아니야. 넌 이미 범죄자다. 이쪽으로 와!"

카이자키가 총을 겨누는 가운데, 수사관들이 카나모리를 양쪽에서 붙잡으며 경찰 차량으로 연행했다. 카이자키는 나카야마에게 아무 말도 하지 않았다.

불길이 거세지는 드림아이 밑에서 나카야마는 혼자 멈춰 서 있었다.

이것이 마지막 광경인가 생각하며 불빛 장식보다 요란하게 타오르는 대관람차를 올려다보고 놀이공원을 둘러보았다. 드림아이는 이제 한계에 다다랐을 것이다. 8억 엔도 이대로 불타버릴 것이다. 난쟁이에게 돈은 정말 아무래도 상관없었던 것이다.

나카야마는 드림아이 밑에서 떠나가다가 조금 떨어진 위치에서 뒤를 돌아보았다. 그때 굉음과 함께 드림아이의 곤돌라 여러 대가 동시에 추락했다.

"이건……."

유일하게 남은 건 방금까지 나카야마가 타고 있던 곤돌라였다. 그건 시계로 따지면 12시에 있었다. 드림랜드의 심벌마크와도 비슷한 모양이다. 나카야마는 그 모습을 잠시 멍하니 바라보았다.

이윽고 발소리와 함께 누군가가 다가왔다. 나카야마는 손에 든 총을 고쳐 쥐었다. 총구는 지면을 향한 채로 상대를 향해 말을 꺼냈다.

"거기서 멈춰."

"여어, 안녕하신가."

암흑 속에서 화염에 휩싸인 드림아이. 비현실적인 광경 앞에서 노인은 분위기에 안 어울리는 인사말을 꺼냈다. 게다가 그건 지난 반나절 동안 지겹도록 들은 인사말이었다.

"나카야마 히데오로군. 꽤 오래 대화를 나눠서 그런지 목소리가 익숙하군그래."

"당신이 바로 난쟁이⋯⋯."

"그래, 맞네. 이 드림랜드의 난쟁이는 공주님에게 반한 추남이자 물질이 아닌 진실을 제시한 존재지. 그 이름을 빌리는 게 어울린다고 생각했네."

"유감이군요⋯⋯."

나카야마는 그렇게 말하며 슬프게 표정을 일그러뜨렸다.

"이 사건을 기획한 사람이 후지사와 타이시, 설마 당신이었을 줄이야⋯⋯."

22시 00분, 재회

"방금 생각났습니다. 후지사와 미카…… 후카의 언니가 그런 이름이었죠."

나카야마는 노인에게 말을 건넸다. 처음 타키구치 미카라는 이름을 들었을 때는 알아채지 못했지만, 이 사건에 그녀가 관여했다는 걸 나카야마는 어느 순간 파악하고 있었다.

"성을 바꾼 거군요. 계획을 성공시키려고."

"그것도 있지만, 꼭 그 이유 때문만은 아니었네."

후지사와와 나카야마는 몇 미터 떨어진 위치에서 마주 보았다. 머리 위에서는 불티가 흩날리고 있었다. 드림아이는 화염에 휩싸인 채 불타오르며 철골의 잔해로 변해가고 있었다.

"살인사건의 피해자 가족으로 추적당하는 걸 막기 위해서이기도 했다네. 나카야마 씨, 자네라면 이해하겠지? 주간지나 방송국 같은 곳이 얼마나 집요한지를. 우리는 몇 번이나 이사하며 도망쳐야 했네."

"……그건 유감입니다. 하지만……."

그렇다고 이 정도의 일을 저질러도 될 리가 없다.

나카야마의 눈앞에 선 노인은 오늘 낮, 드림아이 앞에서 그가 순서를 양보한 상대였다. 린이 부딪치며 주스를 쏟아버렸지만 화내지 않고 사탕을 건네준 착한 노인. 그가 바로 후지사와 타이시, 후지사와 후카의 외할아버지였다.

사건 직후 경찰을 그만둔 나카야마는 피해자 가족의 얼굴을 알지 못했다.

"당신은 계속 곤돌라 안에서 내게 통신을 보냈습니다. 하지만 어째서 굳이 곤돌라에 탄 겁니까? 그 탓에 계획이 어긋났을 텐데."

"그래, 시계 말이군. 설마 시계탑의 시간을 어긋나게 할 줄은 몰랐네."

"린이 쏟은 주스 때문에 손목시계가 고장 났겠죠. 그리고 당신은 피해자인 척을 하느라 난쟁이의 지시를 따르는 척 스마트폰을 버렸고요. 덕분에 공범과 연락하지 못하는 시간대가 생겼을 겁니다. 그래서 혼자서는 시간을 확인하지 못해 시계탑에 의지해야 했고, 그 때문에 정시에 연락한다는 방침이 무너진 거겠죠."

"역시 나카야마 씨로군. 정확히 꿰뚫어 봤네."

후지사와는 휴우, 하고 한숨을 쉬었다.

"물론 안전한 장소에서 이번 사건을 일으킬 수도 있었지. 하지만 그랬다간 먼저 경찰에게 붙잡힐 가능성도 있었다네. 이 드림아이 안이야말로 가장 안전했던 셈이지. 경찰도 납치당한 대관람차 안에 설마 범인이 있을 거란 생각은 안 할 것 아닌가? 추가로 내 시체도 위장해뒀으니까 말일세. 곤돌라를 떨어뜨리는 장치는 내가 갖고 있었네. 미카와 연락이 닿지 않아도 문제는 없었지. 드림아이를 탈취하려면 시스템에 접속해야 했지만, 곤돌라를 떨어뜨리는 건 그게 아니어도 가능했으니 말일세."

313

"……참 다재다능한 손녀를 뒀군요."

"그래. 미카는 머리가 정말 좋다네. 딸과 사위를 먼저 보낸 우리에겐 소중한, 정말 소중한 가족이지."

"그런데 왜 복수에 끌어들인 거죠?"

나카야마의 비난에 후지사와는 고개를 저었다.

"우리 가족을 다시 결속시키기 위해서였네. 후카가 죽고 난 뒤, 우리 가족은 해체되기 직전이었어. 복수라는 목적이 있었기에 여기까지 올 수 있었던 걸세. 5년 전, 사랑스러운 후카가 끔찍하게 살해당했네. 고작 일곱 살이었지. 그 짐승만도 못한 범인은 잡히지 않았고, 경찰은 무책임하게도 수사를 중단시켰네. 그리고 현장 근처에서 후카의 모습을 봤으면서도 방관한 인간들까지 있었지. 그래서 그들에게 후카와 똑같은 기분을 느끼게 해준 걸세. 이 성탄전야에 말일세. 오늘은 후카의 기일이기도 하네."

"아무 죄도 없는 내 딸까지 끌어들여서 말인가요?"

그것이야말로 도리에 어긋난다는 듯이 나카야마가 말했다. 원한이 있다면 당사자에게만 복수하면 되지 않는가.

"처음엔 자네가 탄 곤돌라를 떨어뜨릴 생각이었네. 어쨌든 자네는 경찰의 의무로부터 도망쳤으니까 말일세. 뭐, 감사하는 마음도 있었던 건 사실이라네. 자네는 사건 당시부터 우리 집에 몇 번이나 찾아왔고, 끊임없이 편지도 보내주었지. 자네의 자책감과 진심 어린 사죄는 우리에게 충분히 전해졌네. 하지만 자네 얼굴도 보지 않고 돌려보냈던 건, 자네의 이야기를 들으면 분명 우리의 결심이 흔들릴 거라 생각해서였다네. 우리 얼굴을 보였다간 계획도 전부 수포로 돌아갈 테니 말일세."

"그렇다면 왜……."

"나카야마 씨, 자네가 미웠네. 하지만 자넨 후카의 살아생전 모습을 기억해준 사람이기도 했지. 많이 고민했다네. 자네는 유일하게 후카를 잊어버리지 않았던 형사였네. 그래서 부조리한 경찰 조직에 환멸을 느끼고 그만둔 거겠지. 다만…… 용서가 안 됐다네. 사람들이 후카 사건을 잊어버리고, 그 아이가 완공되길 고대했던 대관람차에만 열광하는 것이. 자네가 딸과 함께 드림아이에 타는 것이. 우리는 5년 동안이나 비참한 크리스마스이브를 견뎌냈네. 우리 인생에 다시 햇빛이 들 일은 없었으니 말일세."

"그렇다고 해서……."

이런 말은 이 노인에게 전혀 와닿지 않을 거라 생각하며 나카야마는 입을 다물었다. 뭔가 다른 말이 필요했다. 한때는 살인사건의 유족이었다가 이젠 살인사건의 범인이 된 이에게 해줄 수 있는 말이.

"자, 이걸로 마지막일세. 나카야마 씨, 가르쳐주겠나? 후카에게서 자네의 이야기는 많이 들었네. 후카가 정말 기뻐하며 이야기했지. 학교 가는 길의 파출소에 있다는 정의의 히어로에 대해서 말이야. 자네는 그날에도 후카를 봤을 테지. 가르쳐주게. 후카와 자네 사이에 무슨 일이 있었는지를."

나카야마는 조용히 고개를 끄덕이며 이야기하기 시작했다. 자연스레 자세와 말투도 고치게 되었다. 이건 대관람차 납치범에게 하는 말이 아니라, 살인사건의 유족에게 전하는 말이었기 때문이다.

"당시…… 파출소에서 근무하던 저는 후카와 알고 지내는 사이였습니다. 통학할 때 마주치면 늘 제게 인사를 해주었죠. 학교에서 돌아갈 때는 파출소에 있는 낡은 난로를 쬐다가 갔습니다. 그 난로가 참 따뜻하다고 말하며 짓는 미소에 많은 위로를 받았죠. 그런 일상이 쭉 계속되길 바랐습니다."

나카야마는 과거를 뒤돌아보며 말을 뱉어냈다.

"하지만 비극이 일어났죠. 그날 저는 일 년에 몇 번 없는 비번이었습니다. 아내인 유이코와 싸움이 잦아지던 참이라 그날은 가족끼리 즐거운 시간을 보내야겠다고 전부터 마음먹고 있었죠. 그리고 저녁 식사를 하고 돌아오는 길에, 새하얀 눈이 쌓여가는 가운데서 장갑도 목도리도 없이 걸어가는 후카의 모습을 봤습니다. 전 이상하게 생각하며 말을 걸려고 했지만 순간 자동차가 앞을 스쳐 지나갔고, 다시 돌아보았을 때 후카의 모습은 보이지 않았습니다. 그때는 설마 했어요. 제가 잘못 봤으리라 생각하며 쫓아가진 않았습니다. 그리고 깊은 밤, 자정이 되자마자 후카는 시신으로 발견됐습니다."

"그렇군……. 후카는 그날 책가방을 메고 일찍 집에서 나갔네. 그걸 가만히 놔둔 우리의 책임도 있지……."

"……지금은 제가 변명할 시간입니다. 차가 지나가서 모습을 놓친 뒤에도 찾아볼 수는 있었어요. 하지만 전 그러지 않았습니다. 제 가족들과의 시간을 우선했던 거죠. 결국, 그 뒤로도 부부 사이는 좋아지지 않았습니다. 저는 사건 때문에 초췌해져 갔고, 애초에 아내는 카이자키와 불륜관계였으니까요. 하지만 지금까지도 전, 그날 후카를 찾아냈다면 무언가가 달라졌을지도 모른다고 생각합니다. 저의 이기적인 선택이 그 아이를 죽인 겁니다. 분명 구할 수 있었을 텐데……."

"자네도 괴로워했던 거군……."

"뭔가 이상하다고는 생각했습니다. 그런데 가만히 있었어요. 경찰 제복을 입고 매일 그 거리에 서 있었던 주제에, 저는 그런 차림으로 제 앞을 스쳐 지나간 소녀 한 명의 문제도 해결해주지 못했습니다. 그러니 당신이 절

원망해도 이상할 게 없습니다."

"……나카야마 씨, 자네가 차고 있는 새 시계를 보여주겠나?"

나카야마는 순순히 시계를 풀어 보여주었다. 나카야마의 손목에는 무언가가 강하게 조인 듯한 자국이 선명하게 남아 있었다.

"그건 후카가 준 팔찌 자국이군. 수선화 줄기로 만든."

"그걸 어떻게 아시죠?"

떨리는 목소리로 묻는 나카야마에게 후지사와가 설명했다.

"그 아이는 겨울에 피는 수선화를 좋아했네. 꽃 도감을 사달라고 해서 사다 줬더니, 수선화가 나오는 부분만 정신이 팔려 읽고 있더군. 그 아이가 노란색을 가장 좋아했기 때문일지도 모르지. 그래서 자네의 딸을 봤을 때, 난 노란 코트를 입은 그 소녀에게서 눈을 뗄 수가 없었다네. 기뻤네. 마치 후카가 성장한 모습으로 살아 돌아온 것만 같았지."

나카야마는 몸을 떨며 충혈된 눈으로 말했다.

"맞습니다. 제게 만들어줬어요. 작은 손으로 꽃의 줄기를 엮어서요. 손 재주가 좋은 아이였어요. 크리스마스 선물이라며, 얼굴을 붉히며 제게 건네줬었죠. 저는 후카가 죽었다는 소식을 들은 날부터, 밤에 자기 전에 그 팔찌로 손목을 졸랐습니다. 후회에서 도망칠 수 있는 유일한 방법은 고통이었으니까요. 그 팔찌는 바로 얼마 전에 끊어져버렸지만요……."

"팔찌가 끊어지면 소원이 이루어진다고 했었지. 그 말이 맞았군. 자네는 범인을 찾아냈어."

"하지만 그건……."

"난 자네 손목에 팔찌 자국이 남아 있는 걸 드림아이 탑승 줄을 설 때부터 알아봤네. 그리고 계획을 바꿔 자네가 탈 곤돌라의 순서를 뒤바꾸었지.

시효가 지나기도 전에 모두가 잊어버린 사건을, 아니, 후카라는 아이를 지금까지 잊지 않고 기억해준 건 진심으로 감사하고 있네. 바로 그래서······ 자네가 카나모리를 죽여주길 바란 거였네."

후지사와는 슬프게 고개를 저었다. 그는 나카야마가 후카의 원한을 갚아주길 바랐다고 말하고 있다.

"하지만 카나모리를 죽인다고 후카가 돌아오진 않습니다."

"그건 알고 있네. 하지만 우리는 오랜 시간 동안 원한을 품고 살았네. 다른 누구도 의지할 수 없었지. 애초에 자네는 카나모리가 범인이라는 걸 알아내지 못하고 있었지. 자네는 카이자키를 의심했겠지만 우리는 카츠라기 세이조를 의심했다네. 숨겨둔 자식에 관해서도 조사해봤지. 그러다 경찰관이 된 카나모리의 상사가 카이자키라는 걸 알게 됐네. 이상함을 느낀 건 그때였지."

"그건 카이자키가 후카 살해사건의 수사를 중단했기 때문이었겠죠."

"맞네. 카이자키라는 남자가 나타나면서 수사가 부자연스럽게 축소된 무렵부터 우리는 복수를 생각했다네. 반대하는 사람은 없었지. 오히려 이 계획 덕분에 우리 가족은 한집에서 살 수 있었는지도 모르네. 후카의 억울함을 풀어주기 위해서. ······하지만 이 계획에는 불안 요소가 있었지. 나카야마 씨, 바로 자네일세. 하지만 자네를 드림아이에 태우지 않을 수는 없었네. 자네에게도 보여주고 싶었으니까 말일세. 최고의 객석에서, 당시에 후카의 죽음을 외면해버린 인간들이 죽는 모습을."

"후지사와 씨, 그런 말은 듣고 싶지 않습니다. 이런 짓을 하길 바라진 않았어요. 당신들의 억울함과 분노가 얼마나 막막했을지는 이해합니다. 하지만 후카는 그런 걸 바라지 않아요."

"바보 같은 소리 말게. 후카는 억울하게 죽었네. 증오하지 않을 리가 없어."

"하지만…… 그렇다면 왜 린까지 끌어들인 겁니까?"

"시험해본 거네. 아니, 알고 싶었다고 해야겠군. 기억하나? 내가 그 아이에게 준 사탕을. 그걸 먹었다면 살아남지 못했을 걸세."

"뭐라고요! 린을 독살하려 한 겁니까?"

"그래서 크리스마스까지 먹으면 안 된다고 말한 걸세. 내일이면 그건 범인이 준 사탕이 되니 먹지 않을 테니까."

"왜 그런 짓을……?"

"약속을 지킬 줄 아는 아이는 죽지 않네."

후지사와는 슬픔을 담아 조용히 말했다.

"후카는 집에서 나가지 않겠다는 약속을 지키지 않았다네. 그 일의 잘못은 카나모리와 외면한 어른들, 그리고 쫓아가지 않은 자네와 우리에게 있네. 하지만 후카가 집을 나간 것도 원인인 건 사실이지. 그 아이가 약속만 지켜줬다면……."

"아니, 후카의 잘못이 아닙니다……!"

"그래……."

후지사와는 고개를 깊이 끄덕였다.

"물론 나쁜 건 어른들이지. 자네 딸이 죽지 않아서 다행이라 생각하네. 영리한 아이였지."

"그건 궤변입니다."

"어디가 말인가? 오늘 곤돌라에 태운 자들은 모두 후카의 모습을 봤으면서도 정보를 제공하지 않았네. 한 명 한 명에게 이야기를 들으러 갔더니, 그제야 말을 꺼냈지. 그러면서도 경찰에 진술하러 가주진 않았네."

"곤돌라의 승객…… 그날 즐거운 시간을 보내는 데 정신이 팔린 사람들 말이군요. 크리스마스이브의 분위기에 들떠서 여자아이 혼자 걸어 다니는 걸 신경도 쓰지 않은 방관자들. 당신은 5년 전 사건에서 강 건너 불구경만 하던 이들을, 대관람차 납치를 통해 직접 불에 타게 만든 거군요."

"그렇네. 덕분에 살해당한 후카의 심정을 이해했을 테지. 곤돌라에서 위험에 빠진 승객들은 돌아보지도 않는 입장객들의 우스꽝스러운 모습을 보며 많은 걸 느꼈을 걸세. 5년 전, 우리가 맛본 무력한 현실을 직접 경험한 걸세. 그자들이 경찰에 진술하러 가주기만 했어도 보다 상세한 수사가 이뤄질 수 있었네."

"하지만 경찰 수사가 난항을 겪은 이유는 따로 있었습니다."

"맞네. 그때 경찰 수사는 확실히 미궁에 빠져 있었지. 언론에서도 해결하기 힘든 사건이라고 떠들어댔네. 하지만 사실은 전혀 달랐네. 수사가 중단된 건 경찰에 모종의 압력이 가해진 게 원인이었지. 하찮은 권력 남용이 있었던 거네."

후지사와는 거기까지 말하고 잠시 기침을 했다. 화재로 인한 연기가 여기까지 불어온 것이다.

"그렇게 만든 건 카츠라기를 비호하려는 제국부동산의 압력, 나아가서는 정부의 압력이었죠. 전부터 열심히 뇌물을 뿌려댄 결과였습니다."

"맞네. 그래서 경찰에 기대하지 않기로 했지. 우리 같은 일반인이 호소해도 묵살당할 뿐이니까."

"그렇다고 이 정도의 사건을……."

"우리에겐 이 방법밖에 없었네."

"이제부턴 어떻게 하실 겁니까?"

"처음부터 목적은 하나였네. 후카의 억울함을 풀어주는 거지."

나카야마는 거기서 마지막 추리를 밝혔다.

"……이 계획은 드림아이의 지금 모습으로 완성되는 거군요. 드림아이의 곤돌라를 전부 제거하고 최후의 곤돌라만을 남긴 모습을 시계로 비유한다면, 중심에 새겨진 드림랜드의 화살표 마크가 시곗바늘이 됩니다. 12시의 위치에 곤돌라가 올라간 순간, 마치 시곗바늘이 그 곤돌라를 가리키는 것처럼 보이는 거죠. '12시에 사건이 발생했다'라고 알려주는 것처럼요."

드림아이 위에는 언론사의 헬기가 날아다니고 있었다. 후지사와가 준비한 이 광경은 전국에 뉴스로 생중계되고 있을 것이다.

"나카야마 씨, 이 승부는 내가 이겼네. 내가 준비한 희극은 잘 즐겼나?"

"희극이라……. 그 사건 뒤에 후카의 유족에게 아무리 편지를 보내도 답장이 없었지만, 어느 날 딱 한 번 답장이 왔었죠. 그 내용 중에 이런 말이 있었습니다. '오늘 밤은 크리스마스이브, 무슨 일이 벌어져도 사람들은 행복에 넘치며 꿈을 이야기한다.' 그건 복수심을 나타내는 말이었군요."

후지사와는 조용히 고개를 끄덕였다. 그건 매년 세상이 축제 분위기에 들뜰 때마다 가족의 죽음을 떠올려야 하는 고통을 호소하는 편지였다. 그리고 온 세상을 향한 비통한 절규였으며, 결국 실현된 복수는 뉴스를 통해 세상에 전해졌다.

하지만 나카야마는 후지사와의 말을 부정했다.

"당신은 틀렸습니다. 당신은 이기지 못했고, 이건 희극이 아닌 허무한 참극일 뿐이에요……. 당신은 카나모리 쇼헤이와 똑같은 짓을 한 겁니다."

"무슨 소린가? 그 범인과 우리가 똑같다는 건가?"

"그렇습니다."

후지사와가 '왜'라는 말을 꺼내려 했을 때, 여러 명의 발소리가 울려 퍼졌다. 카나모리를 연행하고 온 카이자키와 수사관들이 돌아온 것이다.

"여기 있었군, 후지사와! 체포해!"

"카이자키 형사인가. 아무래도 여기까지인 것 같군."

수사관들이 일제히 후지사와를 둘러쌌다. 아직 총을 갖고 있는 나카야마 주변에도 수사관들이 몰려들었지만 카이자키가 그들을 제지했다.

"그 녀석은 내 동기야. 내가 이야기하지. 너희들은 후지사와를 데리고 가."

"이보게, 카이자키 씨."

"닥쳐. 타키구치 미카가 모든 걸 불었어. 이제 끝났다, 난쟁이."

"아직 모르는 걸세. 나야 끝나도 별 상관없지만, 이 이야기는 아직 뒷부분이 남아 있다네."

후지사와는 내뱉듯이 말했다. 그리고 연행되면서도 마지막 말을 던지고 갔다.

"자네 눈앞에 나카야마 씨가 남아 있지 않은가."

22시 20분, 결말

나카야마와 카이자키, 두 사람의 등 뒤에서는 드림아이가 불타오르고 있었다.

나카야마의 손에는 아직 권총이 있었고, 카이자키 역시 허리에 총을 차고 있었다. 후지사와와 수사관들이 사라진 뒤에 먼저 입을 연 건 카이자키였다.

"설마 후카 어린이 살해사건의 범인이 카나모리였을 줄이야. 그리고 드림아이 납치의 범인도 붙잡았군. 이걸로 네 오명도 씻어낼 수 있겠지. 자, 나카야마, 총을 이리 줘."

카이자키가 손을 내밀었다. 그러나 나카야마는 총구를 들어 올리더니 날카로운 눈빛으로 카이자키에게 겨누었다.

"모처럼의 부탁이지만 거절할 수밖에 없군. 아직 끝나지 않아서 말이야."

"끝나지 않았다니, 뭐가?"

"이번엔 네 차례야. 네가 저지른 죄를 내가 규탄해주지."

"이봐, 장난은 그만둬. 무슨 소릴 하는 거야? 난쟁이는 타키구치 미카와 후지사와 타이시, 이 두 명이었어. 범행 동기는 5년 전에 발생한 후카 어린 이 살해사건의 복수였고, 그리고 이번 사건을 촉발한 가장 큰 원인은 살인 범인 카나모리 쇼헤이였어. 이제 양쪽 사건 모두 해결됐다고."

"어설픈 연극은 그만두시지. 넌 그런 사실을 예전부터 이미 알고 있었 을 텐데. 내가 카나모리를 죽여주길 바랐을 테지."

"무슨 소리야?"

나카야마는 총을 겨눈 채로 말을 이었다.

"이 총은 난쟁이가 준비한 거야. 난쟁이는 내가 카나모리를 살해할 수 있도록 권총과 흉기를 제공했어. 그걸로 카나모리를 죽이라고 지시했지. 하지만 그게 들어 있던 가방을 린…… 그 전에 유이코에게 전달한 건 바로 너야, 카이자키. 넌 처음부터 난쟁이와 한패였지."

"설마."

카이자키는 어이가 없다는 듯이 웃었다.

"그랬다면 처음부터 카나모리를 체포했겠지."

"난쟁이의 목적은 카나모리를 체포하는 게 아냐. 복수였지. 그리고 넌 후카 어린이 살해사건의 수사를 종료시킨 당사자였어. 애초에 카나모리 가 범인이라는 건 DNA만 대조해봐도 금방 알 수 있었겠지. 그래서 억지 로 수사를 중단시키고, 경시청에 들어온 카나모리를 부하로 두고 감시했 던 거야."

"그건 네 상상일 뿐이야."

카이자키는 어깨를 으쓱해 보였다. 그런 모습에서 특별한 동요는 느껴 지지 않았다.

"그래? 아까 카나모리는 네게 매달리는 눈빛을 보이던데. 넌 후지사와와 내가 대화하는 동안 카나모리를 설득하고 있었겠지? '나카야마를 범인으로 만들 테니까 입을 맞추자'라고."

"바보 같은 소리 마. 그 녀석의 말을 들은 수사관이 몇 명인데? 은폐 따위 불가능해."

"하지만 실제로 은폐한 적이 있었지. 후카가 죽었을 때 말이야."

"……."

나카야마가 망설임 없이 이야기하는 것을 보고, 카이자키는 허리에서 총을 꺼냈다. 그러나 아직 총구는 땅을 향해 있었다.

"난 너를 의심했어. 그래서 카나모리에게 도달하지 못했지. 하지만 난쟁이는 카츠라기의 주변에서부터 범인을 쫓고 있었어. 그 결과 카나모리가 범인이란 걸 밝혀냈고, 그를 비호해주는 사람이 바로 너라는 걸 알아낸 거지."

"……그래서?"

"아마 넌 난쟁이의 제안에 동의했을 거야. 카나모리를 죽일 테니 협력해달라고 했겠지. 카츠라기는 카나모리를 비호하기 위해 제국부동산 임원의 자리에서 사건 은폐를 의뢰했을 테지만 카츠라기가 죽은 지금, 제국부동산은 카나모리의 존재조차 모를 거야. 너로서는 카나모리를 언제까지고 비호해야 할 필요가 없다고 생각할 만해."

"나카야마, 위험하게 그러지 말고 총을 이리 줘."

그러자 나카야마는 오히려 카이자키의 이마로 총구를 향했다.

"그 뒤로 고작 5년밖에 지나지 않았군, 카이자키. 하지만 그 세월은 너무나 길었다. 그래서 이 순간을 계속 기다려왔어. 하지만 동시에 믿고 싶었던 것도 사실이야. 넌 한때 나와 정의에 대해 토론하던 동기였어. 친구라고 생각했었지."

"나도 마찬가지야. 다시 한번⋯⋯."

그렇게 입을 여는 카이자키의 말을 가로막듯이 나카야마가 말했다.

"5년 전의 크리스마스이브⋯⋯ 어린 후카는 알몸에 피투성이로 발견되었어. 냄새는 눈보라에 지워졌고, 가족들이 실종 신고를 하기도 전이었지. 게다가 현장의 유류품은 몇 개가 빠져 있었어. 누가 봐도 이상하지 않나? 카나모리는 체포당해도 별로 상관없었다고 말하던데. 다시 말해, 그 녀석은 굳이 증거를 인멸하지 않았던 거지."

"괜한 트집 잡지 마. 나도 그렇게 어린아이가 죽었다는 게 화가 나니까."

"그럴지도 모르지. 하지만 사건 직후에 네게 직접 연락해온 것 아냐? 제국부동산의 상무이사이자 카나모리의 아버지인 사람이 말이야. 아들이 벌인 사건의 은폐 공작을 재촉하는 전화였겠지. 그리고 제국부동산의 뇌물은 많은 정치인과 권력자들에게 흘러들고 있었어. 경찰 조직도 그중 하나였을 테고. 그게 아니라면, 왜 하필 네가 최초 발견자였는지를 설명할 수 없어."

"거긴 네가 근무하는 파출소 근처였어. 오랜만에 널 만나러 가는 길이었다고 이미 말했을 텐데."

"정말 그랬다면 기쁠 테지만 말이야."

두 사람 사이에 긴장이 흐르며 서로의 이마에 땀방울이 흘러내렸다. 겨울의 한기와 화재의 열기가 두 사람을 각각 에워싸고 있었다.

"⋯⋯나카야마, 내가 사건을 은폐했다는 증거는 당연히 있겠지?"

"물론. 카나모리는 자기가 처벌받는 걸 아무렇지 않게 생각했어. 그래

서 자기 물건인 목도리를 췄고, 시체에는 정액을 남기고 갔지. 나중에 목
도리는 치웠겠지만 정액까지 완벽히 닦아내진 못했어. 네 노력으로도 거
기까지 증거를 인멸하진 못했던 거야."

"왜 그게 내가 한 짓이 되는 거지? 카츠라기가 자기 아들을 위해 치웠
다고 하는 편이 훨씬 합리적일 텐데."

"왜 너일까? 5년 전, 내가 사건이 벌어진 걸 알고 달려가서 너와 만났을
때, 넌 온몸이 흠뻑 젖어 있었지. 처음엔 그날 내린 눈 때문일 거라 생각했
지만, 사실 시신이 발견된 자정에는 사건 현장에 눈이 내리지 않았어."

"무슨 소릴 하는 거야?"

카이자키의 목소리가 조금 전보다 훨씬 낮게 깔렸다. 그에 반해 나카야
마는 침착했다. 카나모리를 상대할 때나 후지사와와 대화할 때의 감정적
인 동요가 지금은 없었다.

"겨울이면 눈이 내리고 크리스마스 하면 하얀 눈 세상을 떠올리는 게
인간의 고정관념이야. 하지만 크리스마스이브가 끝나는 시각, 즉 사체 발
견 시각에는 눈이 멈춘 뒤였어. 쌓인 눈 때문이라면 발 쪽만 젖어 있어야
하지. 그런데 넌 어깨부터 젖어 있더군. 다시 말해 네가 현장을 찾은 건 크
리스마스가 아니라, 전날인 크리스마스이브였던 거야. 날짜가 바뀌기 전,
눈이 내리는 시각에 현장으로 와서 은폐 공작을 했던 거지. 하지만 카나모
리는 증거를 너무 많이 남겼어. 은폐 공작에는 생각보다 훨씬 많은 시간이
걸렸고, 넌 숨길 수 없을 만큼 눈에 젖어버렸지. 시신을 다른 장소로 옮겨
최초 발견자인 척 연락했을 때, 눈은 이미 그친 뒤였어. 기억 안 나는 거
냐?"

나카야마의 질문에도 카이자키는 승리자의 미소를 지었다.

"흥, 눈에 젖은 자국이 증거라니, 웃기지도 않는군. 그런 건 증거로서 아무 효력도 없어."

"분명 이제 와 증명할 수는 없지. 네 옷이 젖어 있었는지 아니었는지 하는 건. 그래서 당시의 내가 그걸 알아채고 널 추적했어야 했어. 하지만 그러지 못했지. 난 냉정함을 잃고 있었으니까. 내 탓에 후카가 죽었다고 스스로를 책망하느라 주변을 신경 쓰지 못했어. ……그 시체를 굳이 엽기적인 모습으로 바꾼 건…… 다리를 오므리고 팔을 벌려 십자가에 못 박힌 예수처럼 보이게 시신을 움직인 건 바로 너였군."

"나카야마, 넌 지금 지쳐 있어. 조금만 더 냉정히 생각해봐."

카이자키는 그렇게 말하며 총을 들고 있지 않은 쪽으로 어깨를 만지려고 했다. 그때였다. 나카야마의 총구가 그의 심장을 겨누었다.

"카이자키 케이이치, 넌 5년 전 오늘, 출세의 유혹을 이기지 못하고 후카 어린이 살해사건의 증거를 인멸하고 수사를 축소시킨 범죄자다."

그와 동시에 카이자키도 나카야마를 총으로 겨냥했다.

"나카야마, 유감이군."

"카이자키, 순순히 죄를 인정하고 경찰에 출두해. 이제 더 이상 무엇도 잃고 싶지 않아. 딸아이를 위해서도, 유이코를 위해서도 부탁한다."

"너도 참 바보 같군. 내가 그 여자를 좋아하기라도 하는 줄 안 거냐? 네 가정을 깨뜨린 건 단순한 분풀이였어. 파출소에서나 근무하는 주제에 너만 성과를 내다니, 그게 말이 된다고 생각해?"

"이 자식……!"

"정말 멍청한 여자였지. 네가 재기할 수 있다고 했더니 내 말을 의심하지도 않고, 자기 딸한테 가방을 줘서 드림아이에 태우더군. 나하고 불륜을

328

저질러놓고 말이야."

카이자키의 총구가 움직이며 나카야마의 심장 위로 조준이 맞춰졌다. 하지만 그런 상황에서도 나카야마는 방아쇠를 당기지 않았다.

"……넌 옛날부터 그랬지. 꼭 중요할 땐 가만히 있어. 아까 카나모리 때도 그랬지. 인생의 중요한 고비마다 잘못된 선택을 한단 말이야. 그래서 유이코한테도 배신당하고, 동기한테도 이용당하고, 딸한테도 미움받는 거야. 하지만 난 다르지."

"무슨 말을 하려는 거냐?"

카이자키는 오만한 태도로 나카야마에게 말했다. 한쪽은 경시청의 형사고 한쪽은 무직이나 다름없는 중년 남자다. 그러니 처음부터 승패는 정해졌다는 듯한 선언이었다. 자신에겐 권력이 있으니, 살아남기만 하면 이 사건을 극복할 수 있다는 자신감이었다. 지금 나카야마와 대결해서 어떻게든 목숨만 건지면 미래가 있다고 말이다.

카이자키에게는 자기만의 신념이 있었다.

"더 이상 무엇도 잃고 싶지 않다고? 그런 소릴 하는 인간은 전부 나약한 놈들이야. 어떤 상황에서든 뺏기는 놈이 잘못이라고. 가족도 못 지켜낸 놈이 정의감을 내세워봐야 결과는 뻔해. 하지만 난 달라. 흉악범으로부터 많은 사람을 지켜내고, 마약을 단속하면서 범죄 조직을 소탕하지. 그런 큼직한 사건을 해결해왔고, 앞으로도 해결할 거다. 그러기 위해선 높은 자리에 있어야 해. 출세가 필요하다고! 매일 지루한 파출소에서 실실거리며 주민들과 인사하는 너와는 수준이 다르단 말이다. 그래서 카츠라기의 의뢰를 받아들였지. ……후임인 제국부동산의 임원은 내가 비호해줬다는 걸 몰라서 오늘은 말을 잘 안 들었지만 말이야. 그래도 카츠라기는 죽기 전에 내 출세를 위해 힘써줬어. 그래서 의리도 지킬 겸 카나모리를 내 밑에 거둬주었지."

거기까지 말한 카이자키의 얼굴에 주먹이 꽂혔다. 나카야마가 권총을 든 손등으로 온 힘을 다해 상대의 얼굴을 후려갈긴 것이다.

"개소리 집어치워. 사건에 크고 작음이 어딨다는 거야! 넌 그렇게 항상 남들을 깔보려고 들어. 네가 그렇게 잘났다고 생각해?"

때리고 맞은 기세로 휘청거리던 카이자키와 나카야마는 다시금 서로에게 총을 겨눴다. 헉헉, 하고 숨을 헐떡이면서 카이자키가 나카야마를 노려보았다.

"카나모리가 증언하겠지. 상사인 네가 자신을 비호했다고. 네가 카나모리를 배신한다면 카나모리도 잠자코 있진 않을 거야. 아까 카나모리의 눈짓은 그런 의미였겠지? 그래서 나한테 죄를 뒤집어씌우고 너와 카나모리는 시치미를 뗄 작정이었을 테지. 하지만 그랬다간 난쟁이…… 후지사와도 가만히 있진 않을 거다."

"그건 그렇겠군. 하지만 뭐, 양심의 가책을 느끼고 자살하지 않을까 싶은데. 둘 다 말이야."

"이 자식, 더 이상은……."

"우리는 경찰이야. 어떻게든 만들 수 있지. 나머지 시나리오는 내가 직접 쓰겠어."

"그런 일이 가능할 리가……."

나카야마의 말을 제지하며 카이자키가 단언했다.

"가능해. 지금 네 말을 누가 믿을 것 같아? 진실 같은 건 하나도 중요하지 않아. 세상은 그 사람의 지위를 보고 판단한다고. 수사1과의 수사 책임자와 직업도 없이 약에 절어 사는 전직 경찰관. 게다가 주변에선 아무도 널 정상으로 보지 않지. 네 절규에 귀를 기울이는 사람이 몇이나 있을 것 같아? 난 출세한 뒤에도 그걸 느꼈어. 지난 5년 동안 그런 현실을 질릴 만큼 실감했다고. 나에겐 지위가 필요해. 좀 더 위에 있는!"

절실한 외침이었지만, 당연히 나카야마를 그런 말로 멈출 수는 없었다.

"확실히 지위도 중요하겠지. 지금의 내가 할 수 있는 일이야 뻔하니까. ……다만 널 규탄하는 주체는 내가 아냐. 방관해온 이 세상이지."

"헛소리하지 마. 세상은 내 편이야."

"……지금 대화는 녹음되고 있어."

그렇게 말하며 나카야마는 스마트폰을 꺼냈다. 카이자키는 어이가 없다는 듯이 웃었다.

"그게 세상에 공개되려면 네가 살아 있어야겠지, 나카야마. 여기서 네가 죽으면 아무 문제도 없어."

카이자키의 말을 듣고, 나카야마는 권총을 밑으로 내렸다.

"……뭐냐?"

여기서 나카야마가 물러날 이유는 없다. 결국에는 총격전이 될 거라 생각했는데, 어째서지? 카이자키는 그렇게 생각하며 눈썹을 찡그리고 귀를 기울였다. 근처에서 경찰차의 사이렌 소리가 가까워지고 있었다.

"이봐, 나카야마, 어떻게 된 거냐? 난 부른 적 없어."

계속 총을 겨누는 카이자키에게 나카야마가 조용히 말했다.

"미안하군, 거짓말을 해서. 난 녹음 같은 건 한 적이 없어. 통화를 했지. 상대방은 공안경찰이었고, 지금까지의 대화는 전부 그쪽에서도 들었을 거야. 네 힘으로 공안경찰까지 움직이진 못할 테니까."

"이 자식, 어디서 개수작이야!"

그 순간, 방아쇠가 당겨졌다. 나카야마는 움직이지 않았지만 총알은 맞지 않았다. 카이자키의 떨리는 손으로는 총을 제대로 조준할 수 없었던 것이다. 그때 브레이크 소리가 들리며 경찰차가 멈추고 수많은 수사관이 내렸다.

"카이자키 케이이치, 총 버려!"

그중 한 명이 카이자키에게 통보하면서 단숨에 긴장감이 높아졌다. 크리스마스 전구 장식에 뒤지지 않는 붉은 사이렌이 계속 빛났다. 수사관들은 나카야마를 보호하려는 듯이 둘러쌌다. 나카야마는 물러나라는 주변의 말을 무시하며 옛 친구에게 말을 건넸다.

"카이자키, 분명 내 목소리는 보잘것없고 난 무력해. 하지만 내 이야기를 들어주는 사람은 있어."

"나카야마, 너만큼은……!"

카이자키는 하얀 숨을 토해내며 표정을 일그러뜨렸다. 총을 버리라는 수사관의 지시에도 따르지 않고, 아직 총구는 나카야마를 향해 있었다. 나카야마는 침착한 말투로 무겁게 입을 열었다.

"네가 하는 말이 무슨 뜻인지는 알아, 카이자키. 분명 파출소 근무를 하다 보면 손해 보는 기분이 들 때도 있었지. 이게 정말 내가 하고 싶은 일이었는지, 이러려고 힘들게 경찰학교를 졸업했는지, 그렇게 자문하게 되는 날도 적지 않았어. 도심에서 큼직한 사건을 수사하는 녀석들이 멋져 보였지. 이건 거짓말이 아냐. 하지만 그런 날 의지하는 사람들도 있었어. 네가 보기엔 별것 아닐 테지만, 추운 겨울날에 파출소에 있는 작은 난로를 쬐러 오는 아이도 있었다고. 난 그것만으로 충분했어. ……그리고 내가 없더라도 걱정할 필요는 없다고 안심할 수 있었지. 그런 눈에 띄는 사건은 동기이자 내 친구인 네가 해결해줄 테니까. 그래서 나한테는 여기가 더 잘 맞는다고 확신할 수 있었던 거야."

믿고 있었다는 말을 듣자 카이자키는 고개를 숙이며 충혈된 눈으로 권총을 내렸다.

그 순간 달려든 수사관들에 의해 카이자키는 제압되었다. 무릎 꿇은 자세로 거칠게 숨을 몰아쉬는 카이자키가 나카야마를 올려다보았다.

"나카야마, 넌 어리석어. 구제 불능일 정도로 어리석은 녀석이야. 그렇게 사소한 눈 따위로 날 의심하다니."

"말했을 텐데. 넌 눈에 대해 너무 모르고 있어. 난 그때 네가 알아차리길 바랐어. 그때 이후로 더 이상 죄를 짓지 않았다면, 난 오늘 이 통화를 공안경찰에게 연결하지 않았을 거야."

평소에는 빳빳하게 다리미질 되어 있던 카이자키의 더블 슈트가 꾸깃꾸깃해지고 잘 정리되어 있던 머리카락도 헝클어진 모습이었다. 동기의 이런 마지막을 보고 싶진 않았다고 생각하면서, 나카야마는 총을 바닥에 버렸다. 두 사람이 들고 있던 총은 양쪽 모두 드림랜드의 아스팔트 위로 떨어졌다.

"……위험해, 카이자키!"

그때 끼이이잉, 하는 요란한 비명과 함께 드림아이가 기울기 시작했다. 아직도 불타오르면서 한 방향으로 똑바로 쓰러지던 드림아이가 사랑의 대지를 뒤덮었고, 굉음을 내며 무너져내렸다.

23시 00분, 노란 풍선

　피난소로 지정된 제국부동산 본사에서는 드림랜드의 입장객들이 가족과 재회하고 있었다. 그 수많은 인파 속에서 유이코와 마츠오는 한 명의 소녀를 찾고 있었다.

　"지상에서 무슨 일이 있었나 보네요. 전기가 끊겨서 캄캄해요. 이런 상태면 따님이 어디 있는지 알 수가……."

　소란스러운 현장에서 마츠오가 인파를 헤치며 안쪽으로 나아갔다. 유이코도 그 뒤를 바짝 쫓아가고 있었다.

　"아뇨, 린이라면 분명 약속을 지킬 거예요. 린은 그걸 갖고 있을 테니까요."

　"갖고 있다뇨? 대체 뭘 말인가요?"

　그렇게 물어본 마츠오의 시야에 둥근 물체가 빛나는 게 보였다. 그것은 공중에 붕 떠 있었다.

　"저기! 저기 있어요!"

　"저건…… 풍선인가요?"

　"네, 어두워지면 빛나는 야광 소재로 만들어졌대요. 무슨 일이 생겼을 때 한눈에 알아볼 수 있도록 들고 있으라고 했죠. ……카이자키가 준비해 준 물건이에요."

유이코는 그렇게 말하며 풍선 쪽으로 달려갔다. 열세 명의 사망자를 내고 사건 발생으로부터 열한 시간이 지나서야 사건은 간신히 수습되고 있었다.

"엄마! 엄마다!"

높은 목소리로 소리친 여자아이가 유이코의 품으로 뛰어들었다.

"린! 아아, 다행이다. 무사해서 정말 다행이야!"

유이코는 그렇게 말하며 힘껏 린을 끌어안았다. 린을 보호하던 수사관이 유이코에게 신분증을 요구했지만, 마츠오가 내민 경찰수첩을 확인하고는 경례를 하면서 물러났다. 그때, 엄마와 손을 맞잡은 딸이 얼굴을 들었다.

"엄마, 아빠가 없어. 아빠는 아직 저기에 타고 있어."

"아직도 그 안에? 마츠오 씨, 아직 연락 온 게 없나요? 아까 어딘가에 전화하시던데……."

"……수사 상황은 알려드릴 수 없습니다. 하지만 제 동료들이 현장으로 향했습니다."

"괜찮은 거겠죠?"

유이코가 다짐을 받으려 할 때 주변 입장객들이 술렁이기 시작했다. 지하 통로를 다 빠져나오면서 각자의 스마트폰에 전파가 닿은 것이다. 드림아이의 붕괴는 특종으로 다뤄지고 있었다.

"어, 드림아이가 쓰러졌다는데요? 그럼 나카야마는……?"

"……나카야마 씨는 훌륭한 분입니다. 그분이 없었다면 이번 사건은……."

"잠깐만요, 그게 무슨…… 나카야마를 구해줘요!"

"저로서는 할 수 있는 일이 없습니다."

"이럴 수가……."

유이코는 그 자리에서 얼굴을 감싸며 주저앉아버렸다.

"나카야마, 제발…… 아직 당신에게 하고 싶은 말이 있어. 죽지 말아
줘……."

"엄마, 아빠는……."

"……괜찮단다, 린. 아빠는 약속을 지키실 거야."

"……응, 나랑 약속했는걸."

"너도 약속을 지켰잖니? 그러니까……."

그때, 마츠오가 조용히 스마트폰 화면을 유이코와 린에게 내밀었다. 화
면에서는 드림랜드 상공을 날아다니는 헬리콥터가 실시간으로 촬영한 영
상이 흘러나오고 있었다.

"아빠…… 아빠다! 아빠가 돌아왔어!"

린이 큰 소리로 외쳤다.

화면 속에서 나카야마가 카이자키를 업은 채 걸어가고 있었다. 온몸이
만신창이가 되어 휘청거리면서도 드림랜드에서 탈출하기 위해 앞으로 나
아가고 있었다.

유이코는 그 모습이야말로 전직 경찰관인 나카야마 히데오답다고, 마
치 옛날 자신을 구해줄 때의 모습 같다고 생각하며 미소 지었다.

"나카야마 씨, 무사하셨군요."

피난소에서 세 가족이 겨우 상봉했을 때 마츠오가 입을 열었다. 나카야

마는 쓴웃음을 지으며 공안경찰을 향해 손을 내밀었다. 오랜 인연인 두 사람이 처음으로 나누는 악수였다.

"사건의 용의자는 체포됐어. 그러니까 너, 이젠 날 그만 따라다니라고."

"그렇게 되겠죠. 하지만 어떻게 된 건지 알려주시죠."

"안심해. 너희가 쫓던 그 단어, 초승달에 대한 것도 곧 판명될 거야."

"그런가요? 나카야마 씨도 정확한 의미는 모르실 거라 생각했는데, 이번 사건으로……."

"그래. 이런 사건, 절대 일어나선 안 됐지만 오늘 이 사건 덕분에 그 말의 의미를 알게 됐군."

"유감스럽지만…… 그렇군요. 그동안 수사에 협력해주셔서 정말 감사드립니다!"

마츠오는 고개 숙여 인사하고는 그 자리에서 떠났다. 이제 민간인인 나카야마는 경찰의 보호를 받아야 하는 쪽이었다. 나카야마는 마츠오가 사라져가는 뒷모습을 잠시 눈부신 듯이 바라보다가 옆에 있는 유이코에게 말을 건넸다.

"유이코, 약속을 또 어겨버렸어. 저녁 8시에 만나기로 했는데 늦어버렸네."

"……그런 건……."

고개를 젓는 유이코의 어깨에 손을 올리며 나카야마가 위로하듯 쓰다듬었다.

"미안해. 난 당신 마음도 모르고, 지금까지 계속……."

"그런 건 이제 됐어. 다 끝났잖아."

그 말을 들은 유이코의 몸이 부르르 떨렸다.

"나카야마, 정말 고마워. 린을 무사히 구해줘서 고마워. 당신은 약속을 지켜줬어."

"그렇게 생각해준다면 다행이고."

나카야마는 그렇게 말하다 조금 어두운 표정을 지었다.

"유이코, 카이자키가 체포됐어. 당신도 사정 청취를 해야 할 거야."

"응, 알아. 린을 잘 부탁할게."

"당연하지. 우리 딸인데."

예전의 나카야마는 이 말을 당당히 하지 못했다. 하지만 지금은 말할 수 있게 되었다. 오늘 이 사건을 극복한 지금은.

마찬가지로 유이코 역시 나카야마의 말을 인정하며 고개를 끄덕였다.

"그래, 그렇지. ……저기, 지금 이것만큼은 물어보고 싶어. 당신은 항상 사건이나 사고를 미연에 방지했다고 들었어. 당신에겐 그런 특별한 능력이 있는 거야? 옛날에 날 구해줬던 건……."

유이코의 질문에 나카야마는 웃으며 대답했다.

"그것 말이야? 그건 특별한 능력이 아냐. 내가 위험한 장소에 민감했던 것뿐이지. 그래서 항상 약속 장소엔 30분 전에 도착하잖아."

"하지만 카이자키와 마츠오 씨는……."

"아아, 그런 얘기는 자주 들어. 마법이라도 쓰는 거냐고. 하지만 그런 신비한 능력 같은 게 존재할 리 없잖아. 단지 예민한 성격이라 뭐든 미리 조사하지 않으면 직성이 안 풀리는 것뿐인데 말이야. 그래서 사람들을 구하지 못했던 적도 몇 번이나 있었어. 오늘도 마찬가지고."

"하지만 구해줬는걸!"

린이 나카야마의 손을 잡았다. 린의 나머지 손은 유이코가 잡았다. 린이 두 사람 사이에서 미소 지었다.

"아빠가 옛날의 아빠로 돌아와줬어!"

그 말에 유이코는 울음을 터뜨렸고, 나카야마는 그녀의 등을 쓰다듬었다. 시각은 어느새 자정에 접어들고 있었다.

크리스마스이브의 긴 하루가 이렇게 끝을 맺고 있었다.

섣달그믐날

일본 전체, 아니, 전 세계를 떠들썩하게 했던 대사건으로부터 며칠 후.

나카야마는 섣달그믐날에 구치소를 찾았다. 육중한 문이 조용히 열렸고 그가 싸늘한 면회실로 들어갔지만 안에는 아직 아무도 없었다.

나카야마는 썰렁한 면회실 의자에 앉았다.

잠시 지나자 교도관과 함께 한 남자가 들어왔다. 나카야마는 면회를 신청한 상대에게 말을 건넸다.

"오랜만에 뵙는군요. 잘 지내시는 것 같아 다행입니다."

"이렇게 만나게 된 걸 보면 카이자키를 죽이진 않은 게로군. 카나모리도 살아 있을 테고. 정말 유감이네."

난쟁이, 즉 후지사와는 유리창 너머에서 한숨을 쉬었다.

"나카야마 씨, 자네에겐 크게 실망했지만, 그날만큼은 기대하고 있었다네."

"이제 와 그런 얘길 해도 달라지는 건 없을 텐데요."

"그럴지도 모르겠군."

후지사와는 고개를 돌려 어딘가 먼 곳으로 시선을 보냈다. 복수를 완수하진 못했을지언정 후회 없이 노력한 사람의 눈빛이었다.

"나카야마 씨, 그러고 보니 아직 물어보지 못한 게 있었군. 그 사건이 있던 날, 왜 손에 혈흔을 묻힌 채 집으로 돌아갔던 건가? 그 탓에 의심받았다고 들었네만, 애초에 자네는 현장에 온 적도 없지 않았나?"

"네……. 그건 카이자키의 함정에 빠진 겁니다. 그 녀석은 파출소 안에 침입해서 저만 발견할 수 있는 장소에 혈흔을 남겼어요. 전 그걸 보고 후카가 묻지마 살인을 당한 게 아니라 저와 엮인 탓에 살해당했다는 생각에 충격을 받았고…… 그 혈흔을 만지고는 닦지도 않은 채로 집으로 멍하니 돌아왔습니다. 저는 당연히 의심을 받았고, 최초 발견자인 카이자키에 대한 의심은 옅어졌죠. 그 녀석은 처음부터 작정하고 절 범인으로 만들려고 했던 겁니다."

"참 여러 번 당하면서 사는 인생이로군."

"어쩌겠습니까. 그런 사람도 있는 거죠."

나카야마는 처음부터 자신에게 과분한 것을 바란 적이 없었다. 경찰관으로서 사람들을 도왔던 건 감사받기 위함이 아니었다. 그 점은 카이자키 역시 마찬가지였을 텐데, 그들의 길이 대체 어디서부터 엇갈리기 시작했는지 되돌아볼 수밖에 없었다.

"그런데……."

후지사와가 그렇게 말을 꺼냈다. 마츠오가 특별히 마련해준 기회였지만 면회 시간은 그리 길지 않았다. 나카야마는 시간을 헛되이 쓸 수 없다고 생각하며 얼굴을 들었다.

"나카야마 씨, 자네는 '성창'에 대해 알고 있나?"

"성창이요?"

"성서에 나오는 '성스러운 창'을 말하는 걸세. 구치소 안에 성서가 놓여 있길래 시간도 많겠다, 읽어보게 되었지."

"자세한 내용은 잘 모릅니다."

"예수 그리스도가 십자가형을 당한 뒤, 그가 죽었는지 확인하기 위해 창으로 찔러본 자가 있었네. 그때 예수를 찌른 바로 그 창일세. 십자가형을 당하면 누구나 죽는 게 당연하지. 그런데 그걸 의심한다는 게 이상하지 않나?"

나카야마는 말없이 고개를 끄덕였다.

십자가형이라고 하면 후카의 시신이 그런 자세를 취하고 있었던 것을 어쩔 수 없이 떠올릴 수밖에 없었다. 후지사와는 손녀에 대해 이야기하려는 것 같았다.

"후카는 그런 비참한 모습에, 게다가 피투성이였지. 마치 죽었다는 걸 확인하려는 듯이 수없이 칼에 찔렸네. 단도로 한 번만 찔러도 사람은 죽네. 인간의 생명이란 게 참 덧없지. 그런데 꼭 그렇게 난도질을 해놓을 필요가 있었을까 싶어. 그리고 찌른 범인은 뻔뻔하게 살아 있지. 성서의 내용과 똑같지 않나? 카나모리는 자기가 죽인 후카의 시신에 정액을 흩뿌렸네. 그걸 자네 동료가 은폐했고……."

"절대 용서받을 수 없는 일입니다."

나카야마는 상대의 말을 끊으며 그렇게 말했다.

"하지만 똑같진 않습니다, 후지사와 씨. 성서에는 반드시 누락된 부분이 존재하죠. 역사란 게 늘 그렇듯, 진실이 숨겨져 있는 경우도 있습니다."

"진실……?"

후지사와는 고개를 갸웃거렸다.

"이거, 기억나십니까?"

나카야마는 노인에게 사탕을 보여주었다.

"당신이 린에게 줬던 사탕입니다. 그 뒤에 성분을 분석해봤지만 독은 없었어요. 그냥 평범한 사탕이었죠. 일부러 날 화나게 만들려고 그런 말을 한 겁니까?"

"글쎄…… 이제 기억이 안 나는군."

잠시 침묵이 이어졌다. 주위의 벽이 소리를 차단하면서 후지사와가 침을 삼키는 소리까지 메아리쳤다.

"……그래서, 오늘 온 용건은 뭔가?"

"카이자키의 자택에서 지금까지 발견되지 않았던 후카의 유류품이 나왔다고 합니다. 빨간 책가방 안에 물통, 핫팩, 교과서와 노트 몇 권, 필기구, 꽃 도감이 들어 있었다는군요. 전부 새것 같았다고 합니다. 먼지만 털어내면 5년이라는 세월이 느껴지지 않을 만큼, 마치 어제까지 사용하던 물건처럼……."

"그게 이제 와 어쨌다는 건가? 그 아이는 이제 세상에 없네."

후지사와는 약간의 분노가 담긴 말투로 말했다.

"후카가 이미 죽었다는 변함없는 사실과 직면하고, 그걸 피부로 느껴온 5년이라는 시간이 얼마나 길었는지 알기나 하나? 자넨 그걸 모르니까 그런 말을 할 수 있는 걸세."

"네, 그렇겠죠. 확실히 맞는 말입니다. ……하지만 사실은 이미 알고 계셨을 겁니다. 5년 전의 크리스마스이브 참극이 벌어진 날부터 오늘까지도요. 죄를 방관한 인간을 죽이고, 진범을 붙잡아 법의 심판을 받게 해도, 당신들의 괴로움이 사라지진 않는다는 걸요. 후카의 미소는 추억 속에서만 존재하니까요."

나카야마는 지금까지와는 달리 강한 어조로 말했다. 후지사와의 뺨은 조금 야위어서 마른 가지처럼 보이기도 했다.

"무슨 말을 하려는 건가?"

"그 유류품은 저도 많이 봤던 물건들입니다. 후카는 자주 새빨간 책가방 옆으로 물통을 들고, 노란 모자를 쓰고, 꽃 도감을 펼쳐 보고 있었죠. 파출소에서 저는 그런 후카의 뒷모습을 바라봤고, 그 아이의 미소에 수없이 위로를 받기도 했습니다. ……후지사와 씨, 이걸 기억하십니까?"

나카야마는 그렇게 말하며 무릎 위로 천천히 꽃 도감을 내려놓았다.

"유류품과 동일한 도감입니다."

"오오……."

후지사와의 눈이 가늘어졌다. 추억이 담긴 물건을 바라보는 눈빛이었다.

"그래, 기억하고말고. 후카는 뭘 갖고 싶어 하지 않는 아이였지만, 처음으로 그걸 사달라는 말을 꺼낸 걸 지금도 기억하네. 잊을 수가 없지. 그 책을 사줬더니 후카는 항상 그 책을 갖고 다녔네. 그날, 책가방을 메고 집을 나선 것도 이 도감을 밖에 가지고 나가기 위해서였다고 생각했지."

"후지사와 씨, 아직 후카를…… 아니, 후지사와 후카라는 한 인간을 그리워하긴 이릅니다. 당신은 지금이나 그때나 그 아이에 대해 아무것도 모르니까요. 이제 진실을 받아들이고 인생의 업보를 청산할 때가 왔습니다."

"나카야마 씨, 갑자기 왜 그러나?"

후지사와의 말을 가로막으며 나카야마는 말을 이었다.

"당신들은 정말로 소중한 게 뭔지 전혀 몰라요. 난 그걸 가르쳐주러 온 겁니다. 그 크리스마스이브 날, 후카를 못 본 체한 당신과 저는 같은 죄를 지은 사람들입니다."

"뭐라고?"

후지사와는 눈썹을 치켜올렸다.

"유족인 당신들이 정말 해야 했던 일은 전대미문의 대관람차 납치도, 진범을 찾아 살해하는 것도, 하물며 아무 상관없는 방관자를 죽이는 것도 아니었습니다. 물론 카나모리라는 인간은 용서할 수 없죠. 증오하는 심정을 충분히 이해할 수 있습니다. 하지만 당신들은 틀렸습니다."

"미안하지만 이만 실례하겠네. 이제 와 이런 설교를 듣고 싶진 않군."

후지사와는 자리에서 일어나려 했다.

"다 알면서 저지른 일일세. 복수는 복수를 낳는다는 것도, 후카가 돌아오지 않는다는 것도, 살인은 악한 행위라는 것도. 하지만 그건 남의 일이라 할 수 있는 말이지. 5년 전부터 후카를 죽인 인간의 죽음만을 바라며 살아왔네. 어떻게 죽일지, 난 그것만을 생각하며 살아왔다네. 그 증오가 얄궂게도 우리 가족을 하나로 만들어줬지. 우리가 어떤 심정으로 복수에 의존했는지, 유족도 아닌 자네가 왈가왈부할 수는 없는 걸세."

"……정말 아무것도 모르는군요!"

나카야마가 목소리를 높였다. 소리가 벽에 반향을 일으켜 메아리쳤다.

"도대체 무슨 소릴 하는 겐가?"

"당신은 복수를 실행했다고 만족할 자격이 없어요. 당신은 그걸로 편해질 권리가 없고, 내가 그렇게 놔두지 않을 겁니다. 난 당신의 죄를 폭로하러 왔으니까!"

"바보 같은 소리 말게. 우리는 피해자일세. 유족이란 말일세!"

서로 고성이 오갔다. 나카야마는 주먹을 강하게 쥔 채 떨리는 목소리로 말했다.

"당신은 진실에서 계속 도망쳐왔습니다. 그 크리스마스이브에 벌어진 비극만이 전부가 아니에요. 그렇게 된 분명한 계기가 있었으니까. 난 당신이 진짜 후카에게서 도망치게 놔두지 않을 겁니다."

"진짜 후카라고? 도망치게 놔두지 않겠다고? 자네에게 무슨 권리가 있지? 자네는 경찰을 이미 그만둔 사람 아닌가?"

"권리 같은 건 없어요, 나도 죄인이니까. 이건 후카에 대한 속죄입니다."

나카야마는 그렇게 말하며 도감을 내려다보았다. 어린 소녀가 소중히 갖고 다니던 이 도감은 나카야마의 기억에도 남아 있었다.

"그러니까 그날, 교섭 담당으로 내가 뽑혔을 때 누군가가 내게 이렇게 말하는 것 같은 기분이 들었습니다. '이번엔 구해'라고, 그런 목소리가 들렸어요. 이건 신이…… 아니, 후카가 내게 주는 기회라고 생각했어요. 난 과거로부터 도망쳐왔으니까. 그래서 이번엔 반드시 구하고 싶었죠."

"다 아는 듯이 말하지 말게. 이제 와 정의의 사도를 흉내 내려는 겐가? 진실이란 게 다 뭐란 말인가? 우리는 가족일세. 난 미카와 후카에게 충분한 사랑을 쏟았어!"

"가족이라는 말이 면죄부가 될 순 없습니다, 후지사와 씨. 타키구치 미카 씨가 전부 자백했어요. 외할아버지의 말을 거역할 수 없었다고요. 후카는 소중한 동생이었지만, 본인도 자기 인생을 살고 싶었다고요."

"헛소리 말게!"

"가족이라고 뭐든 다 아는 건 아닙니다. 저도 아내와 딸을 늘 생각하지만, 모르는 것투성이니까요. 다시 말해……."

나카야마는 말을 이었다. 진실을 폭로하기 위해서다.

"당신이 말하는 사랑은 무척 불평등한 것이었죠. 손녀들에 대한 사랑에 온도 차가 있지 않았나요? 어느 한쪽만 편애하는 식으로요. ······사건이 시작된 뒤로 미카 씨는 놀랄 만큼 냉정하고 침착했죠. 사고가 발생한 뒤에도 신속한 대응을 보여줬고요. 의사 표현을 확실히 할 줄 알고, 친구도 많고 학교에서도 인기가 많았을 겁니다. 하지만 후카 쪽은 반대로 자기감정을 전달하는 게 서툴고 말을 꺼내는 것도 힘들어하는 수줍은 아이였어요. 당신들은 활발하고 똑똑한 미카에게만 정신이 팔려 후카의 쓸쓸함으로부터 도망쳤죠."

"뭐라고?"

후지사와는 그렇게 말하며 고개를 저었다.

"그런 적 없네. 자네가 뭘 안다는 건가?"

"당신도 마음속에선 이렇게 생각했을 겁니다. 자기가 후카를 죽인 건지도 모른다고. 하지만 당신은 그런 양심의 가책을 떨쳐내고, 이런 말도 안 되는 사건을 일으켰죠. 다른 사람의 탓을 하고 싶었기 때문입니다."

"헛소리 집어치우게."

"카나모리도 말했을 텐데요. 후카는 크리스마스이브에 혼자 집을 나섰습니다. 그 추운 날에. 왜 그랬을까요? 당연히 집에 있기 싫어서였겠죠. 그리고······ 후카의 시신이 발견될 때까지 실종 신고를 한 사람은 없었습니다. 당신은 후카를 찾지 않았어요."

나카야마는 조용히 말했다.

"곧 돌아올 거라고 생각했는지도 모르죠. 집 안에 숨어 있다고 생각했거나요. 하지만 이건, 당신이 열두 시간 넘게 후카에게 무관심했다는 증거입니다."

그때의 대응이야말로 평소 그녀를 어떻게 대했는지와 직결되는 문제였다. 나카야마는 그 말을 하기 위해 이곳에 온 것이다.

"자신이 손녀를 사랑했다는 사실을 증명하고 싶어서 벌인 화풀이, 그게 바로 드림아이 납치 사건이었습니다. 후카의 진짜 심정을 이해하는 사람은 아무도 없었어요. 하지만 아마 그 아이는 자기감정을 쏟아내고 싶었을 겁니다. 그리고 그 대상은 가족이 아닌 거리의 파출소에 있던 제가 되었죠. 경찰관은 정의의 편이니까 자기 마음도 이해해줄 거고, 나아가서 고민을 해결해줄 거라 믿었는지도 모릅니다."

"그……그럴 리가 없지 않나. 생판 남인 자네가 우리 가족에 대해 뭘 안다는 건가?"

"모릅니다. 당신들이 한 일도 이해하기 힘들고요. 후카는 늘 주목받는 언니인 미카 씨를 질투한 것도 아니었고, 죽은 부모님이나 언니에게만 정신이 팔린 외조부모를 원망했던 것도 아닐 겁니다. 하지만 이것만큼은 자신 있게 말할 수 있습니다. 후카는 견딜 수 없이 외로웠어요. 외할아버지와 외할머니가 자신을 돌아봐주길 바랐습니다."

"우리가 어떤 심정으로 살아왔는지 알기나 하나? 그날부터 우리 가족의 시간은 계속 멈춰 있었네. 하루하루, 시곗바늘을 움직이기 위해 싸워왔단 말일세!"

"자기 손을 더럽히지도 않고 남한테 죽이게 해서요? 자칫 잘못하면 전 카나모리를 죽였을 겁니다. 하지만 전 설령 무슨 일이 있어도 범죄자는 용서할 수 없는 사람입니다. 그래서 굳이 전하러 온 겁니다. 고통스럽고 절망뿐인 진실의 창을 찌르기 위해서요."

"후카를 누구보다도 사랑한 건 우리일세. 우리란 말일세!"

후지사와가 큰 소리로 외치자 교도관이 그의 팔을 잡아 의자에 앉혔다. 허억허억, 하고 숨을 몰아쉬는 후지사와는 지금까지 봤던 모습 중에 가장 흥분해 있었다.

"후지사와 씨, 카나모리가 이런 말을 했죠. 후카가 '추운 겨울에는 노란색이 잘 어울려'라고 말했다고요. 그리고 그게 참 어른스러운 말투였다고요. 게다가 당신도 '그 아이는 겨울에 피는 수선화를 좋아했네'라고 말했습니다. 많은 사람이 그 말을 들으면 후카가 수선화라는 꽃을 좋아했다고만 생각하겠죠. 하지만 그건 당신들의 착각이었습니다."

"착각이라고?"

후지사와는 그렇게 되물으며 눈을 크게 떴다.

"아이들은 참 신기해서 부모가 상상하는 것보다 훨씬 빠르게 성장하는 법입니다. 후카에게 수선화라는 꽃은 마음의 절규였습니다."

"그게 무슨…… 소리인가……."

후지사와의 목소리가 점점 작아지며 떨리기 시작했다.

"후카는 어렸지만 전부 알고 있었습니다. 자기가 사랑받지 못한다는 걸 깨달았죠. 하지만 자기 마음을 말로 표현하긴 좀처럼 쉽지 않았을 겁니다. 그런 와중에 어디선가 배웠던 거겠죠, 꽃말이란 걸. 그리고 당신에게 이 꽃 도감을 사달라고 조름으로써 깊은 인상을 남기려 했습니다. 그다음엔 자기 마음을 표현할 수 있는 페이지를 접어 당신에게 보여주었죠. 그리고 매일 그 책을 들고 다님으로써 처음의 깊은 인상을 절대 잊히지 않도록 했습니다. 언젠가 수선화의 꽃말을 알아채주길 바라면서요."

"설마 그럴 리가……. 그 아이는 겨우 초등학교 1학년이었네."

"맞습니다. 그러니 어쩌면 정말 똑똑했던 건 편애를 받던 언니 미카가 아니라 동생인 후카였는지도 모르죠. 단지 사람들과 대화하는 게 서툴 뿐, 뛰어난 재능을 가졌던 건지도 모릅니다. 하지만 이젠 그걸 알 길이 없죠. 다만 후카는 꽃말이라는 방법으로 전하려 한 겁니다. 자신의 외로움을 알아주길 바랐어요. 그래서 정의의 히어로에게 기원이라도 하려는 듯이 낡은 파출소에 매일같이 왔던 거죠. 추운 마음의 겨울을 견디기 위해서요. 외로웠던 그 아이는 저에게도 그 도감을 보여줬습니다. 수선화라는 노란 꽃을 말이죠. '겨울에는 노란색이 잘 어울려.' ……그 말은 저도 들어봤습니다. 그건 후카가 보내는 SOS였어요."

"노란 수선화……."

후지사와는 멍한 말투로 중얼거렸다. 그리고 몸을 앞으로 내밀며 물었다.

"무슨 의미인가? 그…… 꽃말은."

나카야마는 두꺼운 꽃 도감의 책장을 조용히 넘겼다.

이 새 책과 달리, 한때 소녀가 들고 다니던 도감은 중간의 한 페이지가 접혀 있었다. 나카야마는 수선화가 실린 페이지를 보여주며 무겁게 입을 열었다.

"노란 수선화의 꽃말은…… '다시 한번 사랑해주세요'입니다."

다시 한번 사랑해주세요. 그것이 어린아이가 가족에게 전하고 싶었던 마음의 소리였다.

"언니처럼 어딜 가나 주목받는 아이도 아니고 잘하는 것도 없지만, 그래도 자길 바라봐주길 원했던 겁니다. 당신들이 외면하는 동안에도 후카는 가족들을 사랑했어요."

"나는…… 후카를 사랑하지…… 않았던 건가?"

후지사와는 주문처럼 중얼거리다가 입을 벌린 채 전율했다. 나카야마는 그 모습을 눈에 새겨두려는 듯이 바라보며 말했다.

"드림아이 납치 사건은, 말하자면 성찬이었던 거군요. 후카의 죽음을 확인하기 위한, 그리고 당신들이 후카를 사랑했음을 확인하고 안도하기 위한. 하지만 그건 불가능한 일입니다. 만약 진짜 성찬이었다면…… 당신이 올바르게 행동할 수 있었다면 기적이 일어났을지도 모르죠. 후카가 죽은 뒤에도 그 아이의 마음이 보답받을 수는 있었을 텐데요."

나카야마는 그 말만을 남긴 채 발걸음을 돌렸다. 쌀쌀한 면회실 안에서는 노인이 울부짖는 소리가 그치지 않고 들려왔다.

에필로그

"아빠, 굉장해! 눈이 쌓이면 이렇게 예쁜 거구나!"

눈길 위에 밝은 목소리가 울려 퍼졌다.

나카야마는 자신의 손을 잡은 소녀를 바라보았다. 린은 이제 완전히 기운을 되찾았다. 물론 마음의 상처는 깊을 테지만 겉으로는 밝게 행동하고 있었다. 그런 모습에 나카야마가 얼마나 큰 위로를 받는지 모른다. 아이들이란 어른들이 생각하는 것보다 훨씬 빨리 성장한다는 걸 새삼 실감하고 있었다.

그런 린의 반대쪽 손은 비어 있었다. 이곳에 유이코가 있었으면 좋았을 거라고 나카야마는 생각했다.

그 사건이 발생한 이후로 해가 바뀌자 슬슬 언론의 보도도 잦아들고 있었다. 나카야마의 이름은 대외적으로 공개되지 않았다. 경찰 측에서도 알리고 싶지 않았으리라는 걸 추측할 수 있었다. 물론 피해자 입장에서 기자회견 같은 걸 열 수도 있었지만, 나카야마는 그런 제안을 전부 거절했다. 이제부터 해야 할 일이 잔뜩 있었기 때문이다.

아직 몇 번 더 경찰에 출석해야 했지만, 일단은 딸과 제대로 시간을 보내는 게 먼저였다.

이번에야말로 도망치지 않으리라. 가족을 지킨다는 굳은 결심은 후지사와의 독선과는 다른 방향으로 나아가야만 한다.

"아빠."

린이 눈 위에 발자국을 남기며 나카야마를 올려다보았다.

"엄마는 나쁜 짓을 한 거야?"

그 목소리는 조금 떨리고 있었다. 여기서 아니라고 말하는 건 쉬웠다. 그러나 어린아이라고 그런 식으로 얼버무려선 안 된다는 걸 나카야마는 잘 알고 있었다.

"엄마는…… 그 사건에 관여하게 됐어. 무슨 사건이었는지, 린은 알고 있니?"

"음…… 곤돌라가 떨어지고 사람이 죽었어. 사고가 아니라 누가 일부러 그런 거랬어."

"그때는 아빠가 거짓말을 했어. 미안. 린이 무서워하지 않길 바랐거든."

고개를 끄덕이는 린에게 나카야마는 말을 이었다.

"그러니까 이번엔 있는 그대로 말해줄게. 린이 말했던 하얀 봉투, 그건 무서운 아저씨가 넣은 게 아니었어. 그건 아빠가 엄마한테 보내는 편지였단다."

"그랬어? 그럼 왜 엄마는 울었던 거야?"

"아빠가 제대로 이야기를 하지 못해서 그랬던 거야."

"하지만 그날도 엄마는 무서운 아저씨를 만나서 울었는데."

"응. 그건 엄마와 아빠의 친구였던 사람이야. 엄마는 그 사람에게 속았어. 그러니까 엄마는 나쁜 짓을 한 게 아니야. 자기도 모르는 사이에 그 일을 돕게 된 거지. 하지만 엄마가 그러는 바람에 죽을 뻔한 사람도 있어."

"……그러면 잘못한 거네."

"반성하면 된단다. 처음부터 다시 시작할 수 있어. 아빠도 이제 예전의 아빠로 돌아왔잖니!"

"응!"

린은 힘차게 고개를 끄덕였다. 한 번 경찰을 그만둔 나카야마가 다시 제복을 입고 파출소에 설 수는 없지만, 지금 공안경찰에서 사복경찰로 일하지 않겠냐는 제안을 하고 있었다. 그건 어찌 보면 공안경찰에 감시당하는 상황이 계속된다는 의미이기도 했지만, 유이코와 린도 그걸 바라고 있었다. 그래서 나카야마는 조만간 마츠오와 만나볼 생각이었다.

"아빠, 저기에 엄마가 있는 거지?"

린은 나카야마의 손을 놓으며 네모나고 투박한 건물을 가리켰다. 그곳은 구치소였다.

"엄마!"

유이코가 건물에서 나오자 린이 달려가 안겼다.

"엄마! 보고 싶었어!"

"린, 미안해…… 많이 외로웠지? 엄마가 잘못했어."

"아니야, 괜찮아. 처음부터 다시 시작하면 된다고 아빠가 그랬는걸."

유이코는 딸의 말에 얼굴을 들어 한 걸음 떨어져 있던 나카야마를 올려다보았다.

"……고마워. 린하고 같이 있어줘서."

"같이 있는 게 당연하잖아, 내 딸인데. ……우리 딸인데."

"그래…… 그렇지."

잠시 입을 다물어버린 나카야마와 유이코 사이에 린이 끼어들었다. 오

른손으로 나카야마와 손을 잡고, 왼손으로는 유이코와 손을 잡으며 린이
이야기하기 시작했다.

"엄마, 전에 크리스마스 선물 준다고 했지? 난 아빠를 갖고 싶어."

"린……."

"아빠도 엄마도 같이 갖고 싶어! 집에서 같이 살고 싶어! 외롭단 말이
야!"

밝은 목소리였지만 눈물이 나올 것 같은 호소에 유이코가 입을 다물었
다.

"……나는……."

나카야마는 린의 손을 힘껏 잡으며 유이코를 향해 목소리를 쥐어짰냈
다.

"분명 또 실수할 거야. 하지만 고쳐나가고 싶어. 두 번 다시 이런 희생
자는 내고 싶지 않아. 그리고 너와 린도 지키고 싶어. 양쪽 모두 놓치기 싫
다는 건 너무 큰 욕심이겠지……. 하지만……."

"괜찮아, 나카야마."

그의 말을 바로 이어받듯이 유이코가 입을 열었다.

"가정을 돌보지 않았던 게 원망스럽긴 했지만, 그게 바로 당신이라는
것도 알고 있었어. 다 알고 있었지. 그러니까…… 이런 나라도 괜찮다면
처음부터 다시 시작해보고 싶어."

'히데오 씨'라고 유이코가 중얼거렸다.

처음 듣는 호칭이었기에 나카야마는 놀라서 아무 말도 나오지 않았다.
하지만 대답할 말은 이미 정해져 있었다.

이브의 대관람차

초판 1쇄 인쇄 2023년 10월 23일
초판 1쇄 발행 2023년 10월 30일

지은이 | 유우야 토시오
옮긴이 | 김진환
펴낸이 | 정상우
편집 | 이민정
디자인 | 김해연
관리 | 남영애 김명희

펴낸곳 | 오픈하우스
출판등록 | 2007년 11월 29일 (제13-237호)
주소 | 서울시 은평구 증산로9길 32(03496)
전화 | 02-333-3705 팩스 | 02-333-3745
facebook.com/openhouse.kr
instagram.com/openhousebooks

ISBN 979-11-92385-19-8 04830
    979-11-86009-19-2 (세트)

VERTIGO는 (주)오픈하우스의 장르문학 시리즈입니다.